Julia Hauer

LOVE ME, GIRL

AF236969

LOVE ME, GIRL

ROMAN

Julia Hauer

Impressum

1. Auflage, Juni 2021

Copyright © 2021 Julia Hauer

Coverdesign: Acelya Soylu

Herstellung und Verlag: BoD – Books on Demand, Norderstedt

ISBN: 978-3-7534-1671-7

Kontakt: julia_hauer_autorin@gmx.de

Instagram: julia_hauer_autorin

Bibliografische Information der Deutschen Nationalbibliothek: Die Deutsche Nationalbibliothek verzeichnet diese Publikation in der Deutschen Nationalbibliografie; detaillierte bibliografische Daten sind im Internet über http://dnb.dnb.de abrufbar.

Für Marla.

Du wirst immer das Wunder sein,
das mein Leben vollständig gemacht hat.

KAPITEL 1

»Juniper!«, schreit Ethan voller Panik und stolpert hinter mir her. Wutentbrannt und mit meinen Tränen kämpfend stürme ich die Treppe hinunter. Ich will nur noch weg. Fort von unserem Zuhause, das wir uns in den letzten Wochen mit so viel Herzblut aufgebaut hatten, fort von dem Bild das sich mir gerade bot und vor allem fort von ihm.

Eine bittere Übelkeit steigt in mir auf. War das wirklich sein Ernst?

»Warte doch mal und lass es mich erklären.«, höre ich ihn hinter mit rufen.

An unserer Haustür bleibe ich abrupt stehen, drehe mich zu ihm um und funkele ihn finster an. »Und was jetzt? Willst du mir etwa erzählen, dass es nicht so ist, wie ich denke?« Keine Antwort abwartend und ihn keines Blickes mehr würdigend, schnappe ich mir meinen Schlüsselbund, der auf dem kleinen Tisch neben der Tür liegt, den ich aus alten Weinkisten zusammengebaut und weiß bepinselt hatte. Für diese Wohnung hatte ich mir echt den Hintern aufgerissen. Es sollte ein gemütliches Zuhause für Ethan und mich werden, in dem wir eines Tages unsere Familie gründen würden. Ich hatte schon immer ein gutes Auge für Details und bin kreativ, aber dieses Mal, hier in unseren eigenen vier Wänden, hatte ich mich echt selbst übertroffen.

Und wie lange wir nach dieser Wohnung suchen mussten… Ethan zuliebe stimmte ich zu, die zweistöckige Penthouse Wohnung in Little Italy zu mieten, die einen atemberaubenden Blick über die Stadt bietet. Die Nachbarn in den anderen beiden Wohnungen des Hauses sind glücklicherweise auch sehr freundlich und die Miete ist bezahlbar. Aber wenn es nach mir gegangen wäre, hätten wir uns trotz allem in einem ruhigeren Vorort San Diegos umgesehen. Ich war nämlich schon immer eher der naturverbundene Typ. Vielleicht zieht es mich auch wegen meiner Liebe zum Surfen eher in Richtung Strand und Meer, als in diese belebtere Region mit ihren Bars und Restaurants. Und vielleicht studiere ich wegen meiner Naturverbundenheit auch Biologie. Wer weiß.

All diese Wünsche habe ich allerdings für diesen Mann beiseitegeschoben, weil ich seine Bedürfnisse über meine eigenen gestellt habe. Gutgläubig und naiv wie ich war, dachte ich, wir könnten überall glücklich werden, solange wir einfach nur zusammen sind. Damit habe ich wohl gehörig falsch gelegen! Ich hätte einfach meinen Prinzipien treu bleiben sollen. Verlieb dich nicht, dann kann dich auch keiner verletzen.

»Können wir bitte darüber reden?«, fleht er mich an, aber im gleichen Moment lasse ich schon die Haustür hinter mir ins Schloss fallen und ihn somit einfach stehen. Es gibt für mich nichts mehr zu reden. Er weiß genau, wie sehr Mom und ich darunter litten, dass mein Vater uns für eine Jüngere verlassen hatte. Und jetzt tut er es ihm gleich? So etwas ist für mich unverzeihlich. Er hat mir mein Herz aus der Brust gerissen, es auf den Boden geworfen und ist darauf rumgesprungen. Ich dachte immer, das sei nur eine Redensart, aber genauso fühlt es sich gerade für mich an.

»Selbst schuld, wenn du dich auf einen wie ihn einlässt und dich auch noch dazu in ihn verliebst.«, höre ich eine leise Stimme in meinem Kopf, aber ich vertreibe sie so schnell wie sie gekommen ist.

Ethan ist kein Kind von Traurigkeit, war er nie gewesen. Seit ich ihn kenne, ist er ein Frauenmagnet. Groß, blond, breit gebaut und im Anzug, den er für seinen Job als Anwalt täglich trägt, einfach zum Dahinschmelzen. Egal wo wir gemeinsam auftauchen, gibt es immer Frauen, die sich ihm auch in meiner Anwesenheit an den Hals werfen.

Aber trotz allem gab er mir in den letzten zwei Jahren nie das Gefühl, dass ich ihm nicht reichen würde, oder, dass ich mit meinen 22 Jahren – und somit fast acht Jahren Altersunterschied – nicht reif genug für ihn wäre. Im Gegenteil. Wir führen meiner Meinung nach eine Beziehung auf Augenhöhe. Ach nein, führten, Vergangenheitsform. Betrug ist für mich keine Option für zweite Chancen.

Dabei dachte ich wirklich, dass er mich liebt. Auch, wenn er es nie wirklich aussprach, verstand er es doch immer, mir zu zeigen, wie viel er für mich empfand. Würde er das noch immer tun, dann hätte ich ihn nicht gerade mit Brooke Turner, der Bedienung aus dem Restaurant gegenüber, die nicht einmal zwei und zwei zusammenzählen kann, im Bett erwischt. Warum muss es immer diese Art von Frau sein? Das ist ja so ein verdammtes Klischee!

Arschloch! Arschloch! Arschloch!

Als ich die schwere Eingangstür zu unserem Wohnhaus öffne, hole ich tief Luft. Ich atme so tief ein, dass auch die letzte Zelle meiner Lunge mit Sauerstoff gefüllt ist. Am liebsten würde ich meine Wut ganz laut herausschreien. Da ich aber keine Lust auf die verstörten Blicke der Passanten habe, reiße ich mich zusammen und schnaube nur verächtlich.

Wäre das hier ein schlechter Film, dann würde jetzt, sobald ich die Tür und somit mein altes Leben hinter mir schließe, ein riesiger Platzregen einsetzen, der mich bis auf die Unterwäsche durchnässt, nur um die Dramatik dieses Augenblicks noch ein klein wenig mehr zu unterstreichen. Aber Gott sei Dank bleibt mir dieses Szenario dank gutem San Diego Wetter erspart. Wenigstens etwas.

Im Schaufenster des Lokals nebenan betrachte ich mein Spiegelbild. Meine braunen, schulterlangen Haare habe ich zu einem unordentlichen Knoten gebunden, ich mag es nämlich nicht, wenn sie mir im Gesicht hängen. Mochte ich noch nie. Meine Jeansshorts ist an mehreren Stellen gecuttet, darüber trage ich ein lockeres schwarzes Tanktop mit Princess Peach Print und dem Schriftzug *This princess saves herself*. Oh, it's so true, girl! Hätte ich mal besser auf Peach gehört. Es ist schon total verwaschen, aber ich kann mich einfach nicht davon trennen.

Auch meine Chucks haben schon einmal bessere Tage gesehen, aber ich finde, die sind einfach erst dann so richtig bequem, wenn sie schon fast auseinanderfallen. Und meine sind mittlerweile verdammt bequem. Als mein Blick allerdings zu meinem Gesicht gleitet, vergeht die gute Laune. Ich sehe so dermaßen durch den Wind aus, wie schon lange nicht mehr. Was soll ich jetzt bitte machen?

Seufzend lehne ich mich an die Hauswand und starre in den abendlichen Himmel. Mein ganzes Hab und Gut, ja wirklich mein ganzes Leben, liegt da oben in dieser verkackten Penthouse Wohnung. Ich kann da beim besten Willen nicht mehr hinein und Ethan will ich in diesem Leben am liebsten auch nie wiedersehen. Wieder kämpfe ich gegen die Tränen an, die sich gerade einen Weg nach draußen bahnen wollen, aber ich schlucke sie runter. Ich würde hier jetzt keinen

Heulkrampf kriegen, nein, nein, nein! Kein Mann der Welt hat es verdient, dass ich wegen ihm auf offener Straße weine. Wäre ich jetzt zuhause auf der Couch, dann würde ich vermutlich schon längst wie ein Schlosshund heulen und einen riesen Becher Cookie Dough Eis löffeln.

Mom sagt immer mein Patronus sei ein Waschbär, ganz besonders, wenn ich traurig bin. Nachtaktiv, dunkle Ringe um die Augen, ernähre mich von Müll und würde jeden angreifen, der versucht mir mein Junkfood zu klauen. Haha, sehr lustig, Mom… Aber 5 Punkte für Gryffindor, dass sie tatsächlich weiß, was ein Patronus ist. Sie hat nun mal einen Nerd großgezogen und den musste sie auch verstehen lernen.

»Reiß dich zusammen June!«, ermahne ich mich selbst in Gedanken. Ich blicke auf mein Handy, 17:33 Uhr. Ich frage mich, ob ich es in 27 Minuten von hier nach Ocean Beach schaffe, um mein Surfboard beim alten Sam zu holen. Natürlich habe ich einen eigenen Schlüssel zum Laden, aber der hängt – wie unerwartet – natürlich auch in der Wohnung. An meinem Harry Potter Schlüsselbrett um genau zu sein, Alohomora und so. Also stecke ich mein Handy zurück in meine Tasche und stoße mich von der rauen Wand ab. Das sollte ich schaffen!

Keine zwei Schritte später pralle ich gegen etwas Hartes und stürze auf meinen Hintern. Als ich aufblicke, sehe ich was oder besser gesagt wer mich da gerade umgerannt hat. Das klassische Bild, das sich hier Tag für Tag beobachten lässt. Menschen die es eilig haben, meistens, wie in diesem Fall auch, mit Telefon am Ohr und keinem Sinn für die Mitmenschen um sie herum. Heute habe ich echt das große Los gezogen und scheinbar bei Allem *hier* gerufen.

»Bleib kurz dran.«, sagt der Typ, bleibt stehen und reicht mir seine Hand, um mir aufzuhelfen.

»Kannst du nicht aufpassen, wo du hinläufst?«, fauche ich ihn an. Dann stehe ich, seine Hand ignorierend, auf und schiebe mir eine Strähne, die sich aus meiner Frisur gelöst hat, zurück hinters Ohr. Mir immer noch den Staub vom Hintern klopfend, schaue ich in die grünsten Augen, die ich je gesehen habe. Er hebt entschuldigend die Hände und sprintet im selben Moment schon weiter, ohne auch nur noch ein einziges Wort zu sagen. Zumindest nicht zu mir. »Schon gut, schon gut, ich bin gleich da. Behalt die Nerven.«, höre ich ihn ein wenig atemlos in sein Telefon keuchen. Dann ist er um die nächste Ecke verschwunden und ich stehe hier und frage mich ganz ehrlich, ob der Tag heute noch beschissener werden kann. Und meistens wird er das, wenn man schon so fragt. Wenn das heute also nicht der perfekte Tag ist, um seinen Frust in den Wellen abzulassen, dann weiß ich es auch nicht.

KAPITEL 2

Dank des kleinen Zwischenfalls schaffe ich es fast nicht rechtzeitig zu Sam an den Pier. Als ich bei dem kleinen Shop ankomme, dreht er gerade den Schlüssel im Schloss um. Klick... Klack... Das darf doch echt nicht wahr sein. Das Glück ist heute einfach nicht auf meiner Seite.

»Stopp!!«, brülle ich über die letzten 20 Meter hinweg. Sam fährt mit erschrockenem und gleichzeitig suchendem Blick zu mir herum. »Warum war mir nicht gleich klar, dass du das bist. Erschreck doch einen alten Mann nicht so, June. Mein armes Herz ist nicht mehr das jüngste.«

Schwer atmend komme ich einen Meter vor ihm zum Stehen. Da ich die restlichen Meter wie eine Irre gerannt bin, stütze ich mich keuchend mit den Händen auf meinen Oberschenkeln ab. Jeder, der mal in Turnschuhen auf Sand gelaufen ist, kann sich vorstellen, wie anstrengend es ist, mit ihnen darauf zu rennen. Vermutlich kann ich mir nachher den halben Strand aus den Chucks kippen. »Ich weiß, dass du immer auf Pünktlichkeit pochst, aber ich brauche wirklich ganz dringend mein Board. Jetzt.«

»Du weißt, wie es hier läuft. Ich warte nicht bis ihr alle ausgesurft habt. Deshalb gibt es ja schließlich Öffnungszeiten. Und nur, weil ich dich so lieb habe und Edie sich für dich verbürgt hat, habe ich dir einen eigenen Schlüssel gegeben.

Wenn du ihn vergisst, kann ich dir auch nicht helfen.« Er legt den Kopf schief und sieht mich sanft aber bestimmend an, während er seinen Schlüssel in seine Hosentasche gleiten lässt. »Entweder du nimmst deinen, oder du kommst morgen wieder. Denn morgen ist, wie du weißt, auch noch ein Tag, June.« Dann dreht er mir den Rücken zu und läuft in Richtung Pier.

»Ethan hat mich betrogen.«, rufe ich Sam hinterher, als er sich schon einige Schritte von mir entfernt hat. Eigentlich würde ich darüber nur mit meinen beiden besten Freundinnen Meghan und Gabriella reden, aber drastische Zeiten erfordern drastische Maßnahmen. Und Sam hat mir mit seinen über sechzig Jahren Lebenserfahrung schon mehr als einen weisen Ratschlag gegeben. Ganz besonders in Bezug auf die Liebe. Ich habe mir immer geschworen, mich niemals zu verlieben, damit ich niemals so ende wie meine Mom, nachdem mein Vater uns verlassen hat. Und er sagte mir immer, ich solle doch wenigstens versuchen, jemandem mein Herz zu öffnen. Die Quittung dafür habe ich jetzt. Ein gebrochenes Herz und keine Ahnung, wohin ich gerade sonst gehen soll.

Sams Kopf dreht sich wieder zu mir um und ich kann ganz deutlich das Mitleid in seinem Blick erkennen. Wie ich diesen Ausdruck verabscheue... Ich hasse fast nichts mehr auf der Welt, als bemitleidet zu werden. Erst recht nicht, wenn ich in eine Opferrolle gepresst werde und es nicht steuern kann.

»Ach, June.«, flüstert er.

Den Blick habe ich nach der Trennung meiner Eltern so oft gesehen. Von den Nachbarn, den Lehrern in der Schule, ja sogar von den anderen Kindern, oder zumindest von denen, die mich nicht deswegen hänselten. Das arme Kind muss jetzt so ganz ohne Vater aufwachsen. Mein Gott Leute, ich war damals dreizehn, keine drei. Ich war alt genug, um zu wissen, was er getan hatte. Und ich bin seither auch sehr gut ohne ihn klargekommen, weil ich eine verdammt tolle Mom habe, die mir – nachdem es ihr wieder besserging – beigebracht hat, dass man keinen Mann braucht, um als Frau in dieser Welt etwas zu sein oder zu erreichen.

Sam machte wieder ein paar Schritte auf mich zu, immer noch mit diesem mitfühlenden Blick in den Augen, der einen Teil von mir sehr aufwühlt.

»Ich würde dich nicht darum bitten, eine Ausnahme zu machen, wenn es heute nicht ein so verflucht beschissener Tag wäre. Bitte, Sam. Bitte mach nur dieses eine Mal eine Ausnahme.« Ich lege all mein Flehen in meine Worte und versuche, meine Stimme nicht brechen zu lassen.

»Schließ später ab und bring den Schlüssel zu Edie ins Diner. Dann hole ich ihn mir morgen früh bei ihr ab.« Mit den Worten drückt er mir seinen Schlüssel in die Hand und nimmt mich fest in den Arm. »Wenn dieser Typ so etwas mit dir macht, dann hat er dich auch nicht verdient, Kleines. Zweifel deshalb bitte nicht an dir oder an der Liebe. Sie ist da draußen, ich weiß es genau.«

Ich erwidere seine Umarmung, bedanke mich bestimmt zwanzig Mal und verspreche ihm hoch und heilig, dass ich morgen Früh pünktlich hier sein werde und er seinen Entschluss nicht bereuen wird. Er winkt mir zum Abschied über die Schulter, als er sich in Richtung Pier aufmacht.

Beim Öffnen der Ladentür schießt mir direkt der fruchtige und süßliche Duft der verschiedenen Wachspolituren die Sam vorne im Laden unter anderem verkauft in die Nase. Natürlich bin ich nicht die Einzige, die ihr Board hinten im Lager unterstellen darf, aber die Einzige die nichts dafür bezahlen muss. Seit ich Sams Enkelin Mary vor ein paar Jahren das Surfen beigebracht hatte und kein Geld nehmen wollte, erließ er mir die Miete auf Lebzeit, die Mom sonst immer überpünktlich zahlte.

In den Wellen kann ich seit jeher meinen Frust loswerden.

Sobald ich meinen Neoprenanzug überstreife und meine Zehen das Wasser berühren, legt sich ein Gefühl von Glückseligkeit über mich und ich finde meinen inneren Frieden. Das klingt vielleicht total esoterisch, was ich eigentlich so gar nicht bin, aber es ist die Wahrheit. Das offene Meer wirkt schon seit ich denken kann außergewöhnlich beruhigend auf mich. Auf der einen Seite ist da der rhythmische Klang der Wellen, die sich am Strand brechen. Auf der anderen Seite die Stille, die sich draußen auf dem Wasser über alles legt.

Surfen ist für mich der Inbegriff von Freiheit.

Ich lasse den Blick durch den Raum gleiten. An der linken Wand steht eine rostrote Schlafcouch, auf der ich schon die ein oder andere Nacht verbracht habe, wenn meine Mom mich in einem ihrer Anfälle vor die Tür setzte oder ich sie einfach nicht ertragen habe. Das kam leider immer mal wieder vor, aber Sam lies mich jedes Mal hier übernachten und brachte mir etwas zu Essen von Edie.

Auf der rechten Seite stehen die Surfbretter in Reih und Glied. Mein Board ist mit Abstand das ausgefallenste hier im Lager, aber das war tatsächlich nicht immer so.

Vor ungefähr zwei Jahren änderte sich das durch einen glücklichen Zufall. Genau wie das Brett vieler anderer Surfer, war meins damals ziemlich schlicht gehalten. Ein tolles Geschenk von Mom, aber ziemlich unspektakulär! Nach sieben Jahren musste dann endlich etwas Anderes her. Ich weiß noch, wie glücklich ich war, als mein erstes selbstverdientes Geld, aus dem Café in dem ich nebenher jobbte, auf dem Konto stand. Zusammen mit meinen übrigen

Ersparnissen machte ich mich auf den Weg zum lokalen Fachmarkt, um mir ein neues Surfboard auszusuchen.

Zeig mir dein Board und ich sag dir wer du bist.

Mit diesem Satz im Kopf stand ich im Laden, aber irgendwie hatte mich keins der Bretter auf Anhieb angesprochen. Der Mitarbeiter bot mir an, in ihrem Katalog zu blättern, ob mich vielleicht eins der nicht vorrätigen Modelle reizen würde, aber irgendwie wollte mir so gar keins hundertprozentig gefallen. Völlig geknickt ging es dann wieder nach Hause und die nächsten Stunden habe ich mich und meine Laune selbst nicht ertragen.

Abends im Bett klickte ich mich, wie so ziemlich jeden Abend, durch Instagram, als ich über das Profil eines Surfers aus Ocean Beach stolperte. Seine Bilder waren einfach genial und ich verteilte viele Herzchen unter ihnen. Auf einem der neusten Fotos beugte er sich über eine Werkbank und grinste, scheinbar mitten bei der Arbeit ertappt, frech in die Kamera.

»*The future depends on what you do today.*« stand darunter und er hatte es mit den Hashtags #newboyintown #lovemyjob und #surfporn versehen.

»*Willkommen in Ocean Beach!*«, tippte ich, ohne groß darüber nachzudenken, in das Kommentarfeld unter dem Foto und drückte auf Senden. Ich glaube noch keine zehn Sekunden später ploppte eine Benachrichtigung auf meinem Display auf:

lowaboards gefällt deine Nachricht

Wir fingen an ein bisschen hin und her zu schreiben und irgendwie war er mir auf Anhieb sympathisch. Sein Name war Logan Walker, 26 Jahre jung und erst vor ein paar Wochen von Escondido nach Ocean Beach gezogen. Mein Kommentar, dass ein Umzug innerhalb San Diegos nicht als neu in der Stadt zählt, tat er schmunzeln ab. Das Eis zwischen uns war sofort gebrochen. Er erzählte mir, dass er von seiner Werkstatt aus die Surfszene mit Unikaten revolutionieren will.

Mein Instagramname verriet mich sofort als Surfergirl, ohne dass ich es explizit erwähnen musste. Er lautet »makai_june«, was eine Kombination aus dem hawaiianischen Wort für *Richtung Meer* und meinem Spitznamen ist. Aber sind wir mal ehrlich, wir leben direkt an der Küste. Die Wahrscheinlichkeit hier auf Gleichgesinnte zu treffen ist jetzt nicht so gering.

Logan lud mich ein paar Tage später in sein Atelier ein, um mir seine Arbeiten zu zeigen. Natürlich hielt ich es für eine Anmache, à la Netflix and Chill, aber ich war neugierig.

Nachdem ich ihm von meiner Misere erzählte, bot er mir an, ein Board nach meinen Wünschen herzustellen. Zum Freundschaftspreis verstünde sich. Ich erklärte ihm, was ich mir grob vorgestellt hatte und, dass ich selbst gern das Motiv zeichnen würde. Noch am gleichen Abend setzte ich mich hin und fertigte diverse Zeichnungen an. Diese drapierte ich danach an dem Board über meinem Bett, um zu schauen, was gut zusammenpassen und mich widerspiegeln würde und natürlich auch welche Größe das Motiv haben musste.

Das Endergebnis konnte sich sehen lassen! Wir entschieden uns bei dem Brett für ein Exemplar aus Balsaholz, das wegen seines geringen Gewichts besonders gerne genommen wird. Der Vorschlag kam von Logan und ich hätte dem Profi dabei auch niemals widersprochen. Ich vertraute ihm, was das Board an sich anging, komplett und ließ ihm absolut freie Hand. Und das Vertrauen wurde ja auch mehr als belohnt.

Als Grundfarbe bekam es ein sattes Schwarz verpasst. Nose, Tail und Rail als Kontrast ein strahlendes Weiß. Für den Bottom hatte ich mich für drei meiner Motive entschieden, die ich passend zu meinem Instagramnamen im hawaiianischen Stil gemalt hatte. Irgendwie habe ich ein Faible für Hawaii, aber die Insel ist ja auch als einer der Ursprünge des Surfens bekannt und bis heute ein absolutes Surferparadies. In der Mitte des Brettes ragt ein riesiger, sehr grimmig dreinschauender Tikikopf auf. Über ihm vollendet eine Schildkröte und unter ihm eine Hibiskusblüte das Bild. Die Schildkröte symbolisiert meine Leidenschaft für Meerestiere. Die Blüte steht für Entschlossenheit und Durchhaltevermögen, was beim Surfen zwei wichtige Eigenschaften sind. Den Tiki fand ich einfach nur lustig. Ich liebe mein Board einfach!

Leider sieht man Logan mittlerweile wegen der vielen Arbeit in der Werkstatt nur noch selten selbst beim Surfen. Aber wenn er sich ein Zeitfenster schaufelt und wir uns treffen, ist er jedes Mal aufs Neue begeistert, was für tolle Teamarbeit wir da abgeliefert haben. Er fotografierte das Brett, bevor ich es das erste Mal nutzen durfte, auch mindesten ein Dutzend Mal aus allen Blickwinkeln für sein Portfolio und kassierte von allen Seiten dafür sehr viel Lob. Er hat es sich redlich verdient. Ich mache auch heute noch fleißig Werbung für ihn, online und offline versteht sich.

Ich lasse meine Finger über die glatte Oberfläche meines Surfboards streichen und als Zeichen der Vorfreude fährt ein kleines Kribbeln durch meinen Körper. Er macht sich bereit in die Fluten zu springen und durch die Wellen zu gleiten. Und genau das werde ich jetzt auch machen, um diesen beschissenen Tag aus dem Kopf zu bekommen.

KAPITEL 3

Die Wellen haben mir geholfen, den Kopf frei zu kriegen. Zumindest so frei, wie er nach dem heutigen Mist eben sein kann. Die Bilder aus unserem Schlafzimmer blitzen nach wie vor unkontrolliert vor meinem inneren Auge auf und immer wieder steigen mir die Tränen in die Augen, wenn ich daran denke, dass ich die letzten zwei Jahre mit diesem untreuen Mann vergeudet habe.

Wann wurden aus den legendären Gentlemen von früher diese Egoisten, für die ihre Bedürfnisse Priorität Nummer Eins darstellen?

Ich war tatsächlich ziemlich glücklich mit meinem Leben gewesen und ich wollte es auch gar nicht anders. Ich hatte keine Verpflichtungen gegenüber einem Partner, keine Verantwortung eine funktionierende Beziehung am Laufen zu erhalten und vor allem kein Herzschmerz. Okay, hier und da hatte ich auch Dates, aber das war eher ein Zeitvertreib, als ein Versuch der Einsamkeit zu entgehen. Einsam war ich eigentlich nie.

Und dann kam Ethan wie ein Tornado in mein Leben gewütet und hat meine Mauern eingerissen. Ich habe Gefühle für ihn zugelassen, obwohl ich so etwas nie wollte. Nie im Leben wollte ich mich schwach und verletzlich machen, aber er war so nett und zuvorkommend. Er hat mir einfach das

Gefühl gegeben, dass er mir niemals wehtun wird. Aber Pustekuchen! Selbst die Lieben und Netten bescheißen dich, wie ich heute feststellen musste. Ich krame in meinem Beutel nach meinem Handy. Als ich es endlich finde, wähle ich Gabbys Kontakt aus. Es klingelt.

»Gut, dass du anrufst. Meghan überlegt gerade ernsthaft, ob sie sich eine Schlaghose bestellen soll. Eine Schlaghose, hörst du!! Bitte sag ihr, dass das wirklich eine absolut furchtbare Idee ist.« Gabby ist wieder voll in ihrem Element.

»Aber Herzogin Meghan hat die ständig an!«, höre ich Meghan im Hintergrund rufen.

»Du *bist* aber nicht Herzogin Meghan, sondern Meghan Hawkins aus San Diego, mein Schatz. Manchmal blau, aber kein blaues Blut. Entiendes?« Man muss die beiden einfach lieben. Und irgendwie geht es mir allein beim Klang ihrer Stimmen schon ein kleines bisschen besser.

»Wo treibt ihr euch rum?«, frage ich sie, bevor ihre Diskussion in die nächste Runde geht.

»Wir sind zuhause und suchen für Meghan ein passendes Outfit für die Geburtstagsfeier ihrer Mutter. Aber wir könnten noch tatkräftige Unterstützung gebrauchen, falls Ethan dich entbehren kann.«

Den Namen aus ihrem Mund zu hören, fühlt sich an, als ob man mir ein Messer, das in meinem Herzen steckt, noch einmal umdrehen würde, weil es beim ersten Stich noch nicht schmerzhaft genug war. Ich schlucke schwer, presse mir ein *Bin unterwegs«* raus und lege auf. Nachdem ich mich am Pier kurz abgeduscht habe, schlinge ich meine nassen Haare wieder zu einem Knoten zusammen und mache mich auf den Weg zu den Mädels.

»Was hat das Arschloch gemacht?«, flucht Gabby, als sie die Tür öffnet und mich ansieht.

»Sehe ich echt so scheiße aus?«, frage ich und seufze.

»Meghan, wir brauchen Wein. Jede Menge Wein!«, ruft sie in Richtung Küche. Meghan streckt verwundert den Kopf in den Flur, sieht das Häufchen Elend im Türrahmen stehen und nickt uns bestimmend zu, bevor sie wieder in der Küche verschwindet. Nur wenige Sekunden später erfüllt ein lautes *Plopp* den Raum. Die beiden verschwenden wie immer keine Zeit.

»Du setzt dich jetzt hier hin und dann erzählst du uns, was los war.«, diktiert Gabby während sie mich in Richtung Couch bugsiert. Ich gebe keine Widerworte und lasse mich neben meiner ältesten Freundin in die weichen Kissen des riesigen Ungetüms, das sich XXL Sofa nennt, fallen.

Gabby habe ich nicht erst beim Studium kennengelernt, so wie Meghan, nein, wir kennen uns seit dem Sandkasten. Und das ist wörtlich zu nehmen. Gabbys Vater stammt aus Mexiko und von ihm hat sie auch den dunklen Teint und die schwarzen Haare geerbt, die sie mittlerweile glatt und als stylischen Longbob trägt. Eines schönen Tages ging ich mit Mom auf den Spielplatz und fragte sie, warum das Mädchen mit den Locken da alleine spielt. Mom sagte daraufhin etwas zu mir, was ich nie vergessen habe. »Vielleicht wartet sie nur auf eine Freundin wie dich.« und gab mir einen kleinen Schubs in Richtung Sandkasten. Ich stapfte los und freundete mich mit dem Mädchen an, das so anders aussah als der Rest der Kinder auf dem Spielplatz. Und diese Freundschaft hält bis heute an. Wir sind mehr als nur Freundinnen, sie ist wie eine Schwester für mich.

Meghan haben wir dann auf der San Diego State University kennengelernt, als sie völlig verwirrt durch die Gänge lief und den Hörsaal für Biochemie suchte. Zu Beginn des Studiums haben wir zu dritt in einer WG in Bay Park gewohnt. Günstige

Mieten und günstiges Ambiente, aber wir haben es uns einfach so schön wie möglich gemacht. Als ich dann vor einem halben Jahr mit Ethan zusammengezogen bin, haben sich Gabby und Meghan eine neue Wohnung in Ocean Beach gesucht, worauf ein Teil von mir immer ein bisschen neidisch war. Vielleicht habe ich deshalb so oft wie möglich meine Freizeit bei meinen Freundinnen verbracht, einfach um die Atmosphäre dieses Ortes zu spüren.

Meghan kommt mit drei klirrenden Gläsern zu uns herüber gestapft und macht es sich neben uns auf dem Ohrensessel gemütlich. »So und jetzt schieß los. Fang von vorne an und lass bloß kein Detail aus!«, befiehlt sie mir.

Also beginne ich ihnen von meinem Nachhausekommen zu erzählen, mit der Absicht Ethan zu überraschen.

»Überrascht war er wohl… Nur nicht positiv.«, wirft Gabby ein und ich seufze.

Dann versuche ich ihnen den Anblick von Brookes Rückansicht, nackt auf Ethans Schoß zu beschreiben, was offene Münder, angeekeltes Stöhnen und Würgen, sowie Kopfschütteln bei meinen Freundinnen hervorruft. Ansonsten lassen sie mich im Großen und Ganzen einfach weitererzählen. Sei es von meiner unfreiwilligen Arschbombe vor unserer Haustür, Sams mitleidigem Blick oder meinem Ausflug in die Wellen. Zwischendurch kommt mal ein »Hat er nicht getan.«, »Nicht dein Ernst.« oder ein »Dieser Mistkerl.«, was meiner Meinung nach noch viel zu nett dafür ist und nicht mal im Ansatz das beschreibt, was ich aktuell für ihn empfinde.

»Ich werde ihm seine Eier abreißen und sie den Hunden im Tierheim zum Fraß vorwerfen.«, schreit Gabby und springt so schnell von der Couch auf, dass sie fast ihren Wein auf ihr verteilt.

»Du hast zu viel Game of Thrones gesehen.«, feixt Meghan. »Damals wusste man eben noch, wie man sich anständig rächen kann.«

Meghan schmunzelt nur über Gabbys Aussage. »Eine anständige Backpfeife hat er sich aber schon verdient. Hast du ihm wenigstens schön eine geklebt?«

Ich schüttele den Kopf. »Um ehrlich zu sein, war ich in dem Moment völlig überfordert von der Situation. Ich war so wütend, am liebsten wäre ich auf die beiden losgegangen, aber was hätte das gebracht?«

»Sie hätten es definitiv verdient.«, rechtfertigt Gabby die Idee.

»Das hätte langfristig gesehen auch nichts geändert.«, kontert Meghan.

Die beiden waren manchmal wie der Engel und der Teufel, die auf meiner Schulter sitzen und mein Denken und Handeln bewerten und kommentieren. Gabby immer mit Feuer unterm Hintern und Meghan die Stimme der Vernunft. Und ich? Ich glaube, ich bin irgendwo dazwischen.

»Ich habe mir meine Tasche geschnappt und bin gegangen. Ethan ist hinter mir hergerannt, aber ich habe ihn gar nicht erst zu Wort kommen lassen. Was hätte er auch sagen sollen, um die Situation zu retten? Egal, was aus seinem Mund gekommen wäre, es hätte nichts gebracht oder geändert.«

Meghan legt mir mitfühlend ihre Hand aufs Bein. »Du bleibst erstmal schön hier, mein Schatz. Zu diesem Arschloch lassen wir dich nicht mehr zurück!«

Gabby nickt zustimmend in meine Richtung, steht dann völlig euphorisch auf, diesmal ohne Beinahe-Weinunfall und verschwindet im Bad. »Du weißt ja, was das für den heutigen Abend heißt, oder?«, ruft sie.

»Dass ich hier schlafen, eine Tonne Chocolate Chip Eiscreme in mich reinstopfen und schnulzige Filme ansehen darf, damit ich mir noch schön selbst leid tun und mich mental zerfleischen kann?«, antworte ich.

»Ja zu Ersterem. Nein zum Rest!«, belächelt sie meinen Vorschlag und wirft mir ein Handtuch entgegen. »Du kannst dir auch morgen noch leidtun und dich in Selbstmitleid suhlen. Jetzt allerdings, mein Schatz, nimmst du eine schöne, lange Dusche und in der Zwischenzeit suchen Meghan und ich was Schickes zum Anziehen für uns drei raus. Wir brezeln uns heute mal so richtig auf und ziehen um die Häuser. Das haben wir ewig nicht mehr gemacht und das wird dir guttun, glaub mir.«

Stöhnend lasse ich mich zurück in die Kissen fallen. »Tu mir das nicht an Gabby, ich bin heute wirklich nicht in der Verfassung, tanzen zu gehen.«

»Ah ah, keine Widerworte. Dein Ego braucht das heute, Bonita.«, sagt sie.

Meghan nickt beipflichtend mit dem Kopf und grinst mir zu. So viel zum Thema *Stimme der Vernunft*. Pah!

»Nichts heilt ein gebrochenes Herz schneller, als ein Abend mit Freundinnen und vielleicht dem ein oder anderen Flirt.«, ruft sie und signalisiert mir immer deutlicher, dass ich aus der Nummer nicht mehr rauskommen werde. Wie mir scheint, muss ich mich meinem Schicksal wohl einfach ergeben. Gabby wird heute kein *Nein* gelten lassen.

Eine Stunde später stehen wir zu dritt vor dem Spiegel im Ankleidezimmer und ich erkenne uns fast nicht wieder. Meghan ist in ein dunkelblaues Neckholderkleid geschlüpft, das ihre blauen Augen total zum Strahlen bringt. Ihre langen blonden Haare hat sie zu einem französischen Zopf gebunden, der ihr über die Schulter hängt.

Gaby trägt wie so oft ihr schwarzes Lederkleid, sie liebt dieses Teil einfach. Ich kann froh sein, dass sie es mir nicht aufs Auge gedrückt hat. Das war mein erster Gedanke, nachdem sie im Schrank verschwunden war und *»Für dich habe ich was ganz Tolles, ich liebe es.«* rief. Sie kam mit einer schwarzen Paperback Shorts und einem roten, sehr, sehr knappen Body wieder heraus.

»Dazu ein paar schöne Heels und du hast das perfekte Outfit für eine aufregende Nacht.« Dass sie nicht vor Freude in die Hände klatscht oder auf und ab springt, ist alles.

»Ohje, ich weiß nicht Gab. Der Body ist schon ziemlich knapp geschnitten. Und High Heels? Du weißt doch, dass ich eher der Typ Turnschuhe bin. Darin mach ich mich doch mit der allergrößten Wahrscheinlichkeit zum Vollhorst des Jahres.«, protestiere ich mit dem Wissen, sowieso keine Chance gegen ihren Willen zu haben. In Modefragen versteht Gabby keinen Spaß. Ich meine, sie hat da auch echt ein Auge für, aber der Anblick von mir in High Heels ist für mich wirklich gewöhnungsbedürftig. Normalerweise verlasse ich ohne meine Sneakers nicht das Haus, maximal wechsele ich zu Flip-Flops, wenn es in Richtung Strand geht.

»Zieh es doch einfach mal an und wenn es blöd aussieht, dann suchen wir weiter.« Da ist der Engel auf meiner Schulter wieder.

Trotz aller Bedenken muss ich gestehen, dass Gabby Recht hat. Das Outfit steht mir, ohne anzugeben, ziemlich gut. Der Body schmiegte sich wie eine zweite Haut um meine kurvigen Hüften und die locker sitzende Hose nimmt ein wenig die Strenge aus dem Ganzen. Mir wären darunter zwar ein paar schöne schwarze Chucks lieber, aber auf diese Diskussion wird sich keine der beiden einlassen, also spare ich mir gleich den Atem.

»Ich habe uns ein Uber gerufen. Der Wagen sollte in 15 Minuten da sein.«, ruft Meghan.

»Wenn das nicht nach einem letzten Glas Wein schreit.«, lacht Gabby.

KAPITEL 4

Der Bass vibriert in meiner Brust, als wir uns von der Garderobe den Weg zur Bar bahnen. Gabby ist fast jedes Wochenende hier und mittlerweile mit den meisten Barkeepern und Stammgästen per Du. Ein paar davon gehören mittlerweile zu ihren engsten Freunden. Sie hat mit ihrer fröhlichen und offenen Art auch wirklich ein Talent dafür, neue Menschen kennenzulernen und sich direkt mit ihnen anzufreunden. Ich dagegen bin immer froh, wenn mich die anderen Leute einfach in Ruhe lassen. Ich mag es nicht, angequatscht, geschweige denn angebaggert zu werden. Keine Ahnung, wie ich mit dieser Einstellung jemals ein Date zustande bekommen habe.

Und wenn ich es genau betrachte, haben die Männer auch immer eine Weile darum kämpfen müssen, bis ich einem Date zugestimmt habe. Sei es jetzt ein Essen, ein Kinobesuch oder lediglich einen Tee am Kaffeewagen nach der Vorlesung.

»Da drüben ist Keith.«, ruft Gabby, nimmt meine Hand und zieht mich mit. Meghan schnappt sich meinen Arm und folgt uns.

»Hey, wenn das nicht meine Lieblingsmexikanerin ist.«, ruft er und zieht sie in eine innige Umarmung.

»Halb-Mexikanerin.«, korrigiert sie ihn. »Durch meine Adern fließt zu gleichen Teilen auch amerikanisches Blut.«

»Ladys, ihr kommt genau richtig. Sydney ist gerade los ein paar Shots besorgen. Ich hoffe, ihr habt Durst mitgebracht.« Dann flüstert er Gabby etwas ins Ohr, woraufhin sie mich ansieht und kichert.

»Hey. Was wird da drüben denn getuschelt?«, brülle ich zu ihnen hinüber, aber beide setzen die Unschuldsmiene auf und schütteln mit dem Kopf.

»Nichts.«, ruft Gabby zurück, aber tuschelt weiter mit Keith.

Ich ziehe eine Augenbraue hoch und widme mich Meghan, die nach Sydney und den Shots Ausschau hält. Wie aufs Stichwort taucht er hinter uns auf, sich mit beiden Händen an einem vollgeladenen Tablett festkrallend. Seine blonden Haare trägt er etwas länger als Keith und bändigt sie heute Abend mit einem Bandana, das er sich um die Stirn gebunden hat. Ich würde mein Board darauf verwetten, dass er surft.

»Wer soll das bitte alles trinken?«, frage ich ihn und er nickt nur in unsere Richtung.

»Willst du uns abfüllen?«, richtet Gabby das Wort an Sydney, der als Antwort nur blöd grinst und dafür von ihr die Zunge rausgestreckt bekommt.

Ich lasse meine Finger suchend über die kleinen Gläser kreisen, als ob das etwas an meiner Wahl ändern würde. Dann schnappe ich mir eins, das bis zum Rand mit einer klaren Flüssigkeit gefüllt ist und warte, bis sich jeder von den anderen ebenfalls eins genommen hat. Keith gibt noch einen Trinkspruch zum Besten, den ich wegen der lauten Musik kaum verstehe. Dann setzen wir alle unsere Gläser an und trinken. Es schmeckt irgendwie nach Minze, viel süßer als ich erwartet hatte und brennt nur ein klein wenig. Ich hatte definitiv mit etwas Schlimmerem gerechnet!

»Noch ne Runde, Ladys?«, ruft Keith und nachdem wir alle nicken, ist es Sydney der mit einem Kampfschrei loswettert.

Nach der dritten Runde brauche ich eine Pause, immerhin habe ich seit heute Mittag nichts mehr gegessen und trinke einfach zu selten, um mit den anderen mithalten zu können.

Sydney hält mir eine kleine Wasserflasche entgegen. »Für zwischendurch?«

Dankbar lächelnd greife ich danach, drehe den Verschluss auf und nehme einen großen Schluck. »Danke, das war genau das Richtige.«

»Wasser?«, höre ich Gabbys Stimme in meinem Ohr schrillen. »Wir sind hier, um ordentlich auf die Kacke zu hauen und Frust abzulassen. Wasser ist zum Waschen da, das kannst du morgen früh gegen deinen Kater trinken.« Dann reißt sie mir die Flasche aus der Hand und reicht sie an Sydney zurück, der mich mit teils mitleidigem und andererseits belustigtem Blick ansieht.

»Lady, es wird Zeit. Wir gehen jetzt tanzen!« Ohne auch nur eine Antwort abzuwarten, packt Meghan uns beide am Handgelenk und schleift uns mit auf die Tanzfläche.

»Warte. Nicht so schnell. Die Schuhe.«, schreie ich und stolpere hinter ihr her.

Sie drosselt ihr Tempo ein klein wenig und hält nach einem geeigneten Plätzchen auf der Tanzfläche Ausschau. Ziemlich mittig zum DJ Pult findet sie ein leeres Fleckchen und steuert es sofort an. Dann lässt sie unsere Hände los und beginnt, sich zum Takt der Musik zu bewegen. Meghan ist definitiv die passionierteste Tänzerin von uns dreien. Ich liebe es auch, zu tanzen. Man kann den Kopf ausschalten, die Gedanken beiseiteschieben und sich einfach mal fallenlassen. Es macht Spaß, aber wenn ich die Wahl hätte, würde ich das Surfen immer dem Tanzen vorziehen.

»Du wirst beobachtet. Weißes Poloshirt auf 11 Uhr zieht dich gerade mit seinen Blicken aus.«, flüstert Gabby mir ins

Ohr und zeigt unauffällig ans andere Ende der Tanzfläche. Sie macht es wie immer so unauffällig auffallend, dass der Typ, der locker an einem Stehtisch lehnt, mir zuzwinkert und ein Küsschen zuwirft. *Würg.* Ich tanze zu Gabby hinüber und tausche mindestens genauso unauffällig den Platz mit ihr, damit ich Whity den Rücken zudrehen kann und seiner peinlichen Anmache nicht weiter ausgesetzt bin.

»Der ist doch süß.«, stellt sie mit unschuldigem Blick fest.

»Ich habe mich heute von meinem Freund getrennt. Und selbst wenn der Proll da drüben der letzte Mensch auf Erden wäre, hätte er keine Chance bei mir. Luftküsschen… Ich bitte dich, Gabs.« Ich deute ein Würggeräusch an und Gabby lacht.

Wir bewegen uns weiter zum Takt der Musik. Gerade läuft der Dauerohrwurm von Shawn Mendes und Camila Cabello, *Senorita*, einer meiner liebsten Songs im letzten Jahr und mit seinen kubanischen Klängen quasi ein Garant dafür, die Leute im Club auf die Tanzfläche zu locken. Für einen kurzen Moment schaffe ich es wirklich, meinen Kopf genau wie heute Nachmittag auf dem Surfboard komplett auszuschalten und lasse meinen Blick über die Menge hinweg schweifen. Heute Abend sind erstaunlich viele Leute hier, definitiv mehr als sonst. Normalerweise würde mich diese Tatsache etwas nervös machen. Ich mag absolut keine Menschenmassen und Events, bei denen man von jeder Seite angetatscht wird oder sich ständig jemand an einem vorbeiquetscht. Besonders auf der Tanzfläche kann so etwas ganz schön nerven und teilweise auch echt eklig sein. Je nachdem, wer sich da an einem vorbeischiebt.

Heute allerdings haben der Wein und die Shots dafür gesorgt, dass ich das Ganze etwas entspannter sehe. Ich will heute Spaß haben und nicht wie Gabby es immer nennt, so *verkopft* sein. Aber sorry, der Typ da eben ging echt gar nicht.

»Ach, hierhin seid ihr Hühner verschwunden.«, höre ich jemanden sagen. Als ich mich umdrehe, stehen Keith und Sydney neben uns und beobachten Gabbys sexy Tanzeinlage. Das ist genau ihre Musik und da dreht sie das Thermometer gern mal so richtig auf. Dann schnappt sie sich meine Hand, zieht mich ganz eng zu sich und animiert mich, mit ihr zu tanzen. Ich lache laut auf. Und auch hierbei hatte Gabby mal wieder Recht. Es tut so richtig gut, mir all den Frust von der Seele zu tanzen, anstatt wie ein Häufchen Elend daheim auf der Couch zu versauern und einem Typen hinterherzutrauern, der nicht eine einzige meiner Tränen verdient hat.

Als der Song vorbei ist, spielt der DJ einen Track, den ich nicht kenne. Ich lege den Kopf schief und sehe die anderen fragend an. »Ist der neu?«

»Ich glaub, der neue von Katy Perry?!«, ruft Meghan, aber hebt auch fragend die Schultern.

»Der ist gut!«, brülle ich zurück, woraufhin Meghan mir zunickt.

Die Jungs tanzen eine gute Weile mit einem gewissen Abstand mit uns mit und halten uns auch schön potentielle Grabscher vom Hals, wofür ich ihnen sehr dankbar bin. Als die beiden einen kurzen Moment nicht aufpassen, weil sie mit der Frage beschäftigt sind, wer die nächsten Getränke besorgt, wird unser Dreiergespann von zwei dunkelhaarigen Latinos in Beschlag genommen. Der größere der beiden schnappt sich gleich Gabby und wirbelt sie über die Tanzfläche. Sie scheint sich nicht daran zu stören, denn sie lacht laut auf und schmiegt sich beim Zurückwirbeln an seine Brust. Der kleinere Typ ist sich wohl noch nicht ganz sicher, bei wem von uns er sein Glück versuchen soll. Da ich absolut kein Interesse habe, tanze ich weiter mit Meghan, als sich plötzlich von hinten eine Hand auf meine Hüfte legt.

»Entschul…«, will ich mich gerade rausreden, als ich sehe, dass die Hand zu Sydney gehört und er mich nur aus der misslichen Lage befreien will. Sofort wird meine Miene wieder weich und ich nehme mir vor, mich nachher mit einem Bier oder wahlweise auch einem Wasser dafür erkenntlich zu zeigen.

Er dreht mich zu sich um und legt seine andere Hand auf meinen Rücken. Sein Grinsen ist so breit, dass ich selbst schmunzeln muss. Mit meinen Lippen forme ich ein wortloses *Dankeschön* und schenke ihm ein ehrlich gemeintes Lächeln.

Er nickt nur und wiegt dann seine Hüften im Gleichtakt zu meinen. Und ich muss ihm wirklich ein großes Kompliment machen. Der Junge weiß, wie man sich auf einer Tanzfläche bewegen muss. Für einen kurzen Moment lässt er mich meine Probleme vergessen und wir genießen einfach die Musik und bewegen uns zu ihr.

Nach zwei weiteren Liedern haben die zwei Jungs begriffen, dass von unserer Seite absolut kein Interesse an ihrer Person besteht und haben den Rückzug angetreten. Erleichtert atme ich aus und lasse meinen Blick im Raum umherschweifen, als ich doch tatsächlich ein Seitenprofil an der Bar entdecke, das mir, wenn meine Augen mich nicht arg täuschen, mehr als bekannt vorkommt. Die kantigen Gesichtszüge und der Dreitagebart passen genau zu der Person, die ich an der Bar zu erkennen meine.

»Bleibt ihr hier? Ich brauche was zu trinken, bevor ich dehydriere.«, schreie ich über die Musik hinweg. Als sie mir zunicken, lasse ich die beiden auf der Tanzfläche zurück und stapfe geradewegs in Richtung Bar.

»Hey, du!«, brülle ich über die Musik hinweg, um seine Aufmerksamkeit zu erregen. »Bist du nicht der Arsch, der mich heute Nachmittag über den Haufen gerannt hat?« Ich pieke ihm mit meinem Zeigefinger mehrmals in die Brust, die erstaunlich fest ist und kaum unter meinem Finger nachgibt. Der Alkohol macht mich mutig.

Er sieht mich verdutzt an, bevor er sichtlich begreift, wer da vor ihm steht und der überraschte Blick einem breiten Lächeln weicht.

»Was ist daran denn bitte so lustig? Ich hätte mir den Hintern brechen können!«

Jetzt schlägt sein Grinsen in ein lautes Lachen um. Ein herzliches Lachen. Ein echtes Lachen. Welches es viel zu selten gibt. »Bei aller Liebe, aber ich glaube nicht, dass sich jemals jemand den Hintern gebrochen hat.«

»Und ich glaube, dass du das gar nicht beurteilen kannst.«

Wieder lacht er.

»Hat dir denn noch niemand gesagt, dass es unhöflich ist, sein Gegenüber auszulachen?«

Er winkt den Barkeeper zu uns herüber. »Lass es mich wiedergutmachen. Ich lade dich ein. Was willst du trinken? Eine Pina Colada oder einen Cosmopolitan vielleicht?«

»Was an mir sagt bitte bunte Schirmchen?«, frage ich augenrollend.

»Naja, ohne deine abgetretenen Chucks und den Holzfällerlook hätte ich dich zwar fast nicht erkannt, aber mit einem Klassiker macht man doch nie was falsch, oder?« Er lässt den Blick an mir hinunter und dann wieder hinaufgleiten.

»Sag nichts gegen meine Chucks, die müssen so sein. Außerdem hat dein Anzug wohl auch schon mal bessere Tage gesehen, also lehn dich nicht zu weit aus dem Fenster.«

Er gibt, ohne mich weiter zu fragen, beim Barkeeper eine Bestellung auf und grinst triumphierend.

»Ich denke schon, dass ich weiß, was du willst, Sweetheart.«, grinst er süffisant.

Bei der Art, wie er das sagt, beginnt sofort etwas in meinem Bauch zu kribbeln, obwohl ich Kosenamen nicht ausstehen kann. Sein neckischer Blick macht mich nervös, doch ich versuche, mich weiterhin cool zu geben.

»Ach ja, ist das so? Und woher willst du das so genau wissen. Bist du etwa Dr. Love, der Frauenversteher, der jede Frau direkt durchschaut und ihre sehnlichsten Wünsche erahnt?«

Als der Barkeeper kurz darauf mit zwei Flaschen meines Lieblingsbieres zu uns zurückkommt, muss ich mir ein Schmunzeln verkneifen. In einer der beiden Flaschen steckt ein kleines rotes Cocktailschirmchen. Okay, okay, ich gebe zu, die Idee war nicht schlecht. Dieses Mal geht der Punkt an ihn. Damit hat er sich zumindest ein bisschen Respekt verdient, aber das werde ich ihm sicherlich nicht zeigen, geschweige denn aussprechen. Nicht, dass er noch einen weiteren Höhenflug bekommt.

»Vielleicht braucht selbst das einfachste Bier ab und zu einfach mal ein bisschen Farbe in seinem Leben.«, sagt er lächelnd und reicht mir die sichtbar für mich gemünzte Flasche.

»Das war jetzt schon fast poetisch.«, sage ich, ohne auch nur die Miene zu verziehen.

»Immer noch böse?«, fragt er mich und setzt den besten Dackelblick auf, den ich seit langem gesehen habe. Und eigentlich bin ich ihm auch gar nicht mehr böse. Die Schirmaktion war schon ziemlich lustig.

»Ich warte immer noch auf eine Entschuldigung, Mister.«, funkele ich ihn herausfordernd an. Jetzt, ohne Groll, habe ich Lust, mit ihm zu spielen, um herauszufinden, wer von uns das Wortduell gewinnt.

»Soso, tust du das?«, schmunzelt er und ich nicke ihm entschlossen zu. Er steht von seinem Hocker auf und so groß hatte ich ihn wirklich nicht in Erinnerung. Aber ich saß ja auch auf dem Boden und von da unten hat man eine recht bescheidene Sicht. Dann macht er einen Schritt auf mich zu, sinkt vor mir auf die Knie und nimmt meine Hand.

»Ich bitte vielmals um Verzeihung, Lady…« Er legt fragend den Kopf schief.

»June.«, sage ich, als ich verstehe, was er von mir will.

Er nimmt das Schirmchen aus meinem Bier und streckt es mir wie eine rote Blume entgegen. »Lady June. Ich wäre gar außer mir vor Freude, wenn Ihr meine Tat, die durchaus nicht rechtens war, entschuldigen, diese Rose annehmen und dem gemeinsamen Umtrunk dieses wohlschmeckenden Gestensaftes zustimmen würdet.« Jetzt ist er es, der ein Lachen zu unterdrücken versucht. Ich allerdings kann es nicht mehr und pruste los.

»Oh wow, bist du jetzt der Bachelor, oder wie? Möchtest du diese Rose annehmen?« Ich lache so laut, dass sich ein paar Leute an der Bar zu uns umdrehen. »Ja, alles klar, ich nehme deine Rose an, aber bitte…Komm hoch, du hast dich genug zum Affen gemacht. Die Leute starren schon zu uns rüber.«, lache ich, nehme ihm das Schirmchen aus der Hand und klemme es mir hinters Ohr.

»Nur, wenn du meine Entschuldigung wirklich annimmst und aufhörst, mich anzupieken. Die Stelle auf meiner Rippe tut nämlich immer noch weh, Fräulein Eisenfinger.« Demonstrativ streichelt er über besagte Stelle auf seiner Brust. Als ob die Stelle ernsthaft noch schmerzen würde. Was ein Simulant.

»Was wird denn das, wenn's fertig ist?«, höre ich eine mir nur allzu bekannte Stimme neben uns. Ich drehe mich um und blicke in Ethans blaue Augen, die vor Zorn funkeln. »Lass gefälligst die Hände von meiner Freundin.«

Ich lache hämisch. »Deine Freundin? Ich höre wohl nicht richtig. Das glaubst du doch selbst nicht.«

»Jetzt sei doch nicht so stur, June. Lass uns nach Hause fahren und über die Sache reden.« Er streichelt über meine Wange und ich erzittere unter seiner Berührung. Allerdings nicht mehr aus Sehnsucht, sondern aus Wut. Aus blanker Wut. Wahlweise über seinen Fehltritt oder meine Dummheit und Naivität.

»Ich denke, sie kann selbst entscheiden, was sie tut und auch mit wem sie das tut.«, mischt sich mein neu gewonnener Freund ein. Ich signalisiere ihm aber mit einem Kopfschütteln, dass ich alles unter Kontrolle habe.

Ich mache einen Schritt auf Ethan zu und sehe ihm tief in die Augen. Der Alkohol macht mich locker und mutig genug, um zu sagen, was ich zu sagen habe. All das, was ich heute Mittag nicht sagen konnte.

»Du bist ein riesen Arschloch Ethan Brown. Alles, was wir uns in den letzten zwei Jahren so mühsam aufgebaut haben, hast du heute mit Füßen getreten und für immer kaputt gemacht. Ich hoffe, das war dir der Fick wert! Ich hole meine Sachen, sobald ich eine neue Wohnung gefunden habe, ich werde keine Sekunde mehr mit dir unter einem Dach verbringen. Wenn du jemandem die Schuld dafür geben willst, dann kannst du sie dir geben. Vielleicht solltest du mehr mit deinem Hirn, als mit deinem Schwanz denken, dann hättest du diesen Schlamassel jetzt nicht und wir könnten heute Abend wie geplant *Infinity War* schauen! Und jetzt geh mir aus den Augen, bevor ich brechen muss. Du widerst mich einfach nur noch an!« Ich speie ihm die Worte entgegen und spüre, wie mein Körper sich bei jedem Wort mehr entspannt. Es tut so gut, mir das von der Seele und ihm ins Gesicht zu brüllen. Dann drehe ich mich um und will ihn erneut stehen lassen.

Seine Hand schießt vor und packt grob mein Handgelenk. Ich zucke zusammen, reiße mich los und stolpere in die Arme meines Möchtegern-Bodyguards. Er legt seinen Arm schützend um meine Taille, zieht mich an sich heran und sieht zu mir hinunter.

»Ich halte mich da gerne weiterhin raus, wenn es das ist, was du willst. Aber sag nur einen Ton und ich befördere diesen Idioten auf direktem Weg nach draußen. Ganz wie du willst, es liegt bei dir.«

Je näher Ethan kommt, desto fester schlingt er seinen Arm um mich.

»Lass deine Drecksgriffel bei dir!«, brüllt Ethan, der langsam immer wilder wird.

»Was soll ich unterlassen? Das hier?« Provokant lässt er seine Fingerspitzen über die dünne Haut an meinem Hals gleiten, was einen heißen Schauer durch meinen Körper fahren lässt.

Ethans Augen glühen immer mehr vor Zorn., seine Stimme ist nur noch ein Knurren. »June, benimm dich nicht wie ein sturer Bock. Wir gehen. Jetzt und auf der Stelle. Los.«

»Hast du es seit neustem mit den Ohren? Mit Sicherheit werde ich nicht mit dir nach Hause gehen. Für mich gibt es kein Zuhause mehr. Zumindest nicht das in Little Italy.« Um meine Aussage zu unterstreichen, drücke ich mich noch enger an meinen Beschützer. »Lass einfach gut sein Ethan und geh nach Hause. Du wirst hier heute keinen Erfolg haben.«, sage ich, um die Situation hier hoffentlich endlich zu entschärfen.

Langsam macht mir seine schroffe Art Angst.

Er macht einen weiteren Schritt auf uns zu.

»Die Dame hat nein gesagt. Was daran ist nicht zu verstehen?«

»Das sagt ja der Richtige. Du willst ja scheinbar ebenso wenig verstehen, dass du sie gefälligst nicht anfassen sollst.«, antwortet Ethan. Er ist langsam so rasend vor Wut, dass nur noch der Schaum vorm Mund fehlt und er könnte als tollwütiges Tier durchgehen.

Um dem Ganzen noch die Krone aufzusetzen und Ethan vollends fertigzumachen, beugt sich mein Bodyguard zu mir hinunter und presst seine Lippen auf meine. Er schmeckt nach einer Mischung aus Bier und Minze.

Instinktiv schließe ich die Augen und lasse den Kuss zu. Spätestens als er seine Hand in meinem Haar vergräbt und mich noch näher an sich heranzieht, fühlt sich mein Körper an, als stünde er komplett in Flammen. Unwillkürlich muss ich an Katniss denken, das Mädchen, das in Flammen steht, was mir ein Lächeln entlockt.

Der Kuss bringt für Ethan das Fass zum Überlaufen. Er springt auf uns zu und schlägt meinem persönlichen Peeta die Faust mitten in sein Gesicht.

»So langsam gehst du mir echt gehörig auf den Sack.«, antwortet dieser, als er sich wieder gesammelt und schützend vor mich geschoben hat. Dann verpasst er Ethan einen Stoß, sodass er das Gleichgewicht verliert und nach hinten stolpert.

Ich stehe wie angewurzelt da und starre sie an, bis mich eine schrille Stimme ins Hier und Jetzt zurückholt. Es ist Meghan, die an meiner Hand zerrt und meinen Namen ruft.

»Schafft sie hier raus, ich kümmere mich um den Helden hier.«, höre ich jemanden rufen.

Das lassen sich meine Freundinnen nicht zweimal sagen und bugsieren mich durch den Club zum Hintereingang, der in eine kleine Gasse abseits der Hauptstraße führt. Gabby pfeift uns ein Taxi bei und kaum mehr als zehn Minuten später halten wir auch schon vor der Mädels-WG.

»Du bleibst erstmal hier, Bonita. Ich lasse dich nicht zurück zu diesem Idioten.«, sagt sie und drückt mir einen Kuss auf den Scheitel. »Wie Ethan dich angeschaut hat… Da ist es mir echt kalt den Rücken runtergelaufen. War der immer so aggressiv?«

»Nein, eigentlich gar nicht.«, sage ich. »Ich glaube, er hat heute Abend einfach eine Menge Alkohol getrunken.«, sage ich unsicher.

»Alkohol ist nicht die Universalausrede, um arschig zu sein. Sorry, wenn ich das jetzt so hart sage, aber heute Mittag als er die Tussi gevögelt hat, war er auch voll und ganz Herr seiner Sinne, oder?«

Ich nicke und lasse mich seufzend in die Kissen sinken.

»Wir kuscheln uns jetzt hier ein, du fühlst dich wie zuhause und dann schauen wir irgendwann, dass wir eine tolle Wohnung für dich hier in Ocean Beach finden, so wie du es eigentlich schon immer wolltest und es nur für dieses Arschloch nicht getan hast.«

Ich habe einfach die besten Freundinnen der Welt! Nachdem wir uns umgezogen haben, kuscheln wir uns zu dritt auf das große Sofa und Gabby startet *Infitity War*… So gehen meine ursprünglichen Pläne doch noch auf.

KAPITEL 5

Als ich am nächsten Morgen aufwache, ist von Gabby und Meghan weder etwas zu hören, noch zu sehen. Dafür habe ich einen ganz anderen Gast. Einen dicken, fetten Kater. Ich gebe ihm den Namen Karl. Karl der Kater... Klingt spitze. Ich bin froh, dass meine Freundinnen mich mittlerweile so gut kennen, dass sie mich gestern Abend nicht mehr über Ethan und ganz besonders nicht über den für sie wildfremden Mann, der mich dennoch beschützt hat, gelöchert haben. Sie wissen genau, dass ich immer erstmal selbst alles in meinem Kopf sortiere und mich dann an sie wende. Genau wie gestern Mittag: Erst surfen und alleine meinen Gedanken nachgehen und dann erst Gruppentherapie mit Wein auf der Couch.

Und genau Letzterer oder eventuell auch die Getränke im Club – who knows – haben mich tatsächlich noch dazu gebracht, wegen dem ganzen Mist zu weinen. Dabei wollte ich so stark sein und Ethan keine einzige Träne vergönnen. Aber als Gabby und Meghan im Bett waren und ich allein auf der Couch lag, brachen alle Dämme. Heute allerdings ist die Schonfrist vorbei und ich werde mich dem Tribunal stellen müssen, ob ich will oder nicht.

Mühsam krabbele ich von der Couch und wickele mir die kuschlige Fleecedecke um den Körper. »Komm, Deckchen. Ich zeige dir das Bad.«, sage ich und muss bei diesem Blödsinn selbst grinsen. Ein Blick in den Spiegel bestätigt nur, was ich mir schon dachte. Ich sehe aus, wie ich mich fühle. Meine Augen sind verquollen vom Weinen und mein Mascara hängt überall, nur nicht da, wo er hingehört.

Ich drehe am Wasserhahn und halte mein Gesicht darunter. Das kalte Wasser sollte meine Lebensgeister ein wenig wachkitzeln. Nachdem ich mir das Gesicht abgetrocknet habe, schnappe ich mir die Zahnbürste, die mir eine meiner Freundinnen netterweise hingelegt hat. Nachdem ich meine Haare zu einem zopfähnlichen Gebilde zusammengebunden habe, schlurfe ich zurück in Richtung Küche.

An der Kaffeemaschine hängt ein kleiner gelber Post-It, auf dem in Großbuchstaben mein Name steht. »Wenn der kleine Panda ausgeschnarcht hat… Im Kühlschrank sind frischer Orangensaft und Milch, im Wandschrank hast du drei Sorten Cornflakes zur Auswahl. Fühl dich wie Zuhause, wir sind bis heute Nachmittag zurück. Küsschen G. & M.«

Also stapfe ich zum Schrank, begutachte die Cerealien und erfreue mich daran, dass sie meine Lieblingssorte gekauft haben: Coco Pops. Aber auch die andern beiden gehören zu meinen Favoriten. Ich bin im Dilemma.

Wenn es um Essen geht, bin ich absolut nicht entscheidungsfreudig. Im Restaurant bin ich immer die Letzte, die weiß, was sie nimmt. Also kippe ich mir von jeder Sorte ein paar Flakes in die Schüssel, schütte eine Ladung Milch darüber und mache es mir wieder auf der Couch gemütlich. Genüsslich schiebe ich mir einen großen Löffel vom Cornflakes-Mix in den Mund. Hmmm… Schoko-Zimt-Honig-Geschmack… Was bin doch für ein guter Koch!

Ich strecke mich und versuche meine Handtasche zu erreichen. Natürlich liegt sie zu weit weg und ich muss doch aufstehen. Dabei hatte ich es mir gerade gemütlich gemacht.

Als ich in die Tasche greife, durchfährt mich ein stechender Schmerz und ich quietsche laut auf. Tollpatschig wie ich bin, habe ich natürlich in das spitze Ende des roten Cocktailschirmchens gegriffen. Ich hatte völlig vergessen, dass ich es im Taxi aus meinen Haaren gefischt und in die Tasche gesteckt hatte.

Beim Gedanken an das Geschehene, spüre ich noch immer diese weichen Lippen auf meinen. Der Kuss war so zart, aber gleichzeitig auch fordernd und neckend. Und was er in meinem Bauch ausgelöst hat… Ich muss unwillkürlich lächeln. Ich könnte mir in den Hintern beißen, dass ich ihn nicht nach seinem Namen oder seiner Nummer gefragt habe. Nicht, um ihn ein weiteres Mal zu küssen. Zumindest ist das nicht meine Hauptintention. Ich will mich einfach für alles bedanken, was er gestern Abend für mich getan hat. Aber es ging plötzlich alles so verdammt schnell. Meghan und Gabby haben mich schneller aus dem Club befördert, als ich schauen konnte. Ich habe keine Ahnung, wie der Streit der Jungs ausgegangen ist. Rein körperlich gesehen, sind die beiden schon relativ auf Augenhöhe. Ethan hatte vielleicht den größeren Bizeps, aber dafür ein deutlich schmaleres Kreuz, aber gute 1,90 Meter messen sie wohl beide. Ich überlege ob ich Ethan schreiben soll, verwerfe den Gedanken allerdings so schnell wie er gekommen ist. Nicht, dass er noch denkt, ich hätte mir Sorgen um ihn gemacht. Wenn ich ehrlich bin, hoffte ein kleiner Teil von mir, dass er den ein oder anderen Schlag kassiert hatte. Bin ich ein schlechter Mensch, weil mir der Gedanke kurz ein Lächeln aufs Gesicht zaubert? Ich denke, temporäre Rachegelüste seien mir unter diesen Umständen vergönnt.

Als ich auf das Display meines Handys tippe, passiert rein gar nichts. Der Akku ist leer. Naja, auch kein Wunder, wenn ich seit gestern Morgen nicht mehr daheim war, um es zu laden. Schnell hole ich Gabbys Ladekabel aus dem Schlafzimmer und schließe es an. Nach ein paar Minuten Warten, schalte ich dann mein Telefon an.

Ping… Ping Ping… Ping Ping Ping…

Oh mein Gott, da ist man mal einen halben Tag nicht zu erreichen und das Teil rastet komplett aus. Ich überfliege schnell die Textnachrichten, aber an und für sich ist nichts allzu Wichtiges dabei. Alle leben noch und ich habe nichts Spektakuläres verpasst. Allerdings sind natürlich auch einige Nachrichten von meinem werten Herrn Exfreund eingegangen. Ich sage ja, nichts Wichtiges. Eine kleine rote 9 leuchtet hinter seinem Namen auf, plus eine Infonachricht meiner Mailbox über mehrere verpasste Anrufe, alle von Ethan versteht sich. Ich überlege einen Moment, ob ich den ganzen Chatverlauf einfach ungelesen und die Nachrichten auf der Mailbox ungehört löschen soll. Seine Stimme ertrage ich gerade echt nicht. In meinem Kopf sehe ich Kater Karl der vehement mit den Armen wedelt und es ablehnt. Das Abhören lasse ich also definitiv bleiben. Aber ich öffne den Chat und schaue nach, was er mir nach all der Aufregung gestern Abend noch zu sagen hat.

Es tut mir leid…Lass uns reden… Schatzi hier… Schatzi da… Meld dich doch bitte… Du fehlst mir… Blablabla… Nichts, was ich in den letzten 24 Stunden nicht schon zig Mal gehört hatte. Und sein Schatzi kann er sich so was von dahin schieben, wo keine Sonne scheint. Ich beantworte ein paar Nachrichten und werfe das Handy zurück in die Tasche.

Als ich auf den roten Powerbutton der Fernbedienung drücke, erwachte der Fernseher mit einem leisen Ton zum Leben. Ich öffne die *Netflix* App und während sie lädt, hole ich fix etwas zu trinken aus dem Kühlschrank. Jetzt muss ich definitiv so schnell nicht mehr aufstehen und mein Hintern kann endlich eins mit den weichen Sofakissen werden.

Ich wähle Gabbys Profil aus, ihr Avatar ist Nairobi von Haus des Geldes. Sie ist auch mein liebster Charakter der Serie und genau wie Gabby, eine echte Powerfrau. Der Avatar daneben gehört Meghan und zeigt einen Königspinguin. Ich kann nicht erklären wieso, aber das passt irgendwie auch total zu ihr. In der Spalte »Mit dem Profil von Gabriella weiterschauen« werden mir *Sons of Anarchy*, *Suits* und *The Umbrella Academy* angezeigt. Die ersten beiden Serien habe ich schon zwei Mal komplett durchgesuchtet und ich liebe sie. Letztere steht immer noch auf meiner gefühlt endlos langen to-watch-Liste.

Weiter unten finde ich die Kategorie »Derzeit beliebt auf Netflix« und hoffe dort fündig zu werden. Ich bin völlig aus dem Häuschen, als auf dem Avatar von New Girl ein roter Balken mit *Neue Folgen* aufleuchtet. Jess, Nick und Winston sind jetzt genau die Chaoten, die ich brauche, um auf andere Gedanken zu kommen! Ich wusste gar nicht, dass schon neue Folgen abgedreht wurden, geschweige denn, dass sie auch schon online sind.

Jess' Leben ist nach der Trennung von ihrem Langzeitfreund total verrückt geworden, im positiven Sinne versteht sich. Vielleicht geht's mir, wenn mein gebrochenes Herz nicht mehr allzu doll weh tut, ja genauso.

Aber Wut ist ein gutes Mittel gegen Kummer. Gestern wollte ich mich noch selbst in meinem Mitleid suhlen, aber heute muss ich feststellen, dass es mir bis auf den lieben Karl schon viel besser geht. Nicht *alles ist vergeben und vergessen* oder *ich bin drüber weg* besser, aber gut genug, dass ich mir sicher bin, keine Tränen mehr vergießen zu müssen, sobald ich seinen Namen höre. Das klingt vielleicht nach nur einem Tag etwas herzlos, aber ich habe erlebt, was es aus einem Menschen machen kann, wenn man einem Mann zu sehr hinterher trauert, obwohl er dich hintergangen und definitiv nicht verdient hat, du ihn aber trotzdem liebst.

Leider war nämlich genau das mit meiner Mom passiert, nachdem mein Vater uns verlassen hat. Sie kam wochenlang nicht aus dem Bett und ich musste mit dreizehn Jahren den Haushalt alleine schmeißen, für sie kochen und sie an besonders schlechten Tagen sogar auch füttern, weil sie sonst nichts gegessen hätte. Also habe ich mir geschworen, niemals wegen eines untreuen Mannes so zu enden. Und genau daran klammere ich mich heute. Wer mich betrügt, der wird radikal aus meinem Leben verbannt, ohne zweite Chance und ohne die winzigste Möglichkeit auf Versöhnung oder Verzeihen meinerseits. Das mag vielleicht hart wirken, aber es erspart einem viel Kummer. Davon hatte ich die letzten 24 Stunden echt genug.

Und genau deshalb starte ich jetzt die erste Folge der neuen New Girl Staffel und lasse mir die halbwegs gute Laune von untreuen Arschlöchern heute nicht mehr verderben. Schon beim Introlied habe ich ein Grinsen auf den Lippen. »*Who's that giiiiirl... It's Jess!*«, singe ich laut mit.

Wie angekündigt fällt Gabby am Nachmittag wieder in der Wohnung ein. »Hier für dich.«, ruft sie und wirft mir einen kleinen schwarzen Autoschlüssel entgegen.

»Und was genau soll ich damit?«, frage ich verwirrt. Der Schlüssel passt definitiv nicht zu meinem oder ihrem Wagen.

»Dafür müsstest du deinen süßen Hintern von der Couch erheben. Schau aus dem Fenster und dank mir später.«, befiehlt sie und deutet auf das Fenster, das zur Straße zeigt.

Also hieve ich stöhnend meine müden Knochen hoch und gehe zum Fenster hinüber. Als ich den unteren Teil der

Scheibe hochdrücke, sehe ich Meghan neben einem kleinen Bus stehen und mir freudestrahlend zuwinken.

»Wir können nicht verreisen, wir müssen zur Uni. Das ist dir schon bewusst, oder?«, sage ich und hebe abwehrend meine Hände. Ich werde definitiv kurz vor Ende des Studiums nicht alles schleifen lassen, nur, weil mein schwanzgesteuerter Freund meint, er müsse mit jedem dahergelaufenen Flittchen ins Bett steigen.

»Oh man, June. Mach nen Schritt zur Seite, du stehst mal wieder völlig auf dem Schlauch.« Ihr schrilles Lachen ist ansteckend, ich muss auch grinsen. Schlauer bin ich aber trotzdem nicht.

Es dauert keine zwei Minuten, dann ist auch Meghan bei uns oben im Apartment angekommen. Ich fühle mich total fehl am Platz, denn jetzt sehen sie mich zu zweit erwartungsvoll mit ihren großen Augen an.

»Mädels, ihr könnt noch so lange anstarren, aber ich kapiere echt nicht, was ihr von mir wollt. Was soll ich mit dem Bus?«

»Sie schnallt es echt nicht, Meg.«, sagt Gabby und reibt sich kopfschüttelnd die Nasenwurzel. »Sollen wir ihr noch einen letzten Tipp geben?«

Meghan räuspert sich. »Okay… Hmmm… Letzter Tipp. Pass gut auf, dann macht es sicher klick… Wir haben heute Morgen einen Abstecher in Little Italy gemacht.« Wieder sehen sie mich an und studieren meinen Gesichtsausdruck, anhand dessen sie beobachten können, wie sich die Zahnräder in meinem Kopf in Bewegung setzen und ich endlich verstehe, was sie mir sagen wollen.

»Ihr habt nicht das getan, was ich gerade denke, oder?«, frage ich Gabby und reiße jetzt ebenfalls die Augen weit auf.

»Keine Ahnung, was denkst du denn, Bonita?«, grinst sie.

»Wart ihr etwa meine Sachen in der alten Wohnung abholen?«

Als beide nicken, falle ich ihnen quietschend um den Hals.

»Ihr seid die Besten! Einfach toll! Total verrückt, aber toll!!!«

»Wir konnten doch nach der Aktion gestern Abend im Club nicht zulassen, dass du diesen Idioten heute nochmal ertragen musst. Oder dass er dich wieder zutextet, wenn du ein paar notwendige Sachen holen gehst. Und dann kam uns heute morgen, als du noch tief und fest geschlafen hast, die Idee, einfach gleich alles von dir mitzunehmen. Keith und Sydney haben geholfen. Dafür musst du nächstes Mal nur ne Runde ausgeben. Keith meint, wir können dein Zeug auch später zu ihm bringen. Er hat ein kleines Lager gemietet, da wäre noch Platz für ein paar Kisten, bis du eine neue Wohnung gefunden hast. Und falls noch was fehlt, machen wir Ethan die Hölle heiß, bis er es dir schickt.« Sie sagt es, als sei absolut nichts dabei und als sei ihre Hilfe das Selbstverständlichste auf der Welt. Aber das ist es für mich absolut nicht. Ich bin ihnen allen wirklich verdammt dankbar dafür.

»Ich gebe euch von mir aus einen ganzen Abend lang alle Getränke aus. Das ist einfach nur der Wahnsinn.« Ich halte mir die Hände vors Gesicht und schüttele lächelnd den Kopf. Das wird noch ein paar Stunden dauern, bis mein verkatertes Hirn versteht, dass wir diesen Idioten nie wiedersehen müssen.

»Eine reicht, spar dein Geld.«, lacht Meghan. »Wir haben es alle gern gemacht. Die Jungs haben die Rangelei gestern Abend mitbekommen und wollten es dir nicht zumuten, das Drama nochmal mitmachen zu müssen.«

»Ich gehe uns jetzt was zu Futtern organisieren, dann machen wir es uns gemütlich und reden endlich mal über den megaheißen Typ von gestern Abend, der unübersehbar deine

Ehre verteidigen wollte. Wir haben das nicht vergessen, auch wenn du das vielleicht gehofft hast.« Gabby zwinkert mir zu und gibt mir einen liebevollen Klapps auf den Po.

Ich wusste, dass ich heute nicht drum herumkommen würde. »Aber ich bezahle das Essen!«, rufe ich. Ob sie wollen oder nicht!

»Stimmt so!«, ruft Meghan, als dreißig Minuten später unsere Pizzen geliefert werden und stößt die Haustür mit dem Fuß zu. Sie stellt die Kartons auf dem kleinen Tisch vor der Couch ab und lässt sich neben mich fallen.

Neugierig öffne ich den oberen Karton und werfe einen Blick hinein. Thunfisch, Mais, Knoblauch und ein Hauch Chili, meine absolute Lieblingspizza. Begeistert werfe ich Gabby einen Luftkuss zu. »Du bist die Beste!« Sie hat heute wirklich auf jedes Detail geachtet, damit es mir bessergeht. Das nenne ich mal eine wahre Freundin. Und wenn es nur das Bestellen meiner Lieblingspizza ist. Auf dem anderen Karton steht in großen Druckbuchstaben SALAMI.

»Und jetzt zu dir, Fräulein. Wer in Gottes Namen war bitte dieser Hottie von gestern Abend?« Gabby wischte sich demonstrativ den imaginären Sabber von der Backe. »Es sollte verboten werden SO heiß auszusehen!«

Ich nehme mir ein Stück Pizza, lasse mich in die Kissen sinken und beiße ab. Solange ich kaue, muss ich ihnen nicht Rede und Antwort stehen.

»Jetzt hör auf Zeit zu schinden.«, lacht Meghan. Sie kennen mich einfach beide viel zu gut.

Also erzähle ich den Rest der Geschichte und wie der Zusammenstoß mit den Ereignissen im Club zusammenhängt. Dass mich gestern Nachmittag ein Typ umgerannt hat, wissen sie ja bereits. Als ich ihnen erkläre, dass mein Retter im Club und der Idiot im Anzug ein und dieselbe

Person sind und auch erwähne, warum Ethan auf ihn losgegangen ist, geben beide erstaunte Laute von sich. Ich male mit meinen Fingern kleine Kreise auf die Couch und warte darauf, dass jemand etwas dazu sagt.

»Und wirst du dich bei ihm bedanken?«, fragt Meghan sichtlich gerührt.

»Würde ich gerne, aber ich habe ja seine Nummer nicht… Ich weiß ja noch nicht einmal, wie er überhaupt heißt.«

»Ich könnte Keith bitten, sich mal umzuhören. Er ist mit dem Besitzer des Clubs befreundet und wenn dein Hottie öfter dort ist, dann ist die Chance relativ hoch, dass er ihn kennt. Es wäre doch ein Jammer, wenn du dich nicht persönlich und ausgiebig bei ihm bedanken könntest.« Gabby wackelt vielsagend mit den Augenbrauen und ich muss unwillkürlich lachen. »Und wenn ich ausgiebig sage, dann meine ich ausgiebig… Die gaaanze Nacht ausgiebig.« Jetzt muss sie selbst laut lachen und auch Meghan kann nicht mehr ernst bleiben.

»Was du mit ausgiebig gemeint hast, war mir auch schon klar, bevor du es nochmal wiederholt hast.«, lache ich und rolle mit den Augen. Dann werde ich aber wieder ernster. »Darf ich euch etwas verraten, ohne dass ihr mich damit aufzieht?«

Beide geben mir ihr Versprechen, also rücke ich mit der Sprache raus.

»Ich kann den ganzen Tag schon an nichts anderes, als an diesen Kuss denken.« Ich greife nach dem Kissen neben mir und drücke es mir aufs Gesicht. »Wie armselig klingt das bitte?«

»Ich finde das gar nicht armselig!«, pflichtet Engel Meghan mir bei. »Es wird Zeit, dass du deinen Seelenverwandten findest. Ethan war das augenscheinlich nämlich nicht.«

Das Teufelchen auf der anderen Seite zieht eine Augenbraue hoch, sieht uns skeptisch an und ich weiß genau, was jetzt kommt. Meghan müsste eigentlich wissen, dass sie mit diesem Wort einen Kurzschluss bei Gabby auslöst.

»Ihren Seelenverwandten? Bonita. Zum hundertsten Mal, so etwas gibt es nicht. Und je schneller du das akzeptierst, desto eher kannst du vielleicht auch mal glücklich werden. Ich kenne euch lange genug, um euch zu sagen, was euer Problem bei den Männern ist. Du, Meghan, idealisierst jeden Mann, es ist Liebe auf den ersten Blick und immer ist es JETZT der Richtige. Big Love und nach ein paar Dates hast du insgeheim schon die Hochzeit geplant und euren Kindern Namen gegeben.« Sie seufzt laut auf und richtet mahnend den Finger auf mich. »Und nun zu dir, June. Du bist dank deines Vaters so verkorkst und siehst nur das Schlechte in den Männern. Du denkst, dass jeder früher oder später die Biege macht und deshalb lässt du niemanden nahe genug an dich heran, um bloß nicht verletzt zu werden.«

Autsch. Das hat gesessen!

»Und was willst du uns damit jetzt sagen?«, fragt Meghan.

Sie dreht sich zu uns und ihre Augen funkeln belustigt. »Dass ihr euch ein Beispiel an eurer perfekten Freundin – also mir – nehmen und das Leben nicht so ernst nehmen sollt.« Dann streckt sie uns zwinkernd die Zunge raus.

Ich greife neben mich und als Dank kriegt sie ein Kissen gegen den Kopf, gefolgt von einem weiteren von Meghan.

»Hey! Zwei gegen einen ist total unfair.«, quietscht sie und im nächsten Moment haben wir uns schon mit unserem ganzen Gewicht auf sie geworfen.

Das Tolle an unserer Freundschaft ist, dass wir uns schon immer ehrlich die Meinung sagen können, sowohl bei positiven, als auch bei negativen Dingen und, dass wir die

Meinung der anderen auch respektieren, ohne gleich beleidigt zu sein. Und dafür liebe ich unser Dreiergespann.

Nachdem wir uns völlig verausgabt vom vielen Lachen und schwer atmend auf der Couch ausstrecken, starre ich an die Decke und denke über Gabbys Worte nach. Hat sie wirklich Recht mit dem, was sie sagt? War ich tatsächlich zu abweisend zu den Männern, emotional gesehen? Ich war verdammt gerne mit Ethan zusammen und war bzw. bin gerade auch so unendlich traurig, dass es so gekommen ist, wie es nun mal gekommen ist. Er war der Erste, für den ich jemals auch nur ansatzweise so etwas wie Liebe empfunden habe.

Aber sollte ich, wenn es wirklich diese große Liebe war, die in so endlos vielen Liebesliedern besungen wird, nicht eine ganze Weile leiden wie ein Hund? Ich dagegen habe einen halben Tag wehleidig vor mich hingedümpelt und heute lache ich schon wieder und meine es auch so, wenn ich sage, dass es mir gut geht. Die Option ihm zu verzeihen würde mir nie in den Sinn kommen. Aber würde ich das nicht wenigstens in Erwägung ziehen, wenn er die Liebe meines Lebens gewesen wäre?

Vielleicht war es zwar Liebe, aber in einer anderen Form? Auch nicht die Sorte, die Hollywood in seinen Filmen beschreibt. Ein magisches Band, bei dem sich zwei fremde Individuen wie Magnete anziehen und die ab diesem Tag nicht mehr ohneinander leben können. *Würg.*

Der Mensch ist nicht fürs Alleinsein gemacht, aber dafür wurden auch Freunde erfunden. Da ist ein Mann einfach ein Bonus, kein absolutes Must-Have. Genauso habe ich das gehandhabt, bis ich Ethan begegnet bin und damit bin ich immer gut gefahren.

Ein lautes Ping holt mich aus meinen Gedanken zurück. Dann noch einmal… Ping… Ping… Ping…

Von den Mädels kommt ein genervtes Stöhnen.

Ich setze mich auf und überlege, wo mein Handy liegt. Als noch eine weitere Nachricht mit einem Ping eingeht, finde ich es zwischen den Sofakissen. Ich frag mich schon gar nicht mehr, wie es immer dort hinkommt. Ich entsperre das Display und schaue auf den Absender. Es ist Logan und er hat mir eine ganze Reihe Fotos geschickt.

Logan: Der Umbau ist endlich fertig. Du musst mich bald mal wieder besuchen kommen.

Ich war wirklich schon ewig nicht mehr bei ihm im Shop gewesen. Klar, ich verfolge seine Arbeit und auch die Renovierung des Ladens bei Instagram, aber das machen seine anderen Abonnenten ja auch. Ich bin aber eigentlich eine gute Freundin, nicht irgendeine Wildfremde, die ihm auf Instagram folgt, auch wenn mein schlechtes Gewissen mich gerade als etwas ganz anderes beschimpft.

June: Hey! Das freut mich so sehr für dich! Die Bilder sind der Hammer! Freitagmorgen will ich zum Surfen runter an den Pier, bist du so früh schon im Laden?

Logan: Mit wem redest du denn?

June: Stimmt. Dann komm ich danach vorbei?!

Logan: Ich kann es kaum erwarten, Muffinpie.

June: Dann bis Freitag, Logan!

Grinsend lege ich das Handy auf den kleinen Tisch vor mir. Als ich wieder hochschaue, starren mich meine Freundinnen wie zwei überaus sensationsgeile Aasgeier an.

»Wer bringt dich denn da so zum Strahlen?«, feixt Gabby. »Sag bloß, du hast deine Ablenkung schon gefunden?«

Ich verdrehe die Augen. »Das war nur Logan. Der Typ aus Ocean Beach, der damals mein Board gemacht hat. Und da wird niemals was Laufen. Stell dir vor, es soll tatsächlich Frauen geben, die auch mit einem Mann einfach nur befreundet sein können, ohne ihn gleich ins Bett zerren zu wollen.« Jetzt bin ich es, die ihr die Zunge rausstreckt.

»Touché, Bonita.«, lacht sie.

»Ich bin mir nicht mal sicher, ob Logan überhaupt auf Frauen steht. Er ist… wie soll ich es nennen… einfach ein bisschen anders. Positiv verrückt. Sowohl von seinem Charakter als auch seinem Style. Und bisher hat er mir noch nie von einer potentiellen Partnerin oder eben Partner erzählt, weder von einem Date noch von seinen Verflossenen.«

»Als ob das so schwer herauszufinden wäre.«, lacht Gabby verschmitzt, was ihr nur ein weiteres Kopfschütteln und Augenrollen meinerseits einheimst, bevor ich mich dem abendlichen Fernsehprogramm widme, das uns die ganze Zeit über schon im Hintergrund berieselt.

KAPITEL 6

Es brennt kein Licht im Laden, als ich, wie vor ein paar Tagen ausgemacht, gegen halb 8 vor Logans Tür stehe. Ich sagte doch, dass ich morgens surfen gehe. Meinte er abends? Ich packe mein Handy aus und schreibe ihm eine Nachricht.

June: Sag bitte nicht, du hast mich vergessen. Ich habe uns nach dem Surfen extra noch zwei heiße, weiße Schokoladen bei Edie geholt.

Als ich auf Senden drücke, ertönt hinter mir ein lautes Quaken. Als ich mich umdrehe, muss ich unwillkürlich lachen. Ein Bild für die Götter bietet sich grade für jedermann. Hier stehen zwei Hornochsen und beide halten sie einen Kaffeebecher in jeder Hand.

»Zwei Idioten, ein Gedanke.«, rufe ich schmunzelnd.

Logan kommt auf mich zu und stellt beide Becher auf den Boden, um mich in eine herzliche Umarmung zu ziehen.

»Schön dich zu sehen, Muffinpie. Du hast mir gefehlt.«

»Ich werde dir noch mehr fehlen, wenn du mich nicht loslässt. Ich kriege keine Luft.«, krächze ich.

Logan lockert seinen Griff, kramt in seiner hinteren Hosentasche, zieht den Schlüssel heraus und sperrt die Tür zum Laden auf. »Tritt ein, bring Glück herein.«, sagt er mit einer einladenden Geste.

Das lasse ich mir nicht zweimal sagen und schiebe mich an ihm vorbei. Der Duft von frischer Farbe und Holz steigt mir in die Nase, noch bevor ich mich genauer umsehen kann.

Logan hat den Eingangsbereich in einem kräftigen Türkis gestrichen und überall an den Wänden hängen Surfbretter mit verschiedenen Designs. An der Fensterfront hängen wohl die Bretter mit einheitlichen Mustern wie Polka Dots, Bauernkaro und sogar eins mit Hahnentrittmuster, von dem ich glaube, dass es sogar meiner Mom gefallen könnte. Auf der rechten Seite neben der Tür zur Werkstatt sind ein paar ausgefallenere Modelle, die eher meinen Geschmack treffen. Auf dem obersten Brett hat Logan einen Ast samt Faultier aufgemalt, auf dem darunter mehrere Palmen. Das Untere gefällt mir am allerbesten und wenn ich nicht schon meinen grimmigen Tiki hätte, dann wäre dieses hier, das für mich interessanteste Board. Es ist auch schwarz lackiert und in der Mitte ist ein Sugar Skull in weiß, türkis, rosa und petrol aufgemalt. Drumherum hat Logan Ranken und Blüten in den gleichen Farben drapiert. Er hat einfach so viel Talent.

Dann trifft mein Blick auf die neue Theke. Sie ist aus dunklem Holz gefertigt, asymmetrisch und läuft am Ende spitz zusammen, sodass sie wie ein Surfbrett aussieht.

»Sag nicht, die hast du auch selbst gemacht?«, frage ich mit großen Augen.

»Dann sag ich nichts.«, grinst er.

»Der Wahnsinn. Logan, du bist so begnadet begabt, dass es schon fast wehtut. Das ist echt unglaublich. Das muss ich für meinen Account fotografieren. Ich werde ständig nach meinem Brett gefragt, warum also nicht auch mal einen Werbepost für dich machen. Hashtag werbungunbezahlt und so. Stell dich mal genau da hin.«Ich zeige mit dem Finger auf das Surfbrettende der Theke. Er macht zwar, was ich ihm sage, aber irgendwie will mir das noch nicht so richtig gefallen. »Das sieht zu steif und förmlich aus. Das bist nicht du.«, sage ich, lege den Kopf schief und überlege. »Und wenn du dich auf die Theke setzt und die Beine runterbaumeln lässt? Das kommt bestimmt lässig.«

Gesagt, getan und schon habe ich mein Foto im Kasten. Naja, ich habe natürlich gleich mehrere gemacht, sicher ist sicher.

Logan kommt zu mir rüber und begutachtet die Aufnahmen. »Du solltest glatt meine PR Managerin werden, du hast da wirklich ein Auge für.«

Ich sende ihm alle Fotos, damit er bei Bedarf auch selbst eins auf seinem Account posten kann. »So, du solltest jetzt alle haben. Zeigst du mir, woran du gerade arbeitest? Oder steht kein aktuelles Projekt an?« Ich sehe ihn neugierig an.

»Oh doch, wir haben momentan so einige Aufträge. Es sind zwar fast nur kleinere Arbeiten wie Reparaturen oder hier und da mal einen ergänzenden Print, aber Kleinvieh macht bekanntlich auch Mist.«, sagt er und schiebt mich in Richtung Werkstatt.

»Wir?«, frage ich neugierig. »Wer ist denn wir?«

»Mein Freund Paxton und ich.« Ein Lächeln breitet sich auf seinem Gesicht aus. Dass er nicht mehr allein arbeitet, war mir neu. Aber damit wäre die Masterfrage wohl beantwortet und ich kann Gabby entwarnen, bevor sie auf dumme Ideen kommt. »Eigentlich sollte Pax heute Morgen auch hier sein, aber er kümmert sich seit Tagen um unseren neuen Kredit bei der Bank. Da ist irgendwie ein bisschen was schiefgelaufen.

Aber heute Abend wollten wir ans große Lagerfeuer am Pier. Schnapp dir Ethan und kommt vorbei, dann kann ich ihn dir vorstellen.«

Es ist trotz einer Woche Abstand von der ganzen Situation und völliger Funkstille zu ihm, immer noch komisch seinen Namen in Bezug auf unsere Beziehung laut zu hören. »Naja, was das angeht...«, druckse ich herum. »Ich habe mich von ihm getrennt.«

»Nicht dein Ernst, Muffinpie... Und da lässt du mich die ganze Zeit vom Umbau hier schwafeln, bevor du mit der Sprache rausrückst? Was war los? Was hat er getan? Brauchen wir eine Schaufel und eine große Mülltüte? Wenn er dir wehgetan hat, ich kenne da jemanden, der kann ihn so gut verschwinden lassen, dass sich nicht einmal seine Mama dran erinnert, dass er überhaupt jemals existiert hat.« Logan sieht mir völlig ernst in die Augen, aber an seiner zuckenden Lippe kann ich erkennen, dass er trotz der negativen Nachricht gerade am liebsten über seinen Spruch lachen würde.

»Schon gut, schon gut, Bruce Banner, immer schön die Nerven behalten, bevor der Hulk zum Spielen rauskommt. Ethan hat Bockmist gebaut, aber ich habe einen Haken drangemacht. Betrüger sind Betrüger und bleiben Betrüger.«

»Na, wenn du das sagst...«, er sieht mich mit einem leichten Anflug von Mitleid, aber auch ein wenig Stolz an. »Aber, wenn du es dir anders überlegst... nur ein Anruf und...«

Ich boxe ihm gespielt entrüstet auf den Arm, lache und nippe an meiner Schokolade, die inzwischen nicht mehr allzu heiß ist. »Für den Fall, dass ich irgendwann mal einen Auftragsmord plane, dann bist du mein Mann. Ist gespeichert.«

»Das wollte ich hören.«, sagt er und schenkt mir ein strahlendes Lächeln. »Du kannst aber auch ohne Anhang mit zur Party kommen. Ich würde dir wirklich gern meinen Partner vorstellen, ich habe ihm schon so viel von meinem Muffinpie erzählt und er war echt traurig, dass du ausgerechnet dann hier aufschlägst, wenn er nicht da ist. Er ist zwar hier aufgewachsen, aber erst vor ein paar Wochen wieder hergezogen, nachdem ich ewig an ihm rumgequatscht habe. Daher kennt er noch nicht so viele Leute in der It-Surfszene.«

»Ich bin vorübergehend bei zwei meiner Freundinnen untergekommen. Wenn das okay ist, würde ich sie fragen, ob sie mit zum Lagerfeuer gehen möchten?«

Logan strahlt über das ganze Gesicht. »Oh June, das wäre toll. Versprochen? Ich bin dir mindestens eine Trillionen Stunden böse, wenn du nicht auftauchst.«

Ich muss lachen. Mit dem Wissen, dass er einen Freund hat, kommt es mir ein wenig idiotisch vor, jemals daran gezweifelt zu haben. »Ich werde da sein.«, verspreche ich ihm.

»Indianerehrenwort.« Er hält mir meinen kleinen Finger hin, um das Versprechen zu besiegeln. Ich hake mich ein und wir beide grinsen dümmlich vor uns hin.

Noch auf dem Weg zur Uni, hatte ich Meghan und Gabby darüber informiert, dass ich mich heute Abend für den Ausflug in den Club revanchieren und sie auf eine Party am Pier schleppen würde. Die beiden waren auf Anhieb begeisterter, als ich es jemals hätte sein können, wenn das Wort Party fällt. Hausarrest wäre für mich heutzutage keine Strafe mehr, sondern ein willkommenes Geschenk.

Nichtsdestotrotz freue ich mich auf heute Abend. Logan hat Recht, wir haben uns viel zu lange nicht mehr gesehen, geschweige denn etwas zusammen unternommen. Vor lauter Vorfreude zieht sich die letzte Unterrichtseinheit heute wie Kaugummi. Organische Chemie ist aber auch nicht gerade mein liebstes Fach. Da ich nach meinem Abschluss hier an der SDSU am liebsten im Bereich der Meeresbiologie tätig werden möchte, liegen mir die Fächer, die sich rund um Zoologie drehen natürlich auch mehr am Herzen, als andere, die sich zum Beispiel mit chemischen Verbindungen oder dem Periodensystem beschäftigen.

Wie jeden Tag werfe ich auf dem Nachhauseweg einen Blick aufs schwarze Brett, auf der Suche nach einem WG-Zimmer oder einem Nebenjob. Beides werde ich zeitnah brauchen, wenn ich nicht dauerhaft wie ein Nomade auf Gabbys Couch hausen möchte. Aktuell komme ich mit meinen Ersparnissen über die Runden, aber das ist ja kein Dauerzustand. Genau wie gestern, gibt es keine neuen Aushänge.

Im Loft angekommen, sind meine beiden Freundinnen noch nicht zuhause. Also werfe ich meinen Rucksack unter den Schreibtisch und klaube eine bequeme Sporthose und einen Hoodie aus meinem Koffer heraus. Nachdem ich mir die Haare hochgebunden habe, stelle ich das Radio an und werfe einen kurzen Blick in den Kühlschrank. Der bestätigt nur, was ich bereits geahnt habe. Wir werden elendig verhungern müssen.

»*I never go back*« schallt es aus den Lautsprechern und ich kann Dennis Loyd nur zustimmen.

Im Vorratsschrank finde ich noch eine Packung Nudeln und etwas Pesto. Zusammen mit dem Schinken und den zwei Paprika im Kühlschrank, könnte daraus ein halbwegs nahrhaftes Mittagessen werden. Also schneide ich alles klein und brate es in ein wenig Öl und Knoblauch in einer großen Pfanne an. Als ich gerade die Nudeln abgieße, fliegt die Haustür mit einem lauten Rums ins Schloss und Gabby kommt wutentbrannt und lautstark fluchend in die Küche gestapft.

»Du wirst es nicht glauben, June. Die alte Sutherland in 2F hat sich doch ernsthaft bei unserm Vermieter beschwert, dass wir jetzt hier zu dritt wohnen würden. Ich habe ihn grade unten im Hausflur getroffen und er hat mich gefragt, ob sie damit Recht hat.« Schnaubend lässt sie sich auf den Hocker an der Theke fallen. »Natürlich wollte er nicht mit der Sprache rausrücken, wer ihm das gesagt hat, aber die grantige Schreckschraube hatte ihre Haustür einen Spalt weit offenstehen, damit sie bloß jedes Wort verstehen konnte, das Mister Richards und ich wechselten. Ihr widerliches Parfum erkenne ich doch fünf Meilen gegen den Wind. Für den Fall, dass er dich darauf anspricht, ich habe behauptet, dass du einen Rohrbruch in deiner Wohnung hattest und nur solange hier unterkommst, bis der Wasserschaden behoben ist. Das schien ihn zu besänftigen und verschafft uns vielleicht noch ein paar Tage.«

Ich lege den Kochlöffel beiseite und seufze. »Das heißt, ich muss jetzt fix eine neue Wohnung finden?«

Gabby sieht mich mit ihren großen braunen Augen an. »Wenn es nach mir ginge, dann könntest du für immer bleiben, oder bis du etwas Passendes gefunden hast, das weißt du. Aber die Wohnung ist nur für zwei ausgelegt und das hat mir Mr. Richards gerade noch einmal groß und breit erklärt.«

»Ja, natürlich. Ich bin dir und Meghan unendlich dankbar für die schnelle Hilfe. Ohne euch hätte ich auf der Straße gesessen und ich liebe euch dafür, gar nicht erst lange gefackelt, sondern mich sofort aufgenommen zu haben! Mach dir keinen Kopf, ich werde nachher noch ein bisschen das Internet unsicher machen und dann steht der morgige Tag voll und ganz im Zeichen von Immogirl.« Da ich Marvel sei Dank voll im Thema Superhelden zuhause bin, verstricke ich mich immer tiefer in die Spinnerei und Gabby stimmt mit ein.

»Ihre Superkraft ist es, eine wunderschöne und für Studenten bezahlbare Wohnung zu finden.«, ruft sie mit erhobenem Zeigefinger und springt mit beiden Füßen auf die Couch.

»Studentin bei Tag, Immogirl bei Nacht. Rächerin der von Vermietern Geplagten und Beschützerin der mietpreisgebundenen Apartments.« Ich kann nicht länger ernst bleiben und pruste laut los. »Aber heute hat sie ihren freien Abend, da wird sie auf der Beachparty noch einmal richtig auf die Kacke hauen und ihre Batterien aufladen, um morgen mit voller Energieleiste zum Angriff überzugehen.«

»Und wie wir die aufladen werden.«, bestätigt Gabby.

Meghan kam etwa eine Stunde nach Gabby nach Hause und wir informierten sie über die neusten Gegebenheiten, was sie mit tausend Flüchen gegen ihre Nachbarin quittierte.

Der Satz »Ich wünsche ja keinem was Böses, aber manchen Leuten sollte bei der Capri-Sonne der Strohhalm fehlen.« wird in die Annalen der lustigsten Beleidigungen eingehen. So was kommt dann dabei heraus, wenn ein viel zu lieber Mensch versucht böse zu sein.

»Lass es lieber, bevor du dir weh tust.«, lache ich laut auf. Dann nehme ich drei tiefe Teller aus dem Küchenschrank und stelle sie auf die Theke. Beide lehnen jedoch dankend ab. »Ihr könnt mir auch einfach ehrlich ins Gesicht sagen, dass euch meine Kochkünste zum Würgen bringen, aber versucht ihr mal aus dem Nichts in den Schränken was Essbares zu machen.«, lache ich.

»Als ob du uns jemals etwas Schlechtes serviert hättest. Ich habe nur einfach keinen Hunger.«, sagt Gabby.

»Dem habe ich nichts hinzuzufügen.«, flötet Meghan. Dann drückt sie mir einen Kuss auf die Wange und verschwindet in ihrem Zimmer.

Ihr Pech, dann gibt's eben mehr für mich. Ich lade mir eine Ladung der Pasta auf den Teller und setze mich auf die Couch. Wenn ich allein bin, sitze ich eigentlich nie zum Essen am Tisch, da komme ich mir immer ein bisschen verloren vor. Außerdem ist es auf der Couch viel gemütlicher und man kann nach dem Essen erstmal ein paar Minuten verdauen, bis der innere Monk einen auffordert, den dreckigen Teller bitte umgehend in die Spülmaschine zu räumen.

Während ich mir einen großen Löffel Nudeln gönne, öffne ich die Instagram App. In der Physikvorlesung bei Professor Carter habe ich das meiner Meinung nach schönste Foto von heute Morgen ein klein wenig bearbeitet. Natürlich nicht so viel, dass es unnatürlich aussieht. Ich habe nur ein wenig mit der Helligkeit und der Schattierung gespielt, um Logan besonders gut in Szene zu setzen.

Ich drücke auf das Pluszeichen, wähle dann das Foto aus und ziehe es in die Position, in der ich es gerne hätte. Im nächsten Schritt tippe ich die Bildunterschrift, die darunter stehen soll.

Ich entscheide mich spontan für »Hey ihr Surferboys und -girls, die mein Board vergöttern. Das ist der wahre Gott!! makai_june proudly presents the master of surfboards, wizzard of waves and magus of wax. Bitte lasst mal ganz viel Liebe für meinen guten Freund @lowaboards da und checkt seinen frisch renovierten Laden aus!«

Als letztes verlinke ich noch Logan auf dem Foto, markiere den Ort, damit die Leute den Shop auch finden können und drücke anschließend auf den Teilen-Button. Schon wenige Minuten später finden sich einige euphorische Kommentare unter dem Foto:

Ich muss unbedingt mal vorbeikommen.
Verschärfte Theke, Bro!
Hast du das alles allein gemacht?
Nice!
Ist der Mann da auch zu haben?
Ich weiß, wo mein nächstes Board herkommt.

Alle sind durchweg positiv und einige verlinken sogar andere Nutzer unter dem Foto, was mir ein kleines Lächeln auf die Lippen zaubert. Ich schiebe mir einen weiteren Löffel Pasta in den Mund, als eine Nachricht von Logan aufploppt.

Lowaboards: Du bist der Hammer, Muffinpie!
In Gedanken drück ich dich ganz fest.

makai_june: Ehre wem Ehre gebührt.

lowaboards: Freue mich auf später!

makai_june: Ich mich auch!
Wir werden so gegen 19 Uhr da sein und ihr?

lowaboards: Der Laden schließt um 18 Uhr, dann spring ich unter die Dusche und treffe mich gegen 19 Uhr mit Paxton an der Strandbar.

makai_june: Dann würde ich sagen, wir kommen auch an die Bar. Dann verfehlen wir uns auch nicht.

lowaboards: Der Plan ist so gut, der könnte von mir sein.

makai_june: Ehre wem Ehre gebührt.

Damit ist unser Gespräch beendet. Mit Logan ist es immer so einfach. Warum können nicht alle Menschen so entspannt und positiv sein wie er?

KAPITEL 7

Das Lagerfeuer lodert schon hoch in den Himmel, als wir den Pier erreichen. Drum herum sind Holzstämme verteilt, auf denen bereits einige Leute lungern.

Schon von weitem kann ich Logans blonden Wuschelkopf erkennen. Er steht auf der Veranda der kleinen Strandbar, lehnt lässig am hölzernen Geländer und unterhält sich angeregt mit einem blonden Mädchen. Als wir näherkommen und er uns entdeckt, winkt er uns zu sich rüber. Natürlich kommen wir der Bitte nach und keine Minute später hat er mich schon in eine Umarmung gezogen.

»Logan, darf ich dir die zwei besten Freundinnen auf der Welt vorstellen? Das hier ist Meghan.«, sage ich und zeige auf meine blonde Freundin.

»Und ich bin Gabriella Sanchez, aber du kannst mich wie alle anderen auch Gabby nennen.«, stellt sie sich selbst vor, bevor ich es tun kann und streckt Logan ihre braungebrannte Hand entgegen.

Er ergreift sie und drückt grinsend einen Kuss auf den Handrücken. »Freut mich sehr, dich kennenzulernen, Gabriella Sanchez alias Gabby.« Er lacht und Gabby stimmt gleich mit ein.

»Ich bin am Verdursten. Wo gibt's hier was zu trinken?«, fragt sie, natürlich rein rhetorisch und verschwindet, ohne eine Antwort seinerseits abzuwarten mit Meghan im Schlepptau in Richtung Bar.

»Die beiden gefallen mir. Meghan wirkt nett.«, lächelt er. »Und Gabby hat Feuer.«

»Oh ja, Fluch und Segen zugleich. Aber genau das schätze ich auch so an ihr.«, sage ich und stimme ihm zu.

»Apropos Schätze. Da ist ja der Mann der Stunde. Darf ich dir den besten Partner aller Zeiten vorstellen? Mister Paxton Lewis höchstpersönlich.« Er nickt in Richtung Eingang und ich drehe mich freudestrahlend um.

Noch im gleichen Moment bleibt mir mein Lachen im wahrsten Sinne des Wortes im Hals stecken. Ich schaue in ein Paar mir nur allzu bekannter grüner Augen.

»Heilige Scheiße!«, entfährt es mir.

Paxton sieht mich mindestens genauso verdutzt an, wie ich ihn. Wir lösen uns erst aus unserer Schockstarre, als Logan lautstark meinen Namen ruft und mit seinem Finger vor meiner Nase rumwedelt. »Erde an June. Bitte um Landeerlaubnis. Hallo?«

Ich schüttele leicht mit dem Kopf, sehe zu ihm hinüber und dann wieder zu Paxton. Es gibt jetzt zwei Optionen. Option A: Ich breche Logan das Herz, indem ich ihm verklickere, dass sein toller Freund ein genauso untreues Arschloch wie Ethan und er ohne ihn besser dran ist. Oder doch Option B: Ich halte mich für den Moment zurück und hoffe, dass Paxton ihm die Wahrheit sagen wird.

Ich werde sofort ein Sondertreffen unseres Tribunals einberufen müssen, entscheide mich vorerst für Option B und strecke Paxton höflich die Hand entgegen. »Hallo Paxton, schön dich endlich mal persönlich kennenzulernen. Ich bin June.«, sage ich und beiße mir auf die Unterlippe, was er genau beobachtet. Meine Gedanken schweifen zu dem Moment zurück, in dem er dasselbe mit meiner Lippe getan hat und sofort stellen sich die kleinen Härchen auf meinem Arm auf.

An seinem Blick erkenne ich, dass er genau weiß, wer da vor ihm steht. Er schaut mich nämlich noch verdutzter an als vorher, falls das überhaupt möglich ist, reagiert dann aber gekonnt, indem er meine Hand nimmt. »Hm, schön dich kennenzulernen, June. Logan hat mir schon so viel von dir erzählt.«

»Ich hoffe nur Gutes.«, sage ich, um das Geplänkel aufrecht zu erhalten.

Logan neben uns grinst nun wieder. »Natürlich June, was denkst du denn? Was sollte man auch Schlechtes über dich sagen?«

Mir schießen da so einige Gedanken durch den Kopf. Dass ich deinen Freund geküsst habe? Dass ich es mehr als nur genossen habe? Oder, dass ich noch immer daran denken muss, wie seine Zunge mit meiner gespielt und seine kurze Berührungen mich fast zum Stöhnen gebracht haben? Wäre das nicht schlecht genug?

»Ich weiß ja, dass du dich freust, sie endlich kennenzulernen, aber du darfst ihre Hand auch wieder loslassen.«, lacht Logan, woraufhin Paxton sie so schnell loslässt, als ob er sich gerade an ihr verbrannt hätte.

»Ich… ich sollte mal nachschauen, ob Gabby und Meghan Hilfe brauchen.«, stammele ich und lasse die beiden auf der Veranda zurück. Versucht gelassen laufe ich in Richtung Theke, aber sobald ich meine beiden Freundinnen entdecke, lege ich einen Zahn zu.

»June, was ist los, hast du einen Geist gesehen?«, fragt Meghan erschrocken, als sie mich bemerkt.

»So ähnlich.«, antworte ich. »Meeting… Auf der Toilette… JETZT!«

Die beiden folgen mir ohne weitere Fragen zu stellen, keiner sagt ein Wort, bis die Toilettentür hinter uns ins Schloss fällt.

»Der Typ aus dem Club ist hier!«, schießt es sofort aus mir heraus.

»Und das ist was Schlechtes?«, fragt Gabby. »Ich dachte, du sehnst und verzehrst dich nach ihm.« Sie lacht süffisant.

»Tu ich gar nicht! Aber jetzt passt auf! Er gehört zu Logan!«, lasse ich die Bombe platzen und beide sehen mich mit großen Augen an. »Was soll ich jetzt bitte tun? Logan ist mein Freund und er ist immer für mich da. Soll ich ihm sagen, was Paxton, so heißt er übrigens, getan hat? Ja, oder? Das muss ich als gute Freundin doch? Ihr hättet es mir doch auch sofort gesagt, wenn ihr Ethan mit einer anderen gesehen hättet.«

»Natürlich musst du es ihm sagen. Wie du schon erwähnst, du bist seine Freundin und mit dem Titel gehen eben auch unangenehme Pflichten mit einher.«, sagt Meghan mahnend.

»Aber es ist Logan's Beziehung und ganz oft ist der Überbringer schlechter Nachrichten der Buhmann.«, kontert Gabby. »Willst du dich da wirklich einmischen?«

Da sind sie wieder, darf ich vorstellen? Engel und Teufel höchstpersönlich.

»Ich würde es sofort wissen wollen, wenn ihr wüsstet, dass mein Freund fremdknutscht.«, kommentiert Meghan.

»Dann lass ihm doch selbst die Chance, es ihm zu beichten. Und wenn du merkst, dass er es nicht macht, dann sagst du Logan selbst, was passiert ist.«, schlägt Gabby daraufhin vor.

Ich lehne mich stöhnend gegen die kühlen Fliesen. »Warum müssen alle Männer solche Arschlöcher sein? Was ist aus *und sie lebten glücklich bis ans Ende ihrer Tage* geworden?«

»Die Prinzessin ist aus ihrem Traum erwacht, hat den Prinzen zum Teufel gejagt und ihr Leben selbst in die Hand genommen.« Gabby legt mir die Hand auf die Schulter. »Na los, lasst uns einen schönen Abend haben und die Männer für heute einfach nur Männer sein lassen.«

Leichter gesagt als getan.

Zurück an der Bar bestellen wir eine Runde Cocktails für alle und gehen zurück zu den Jungs.

Langsam ist die Sonne ganz untergegangen und der Strand wird nur noch von den bunten Lampions an der Bar, den Fackeln im Sand und dem Lagerfeuer erleuchtet.

Ich liebe diese Atmosphäre so sehr.

Paxton versuche ich so wenig wie möglich zu beachten. Wenn sich unsere Blicke treffen, drehe ich meinen Kopf weg und versuche, das leichte Kribbeln in meinem Bauch zu ignorieren.

Gabby nötigt Logan, ein Foto von uns Mädels vor dem Feuer zu machen, was er nur allzu gerne übernimmt.

»Dichter zusammen.«, dirigiert er uns.

Wir gehen also in Position, aber Logan dreht uns auf einmal den Rücken zu und macht ein Selfie von sich. »Das Bild trägt den Titel *3 Engel für Logan*.«, lacht er und wir beschweren uns lautstark, dass das Bild ohne ihn mindestens doppelt so schön wäre. Mit gespielter Kränkung macht er noch ein weiteres nur von uns Dreien. Er hält Gabby das Display hin, damit sie es absegnen kann. Sie schnappt sich gleich das ganze Telefon, schaut sich das Foto genau an und bittet ihn, es mir gleich zu senden.

»Wir tanzen jetzt.«, ruft Logan und ich atme erleichtert auf, weil das bedeutet, dass er Paxton für einen Moment wegschleppt und ich mich entspannen kann. Im nächsten

Moment hat er sich allerdings meine Hand geschnappt und zerrt mich in Richtung der Musik.

»Und wenn ich gar nicht tanzen will?«, protestiere ich gespielt und stolpere hinter ihm durch den Sand.

»Du willst, du weißt es nur noch nicht.«, antwortet Logan frech und ich muss grinsen.

Als er bei den anderen Tanzenden angekommen ist, schlingt er einen Arm um meine Taille und zieht mich näher an sich. Er schiebt sein rechtes Bein zwischen meine und geht ein wenig in die Knie, ohne mich loszulassen. Schon nach wenigen Schritten merke ich, dass er genau weiß, was er da tut. Er wirbelt mich durch den Sand, dann zieht er mich wieder an sich heran. Wir lassen die Hüften zu einem etwas schnelleren Remix von Cindy Laupers *Girls just wanna have fun* kreisen und ich lasse mich von ihm führen.

Logan legt seine Stirn gegen meine und ich spüre seinen Atem auf meiner erhitzten Haut. Er zwinkert mir zu, bevor er mich wieder in eine Umdrehung schubst und ich quietsche laut auf. Bei einer langsameren Passage legt er seine Hand in meinen Nacken und lässt sie über meinen Rücken abwärts wandern, bis er wieder an meinen Hüften angekommen ist. Dann hebt er mein Bein am Oberschenkel an und bringt mich in die Horizontale. Ich kralle mich erschrocken an seinem Hals fest wie ein Klammeräffchen.

Als er mich wieder auf die Beine zieht, klebe ich förmlich an ihm und presse meine Brüste an ihn. Bei jedem anderen wäre es mir unangenehm, aber mit meinem neuen Wissen über seinen Beziehungsstatus, lasse ich ihn gewähren und genieße einfach die unbeschwerte Zeit mit meinem Freund.

»Ich kann nicht mehr. Ich brauch eine Pause.«, schreie ich nach ein paar weiteren Songs über die laute Musik hinweg.

Logan nickt. »Aber schick mir Ersatz, bevor ich wieder auskühle.«

»Ich bin also nur dein Aufwärmprogramm?« Ich fasse mir theatralisch ans Herz.

»Baby, ich würde dich die ganze Nacht aufheizen.« Er wackelt anrüchig lachend mit den Augenbrauen und formt mit den Lippen einen Kussmund. Ich werfe ihm als Antwort einen Handkuss zu. Schneller als ich schauen kann, packt er mein Handgelenk, zieht mich wieder an sich und drückt seine Lippen auf meine.

Im ersten Moment bin ich total überrumpelt. Als ich aber sein freches Grinsen sehe, das so viel sagt wie *Die Runde geht an mich*, löse ich mich lachend von ihm, schlage ihm an den Hinterkopf und stapfe zurück zu den anderen.

»Gar nicht so blöd dein Plan, einfach mit beiden Jungs zu knutschen. Damit wären sie dann jetzt quitt.«, lacht Gabby, als ich mich mit einem kühlen Bier neben sie stelle.

»Ich? Was? Nein!«, sage ich und schüttele mit dem Kopf. »Logan hat mich geküsst, aus Spaß.«

»Wenn du das sagst, June. Auf jeden Fall hat eure Show Wirkung gezeigt. Paxton hat mich direkt gefragt, ob zwischen euch beiden irgendwann einmal was gelaufen wäre oder ob das bei euch normal sei.«

»Naja, wir blödeln gern zusammen rum. Das war schon immer so. Er ist halt auch einfach der Typ dafür. Und nach neuster Erkenntnis habe ich da bei ihm wohl nicht allzu viel zu befürchten.«, lache ich auf.

Gabby nickt. »Weiß ich doch. Aber Paxton scheint es trotzdem nicht gefallen zu haben. Der ist nach eurer wilden Knutscherei abgedampft. Ich glaube, das heißt Ärger im Paradies.«

»Wie du das sagst. Knutscherei. Ein feuchter Schmatz, mehr war das nicht. Außerdem rennt er doch auch durch die Weltgeschichte und küsst wildfremde Frauen, obwohl er einen Freund hat. Und SEINE Art kannst du tatsächlich als Knutscherei betiteln.«

»Vielleicht war das im Club einfach sein Beschützerinstinkt. Und weil er auf Männer steht, sieht er das vielleicht auch gar nicht so eng? Anscheinend findet Logan ja auch, dass nichts dabei ist, dich einfach zu küssen? Aber er sah gerade schon ziemlich angepisst aus.«

Das macht tatsächlich Sinn… ja das macht tatsächlich SEHR VIEL Sinn.

»Hm, ja, scheint so. Ich hoffe trotzdem, die beiden kriegen sich deshalb nicht in die Haare. Es scheint alles ein blödes Missverständnis gewesen zu sein.« Mit den Augen bei Logan, der sich mittlerweile Meghan zum Tanzen geschnappt hat, nippe ich an meinem Bier.

»Und dabei ist dir der Kuss so unter die Haut gegangen. Du fischst wohl am falschen Ufer, mein Schatz.«, zieht mich Gabby auf.

Ich schlage ihr leicht auf den Arm. »Du bist heute aber gut drauf. Reibst mir schön jedes Fettnäpfchen unter die Nase.«

Sie lacht laut auf, zieht mich zu sich und schlingt ihre Arme um mich. »Wenn ich es nicht tue, macht es ein anderer. Und dann doch lieber ich, die dich mit alle deinen Fehlern liebt und vergöttert.« Dann nimmt sie mein Gesicht in beide Hände und drückt mir einen Kuss auf den Mund.

Ich stemme die Hände in die Hüften. »Ist heute großer Knutscht-June-Ab-Tag, oder was? Wer hat noch nicht, wer will nochmal?« Als Antwort springt mir Meghan auf den Rücken und drückt mir einen weiteren auf die Wange.

~

Irgendwann, im Laufe des Abends, finden wir uns auf einem der Baumstämme wieder und beobachten die Flammen, wie sie gen Himmeln züngeln. Logan sitzt vor Gabby im Sand und lässt sich eine Kopfmassage geben. Von Paxton ist weit und breit nichts zu sehen, aber Logan macht auch keine Anstalten, ihn zu suchen. Dafür sind ein paar Freunde von Logan dazugestoßen und machen die Runde komplett.

»Wollen wir morgen früh dann zeitig nach dem Frühstück mit der Wohnungssuche anfangen?«, richtet Meghan das Wort an mich und sofort drehen sich die Köpfe der Jungs rum.

»Ich dachte, du wohnst jetzt erstmal bei Gabby und Meghan?«, fragt Logan.

»Das war auch der Plan, aber eine ältere Dame im Haus hat das dem Vermieter gesteckt, der das nicht ganz so toll fand. Gabby hat ihn mit einer kleinen Notlüge besänftigt, aber mehr als ein paar Tage kann ich echt nicht mehr bleiben.« Genervt zeichne ich mit dem Finger kleine Kreise im Sand. »Hätte Ethan die Tussi nicht einfach bei ihr zuhause vögeln können? Dann müsste ich mir nicht ein Rattenloch nach dem anderen anschauen gehen. Viel mehr kann ich mir von dem monatlichen Geld von Mom nämlich nicht leisten. Zumindest nicht, bis ich einen Nebenjob gefunden habe, was in so kurzer Zeit weder machbar ist noch sofort Kohle abwirft. Und vor den ganzen Bruchbuden graut es mir echt jetzt schon.« Ich stütze die Ellenbogen auf die Knie, lege mein Kinn auf die zu Fäusten geballten Hände und ziehe resigniert eine Schnute.

»Warum sagst du denn nichts, Muffinpie? Ich habe ein leerstehendes Zimmer in meiner Wohnung. Eigentlich waren es zwei, bevor Paxton und seine tausend Bücher eingezogen sind.«

Gabby kuschelt sich freudestrahlen von hinten an ihn, Meghan und ich sehen ihn dagegen nur mit großen Augen an.

»Und das würdest du mir geben?«

»Ich biete es dir doch gerade an oder nicht?«

»Auch, wenn ich dir nicht viel dafür bezahlen kann, bis ich jobtechnisch etwas gefunden habe?«

»June, ich werde kein Geld von dir nehmen. Ich helfe dir wirklich gern. Du bist doch mein sweet Muffinpie, meine Muße, mein Mond und meine Sterne.«

»Wie gut, dass du nicht zu Übertreibungen neigst.«

Er grinst vom einen bis zum andern Ohr und reicht mir seine Hand, die ich auch sofort ergreife. »Du kennst mich. Und ich kenne dich. Deshalb sage ich dir gleich, bevor du jetzt drei Stunden meckerst, dass du das Zimmer nicht umsonst nehmen wirst, bli bla blubb… wenn du dich dafür revanchieren willst, habe ich die perfekte Aufgabe für dich.«

»Alles, was du willst!«, sage ich.

»Das würde ich an deiner Stelle nicht so schnell sagen.«, lacht einer der Jungs und stupst Logan mit seinem Ellenbogen in die Seite, der es mit einem Zwinkern quittiert.

»Der Papierkram im Shop ist der blanke Horror und du bist was sowas angeht, doch ein kleiner Monk, wenn ich das richtig weiß.« Er lacht, als ich ihn gespielt böse anschaue.

»Für diese Frechheit werde ich dir Momo gar nicht erst vorstellen.«, sage ich mit mahnend erhobenem Zeigefinger.

»Wer bitte ist denn jetzt schon wieder Momo?«, fragt er und sieht mich irritiert an.

»Ihr innerer Monk. Und ja, er hat einen Namen.«, verdreht Meghan die Augen. »Wir mussten auch schon einige Male unter ihm leiden.«

»Hey, heute hackt ihr alle aber ganz schön auf mir herum.«, lache ich und sehe jeden Einzelnen von ihnen an. Als mein Blick den von Logan streift, breitet sich ein warmes Lächeln auf seinen Lippen aus.

»Mein Angebot steht, June. Du bist jederzeit willkommen.«, sagt er.

»Und Paxton hat nichts dagegen?«, frage ich, auch wenn ich die Antwort schon kenne.

Wieder nimmt Logan meine Hand. »Lass den einfach mal meine Sorge sein. Du bist meine Freundin und du bist in Nöten. Was wäre ich denn bitte für ein Freund, wenn ich dich auf der Straße sitzen lassen würde? Mi casa es su casa. So sagt man das doch, oder Gabby?«

Sie nickt ihm freudestrahlend zu.

Ich dagegen knie mich zu ihm hinunter in den Sand und drücke ihn ganz fest an mich. »Ganz klar, du bist der allerbeste Freund.«

KAPITEL 8

Das Ping meines Handys reißt mich aus dem Schlaf. Es ist eine Benachrichtigung von Instagram.

Lowaboards hat dich in einem Beitrag markiert.

Ich tippe verschlafen auf die Nachricht und vor mir öffnet sich das Selfie, das Logan gestern Abend von sich gemacht hat, mit uns Mädels vor dem Lagerfeuer im Hintergrund. Er hat auch Meghan und Gabby verlinkt und tatsächlich »*3 Engel für Logan*« daruntergeschrieben.

Ich drücke auf den Herzbutton und will gerade einen liebevollen, aber dennoch streitlustigen Kommentar tippen, als eine weitere Benachrichtigung aufploppt.

Surfandturf92107 folgt dir jetzt.

Neugierig wie ich bin, klicke ich natürlich sofort auf das Profil. Auf dem kleinen Profilfoto habe ich es nicht gleich erkannt, aber als sich der Feed öffnet, erkenne ich sofort, dass es sich hier um den Account von Paxton handelt.

Mein Zeigefinger schwebt über dem Auch Folgen-Button. Was ist schon dabei, denke ich mir. Er ist immerhin Logans

Freund und ich werde mit ihm arbeiten und sogar wohnen. Und ich schulde ihm ganz dringend ein dickes fettes Dankeschön für die Hilfe mit Ethan. Eigentlich wollte ich das gestern schon machen, aber ich dachte mir, es sei für alle Beteiligten das Beste, wenn Logan bei dem Gespräch nicht anwesend wäre. Ich drücke auf den blauen Button, er verfärbt sich grau und schon geht eine neue Nachricht ein.

surfandturf92107: Hey.

Nicht mehr, einfach nur ein *Hey*. Nicht gerade viel, aber dennoch bringt es mich zum Lächeln. Ich muss schleunigst mit ihm reden und die Sache geraderücken, damit ich diese dummen Hormone in den Griff bekomme, die mich immer wieder an den Abend im Club erinnern. Und mein schlechtes Gewissen gegenüber Logan bereinigen. Ich entscheide mich dafür, auch mit einem simplen Hallo zu antworten und abzuwarten, was er mir zu sagen hat. Immerhin hat ER MICH angeschrieben und nicht umgekehrt.

makai_june: Hey.

surfandturf92107: Schickes Board.

makai_june: Danke.

surfandturd92107: Wer das wohl gemacht hat…

makai_june: Ist von einem tollen Künstler, dem ich ab sofort beim Papierkram helfen werde, bevor er darin ertrinkt.

surfandturf92107: Und bei dem du einziehen wirst.

makai_june: Er hat also mit dir geredet?

surfandturf92107: Ja, das hat er.

Ich frage mich, ob das jetzt gut oder schlecht ist und überlege, was ich darauf antworten soll. Ich lege das Handy beiseite, um mir eine passende Formulierung zu überlegen, die gleichzeitig unverfänglich ist, aber trotzdem aus ihm herauskitzelt, ob ihm das jetzt schmeckt oder nicht. Als ich wieder auf das Display schaue, steht unter unserem Chatsymbol *surfandturf92107 schreibt...*

Also lege ich es beiseite und verschwinde in der Küche. Als ich zurück auf der Couch bin, ist keine neue Nachricht eingegangen. Muss man das verstehen? Ich überlege nicht lang und tippe das, was mir zuerst in den Sinn kommt.

makai_june: Können wir vielleicht vorher noch über das reden, was im Club passiert ist? Bevor es noch unangenehmer wird, aufeinander zu treffen?

surfandturf92107: Da gibt es nichts zu bereden. Es war ein Kuss, um deinen Ex auf die Palme zu bringen, bevor er auf dich losgeht. Nicht mehr und nicht weniger.

Da habe ich sie, meine Antwort. Schwarz auf weiß. Er hat es getan, um mir den Arsch zu retten und Ethans Wut auf sich zu lenken. Was hatte ich auch erwartet? Eine plötzliche Liebeserklärung? Er ist der Freund meines Freundes. Fahr die Hormone runter, June. Vermutlich muss ich es einfach mit eigenen Augen sehen, wenn ich bei ihnen wohne, damit mein Unterleib es auch versteht. Der ist nicht immer der Schnellste bei so etwas.

makai_june: OK, dann danke dir!

Damit beende ich das Gespräch und auch Paxton antwortet nicht mehr darauf. Ich öffne meine Kontaktliste und drücke auf Logans Namen. Er begrüßt mich fröhlich und fragt, ob ich auch so gut geschlafen hätte. Wie ein Engel antworte ich, was ihm ein kehliges Lachen entlockt. Ich liebe unsere kleinen Spielchen einfach.

Ich vereinbare mit ihm, dass ich im Laufe des Tages meine Kartons schnappe und sie in seine Wohnung bringe. Er würde gerne selbst mithelfen, aber Paxton und er scheinen an einem wichtigen Auftrag zu arbeiten, der bis zum Nachmittag fertiggestellt sein muss. Er würde Keith aber den Schlüssel zu seinem Apartment mitgeben, da er wohl gerade in der Gegend sei.

Und so stehen wir zwei Stunden später vor Keiths Lagerraum und verladen all meine Habseligkeiten ganz Tetris-like in seinem kleinen Bus.

»Das war ja ein kurzer Gastauftritt von Immogirl.«, lacht Gabby und ich stimme mit ein.

Keith schaut verwirrt zwischen uns beiden hin und her. »Muss man das verstehen?«

»Insider.«, grinst Gabby.

»Hier mit der Kiste musst du aufpassen. Da sind meine Sneakers drin.«, rufe ich keuchend, als ich ihm einen besonders schweren Karton reiche.

»Hast du das nicht schon mindestens fünf Mal in den letzten paar Minuten gesagt?«, fragt er mit erhobener Augenbraue.

»Ich bin eine Frau und wir haben eben viele Schuhe. Und ich liebe sie alle wie meine Babys.«

»Du weist aber schon, dass du nur ein Zimmer bei Logan hast, ja?«, bemerkt Gabby stirnrunzelnd. »So viele brauchst du doch gar nicht. Diese hier zum Beispiel. Die habe ich noch nie an dir gesehen… aber an meinen Füßen würden die sich so gut machen.«

Ich lache. »Du kannst einer Mama doch nicht ihre Babys wegnehmen.«

Gabby zieht eine Grimasse und hält mir ihren Fuß entgegen, den sie in den pastellgelben Turnschuh gesteckt hat. »Wenn sie dir so gut gefallen, dann nimm sie dir, du Schuhschnorrer. Sonst gibst du sowieso keine Ruhe.«

»Hier, packt mal mit an. Die Kiste ist verdammt schwer.«, ruft Keith uns zu und wir eilen ihm sofort zu Hilfe. Der Karton ist mit dem Wort *UNI* beschriftet. Schätzungsweise haben die Mädels alle Bücher und Ordner aus meinem Büro in Little Italy genommen und in eine einzige große Kiste gepackt, ohne zu bedenken, dass sie noch irgendjemand tragen muss. Genau so fühlt sich diese Kiste nämlich an. Zu dritt hieven wir sie auf die Ladefläche und stöhnen laut auf, als sie endlich an ihrem Platz steht. Ich werde die Bücher bei Logan definitiv einzeln nach oben tragen.

»Ich mach drei Kreuze, wenn der ganze Mist hier ausgeladen ist.«, jammert Gabby.

»Das ist kein Mist, das ist mein Leben.«, schimpfe ich.

»Sei froh, dass Logan noch ein Bett und einen Schrank in dem Raum stehen hat und wir nur Kisten und keine Möbel schleppen müssen.«, wirft Keith ein.

»Da hätte ich auch gestreikt.«, sagt sie bestimmend, aber ich weiß genau, dass sie für mich auch ganze Wohnlandschaften durch die Gegend schleppen würde.

Es ist früher Nachmittag bis wir alle Kartons in dem Apartment in Ocean Beach verstaut haben. Keith und Gabby verabschieden sich nach getaner Arbeit von mir und ich verspreche ihnen, mich ganz bald für ihre Hilfe zu revanchieren.

Ich allerdings brauche allein noch mindestens weitere zwei Stunden, bis ich den Großteil meiner Sachen ausgeräumt und an ihren neuen Platz gelegt habe. Gabby meinte zwar, ich solle die Füße hochlegen und die Kartons erst morgen in Ruhe ausräumen, aber Momo hat mir befohlen, es gleich hinter mich zu bringen. Ansonsten würde er mich die ganze Nacht wachhalten.

Müde, aber glücklich stehe ich im Türrahmen und betrachte mein neues Reich. An der rechten Wand steht Logans Gästebett, das eigentlich nur aus weiß gestrichenen Palletten und einer Matratze besteht. Die Idee ist so genial, die hätte von mir sein können. In eine der Kisten, haben die Mädels meine Decke und mein Kissen gestopft. Am liebsten hätte ich es gleich neu bezogen, aber leider haben sie keine Bettwäsche mit eingepackt. Da werde ich Logan später fragen müssen oder einfach morgen einen Satz neue kaufen.

Vor dem Bett habe ich meinen schwarzen Langflorteppich ausgerollt. Ich liebe es, morgens die Beine aus dem Bett zu schwingen und mit den Zehen durch die weichen Fransen zu fahren. Der Schrank, den Logan mir zur Verfügung stellt, ist eigentlich eher eine Kommode, aber ich habe fast alle meine Kleider darin unterbringen können. Mit den Schuhen gibt es wie erwartet ein Problem. Die Kiste mit den Dailys habe ich im Flur ausgeräumt, aber die anderen Kartons musste ich erst einmal im Keller deponieren. Ich wollte nicht gleich zu gierig sein und den Schuhschrank mit belagern.

Des Weiteren ziert ein kleiner Schreibtisch samt Stuhl den Raum, was als Studentin doch ziemlich praktisch ist.

Um dem Raum meine persönliche Note aufzudrücken, habe ich ein paar meiner Zeichnungen an die Wand gebracht. Im Bilderrahmen über meinem Bett hängen die drei Motive, die sich auf meinem Surfboard befinden. Die Wand über dem Schreibtisch ziert der Schriftzug »*makai*«, umrahmt von vielen kleinen Bildern von meinen Freunden. Hier werde ich mich definitiv wohlfühlen

Ich nehme mein Handy zur Hand und mache ein Foto, das ich direkt an Logan schicke.

June: Ich habe fertig.

Logan: I like it ☺

June: Me too ☺

Logan: Und jetzt leg die Füße hoch!

June: Ich freue mich jetzt schon auf die erste Nacht in deinem Gästebett!

Logan: Was würdest du dann erst sagen, wenn ich auch noch drin liegen würde.

June: Raus mit dir?!

Logan: Du weißt wie man Herzen bricht, Muffinpie.
Ich weine mich jetzt an Pax' Schulter aus, wir sehen uns später!

June: Du bist der Ärmste der Armen ☺
Bis später Logan!

Ich lasse mich lachend aufs Bett fallen und scrolle noch ein wenig durch die bunte Welt von Instagram. Noch ehe mein verausgabtes Hirn genauer darüber nachdenken kann, bin ich schon auf Paxtons Profil gelandet und schaue mir seine Bilder an, die hauptsächlich aus Essen, Surfboards und wunderschönen Landschaften bestehen. Er benutzt für alle den gleichen Filter, wie mir scheint, was seinen Feed optisch einheitlich wirken lässt.

Von sich selbst hat er kaum Fotos hochgeladen, aber eins der wenigen sticht mir sofort ins Auge. Es zeigt ihn oberkörperfrei in Badeshorts am Strand. Im Arm hält er ein braunhaariges Mädchen im Bikini. Sie ist jünger als Paxton, schätze ich und ähnelt ihm auch ein bisschen, zumindest im Seitenprofil. Viel besser kann man es nicht erkennen, da sie ihm gerade ein Küsschen auf die Wange drückt. Sie sehen auf jeden Fall ziemlich vertraut miteinander und Paxton ziemlich glücklich aus.

Unter dem Foto hat er nur den Schriftzug L.O.V.E. getippt, aber die Hashtags lassen erahnen, dass sie sehr wahrscheinlich miteinander verwandt sind. #familytime #alwaysinmyheart

Beim Heranzoomen unterläuft mir der klassische Anfängerfehler. Ich komme aus Versehen einmal zu oft hintereinander auf das Foto, was mit einem aufblinkenden Herzchen quittiert wird. SHIT! Das war es dann jetzt wohl mit dem unauffälligen Abchecken. Selbst, wenn ich das Herzchen wieder zurücknehme, kriegt Paxton die Mitteilung, dass ich sein Foto geliked habe. Mist, Mist, Mist.

Was macht man also, damit das Missgeschick nicht auffällt? Richtig. Man verteilt noch viel mehr Herzchen unter anderen, unverfänglicheren Fotos, wie zum Beispiel das einer riesigen Sushiplatte von vor 3 Wochen. Da ich Sushi liebe, ist es nicht mal gelogen, dass ich so was sofort like. Dann schließe ich die App, bevor mein müdes Ich noch mehr Schaden anrichten kann.

Dank Paxtons Instagramseite wird mir fast schon schmerzhaft bewusst, dass mir mein Magen in den Kniekehlen hängt. Ich tausche schnell meine Jogginghose gegen eine kurze, schwarze Stoffhose, schlüpfe in meine Chucks und werfe einen letzten prüfenden Blick in den Spiegel, ob ich mich so unter das gemeine Volk mischen kann, ohne wen zu erschrecken. »Wird schon gehen.«, sage ich laut vor mich hin, bevor ich die Tür öffne und mich auf den Weg zu Edie ins Diner mache.

Edie betreibt das Diner schon seit ich denken kann. Früher sind meine Mom und ich jeden Freitag nach ihrer Arbeit hergekommen und ich durfte mir so viel von der Karte bestellen, wie ich wollte. Meistens endete das in einem riesigen Eisbecher mit Sahne. Das war wohl ihre Art, sich bei mir dafür zu entschuldigen, so wenig Zeit für mich zu haben.

Aber es ist auch nicht das Einfachste auf der Welt, einen Teenager alleine großzuziehen, wenn der Vater weder körperlich noch finanziell für die Familie da ist oder Verantwortung übernimmt. Da meine Großmutter leider auch nicht mehr am Leben war, wurde Edie irgendwie in dieser Zeit zu einer Ersatzgranny für mich. Und den Job hat sie mehr als gut gemacht.

Ihre dicken, grauen Haare trägt sie heute in einem strengen Dutt, aber ihre Augen strahlen, als sie mich entdecken. »Hey, June Schatz, du warst ja ewig nicht mehr da. Ich wollte schon eine Vermisstenanzeige aufgeben.«, ruft sie mir zu, als ich das Lokal betrete.

Ich gehe rüber zu ihr an die Theke und bestelle erst einmal eine Cola, bevor ich mich stöhnend auf einen der Hocker plumpsen lasse. Und das wohl so laut, dass der grimmig aussehende Mann neben mir seinen Kopf von der Zeitung hebt und mich entnervt anschaut. Ich schenke ihm ein zuckersüßes Lächeln, was er mit einem Schnauben seinerseits quittiert.

»Benimm dich und lass das Mädchen in Ruhe, Thomas. Sie kann nichts für deine miese Laune.«, schimpft Edie mit erhobener Augenbraue und füllt seine Tasse mit Kaffee auf.

Ich grinse Edie an und sie lächelt, liebevoll wie eh und je, zurück. Dann greife ich nach der Speisekarte und werfe einen Blick hinein, als ob ich nicht schon wüsste, was ich mir bestelle. Das ist in Edies Diner nämlich jedes Mal das Gleiche, einen Chili Cheese Burger mit Curly Fries und extra Barbecue Sauce. Edie macht den besten Barbecue Dip an der ganzen Westküste. Ich würde darin baden, so lecker ist er. »Heute nur was zum Mitnehmen.«

Edie nickt, stellt das Glas Cola vor mir ab und sieht mich erwartungsvoll an.

»Ich habe keine Ahnung, was ich den Jungs mitbringen soll.«, gestehe ich ein bisschen überfordert von all den leckeren Gerichten, die mich auf der Karte anlachen.

»Jungs? Mehrzahl? Sam hat ja erzählt was passiert ist, aber nach zwei Wochen hast du schon gleich mehrere Eisen im Feuer? Du lässt wohl nichts anbrennen, junge Dame.« Sie sieht mich fragend an und ich muss bei so viel Großmuttergefühlen lachen. Als ich ihr kurz die Situation erkläre, merkt man sichtlich, wie sie sich entspannt. »Also dann eine Runde Burger für dich und deine Jungs. Nichts sagt besser Danke als eine gute Portion Fleisch.« Sie wartet gar nicht erst meine Antwort ab und verschwindet in der Küche.

Ich ziehe mein Telefon aus der Tasche und frage Logan nach dem aktuellen Stand von Board und Nerven. Dass direkt eine Antwort kommt, wundert mich im ersten Moment. Aber als ich die Nachricht lese, ist mir auch klar warum.

Logan: Nerven wieder stabil, Board fertig, wird gerade abgeholt.

Ich schreibe ihm, dass ich gerade Burger für alle besorge und ob ich zum Essen im Laden vorbeikommen soll oder ob sie nach Hause kommen. Als Antwort bekomme ich nur einen Haus Emoji. Alles klar, heute kein Mann der großen Worte.

Zehn Minuten später stellt Edie meine Bestellung vor mich. Ich greife nach meinem Geldbeutel und werfe ihr einen paar Scheine auf die Theke. »Stimmt so.«, rufe ich, schnappe mir die fettige Papiertüte und springe vom Hocker. Natürlich nicht, ohne dem Griesgram neben mir noch ein breites Lächeln zu schenken. »Auf Wiedersehen und eine gute Schicht, Edie.«

»Pass auf dich auf, June.«, höre ich sie noch sagen, nicke ihr kurz zu und verlasse das Diner.

KAPITEL 9

Da ich keine Hand freihabe, um die Tür selbst aufzuschließen, betätige ich die Klingel mit meiner Nase. Als der Summer ertönt, drücke ich, mit dem Hintern voraus, die Tür auf und nehme die Stufen in den ersten Stock. Die Wohnungstür ist nur angelehnt, also schlüpfe ich hinein und stoße sie mit meinem Fuß zu.

Die Jungs lümmeln beide auf der Couch und schauen auf, als ich das Wohnzimmer betrete. Ich laufe an ihnen vorbei in den offenen Küchenbereich am anderen Ende des Raums, nehme mir eine Schüssel und kippe alle Fritten hinein.

So haben wir das Zuhause schon immer gemacht. Manche würden das vielleicht unhygienisch finden, aber für mich ist das ein Zeichen von Familie, wenn sich alle aus einer großen Schüssel bedienen. Im Kino isst man das Popcorn ja auch zusammen aus einem großen Eimer und teilt es nicht in 5 kleine Portionen.

Beladen mit den Burgertüten und der Frittenschüssel gehe ich zurück ins Wohnzimmer.»Achtung, heiß und fettig.«, sage ich, als ich mich an Logan vorbei schiebe.

»Und Essen hat sie auch dabei.«, ruft er und knufft Paxton den Ellenbogen in die Seite. Der grinst nur breit und schüttelt den Kopf. Als ob ich ab sofort mit kleinen Kindern zusammenleben würde. Aber ich habe irgendwie so das

Gefühl, dass es hier in der WG definitiv alles, aber mit Sicherheit nicht langweilig werden wird. Wenn die Arbeit mit ihnen genauso entspannt wird, habe ich echt den Jackpot geknackt.

»Sollte man jemals gemein zum Koch sein?«, versuche ich die beiden zu rügen, muss aber selbst lachen. Dann lehne ich mich auf der Couch zurück. »Was schauen wir da?«

»Den Schluss von *Joker*, den wir gestern nicht fertig geschaut haben.«, sagt Paxton ohne die Augen vom TV zu nehmen.

»Danach hast du die Wahl zwischen *Glass* oder *Men in Black: International*.«, tönt es aus der anderen Ecke, die mich genauso wenig eines Blickes würdigt. Scheint furchtbar spannend zu sein das Ende. Da ich damals bei dem Film im Kino war, sehe ich es ihnen nach, das Ende ist wirklich ziemlich spannend.

»Logan besteht darauf, dass wir dich entscheiden lassen.«

»Oh, wieso das?«

Logan schafft es tatsächlich, die Augen vom Bildschirm zu nehmen und mich kurz anzusehen. »Es ist dein erster Abend, deshalb.«

»Na, wenn das so ist… Ich bin für Men in Black. Glass interessiert mich jetzt nicht so sehr und Chris Hemsworth ist auch leckerer anzusehen als Bruce oder Samuel.«, sage ich und schiebe mir eine Pommes in den Mund.

»Wo sie Recht hat.« Logan schnappt sich seinen Burger und grinst mich an.

»Na, dann ist es wohl entschieden.«

»Ist es.«, antworte ich zufrieden und greife auch beherzt in die Tüte.

Als der Abspann ihres Films beginnt, liegen wir alle voll bis zum Haaransatz auf der Couch und halten uns die Bäuche.

»Noch ein einziger Krümel mehr und ich platze.«, stöhne ich gequält.

»Es gibt bei mir nur zwei Zustände: Hunger oder schlecht. Was dazwischen geht einfach nicht.«, jammert Logan. »Und in meinem Fall ist es irgendwie fast immer Letzteres.«

»Ich bin von Weicheiern umgeben.« Der Einzige, der nicht kurz vorm Erbrechen ist, ist Paxton. Der grinst uns nur doof an. »Noch jemand ein Eis?«, fragt er und ich antworte mit einem gespielten Würgen. Er lacht und schlurft zur Küche.

Die Stimmung heute Abend ist richtig ausgelassen, worüber ich mich nach den Strapazen der letzten Tage sehr freue. Nach dem kurzen Texten heute Morgen, hatte ich ja ein paar Bedenken, was das Zusammenleben mit Paxton angeht.

»Wie habt ihr euch eigentlich kennengelernt?«, frage ich in die Runde, als Pax mit seinem Eis zurück ist. Die beiden tauschen Blicke und sehen sich fragend an. Dann richtet Logan das Wort an mich.

»Kurz gesagt: Wir sind zusammen aufgewachsen. Unsere Mütter waren befreundet, daher war er irgendwie schon immer Teil der Familie. Als er dann zum Studieren weggezogen ist, war das ganz schön schlimm für mich, ich habe ihn wirklich mehr vermisst, als ich mir eingestehen wollte. Aber der Kontakt ist Gott sei Dank nie vollständig abgebrochen.« Er lächelt Paxton an. Die beiden sind echt verdammt süß zusammen.

»Wieso sagst du waren? Sind sie es nicht mehr?«

»Meine Mom ist vor ein paar Jahren an Krebs erkrankt und kurz darauf gestorben.«, antwortet Paxton und sieht mir direkt in die Augen.

»Oh mein Gott, das wollte ich nicht!« Ich sehe ihn erschrocken an und lege meine Hand auf sein Knie. Er zuckt kurz, aber lässt es zu. »Tut mir leid, wenn ich da jetzt was Falsches gesagt habe.«, entschuldige ich mich und ziehe meine Hand wieder zurück, als ich Logans Blick auf ihr spüre.

»Schon gut, ich habe gelernt damit zu leben. Es ist schön hin und wieder über sie zu reden. Meistens mit Logan, er kannte sie ja auch sein Leben lang. Mein Dad zieht es seit dem Tag der Beerdigung ja lieber vor, das Thema totzuschweigen. Sobald jemand auch nur ihren Namen erwähnt, wird er wütend.« In seinen Augen schimmert so viel Traurigkeit, dass ich ihn am liebsten fest in den Arm nehmen würde.

»Auf jeden Fall war ich vor einem Jahr wegen einer Familienfeier in der Stadt und habe die meiste Zeit hier mit Logan, statt mit meiner Familie verbracht. Es tat so gut! Bei Dad fühlt es sich manchmal an, als ob ich keine Luft zum Atmen hätte. Und dann hat der Spinner da gefühlt täglich an mir rumgequatscht, wieder zurückzukommen, aber ich hatte ja mein Leben in New York und konnte das nicht so mir nichts dir nichts aufgeben.«

»Und dann hast du es doch getan.«, grinst Logan und knufft Paxton wieder in die Seite.

»Ja.«, lacht er. »Du weißt warum.«

»Weil du nicht mehr ohne mich sein konntest und zu mir zurückwolltest.«

Paxton verdreht gespielt die Augen. »Genau, nur deshalb.«

»Er ist schon ein Herzchen, oder?«

»Hey, ihr wohnt hier beide unter meinem Dach. Etwas mehr Respekt, wenn ich bitten darf.«

Paxton und ich sehen uns an, ich ziehe eine Augenbraue hoch, er zuckt mit den Schultern. »Träum weiter.«

»Pfff... redet mit der Hand.«, antwortet er, nimmt die Fernbedienung und öffnet das Filmmenü. »Mir egal, was ihr macht, aber ich schaue jetzt Men in Black.« Ich rutsche auf der Couch zu ihm hoch und sehe ihm direkt in die Augen. »Danke, dass ich hier wohnen kann. Ich wüsste nicht, was ich ohne dich machen würde. Du bist der Beste.«, sage ich und meine es wirklich aus tiefstem Herzen so.

Als Antwort legt er seinen Arm um meine Schulter, zieht mich zu sich, bis mein Kopf auf seiner Brust liegt und drückt mir einen Kuss auf die Stirn. »Du bist hier immer willkommen, Muffinpie… so lange du willst.«

Ich hebe meinen Kopf an und drücke ihm einen Kuss auf die Wange. »Danke, Logan!«

Er grinst und ich stehe auf, um mir ein Glas Wasser aus der Küche zu holen.

Paxtons Blick ruht auf mir und er sieht mich mit einer solchen Intensität an, dass sich die Härchen auf meinen Unterarmen aufstellen. Verdammt! Es war alles nur Show, June… Er wollte dir nur helfen… Er ist glücklich mit Logan… Logan ist mein Freund… Immer wieder spule ich die Sätze wie ein Mantra in meinem Kopf ab. Irgendwann muss mein Hirn es doch kapieren. Was allerdings nicht heißt, dass meine Hormone dann Ruhe geben. Ich kann nach wie vor nicht leugnen, dass Paxton ein überaus attraktiver Mann ist und noch dazu lassen seine Küsse Knie weich werden. Ich habe es schließlich am eigenen Leib erfahren und denke seitdem öfter daran, als mir lieb ist.

Fuck, Paxton, warum hörst du nicht auf mich so anzusehen…

»Hmmm…«, stammele ich. »Ich bin irgendwie grade ziemlich K.O… Ich glaube ich schau den Film nicht mehr mit und geh schlafen.«

Das waren wohl die magischen Worte.

Paxton löst seinen Blick von mir und sieht jetzt… hm…. Ja, was ist das für ein Blick? Glücklich aus? Nein, eher enttäuscht? Ich habe keine Ahnung.

Ich verschwinde in mein Zimmer und ziehe mich um, tausche Jogginghose gegen Schlafshorts. Eigentlich sind es Boxershorts, aber ich finde die einfach total bequem zum Schlafen. Darüber trage ich mein Deadpool Tanktop mit der Aufschrift »Veni, Vidi, Chimichangas.«, das ich letztes Jahr auf der Comic Con gekauft habe.

Ohne die Jungs weiter zu beachten und umgekehrt genauso, da sie den Film mittlerweile gestartet haben, gehe ich ins Badezimmer, um mir den Tag vom Gesicht zu waschen. Als ich zurück in mein Zimmer laufen will, spüre ich wieder Paxtons Blick auf mir ruhen. Im Türrahmen drehe ich mich noch einmal zu ihm um, ich muss einfach schauen, ob ich Recht hatte und er mich wirklich beobachtet. Und ja, mein Körper reagiert ganz ohne mein Zutun oder Wissen auf seine Blicke. Das ist nicht gut… Das ist gar nicht gut. Ich wünschte, sein Anblick würde mich nicht jedes Mal in einen hormongesteuerten Teenager verwandeln.

»Gute Nacht, June.«, sagt er ohne den Blick von mir zu lösen und mein Mantra kracht wie ein Kartenhaus über mir zusammen. Ich bin scharf auf den Freund meines besten Freundes. Und das Schlimmste daran ist, dass er es weiß.

KAPITEL 10

Als am nächsten Morgen mein Wecker klingelt, ist in der Wohnung nichts zu hören außer dem Vogelgezwitscher, das von draußen durch die Scheiben dringt. Die Jungs schlafen wohl immer noch den Schlaf der Gerechten. Es hat schon so seine Vorteile, sein eigener Chef zu sein, das wird mir grade erst so richtig bewusst. Wobei ich es ihm auch gönne, mal einen Tag auszuschlafen. Wenn ich das richtig sehe, ist Schlaf normalerweise eher Mangelware bei Logan. Er ist einfach ein kleiner Workaholic.

Ich mache mich in aller Ruhe fertig für die Uni, frühstücke eine Kleinigkeit und sitze gegen 08:30 Uhr im Auto. Bis zur SDSU sind es von hier aus mit dem Auto nur knapp 15 Minuten. Die Busverbindung ist deutlich schlechter und dauert ewig. Mit der Linie 35 ist man über eine Stunde unterwegs, mit der 923 sogar anderthalb Stunden. Das ist mir zwei Mal am Tag doch etwas zu lang, daher habe ich beschlossen, das Auto zu nutzen.

Der Tag startet gut, ich finde sofort einen Parkplatz für meinen kleinen schwarzen Honda und am Kaffeewagen ist keine lange Schlange. Gabby wartet schon auf mich und hält sogar schon einen Tee für mich bereit.

»Wie war die erste Nacht in der WG?«, fragt sie aufgeregt.

»Gut.«, sage ich und nippe an meinem Becher.

»June… Was ist los? Ist etwas passiert? Willst du wieder ausziehen? Dein Tonfall gefällt mir nicht.« Sie zieht ihre rechte Augenbraue in die Höhe. Sie kennt mich einfach viel zu gut.

»Paxton ist los.«, stöhne ich genervt. »Er ist einfach so… so… Paxton eben.«

»Heiß, heiß und nochmal heiß?«, fragt sie und grinst mich mit den Augenbrauen wackelnd an.

»Ja. Und genau das ist ja das Problem. Ich habe Logan gegenüber sowieso schon ein schlechtes Gewissen, weil ich ihm nichts von dem Kuss gesagt habe. Gestern Abend hat Paxton mich mit seinen Blicken verfolgt, als ob er mir im nächsten Moment die Kleider vom Leib reißen wollte. Und das Furchtbare daran ist, dass es genau das ist, was ich will. Nicht das Drama mit Liebe und Gefühlen. Zu was das führt hast du ja gesehen. Aber dieses Verlangen, das in seinen Augen stand… Du hättest es sehen sollen Gabs! Was soll das nur werden mit uns Drei unter einem Dach, wenn er mich ständig ansieht, als sei ich Frischfleisch?«

»Normalerweise bin ich ja immer Pro Vögeln.« Sie macht eine ausladende Geste in Richtung Innenhof, auf dem sich bei den noch milden Temperaturen heute Morgen etliche Leute tummeln. »Es gibt hier genug Jungs. Such dir einen aus und hab deinen Spaß, um Paxton aus dem Kopf zu kriegen. Und wenn es dir unangenehm ist, dann rede mit ihm. Sag ihm, dass er das sein lassen soll. Vielleicht macht er es ja nicht einmal mit böser Absicht.«

»So hat es absolut nicht gewirkt.«, beteuere ich. Aber wie immer fühle ich mich gleich viel besser nach einem Gespräch mit ihr. Ich hake mich bei meiner besten Freundin unter und ziehe sie mit mir in Richtung Vorlesungssaal für Biochemie… Yay…

~

»Bereits lange Zeit bevor sich die ersten Dinosaurier entwickelten, bevölkerten sie schon die Erde. Bis auf die eisigen Regionen, wie zum Beispiel die Antarktis, lassen sie sich auf jedem Kontinent in irgendeiner Art und Weise finden.« Ich laufe ohne Ziel im Wohnzimmer auf und ab und versuche mir sämtliche Details meines Referates zu merken, als sich hinter mir jemand räuspert.

»Kommt dir der Satz nicht langsam aus den Ohren? Du wiederholst ihn ungefähr schon zum fünfundachtzigsten Mal.«, sagt Paxton und läuft an mir vorbei zum Kühlschrank. Er nimmt zwei kalte Dosen Cola heraus und reicht mir eine davon. »Zucker ist gut fürs Hirn.«

»Danke.« Ich öffne sie und nehme einen großen Schluck. Dann hickse ich einmal laut auf, was Paxton zum Lachen bringt. »Das passiert mir ständig, wenn ich etwas Kaltes zu schnell trinke.« Entschuldigend hebe ich die Hände.

»Ist doch süß.«, sagt er lächelnd und macht es sich auf der Couch gemütlich. »Was lernst du da überhaupt?«

»Ein Referat für Zoologie, das ich morgen Vormittag halten muss. Ich wollte unbedingt das Thema Meeresschildkröten nehmen. Das sind einfach wunderschöne Tiere.«

»Ja, sind sie. Magst du es mir vortragen, so als Generalprobe für morgen? Ich muss heute nicht mehr in den Laden und hätte jetzt Zeit.« Er sieht mich ehrlich interessiert und auch erwartungsvoll an. Heute ist er wieder der lockere, lustige Paxton. Vielleicht habe ich mich gestern wirklich in seinem Blick getäuscht und ihn total fehlinterpretiert. Das wäre nicht das erste Mal, wenn ich an das Missverständnis im Club zurückdenke.

»Also? Was sagst du?«, reißt er mich aus meinen Gedanken. »Soll ich für dich das kritische Testpublikum spielen oder nicht?«

»Ähm, ja klar, wenn du sonst nichts Besseres zu tun hast, warum nicht?«, sage ich und nehme meine Unterlagen zur Hand.

Er legt seine Arme auf die Oberschenkel, beugt sich nach vorne und beobachtet mich mit kritischem Blick.

»Wo war ich... ach ja... Meeresschildkröten im Speziellen findet man hauptsächlich in tropischen und subtropischen Gewässern und bis auf das Legen ihrer Eier, verbringen sie ihr ganzes Leben im Wasser. Ihre Extremitäten haben sich zu großen Paddeln entwickelt, mit denen sie sich, schneller als man ihnen nachsagt, rasant im Wasser bewegen können.«

Paxton grinst, aber ich fahre unbeirrt fort.

»Auf Seite Fünf ihres Manuskriptes können Sie ein Foto einer ausgewachsenen Meeresschildkröte beim Schwimmen unter Wasser sehen.« Ich reiche Paxton meine Unterlagen und er blättert darin, während er mir trotzdem aufmerksam zuhört.

Nach etwa 15 Minuten bin ich mit meinem Vortrag fertig und er klatscht laut in die Hände. »Das war sehr aufschlussreich, Miss Cole. Vielen Dank für all diese Informationen.« Dann steht er auf und reicht mir meine Unterlagen.

»Meinst du ich kann das so lassen?«, frage ich.

»Ich bin zwar kein Profi was das Thema Schildkröten angeht, aber ich finde, dass du gut informiert und professionell gewirkt hast bei deiner Präsentation.«

»Das ist lieb, dass du das sagst, danke. Mom hat mir eingetrichtert, dass man alles einfach nur mit genügend Überzeugung sagen muss, dann könnte man seinem Gegenüber alles als wahr verkaufen, auch wenn es das nicht ist.«

Er kommt auf mich zu und bleibt wenige Zentimeter vor mir stehen. Sein Duft, eine Mischung aus Sandelholz und salzigem Meerwasser, steigt mir in die Nase und ich muss schlucken. »Also, wenn ich dir jetzt tief in die Augen sehe und dir sage, dass du heute Abend wunderschön aussiehst, obwohl du in Jogginghose und Schlabberpulli vor mir stehst, dann muss ich das nur ernst genug sagen, damit du es auch so empfindest?«

»So… so in etwa…«, stottere ich. »Nur, dass Komplimente im Allgemeinen schlechter angenommen werden als irgendwelche Informationen in einem Referat.« Ich versuche mit aller Macht beim eigentlichen Thema zu bleiben, aber dieser Duft in Kombination mit diesen grünen Augen, die mich an Ort und Stelle fixieren, macht es mir echt nicht einfach.

»Bei euch Frauen vielleicht. Würdest du mir sagen, dass ich gut aussehe, würde ich dir das ohne mit der Wimper zu zucken glauben.« Ein schelmisches Grinsen umspielt seine Lippen und ich kann nicht aufhören sie anzuschauen, was ihm natürlich nicht entgeht und ihn noch breiter grinsen lässt.

Wie gern würde ich ihn gerade zu mir hinunterziehen, meine Hände in seinen wunderschönen braunen Haaren vergraben und ihn küssen, bis wir keine Luft mehr bekommen. Als ob er meine Gedanken lesen könnte, öffnet er die Lippen, um etwas zu sagen, aber es kommt kein Ton heraus.

Bevor ich eine Dummheit begehen kann, die ich vermutlich schon im gleichen Moment bereue, lässt mich das Stochern von Logans Schlüssel in der Haustür ins Hier und jetzt zurückkehren. »Vielleicht zeigt die Tatsache, dass du nicht daran zweifelst auch einfach nur, dass du ein riesiges Ego hast.«, lache ich schriller als geplant und packe meine Unterlagen zusammen, ohne ihn noch einmal anzusehen. Auf dem Weg in mein Zimmer nicke ich Logan kurz zu, grüße ihn und schließe dann die Tür hinter mir. Ich lasse den Kopf gegen das Holz sinken und atme mehrmals tief ein und aus, bevor ich mich auf den Drehstuhl am Schreibtisch setze, mein Handy zur Hand nehme und den Gruppenchat mit Gabby und Meghan öffne.

June: Mayday, mayday. Hormonbomber kurz vorm Absturz. Brauche dringend Treibstoff.

Meghan: WG? In einer halben Stunde?

Gabby: Du solltest doch mit ihm reden... Nicht die Sache noch schlimmer machen.

Als Antwort sende ich nur ein achselzuckendes Emoji und einen Daumen als Bestätigung, zu ihnen zu kommen. Dann tausche ich den Schlabberpulli, gegen ein eng anliegendes weißes Trägerhemdchen und die Hausschuhe gegen ein Paar weiße Sneakers. Die Jogginghose behalte ich allerdings an, da kriegt mich heute keiner mehr raus, komme was wolle.

Als ich aus meinem Zimmer komme, sitzt Logan allein auf der Couch. Von Paxton ist weit und breit keine Spur zu sehen, was mich nach dem Szenario zuvor auch leise aufatmen lässt.

»Gehst du noch weg?«, frag er neugierig, als er mein verändertes Outfit entdeckt.

»Nur zu Gabby und Meghan. Frauengespräche und so.«, sage ich so beiläufig wie möglich. Nicht, dass er noch auf die Idee kommt, ICH müsste mir hier was von der Seele reden.

»Schade, ich dachte wir hätten heute mal einen Abend nur für uns zwei, weil wir das schon so lange nicht mehr gemacht haben. Pax ist auch noch unterwegs. Lasst mich nur alle allein.«, schmollt er. »Ich habe dir sogar etwas mitgebracht.« Er schnappt sich seine Umhängetasche und reicht mir ein verpacktes Geschenk. Es ist viel toller eingepackt, als ich es jemals könnte. Mom behauptet ja, meine Geschenke würde man unter Tausenden erkennen, weil sie so… nennen wir es mal *hübsch* verpackt sind. *Je weniger Talent, desto mehr Klebeband* höre ich ihre Stimme in meinem Kopf und muss unwillkürlich lachen.

»Das wäre doch nicht nötig gewesen.«, sage ich, greife aber zeitgleich nach dem Päckchen. Vorsichtig reiße ich das Papier auf und was ich sehe, lässt mein Herz höherschlagen. Irgendjemand muss am Abend der Beachparty ein Foto von Paxton, Logan und mir gemacht haben. Logan tippt mir darauf grinsend mit dem Zeigefinger auf die Nase und Paxton steht lachend daneben. Wir sehen in diesem einen Moment alle ziemlich glücklich aus. »Logan… Das ist toll.«

»Ich dachte an deiner Wand fehlt noch ein Foto von der coolsten WG der Westküste.«, grinst er.

»Das kommt direkt auf den Nachttisch, damit ich euch ganz nah bei mir habe!«

Ich schlinge meine Arme und seinen Hals und er legt seine um meine Hüfte. Ich weiß nicht, wie lange wir so dastehen, aber aus dem Flur kommt ein kühles *Ciao*, gefolgt von einer ins Schloss fallenden Haustür.

»Ist er heut nicht gut drauf?«, fragt Logan, was ich nur mit einem Schulterzucken beantworte.

»Ich bin dann jetzt auch weg. Genieß einfach mal die Ruhe in deinen vier Wänden. So oft hast du nicht die Gelegenheit dazu.«, grinse ich, verabschiede mich und mache mich auf den Weg zu den Mädels.

KAPITEL 11

Der Abend mit Meghan und Gabby gestern ging für einen Werktag doch etwas länger als geplant. Als ich wieder in der WG ankam, waren die Jungs schon beide am Schnarchen.

Wir Mädels haben lange gequatscht und sie haben mir beide ans Herz gelegt die Situation zu beobachten und Paxton, wenn ich noch einmal das Gefühl habe, dass er mit seinem Spielchen anfängt, direkt zur Rede zu stellen.

Gabby hat mehrere Theorien. Nummer Eins, dass er es liebt zu sehen, wie ich auf ihn reagiere und es seinem Ego guttut. Nummer Zwei, dass er sich einfach nur einen Spaß daraus macht, mich zu stressen. Und Nummer Drei, dass er die Wohnung und Logan wieder für sich allein haben will und versucht mich rauszuekeln.

Theorie Nummer Drei habe ich aber direkt ausgeschlossen, dafür verstehen wir uns dann doch zu gut. Woher diese schlechte Laune manchmal urplötzlich kommt, ist mir einfach ein Rätsel. Aber die Mädels haben Recht, ich muss nächstes Mal mit ihm reden. Das geht so nicht, wenn wir hier alle zusammenwohnen wollen.

Auf dem Weg zum Bad bemerke ich, dass ich die Wohnung so früh am Morgen schon für mich habe. Keine Ahnung wo die beiden sind. Aber vermutlich schon in der Werkstatt, um am nächsten wichtigen Auftrag zu arbeiten. Wie so oft eben.

So stolz ich auch auf Logan bin, wie viel er in den letzten zwei Jahren erreicht hat, so bin ich auch ein bisschen in Sorge um ihn. Er arbeitet so viel, schläft viel zu wenig und so was wie ein Privatleben hat er eigentlich kaum. Meist reicht es gerade noch für Couch und Film, bei dem er nach wenigen Minuten einschläft und man ihn ins Bett befördern muss. Und in der wenigen freien Zeit, die er mit Paxton verbringen könnte, hat er dann auch noch mich an der Backe. Ich fasse den Entschluss ihn im Laden so gut es geht zu unterstützen, damit er vielleicht bald mal ein paar Tage freimachen und abschalten kann, bevor er noch mit einem Burnout zusammenklappt.

Ich putze mir die Zähne, wasche mir das Gesicht und binde meine Haare zu einem hohen Pferdeschwanz zusammen. In meinem Zimmer tausche ich mein Schlafoutfit gegen eine dunkelgraue Boyfriend Jeans, ein weißes Tanktop und proforma werfe ich mir noch einen Hoodie über. Morgens ist es selbst so nah an der mexikanischen Grenze noch etwas frisch.

Der heutige Zeitplan ist ziemlich voll für meine Verhältnisse, das wird stressig, ich weiß es jetzt schon. Und ich hasse Stress wie die Pest. Um 09:00 Uhr muss ich an der Uni sein und mein Referat halten. Etwas, das ich zu egal welcher Uhrzeit maximal hasse. Vor Leuten stehen und eine Rede halten… allein beim Gedanken daran dreht sich mir der Magen um. Deshalb habe ich auch beschlossen, davor noch zum Strand zu gehen und mich in die Fluten zu werfen. Morgens, wenn die Stadt noch schläft, ist es so friedlich am Strand. Und auf dem Meer draußen sowieso. Außerdem wird mir das Surfen meine Nervosität nehmen. Nichts beruhigt mich so sehr wie das Gefühl, das ich verspüre, wenn ich mit meinem Board die Wellen reite.

Nach der Uni werde ich bei den Jungs im Laden vorbeischauen und eine von zwei 3-Stunden-Schichten pro Woche, die ich mit Logan vereinbart habe, hinter mich bringen. Ich habe noch keine Ahnung, was mich erwartet, aber ich ahne Schlimmes. Es ist immerhin Logan! Jeder Messi hat gefühlt mehr Ordnung in seinem Leben als dieser Typ. Aber dafür hat er jetzt ja mich und wenn der Ordnungsorkan Juniper Cole erstmal losgelegt hat, wird er sich fragen, wie er jemals ohne mich überleben konnte.

Voller Vorfreude gleich das Meer unter mir rauschen zu hören, schnappe ich mir meinen Schlüsselbund und sicherheitshalber auch den Schlüssel zu Sams Laden. Normalerweise ist er zu der Zeit schon da, aber sicher ist sicher. Ich hänge mir meine Unitasche um, schlüpfe in meine altrosa Nike Sneakers und laufe gut gelaunt zu meinem schwarzen Blitz, den ich gestern nach der Uni vor dem Haus geparkt hatte. Beim Starten klingt er heute mal wieder wie ein Kettenraucher kurz vor dem Lungenkollaps. Man merkt meinem alten Mädchen ihre Jahre, die sie auf dem Buckel hat, einfach an. Sanft streichele ich über das Lenkrad und das Armaturenbrett, spreche ihr gut zu und siehe da, beim nächsten Versuch beginnt ihr Motor zu rattern. »Good girl.«, flüstere ich und lege den Rückwärtsgang ein.

Am Pier angekommen, freue ich mich, trotz aller Herrgottsfrühe so schlau gewesen zu sein, den Schlüssel in die Tasche zu packen. Er ist nämlich noch nicht da und der Laden somit noch verschlossen. Fröhlich pfeifend stecke ich den Schlüssel ins Schloss und verschaffe mir Zutritt.

Schnell entledige ich mich meiner Kleidung und schlüpfe in meinen Neoprenanzug, der immer griffbereit hier im Spint hängt. Er schmiegt sich wie eine zweite Haut um meine Kurven und wie jedes Mal breitet sich bei all der Vorfreude ein warmes Gefühl in meinem Bauch aus. Mein grimmiger Tiki lacht mich vom Board auf der anderen Seite des Raums aus an, allzeit bereit jede noch so große Welle mit mir zu nehmen. Ich gehe auf ihn zu und klemme ihn mir unter den Arm. Dann trete ich auf den Sand hinaus. Ich liebe den Duft des Strandes und des Meeres, besonders zu dieser frühen Uhrzeit, an der es noch nicht nach gegrillten Würstchen oder Alkoholfahnen riecht. Noch einmal ganz tief ein- und ausatmen und schon bin ich auf dem Weg zum Meer.

Als meine Füße das Wasser berühren, wird mein Körper von einem Schaudern erfasst. Ich laufe ein paar Meter ins Meer hinein, dann schwinge ich mein rechtes Bein über das Board und setze mich rittlings darauf, jeweils ein Bein auf jeder Seite im Wasser baumelnd. Ich lasse den Blick auf den Ozean hinaus schweifen. Ein paar andere Surfer sind heute Morgen auch schon auf ihrem Brett, aber hier auf der Höhe von Sam's Shop habe ich freie Bahn.

Also lege ich mich bäuchlings auf mein Brett und beginne aufs Meer hinaus zu paddeln. Egal, was man von den ach so klugen Proleten hier am Strand zu hören kriegt, das Paddeln ist meiner Meinung nach das Wichtigste am ganzen Sport. Hast du hier nicht die richtige Technik, erwischst du auch keine anständige Welle, so einfach ist das.

An der Brechungslinie der Welle angekommen, setze ich mich wieder aufrecht und drehe mich in Richtung Strand. Heute Morgen sind sie nicht allzu riesig, aber dennoch groß genug, um geritten zu werden. Also warte ich auf die nächste sich lohnende Welle. Nach kurzer Zeit merke ich, dass sich hinter mir eine Große aufzubauen beginnt, also werfe ich mich wieder mit dem Bauch auf das Brett und paddele was das Zeug hält. Ich paddele und paddele, bis jeder Muskel in meinen Armen zu schmerzen beginnt und dann, als die Welle mich erreicht hat, springe ich auf mein Brett und lasse mich von ihr in Richtung Strand spülen. Es gibt für mich einfach kein besseres und befreienderes Gefühl, als eins mit einer Naturgewalt war.

Ich wiederhole das Ganze einige Male und stets durchflutet mich dieses mächtige Gefühl, dass mir trotz der Euphorie so viel innere Ruhe verschafft. Ich paddele ein fünftes Mal in Richtung Meer und warte, auf meinem Board sitzend, auf das Aufbauen einer nächsten großen Welle, als mir plötzlich im Augenwinkel ein anderer Surfer auffällt.

»Hey! Mehr Respekt vorm Ehrenkodex. Don't sneak! Man schleicht sich nicht von hinten an und klaut sich die Vorfahrt, wenn andere warten.«, rufe ich und erschrecke mich, als ich sehe, wer da hinter mir auf seinem Brett treibt. Paxton lässt die Füße im Wasser baumeln und grinst mich an. Ich paddele zu ihm und manövriere mein Board parallel zu seinem.

»Na sieh mal einer an, was hier an meinen Strand gespült wurde.«, ziehe ich ihn auf.

»Wenn ich gewusst hätte, dass das dein Strand ist, dann hätte ich ihm natürlich mehr Respekt gezollt.«, kontert er.

Ich grinse ihn genauso an, wie er mich. »Schön hier, oder?«

Er nickt. »Und so idyllisch um diese Zeit!«

»Und wieso habe ich dich dann noch nie um diese Zeit hier gesehen?«, frage ich neugierig. Eigentlich hatte ich ihn bisher zu keiner Tages- oder Nachtzeit hier getroffen.

»Ich musste ja erstmal hier ankommen und mich einleben. Da kam das Surfen irgendwie zu kurz.«

Jetzt bin ich es, die verständnisvoll nickt. Mit Neuanfängen kenne ich mich nur allzu gut aus.

»Sah aber gut aus, was du da machst. Wie lang surfst du schon?«, fragt er und wirkt ernsthaft interessiert.

»Seit mein Vater uns verlassen hat. Da war ich dreizehn. Meine Mom dachte, ich könne meine Wut beim Sport kanalisieren. Da ich immer schon eine Wasserratte war, lag es nahe mich am Surfen zu versuchen. Und was soll ich sagen, sie hatte Recht… Wie so oft.« Ich werfe meinen Kopf in den Nacken und sehe Richtung Himmel. »Ich wüsste nicht, wie mein Leben heute aussehen würde, wenn ich damals das Surfen nicht als Ventil für Stress, Frust und Wut gehabt hätte. Es gab mir irgendwie die Kraft, die ich brauchte, um die Situation zuhause zu ertragen.«

»So sentimental kenne ich dich ja gar nicht. Schön, wenn du nicht immer auf starke Einzelkämpferin machst.« Er lächelt mich an und kurz macht mein Herz einen Satz.

Ich räuspere mich. »So soll mich ja auch nicht jeder sehen. Wenn du irgendjemandem verrätst, dass ich eine weiche Seite habe, dann schluckst du bei nächster Gelegenheit eine Ladung Salzwasser.« Drohend hebe ich den Finger.

»Ach, da ist er wieder, der Eisenfinger. Keine Sorge, ich bin nicht jeder, June. Dein Geheimnis ist bei mir sicher.« Er legt sich die Hand auf die Brust und fängt an lautstark zu lachen, als er meinen immer noch drohenden Blick sieht. »Ich hatte selbst bei deiner Ansage im Club keine Angst vor dir kleiner Maus.«, lacht er und knufft mir gegen den Arm, was ich nicht habe kommen sehen. Ich rudere mit den Armen und falle rücklings auf die Wasseroberfläche.

Nach Luft schnappend kralle ich mich an meinem Board fest und er reicht mir seine Hand, um mich aus dem Wasser zu ziehen. »Mach das nie wieder!«, fluche ich.

»Du hättest deinen Blick sehen sollen. Wäre ich nicht live dabei gewesen, hätte ich Geld dafür gezahlt, das sehen zu dürfen.« Und da ist es wieder, dieses warme, ehrliche Lachen, das mir schon im Club eine Gänsehaut verpasst hat.

»Du solltest öfter lachen, steht dir.«

»Mit der richtigen Gesellschaft, lache ich doch recht oft, findest du nicht?«

»Bei Logan hat man auch gar keine Chance, ernst zu sein. Schön, dass ihr euch habt. Es ist wichtig Menschen um sich zu haben, die einen verstehen und so sein lassen, wie man ist.«, sage ich, ohne ihn anzuschauen.

Im Augenwinkel sehe ich, dass er zustimmend nickt, aber er lässt meine Aussage unkommentiert.

Nach einer Weile, die wir schweigend auf dem Meer nebeneinander hertreiben, überzieht eine Gänsehaut meine Arme. Wir beschließen, zurück zum Strand zu paddeln.

Paxton hat seine Kleider einfach auf einem Handtuch am Strand liegen. So ein Vertrauen habe ich nicht mehr in die Menschheit, seit mir mal jemand meine ganzen Habseligkeiten, ja sogar das Handtuch, auf dem sie lagen, geklaut hat. Seitdem sperre ich alles weg oder gebe es bei Sam ab. Sicher ist sicher!

Er reicht mir ein kleines dunkelblaues Handtuch. Ich beginne, meine Haare trocken zu rubbeln, verharre aber mitten in der Bewegung, als er den Reißverschluss seines Wetsuits hinunterzieht und seine trainierte Brust zum Vorschein kommt. Wie gebannt beobachte ich die Wassertropfen, die aus seinen Haaren fallen und seine Brust hinunterrinnen. Als ich wieder nach oben schaue, bemerke ich, dass er mich auch beobachtet. Ohne den Blick von mir zu lösen, streift er den Neoprenanzug von seinen Schultern und schiebt ihn sich über die Hüften, bis zu den Knöcheln hinunter. Ich schlucke schwer und versuche, meine Atmung wieder unter Kontrolle zu bekommen.

»Du weißt schon, dass man unter den Dingern eigentlich nackt sein sollte?«, sage ich und bin insgeheim froh, dass er es nicht ist. Das wäre zu viel für meine Nerven am frühen Morgen.

»Wäre dir das denn lieber gewesen?«, fragt er mit einem schelmischen Grinsen.

Ich versuche, meine Coolness wiederzuerlangen und antworte ganz trocken. »Nichts, was ich nicht schon mal gesehen hätte.« Dann werfe ich ihm das Handtuch entgegen und schlendere in Richtung Sam's. »Bis später Pax. Wir sehen uns nach der Uni.« *Jetzt nicht umdrehen June*, flehe ich mich selbst an. Der Abgang war zu cool, um ihn sich damit nochmal kaputt zu machen. Ich bleibe stark, aber wie gerne würde ich gerade sein Gesicht sehen können. June eins, Paxton null, denke ich mir und kann mir ein Grinsen nicht verkneifen.

Wieder in trockener Kleidung, hat sich mein Herzschlag immer noch nicht so wirklich beruhigt. Es sollte ernsthaft verboten werden, *so* einen Körper zu haben. Aber ich glaube, im ersten Moment hat er sich wirklich nichts dabei gedacht, erst als er meinen Blick bemerkt hat. Dass sein nackter Oberkörper mich nicht kaltlässt, müsste ihm doch klar sein… Ich schüttele den Kopf, in der Hoffnung den Anblick abzuschütteln. Immerhin hat er mich von der Nervosität vorm Referat abgelenkt.

Ich setze mich hinters Steuer meines Hondas und drehe den Schlüssel im Schloss, was von einem unschönen Stottern begleitet wird. »Ach kommt schon, Baby.«, flüstere ich. »Tu mir das nicht an.« Auch die nächsten drei Versuche werden nicht von Erfolg gekrönt. Wütend schlage ich mit der Faust auf mein Armaturenbrett, als jemand an meiner Scheibe klopft und ich erschrocken herumfahre. Paxton. Natürlich.

»Klingt ganz so, als ob du einen neuen Anlasser bräuchtest.«, höre ich ihn durch das Glas sagen.

»Ach, KFZ Mechaniker sind wir auch oder wie?«, antworte ich genervt und lasse den Blick zu meiner Uhr wandern. Mist, ich muss echt langsam los, wenn ich es noch ansatzweise pünktlich zu meiner ersten Vorlesung schaffen will.

»Steig aus, ich bring dich zur Uni.«, sagt er und zeigt auf seinen Pickup, der ein paar Meter weiter in der Parkreihe gegenüber steht.

Ich könnte jetzt bockig sein und ablehnen, aber wir haben gleich in der ersten Stunde Zoologie und ich will nicht direkt schon einen Punktabzug bei der Note, weil ich während der Vorlesung im Vorlesungssaal einfalle, auch wenn ich bei Professor Stone bisher eigentlich einen recht guten Stand habe. Da Paxton und ich noch eine Weile miteinander auskommen müssen, entscheide ich mich für die erwachsene Variante und nehme sein Angebot kommentarlos an. Ich steige aus meinem Auto aus, laufe zum Pickup und rutsche auf den Beifahrersitz.

Paxtons Wagen riecht total nach ihm. Diesen mir mittlerweile so vertrauten Mix aus Meer und Sandelholz würde ich überall wiedererkennen. Als er sich auf den Fahrersitz fallen lässt, kommt noch eine Portion Paxton dazu. Zu dritt eine fast tödliche Kombination hier auf engstem Raum. An seinem Rückspiegel hat er einen Hammer hängen und ich muss grinsen.

»Sag bloß, das ist Mjölnir.«, frage ich und drehe ihn in meiner Hand.

Er beobachtet, wie ich den Hammer loslasse und mich wieder in den Sitz zurücklehne. »Natürlich, Thor ist der beste Avenger. Und wenn ich mich recht erinnere, hat einer von uns letztens auch von Chris Hemsworth geschwärmt.«

»Hm ja, er hat schon was für sich. Und oben ohne lässt er sich natürlich auch nett ansehen.«, lache ich.

Er grinst, aber dann wird er plötzlich ganz ernst. »Als meine Mom krank wurde, ist Dad jede Woche mit mir zum Comicbuchladen gefahren und ich durfte mir ein oder zwei Comics aussuchen.«, erzählt er und ich bin total verblüfft. Einerseits wegen dieses starken Stimmungswechsels, aber auch, weil er so offen mit mir über seine Vergangenheit redet.

»Heute weiß ich, dass das nur eine Ablenkung für mich sein sollte, aber damals war das echt immer das Wochenhighlight für mich. Nachdem meine Mom dann gestorben war, hatte sich der wöchentliche Ausflug auch erledigt. Mein Dad hat sich in seine Arbeit gestürzt, als ob es kein Morgen mehr gäbe und wehe es hat jemand meine Mom erwähnt, dann wurde er laut. Er redet bis heute nicht über sie.«

Ich lege, ohne nachzudenken, meine Hand auf seine, die auf der Mittelkonsole ruht und sehe ihn an. »Du warst ein trauernder Sohn, der seine Mom verloren hat. Mit wem, hättest du bitte über deine Gefühle reden sollen, wenn nicht mit deinem Vater?«

Er verschränkt seine Finger mit meinen und seufzt. »Dafür hatte ich dann Logan und seine Eltern. Sie alle waren damals eine große Stütze und ich weiß nicht, wo ich heute stehen würde, wenn sie nicht gewesen wären. Ich hatte so viel Wut in mir… auf meinen Dad, auf die Ärzte, auf die Ungerechtigkeit… einfach auf die ganze Welt. Und ich habe in der Zeit nach ihrem Tod echt viel Scheiße gebaut, was mir aus heutiger Sicht sehr leidtut und vielleicht auch die ein oder andere Möglichkeit für meine Zukunft verbaut hat. Sie haben mich immer wie einen zweiten Sohn behandelt und das werde ich ihnen auch niemals vergessen.«

»Logan ist toll.«, sage ich und irgendwie merke ich, dass das Thema für ihn damit beendet ist. Ich schaue gedankenverloren durch die Frontscheibe in die Ferne, während wir schweigend durch die Straßen fahren. Es ist nicht dieses unangenehme, peinliche Schweigen wie man es zum Beispiel von einem ersten Date kennt, weil man nicht weiß, worüber man mit seinem Gegenüber reden soll. Nein, es ist einfach für uns beide okay, einen Moment nichts zu sagen und die Stille zu genießen, wie eben auf dem Meer. Irgendwie bringt mich seine Geschichte zum Grübeln und erinnert mich auch ein bisschen an meine Vergangenheit. Natürlich ist mein Dad nicht gestorben, aber ich weiß, wie es ist, den zurückgebliebenen Elternteil leiden zu sehen und völlig machtlos zu sein. Der Gedanke lässt mich meine Finger noch stärker um seine schließen.

»Also mein liebster Avenger ist nach wie vor Captain America.«, sage ich nach einer Weile, um meine trüben Gedanken beiseite zu schieben und sehe im Augenwinkel, wie er es mit seinen ebenso macht und seine Mundwinkel wieder nach oben wandern.

»So spießig hätte ich dich ja gar nicht eingeschätzt, Cole.«

»Wer sagt denn, dass der Captain spießig ist?«, frage ich und ziehe eine Augenbraue nach oben.

»Ähm… quasi jeder existierende Mensch, der die Captain America und Avengers Filme gesehen hat?«

»Ääähm…«, imitiere ich ihn, was ihm ein kehliges Lachen entlockt. »Laber keinen Stuss, Mann. Er kommt nun mal aus einer Zeit, in der Moral und Anstand noch großgeschrieben wurden und in der ein Mann noch um die Frau, die er liebt gekämpft hat. Und sie auch niemals betrogen hätte.«

»Reden wir noch von Steve und Peggy oder von dir und der Lachnummer, mit der du da zusammen warst?«

Ich sehe ihn entgeistert an, starre dann auf meine Schuhe und ziehe meine Hand aus seiner, was ihn sichtlich zusammenfahren lässt.

»Hey, das war nicht böse gemeint. Ich wollte nicht noch Salz in die Wunde streuen, tut mir leid.«, entschuldigt er sich und zieht meine Hand zu sich rüber, um unsere Finger wieder miteinander zu verschränken. Keine Ahnung warum, es ist nur eine kleine Geste, aber seine Hand zu halten gibt mir ein Gefühl von Sicherheit. Als ob mir nichts passieren könnte, solange er sie fest in seiner hält.

»Er hat dich nicht verdient, June. Niemand sollte von seinem Partner betrogen werden. Und niemand sollte so etwas mit sich machen lassen. Du hast völlig richtig gehandelt, als du ihn verlassen hast.«, sagt er und wirkt, als ob er genau wüsste, wie es mir gerade geht.

»Reden wir noch von mir und Ethan?«, frage ich.

Als er den Kopf schüttelt, weiß ich, dass ihm das Gleiche passiert sein muss.

»Deine letzte Beziehung?«

»Japp.«

Ich seufze laut. »Und genau deshalb werde ich auch keine mehr führen. Du siehst ja, was dabei rumkommt.«

»Du willst keine Beziehung mehr führen? Wer labert jetzt Stuss?«

»Richtig. Und das ist kein Stuss. Das ist mein voller Ernst. Ich habe erlebt, was Gefühle mit einem machen. Sie kauen dich weich, spucken dich aus und lassen dich wie einen alten Kaugummi auf die Straße fallen, wo jemand mit seinen dreckigen Stiefeln auf dich drauftritt.«

»Danke für diese bildliche Darstellung deiner Seele.«, scherzt er.

»Du weißt, was ich meine Paxton. Mein Herz gehört ein paar ausgewählten Menschen, die sich einen Platz darin verdient haben. Solange ich die in meinem Leben habe, brauche ich keinen Mann, für den ich Gefühle entwickele und am Ende doch wieder nur enttäuscht werde. Wie sagt Gabby immer so schön: Ambulant gerne. Stationär nein, danke.«

Paxton lacht über meine Aussage. »Verliebt zu sein ist doch das schönste Gefühl auf der Welt. Ich hoffe sehr für dich, dass du dir das nochmal überlegst.«

Ich schüttele aber nur mit dem Kopf. »Das ist kein Entschluss, den ich leichtfertig aus einer Laune heraus getroffen habe.«

Paxton sagt nichts mehr dazu. Als er auf das Unigelände einbiegt, dirigiere ich ihn zum richtigen Gebäude. Ich weiß noch, wie oft ich mich anfangs hier verlaufen habe. Und irgendwie will es nicht in meinen Kopf, dass es in wenigen Monaten mit dem Studium vorbei sein soll.

»Danke, Paxton... Für alles.«, sage ich, beuge mich zu ihm hinüber und drücke ihm einen Kuss auf die Wange. Er dreht den Kopf zu mir um und einen Moment lang schauen wir uns tief in die Augen, bevor wir jäh von einer an die Scheibe klopfenden Gabby aus dem Moment gerissen werden.

»Ich dachte schon, du willst dich vor dem Referat drücken.«, kichert sie, während sie mich gefühlt vom Beifahrersitz zerrt. »Hi, Paxton. Bye, Paxton.« Und schon schleift sie mich an meiner Hand in Richtung Haupteingang.

»Das sah aber nicht gerade danach aus, als ob du ihn auf seine Spielchen angesprochen hättest.«, stellt sie skeptisch fest.

»Hm nein, irgendwie war es heute auch anders. Ich habe ihn beim Surfen getroffen und wir hatten tatsächlich richtig Spaß… Wie Freunde. Er hat mir von seiner Mom erzählt und den Problemen mit seinem Dad… Als hätte er endlich kapiert, dass ich nicht der Feind bin.« Ich greife in meine Umhängetasche, hole mein Handy heraus, um es auf lautlos zu stellen und erschrecke eine Sekunde, als Paxtons Name über einer Nachricht aufleuchtet.

Paxton: Denk an die großen Paddel!
Viel Glück beim Referat.

Er muss sie noch vom Parkplatz aus gesendet haben. So schnell wie Gabby mich allerdings aus dem Fahrerhaus herausgezerrt hat, blieb ihm gar keine Zeit mehr, um mir noch Glück zu wünschen. Ich antworte ihm schnell und bedanke mich, bevor wir den Vorlesungssaal betreten.

June: Danke, Pax!
P.S.: Große Paddel sind nicht zu verachten!

Grinsend schiebe ich das Handy in die Tasche zurück und suche mir mit meiner besten Freundin einen Platz im Hörsaal.

»Sollen wir nach unseren Referaten den restlichen Tag schwänzen, uns Meghan schnappen und zur Mall fahren?«, fragt sie, als wir endlich sitzen.

»Ich wäre sofort dabei, aber ich habe Logan versprochen, heute endlich mit seiner Buchhaltung anzufangen. Das wird mich wohl einige Stunden und Nerven meines Lebens kosten.«

»Ach, komm schon, für dich ist das doch mehr Befriedigung als Arbeit.«, lacht sie etwas zu laut, sodass sich zwei Jungs in der Reihe vor uns umdrehen und sie schief anschauen. Sie beantwortet ihre Blicke nur mit einem Augenrollen und widmet sich wieder mir. »Dann aber spätestens nächste Woche, ja?«

Ich nicke ihr zu. Gabby wird sowieso keine Ruhe geben, bevor ich nicht im Auto sitze und wir zusammen zur Mall fahren. Also spare ich mir die Widerworte.

Professor Stone kommt zur Tür herein, wirft seine Tasche auf den Tisch und begrüßt die Klasse. »Wenn ich mich richtig erinnere, beginnen wir heute mit euren Referaten.« Er reicht einer Kommilitonin in der ersten Reihe die Anwesenheitsliste, die wir zu Beginn jeder Vorlesung unterzeichnen müssen. Dann kramt er weiter in der Tasche und zieht die Liste mit den Titeln unserer Vorträge raus und überfliegt sie. »Miss Cole, sind sie bereit, uns die Meeresschildkröten ein wenig näher zu bringen?«, fragt er, aber ich weiß genau, dass er ein Nein sowieso nicht gelten lassen würde. Also nicke ich, stehe auf und gehe nach vorne.

»You go, girl.«, höre ich Gabby hinter mir flüstern.

Also atme ich, vorne angekommen, einmal tief durch und beginne dann mit meinem Vortrag.

KAPITEL 12

Nachdem ich mich an das Reden vor der Klasse gewöhnt hatte, lief mein Vortrag relativ gut. Einige Kommilitonen beglückwünschten mich nach der Vorlesung und auch Professor Stone schien zufrieden zu sein. Als dann auch Gabby mit ihrem Referat über Stachelhäuter fertig war, lehnten wir uns entspannt in unseren Stühlen zurück und verfolgten gespannt die anderen Vorträge.

»Ich hätte ja im Vorfeld nicht gedacht, dass es so viel über Seesterne und Seeigel zu erzählen gibt.«, lacht Gabby. »Aber ich hätte ernsthaft noch mehr darüber erzählen können.«

Des Weiteren sind wir jetzt gebrieft, was die Themen Schwämme, Weichtiere, Quallen und Korallen angeht. Mehr haben wir leider heute nicht geschafft, aber mein Kopf qualmt auch so schon dank der vielen Informationen.

»Du, Gabby.«, wende ich mich an meine Freundin. »Kannst du mich eventuell am Pier rauswerfen? Vielleicht springt mein Auto heute Mittag wieder an und es war vorhin einfach nur ein kleiner Morgenmuffel.« Meiner Stimme hört man meine Genervtheit darüber immer noch an.

»Klar, das liegt ja quasi auf dem Weg. Aber dann hole ich mir gleich noch eine Portion Chilifritten bei Edie. Die habe ich mir heute redlich verdient. Und du darfst sie mir ausgeben, wie klingt das?«

»Du und deine blöden Fritten. Du würdest die Dinger echt heiraten, wenn du könntest.«, lache ich.

»Aber du weißt doch, wie es heißt: Fries before guys!« Dann stimmt sie in mein Lachen ein. »Fritten stellen keine dummen Fragen, sie verstehen dich einfach.«

»Dazu fällt mir leider kein Konter mehr ein. Der Punkt geht an dich.«

»Juniper Cole muss auch nicht immer jedes Wortduell gewinnen.« Sie knufft mir in die Seite.

»Aber fast jedes.«, sage ich und lehne mich an ihren kleinen roten Flitzer. »Das wurde mir einfach in die Wiege gelegt. Laut Mom habe ich schon mit nicht einmal fünf Monaten MAMA gesagt und unnormal früh schon ganze Sätze gesprochen. Vielleicht ist es mein Schicksal, alles und jeden in Grund und Boden quatschen zu können?«

Als Antwort zieht Gabby eine Augenbraue nach oben und sperrt den Wagen auf. Am Pier angekommen, bin ich ein wenig verwirrt. »Ich habe ihn doch hier abgestellt.«, sage ich zu Gabby und blicke mich unsicher nach meinem Honda um.

»Naja, von allein kann die alte Schrottlaube ja nicht weggefahren sein.«

»Wer klaut denn bitte einen Wagen, der nicht anspringt?«, frage ich empört und hebe wild gestikulierend die Arme.

»So dumm wäre niemand.«, ertönt eine tiefe Stimme hinter uns. Es ist Sam, der mit einem dampfenden Becher Kaffee plötzlich auf dem Parkplatz steht. »Logans kleiner Freund hat ihn heute Morgen abschleppen lassen.«

»Paxton?«, frage ich verwundert.

Sam nickt. »Ja ich glaube so hat Edie ihn genannt.«

»Warum hat er mir das denn nicht einfach gesagt? Lieber versetzt er mich in Panik. Gabs, ich lad dich auf eine doppelte

Portion Chilifries ein, wenn du dafür nochmal Taxi für mich spielst und mich rüber zu lowaboards bringst.« Ich lege den Kopf schief und klimpere bittend mit den Wimpern.

»Nur, wenn du aufhörst, so zu schauen. Das sieht nicht so süß aus, wie du denkst... eher, als ob du gerade einen Schlaganfall hättest.«

Wer solche Freunde hat, der braucht auch keine Feinde. Aber Gabby darf einfach alles sagen, ich könnte ihr niemals böse sein.

Gegen 13:00 Uhr komme ich dann endlich, mit drei dampfenden Bechern von Edie, bei lowaboards an und die Jungs sind schon fleißig am Werkeln. Mittagspause, was ist das? Ich nippe an meinem Minztee und schaue ihnen fasziniert bei der Arbeit zu.

Paxton ist mit der Schleifmaschine zugange und macht so viel Krach, dass man kaum sein eigenes Wort versteht. Er bemerkt nicht einmal, dass ich da bin. Aber um ihn kümmere ich mich gleich, erst sage ich Logan hallo.

Der ist gerade dabei ein Brett zu bemalen. Die Grundfarbe, ein kräftiges Rot, ist schon trocken. Anhand der Zeichnung an der Wand dahinter, soll bald das Schattenbild eines Bikinigirls auf dem Brett abgebildet sein. Logan ist gerade dabei die Umrisse anzuzeichnen. Als er mich mit dem Pappbecher in der Hand sieht, schießen seine Mundwinkel direkt in die Höhe.

»Zeit für eine kleine Kaffeepause.«, rufe ich und er legt grinsend den Stift beiseite.

»Hat ein Freund von Keith in Auftrag gegeben.«, sagt er und greift nach dem Becher, den ich ihm reiche. »Er hatte mir ein Foto seiner Freundin als Vorlage gegeben, aber ich fand die Idee eines Schattens irgendwie schöner. Und, wie du siehst, es hat ihm auch gefallen.«

»Ist der Gedanke, auf dem Gesicht deiner Frau zu surfen nicht ein bisschen strange?« Ich lege den Kopf schief und stelle mir das bildlich vor.

»Der Kunde ist König, das weißt du doch. Sein Wille ist Befehl. Und unter uns Surfern ist das quasi ein größerer Liebesbeweis als jede Blume und jeder Ring.«

»Das stimmt wohl. Du wirst ja doch noch zu einem richtigen Romantiker, Logan.« Ich knuffe ihm in die Seite.

»Das war ich schon immer, Muffinpie. Du bist nur noch nie in den Genuss gekommen.«

»Wie auch.«, sage ich und drehe mich zu Paxton um.

Als er aufblickt, winke ich ihm zu und zeige auf den Becher. Er legt die Schleifmaschine beiseite und kommt zu uns rüber.

»Ich habe gehört, du hast Bruno abgeschleppt?«, sage ich und lege den Kopf schief. Logan sieht ihn fragend an.

»Sollte ich es nicht wissen, wenn ich jemanden abgeschleppt hätte?« Er sieht sichtlich verwirrt zwischen uns hin und her.

»Bruno ist mein Auto.«, kläre ich auf und ich merke, wie er sich entspannt.

»Achso, ja, ich habe ihn zu Tony's bringen lassen. War der Anlasser, wie ich gesagt hab. Ist auch schon getauscht und ich geh ihn nach Feierabend abholen.«

»Oh.«, sage ich überrascht. Darauf war ich nicht vorbereitet. »Danke.«

Logan lacht laut los. »Du hast unsern Wasserfall sprachlos gemacht. Trag den Tag mit einem roten Kreuz in den Kalender ein.«

»Du wirst es nicht glauben, aber ich hatte eben auch kein Gegenargument für Gabbys *Fries before Guys* Aussage. Ich glaub, ich bin kaputt.« Demonstrativ schlage ich mir mit der flachen Hand gegen die Schläfe.

»Ich bin ja wohl tausendmal mehr wert als ein paar Fritten.«
Er legt den Arm um mich und setzt seinen besten Dackelblick
auf.

»Es bleibt abzuwarten, ob ich das auch noch so empfinde,
wenn ich mit deinem Büro fertig bin. Irgendwie graut es mir
davor.« Ich befreie mich aus seiner Umarmung und stemme
voller Tatendrang die Hände in die Hüfte. »Sollen wir dann?
Bevor mich die Motivation wieder verlässt?«

Logan führt mich zu dem kleinen drei mal drei Meter Raum
und wünscht mir Hals und Beinbruch. »Wenn was ist, weißt
du, wo du mich findest.«

Ich atme noch einmal tief ein, um mich seelisch und
moralisch auf das Elend einzustimmen, das mich in Logans
Büro erwartet. Wie schlimm das Durcheinander allerdings
tatsächlich ist, hätte ich mir in meinen schlimmsten
Albträumen nicht so ausmalen können. Ich dachte, es sei ein
Scherz, als er sagte, er würde seinem Steuerberater jedes Jahr
einfach einen Karton voller loser Papiere in die Hand
drücken, aber genau danach sieht es in dem kleinen Zimmer
hier aus. Ordnung, was ist das? Ich schlage die Hände über
dem Kopf zusammen und seufze. Na dann mal ran an den
Speck.

Nach etwa zwei Stunden habe ich mir einen groben
Überblick über Logans Unterlagen verschafft. Der Versuch,
dabei ein sinniges System zu erkennen, ist allerdings kläglich
gescheitert. Langsam meldet sich auch mein Magen zu Wort,
der mittlerweile ungefähr in meinen Kniekehlen hängt, da ich
heute noch nichts außer einem Müsliriegel aus dem
Automaten der Uni gegessen habe. Ich beschließe den Jungs
den Vorschlag zu machen, dass ich einkaufe und später für sie
koche, wenn sie Feierabend machen. Das ständige
Auswärtsessen oder Pizzabestellen lässt meine Ersparnisse

langsam immer weiter schrumpfen. Und Brunos ungeplante Reparatur reißt da auch noch ein weiteres Loch hinein. So etwas stand absolut nicht auf der Liste diesen Monat. Aber wann plant man schon fest ein, dass sein Auto den Dienst quittiert. Ich schließe die Tür zum Büro und auf dem Weg zur Werkstatt höre ich die Glocke über der Tür bimmeln.

»Hey, June. Was machst du denn hier?«, begrüßt mich Sydney, kommt auf mich zu und drückt mich fest an sich. »Hältst du die Jungs etwa von der Arbeit ab?«

»Ganz im Gegenteil. Hat Logan es nicht erzählt? Ich arbeite ab sofort zwei Mal die Woche hier. Heute ist mein erster Tag.« Ich hebe die Hand vor meinen Mund und flüstere ihm zu. »Ohne mich würde er in seinem Papierkram ertrinken, ich sag's dir. Ich bin grade noch rechtzeitig gekommen, um das zu verhindern.«

Sydney lacht und fährt sich mit der Hand durch seine Haare. »Na, dann ist es ja gut, dass du hier bist.«

»Glaub ihr kein Wort.« Logan steht im Türrahmen und beäugt mich skeptisch. »Ich habe ja wohl dir den Hintern gerettet, bevor du sonst wo einen langweiligen Bürojob angenommen hättest. Hier ist immerhin immer was los.«

»Oh ja, du hast mich gerettet, mein Prinz. Ich werde dir auf ewig huldigen und dir jeden Wunsch von den Lippen ablesen.« Dann drücke ich ihm drei kleine Küsse auf die Hand, um meine Demut unter Beweis zu stellen.

»Wenn du für alles so dankbar bist, dann gebe ich dir auch einen Job. Ich wüsste da auch schon ganz genau was für einen *Job*.«, sagt Sydney und ich merke selbst, wie er es betont.

»Ganz sicher nicht Syd.«, knurrt Paxton hinter uns. »Wenn ich du wäre, würde ich erledigen, weswegen du gekommen bist und uns dann in Ruhe weiterarbeiten lassen.« Er stellt sich neben mich und funkelt ihn an.

»Behalt die Nerven, Lewis. Ich mach doch nur Spaß.« Dann wendet er sich an Logan hinter der Theke. »Pack mir was vom neuen Lime-Wax ein, mehr brauch ich heut nicht.«

Logan haut in die Tasten der Kasse, Sydney bezahlt und macht sich auf den Weg nach draußen.

Aber einen kleinen Seitenhieb muss er Paxton wohl noch verpassen. »Pass mir schön auf deine Mitbewohner auf. Bis bald, June.« Dann schließt er die Ladentür hinter sich.

»Ich kann den Kotzbrocken einfach nicht ab.«, sagt Paxton, die Hände zu Fäusten geballt. »Der vögelt doch auch alles, was nicht bei drei auf dem Baum ist.«

»Also ich find ihn eigentlich ganz lustig.«, sage ich und ernte einen bösen Blick. »Was denn? Zu mir ist er immer nett.«

»DIR will er ja auch an die Wäsche.«, sagt Paxton.

»Sieh doch nicht immer das Schlechteste in allen Leuten.«, verdrehe ich die Augen und lehne ich mich zu Logan an die Theke. »Aber gut, dass ihr gerade beide hier seid. Ich bin für heute durch mit den Nerven da drin.« Ich zeige mit meinem Daumen über die Schulter hinweg in Richtung Büro. »Was haltet ihr davon, wenn ich jetzt rüber in den Supermarkt springe und nachher zuhause etwas für uns koche? Ihr könntet zur Abwechslung ja auch einmal pünktlich Feierabend machen.«

»June, June… kaum bei uns und schon so ein schlechter Einfluss.«, lacht Logan.

»Stets zu Diensten. Ist das also ein Ja?«, frage ich augenzwinkernd.

»Wir wären doch blöd, nein zu sagen oder?«, antwortet Paxton und kramt in seiner Hosentasche. »Hier, nimm den Pickup zum Einkaufen.« Der Schlüsselbund fliegt in meine Richtung und natürlich fange ich ihn nicht.

»Danke für die Vorwarnung.«, rufe ich und bücke mich nach dem Schlüsselbund. In meiner Hand betrachte ich ihn genauer. Skeptisch ziehe ich eine Augenbraue hoch und halte ihn am Zeigefinger hängend in die Höhe. »Ich dachte, du magst den Captain nicht. Warum hast du dann seinen Schild an deinem Schlüssel?«

»Ich habe gesagt, dass er spießig ist, nicht, dass ich ihn nicht gut finde. Er könnte eben hin und wieder etwas entspannter sein, den Kopf ausschalten und einfach mal Spaß haben.« Paxton setzt wieder seinen durchdringenden Blick auf und taxiert mich. Ich werde da jetzt nicht drauf eingehen... Nicht, wenn Logan genau neben uns steht. Er irrt sich, ich habe Spaß. Jede Menge Spaß. Nur eben nicht was die zwischenmenschliche Ebene angeht. Der Spruch hätte genauso von Gabby kommen können. Ich find eigentlich gar nicht, dass ich so furchtbar verkopft bin. Genervt darüber, mir doch Gedanken über seine Worte zu machen, schnappe ich mir meine Tasche und mache mich auf den Weg zum Supermarkt.

KAPITEL 13

Als ich die Tür zur WG aufschließe, kommen mir meine beiden Mitbewohner schon freudestrahlend entgegen.

»Mit euch hatte ich noch gar nicht gerechnet.«, sage ich und drücke Logan eine der Tüten in die Hand. »Im Treppenhaus steht auch noch eine.«

»Stell dir vor, wir haben sogar 15 Minuten vor Ladenschluss Feierabend gemacht.«, raunt Paxton ganz nah an meinem Ohr, als er sich an mir vorbei ins Treppenhaus schiebt. Seine Hand streift mich ganz zart und ich habe direkt eine Gänsehaut.

»Ich mache uns heute meine berühmte Pasta Salsiccia.«, versuche ich das Tosen in meinem Bauch zu unterdrücken und es gelingt mir auch besser als gedacht. Notiz an mich, Essen ist das beste Mittel gegen nervige und unpassende Hormone. Na, dann sollte ich schon einmal proforma einen Vertrag im Fitnessstudio abschließen, wenn sich das nicht ganz schnell wieder legt. Nicht einmal bei Ethan habe ich so ein Verlangen verspürt wie bei Paxton.

Vielleicht stimmt Gabbys Theorie, dass ich nur so reagiere, weil ich weiß, dass ich ihn nicht haben kann. Wer weiß.

Was ich allerdings weiß, ist, dass ich heute für meine Mitbewohner und Freunde koche und wir uns einen tollen Abend zu dritt machen werden.

»Oha, du hast sogar einen edlen Tropfen besorgt.«, reißt Logan mich aus meinen Gedanken. In seiner Hand hält er den Weißwein, den ich mitgebracht habe.

»Na, wenn schon denn schon oder? In der Tüte müsste noch eine zweite Flasche sein.«

»Sie hat sich nicht lumpen lassen.«, lacht Paxton.

»Nur das Beste für meine Jungs.«

Zu dritt haben wir die Einkäufe superschnell in den Schränken verräumt. Danach scheuche ich die Jungs allerdings aus der Küche. Beim Kochen brauche ich meine Ruhe. Ich kann es nicht leiden, wenn mir zwei Augenpaare dabei zuschauen und jeden Handgriff kommentieren. Zu meinem Glück lassen die beiden sich das auch nicht zweimal sagen und treten sofort den Rückzug an. Keine zwei Minuten später höre ich von drüben auch schon den vertrauten Sound des Playstationcontrollers, der aktiviert wird.

Ich gehe in die Knie und krame eine beschichtete Pfanne und einen großen Topf aus dem unteren Schrank hervor. Den Topf lasse ich mit Wasser volllaufen und stelle ihn auf die hintere, rechte Herdplatte. Die Pfanne kommt auf die vordere, linke Platte. Bis das Wasser kocht, habe ich schon die Zwiebeln, den Knoblauch und die Chilischote klein geschnitten und mit der Wurstmasse, sowie etwas Pfeffer und Salz vermengt. Aus dem Fleisch-Mix rolle ich kleine Bällchen, die ich in etwas Olivenöl anbraten werde, während die Nudeln im Salzwasser vor sich hin kochen.

»Das riecht ja jetzt schon unglaublich gut.«, sagt Logan, als er plötzlich wieder in der Küche steht. Ich funkele ihn, das große Küchenmesser auf ihn richtend, an und er hebt abwehrend die Hände. »Ich bin sofort weg Muffinpie. Ich hole mir nur schnell etwas zu trinken und dann bist du mich auch schon wieder los.«

Ich ramme das Messer in das hölzerne Schneidebrett vor mir. »Ausnahmsweise, weil du's bist.« Dann beobachte ich ihn, wie er mit einem breiten Grinsen auf den Lippen in aller Seelenruhe die Zitronenlimonade aufschraubt und in sein Glas schüttet.

Ich werfe die Fleischbällchen in die Pfanne und tippe ungeduldig mit dem Fuß auf dem Boden. »Du machst das mit Absicht, oder?« Als Antwort wird sein Grinsen nur noch breiter. Er wirft mir einen Handkuss zu und räumt dann endlich das Feld, damit ich weiterarbeiten kann.

Der nächste Schritt besteht laut dem Rezept darin, eine große Dose gestückelter Tomaten mit in die Pfanne zu geben und das Ganze weiterzuköcheln, bis die Nudeln al dente sind und ebenfalls mit dazu kommen. Zum guten Schluss schmecke ich das Ganze noch einmal mit Pfeffer und Salz ab, gebe noch ein paar Spritzer Zitronensaft und Salbei dazu und voilà. Ich habe fertig.

Stolz auf mein Werk halte ich den Kopf über die Pfanne und atme tief den köstlichen Duft ein. Logan hat verdammt nochmal Recht, das riecht absolut genial. So genial, dass mein Magen sich anfühlt, als würde er vor Freude einen Purzelbaum schlagen.

Ich nehme drei Teller aus dem Hängeschrank und schöpfe jedem eine große Portion Pasta darauf. »Esstisch oder Couch?«, frage ich, als ich mit zwei davon neben der Couch stehenbleibe.

»Wenn du dir schon so Mühe gemacht hast, dann können wir auch mal wie zivilisierte Menschen am Tisch essen.«, schlägt Paxton vor und Logan stimmt ihm zu.

Er drückt das Game auf Pause, legt den Controller beiseite und kommt zu mir rüber. Dann nimmt er mir die beiden

Teller ab und stellt sie auf dem weißen Holztisch, der zwischen Couch und Kochinsel steht, ab.

Logan nimmt derweil drei Weingläser aus dem Schrank und stellt eins an jeden Platz.

Ich öffne den Kühlschrank, nehme den Parmesan heraus, damit wir am Tisch noch ein wenig davon über die Nudeln reiben können. Dann reiche ich Paxton den Flaschenöffner und die Weinflasche. Mit dem letzten Teller in der Hand folge ich ihm zum Esstisch. Als wir endlich alle drei zusammen am Tisch sitzen, öffnet er die Flasche gekonnt mit einem lauten *Plopp*.

»Das hast du gerade aber auch nicht zum ersten Mal gemacht.«, ziehe ich ihn auf. »Das sah ziemlich professionell aus.«

»Ich habe das gefühlt schon hunderte Male gemacht. Während meines Studiums habe ich nebenbei in der Gastronomie gejobbt.«, erzählt er und gießt die kalte Flüssigkeit ein.

»Auf uns und die tollste WG unter der Sonne.«, lache ich und erhebe mein Glas. Die Jungs prosten mir zu und wir lassen die Gläser aneinander klirren. Dann nippe ich am Wein und lege den Kopf schief. »Was meint der Profi dazu?«

»Ich habe Wein geöffnet, nicht getrunken.«, lacht Paxton. »Aber auch als Nicht-Profi, was das Trinken angeht, kann ich guten Gewissens sagen, dass er sehr lecker ist. Dabei dachte ich eigentlich, mich zu erinnern, du seist doch eher der Typ für ein kühles Bier?«

Sofort schießt mir die Röte in die Wangen, ich kann es ganz deutlich spüren. Er spielt auf den Abend im Club an, als er mir eine Flasche meines Lieblingsbieres mit Schirmchen hat servieren lassen. »Hmmm… Das ist auch so.«, sage ich verlegen und drehe das Weinglas in meiner Hand. Man sieht ihm sofort an, dass er ganz genau weiß, woran ich gerade denke.

»Na, dann haut rein, bevor es kalt wird und lasst es euch schmecken.«, versuche ich, das Thema zu beenden und sehe nur, wie er mich über den Tellerrand breit angrinst.

»Oh mein Gott.«, stöhnt Logan. »Du darfst ab sofort öfter den Kochlöffel schwingen.« Paxton stimmt ihm wortlos zu.

»Wie war eigentlich dein Referat?«, fragt er, nachdem er den Bissen hinuntergeschluckt hat.

»Welches Referat?«, fragt Logan.

»Das, wofür wir gestern geübt haben.«, erklärt er.

»Ich musste heute Morgen einen Vortrag in Zoologie halten. Du weißt, wie sehr ich es liebe, vor Menschen sprechen zu müssen. Und nein, bevor du es sagst, es hilft mir nicht, mir alle Zuhörer nackt vorzustellen.«

Paxton legt seine Gabel beiseite und nimmt einen Schluck Wein. »Sie hat es gestern lautstark im Wohnzimmer geübt und irgendwann habe ich mich als Testhörer dazu gesetzt. Es war echt interessant.«

»Interessant ist die kleine Schwester von nett.«, wirft Logan schmunzelnd ein.

»Ich glaube die Bezeichnung *interessant* ist nur bei Zwischenmenschlichem negativ auszulegen.«

»Du bist auch interessant.«

»Und du nett.«, kontert Paxton.

Ich beobachte ihren Schlagabtausch und grinse in mein Essen hinein. »Dann hoffen wir einfach mal, dass Professor Stone es auch interessant und nett findet.«, beende ich ihre Diskussion, bevor sie noch in einem Streit endet.

»Und was hast du vor, wenn du mit deinem Studium fertig bist?«, wendet sich Paxton an mich.

Da ist sie… die Frage, die ich mir selbst immer wieder stelle, um sie dann schnell wieder beiseite zu schieben, weil ich mir einrede, noch ewig Zeit zu haben, um mir etwas zu überlegen. Dabei sind von der ewigen Zeit mittlerweile nur noch ein paar Monate übrig. Das hier ist, wenn alles gut läuft, mein letztes Semester und dann wartet die große weite Welt auf mich. Und das macht mir irgendwie auch Angst.

»Hmmm… das weiß ich ehrlich gesagt noch nicht. Vielleicht nutze ich die Gelegenheit und mache für ein Jahr Work and Travel. Einmal alles hier hinter mir lassen und ein bisschen was von der Welt sehen. Australien wäre toll, vielleicht Brisbane. Ich wollte schon immer mal zu den Snapper Rocks, am Rainbow Bay. Dort hat man eine riesige künstliche Sandbank angelegt, die einem eine der längsten Wellenfahrten überhaupt ermöglicht. Vielleicht auch Richtung Sydney, Bondi Beach oder Shark Island. Wäre auf jeden Fall eine coole Sache.« Ich nehme noch einen Schluck Wein und schaue in das überraschte Gesicht meines Mitbewohners.

»Du willst wirklich von hier weggehen?«, fragt Logan völlig entsetzt.

Ich hebe beschwichtigend die Hände. »Das war nur eine Überlegung von Gabby und mir. Noch ist nichts gebucht, also alles cool, du Nervenbündel. Außerdem wäre es ja nur ein Jahr. Und mal ganz ehrlich, wann bietet es sich besser an, als direkt nach der Uni?« Dann sehe ich Paxton an, der völlig entspannt die letzten Nudeln von seinem Teller aufpiekst und sich in den Mund schiebt.

»Wo hast du so gut kochen gelernt? Hat deine Mom dir das beigebracht?«, fragt er und reibt sich demonstrativ den Bauch.

Logan sieht mich erschrocken an und ich ahne schon, dass meine Gesichtsfarbe einem hellen weiß gewichen ist. Paxton kann ja nicht ahnen, in welches Fettnäpfchen er gerade getreten ist. Ja sicher, er hat sich mir völlig unerwartet geöffnet und hat seine Familiengeschichte mit mir geteilt, aber ich bin da anders. Natürlich wissen die meisten, dass mein Dad mit einer anderen Frau durchgebrannt ist, das habe ich ihm heute Morgen ja selbst schon anvertraut. Aber außer Logan, Gabby, Meghan, Edie und Sam weiß keiner, dass meine Mutter danach in ein tiefes Loch, voll von Depression und Selbstaufgabe, gefallen ist. Okay, ihr Arzt natürlich auch, aber das fällt ja unter die ärztliche Schweigepflicht. Über diesen Teil der Geschichte rede ich eigentlich kaum.

In meinem Kopf wäge ich ab, wie ich auf seine Frage antworten soll. Stimme ich ihm zu und lüge ihn somit an oder soll ich ihm mein Vertrauen schenken und ihn auch an meiner Geschichte teilhaben lassen? Kann ich ihm dabei genauso vertrauen wie den anderen? In meinem Inneren wütet ein regelrechter Kampf. Als Logan mir unter dem Tisch die Hand reicht, schrecke ich kurz zusammen. Sein Blick sieht fragend aus. Ich deute es als stumme Frage, ob er mich aus meiner Situation befreien soll. Ich schüttele mit dem Kopf, dann antworte ich ihm.

»Nein… meine Mom hat mir nicht beigebracht, wie man kocht… oder sonst etwas, was eine Mutter ihrer Tochter für gewöhnlich mit auf den Weg gibt.«

Ich greife nach der Weinflasche und gieße mir ein weiteres Glas ein. Nach einem kleinen Schluck erzähle ich weiter.

»Kurz nach meinem dreizehnten Geburtstag hat mein Dad uns wegen einer anderen Frau sitzen lassen, das weißt du ja. Was ich dir aber nicht gesagt habe, ist, dass meine Mom das nicht so gut verkraftet hat und monatelang nicht aus dem Bett kam. Ich wusste nicht was ich tun sollte. Sie wollte nichts essen, sie wollte nicht reden, sie lag nur in ihrem Bett und schlief oder starrte die Wand an. Jeden Tag stellte ich mich in die Küche und versuchte die Dinge zu kochen, die sie auch immer für mich zubereitete, in der Hoffnung, dass irgendwann etwas dabei sei, dass sie essen würde. An manchen Tagen habe ich ihr regelrecht das Essen in den Mund geschoben und sie zum Hinunterschlucken gezwungen. Sie wollte sich einfach nicht helfen lassen und hat mir verboten, jemandem davon zu erzählen. Aber irgendwann habe ich es einfach nicht mehr ausgehalten. Ich habe mich Edie aus dem Diner anvertraut und sie half uns. Sie kümmerte sich darum, dass Mom eine Therapie gegen ihre Depression machen konnte und hat mich bei sich aufgenommen, bis es meiner Mutter wieder besserging und sie sich wieder ohne Bedenken um mich kümmern konnte. Um deine Frage also zu beantworten, wenn mir jemand Rezepte beigebracht hat, dann war es Edie.«

Paxton starrt mich mit großen Augen an, sein Mund ist leicht geöffnet, aber er sagt nichts. Wie soll er auf diese Bombe auch reagieren, er hatte ja keine Ahnung. Wie auch, wenn ich darüber mit so gut wie niemandem rede.

»Tut mir leid, wenn ich da einen wunden Punkt getroffen habe.«, sagt er und sieht mich mit dem Blick an, den ich so verachte. Mitleid.

»Schon okay, jetzt weißt du es ja.« Ich schnappe mir mein Teller und bringe ihn in die Küche. Ich ertrage diesen Blick einfach nicht. Viel zu oft habe ich ihn auf mir gespürt. Er galt damals zwar nur dem armen Mädchen, dessen Vater abgehauen war, aber ich wollte mir gar nicht erst vorstellen, wie viel mitleidiger er noch geworden wäre, wenn die Krankheit meiner Mutter auch noch publik geworden wäre!

Die Jungs lassen mir einen Moment lang meinen Freiraum. Als ich nach ein paar Minuten zurück zum Tisch komme, ist meine Laune wieder besser und wir sehen das Thema als abgehakt an.

»Was haltet ihr von einer Runde Overcooked 2?«, frage ich und beide stimmen zu. Vermutlich hätte ich sie, nach dem Gespräch gerade, auch dazu gekriegt einen kitschigen Liebesfilm zu schauen, aber ich tu ihnen das nicht an.

Als Antwort schnappen sich beide einen Controller und einer von ihnen öffnet das Game. Wer von beiden, habe ich nicht erkennen können. Overcooked ist ein Kochsimulationsspiel. Du kannst eins gegen eins spielen, entweder als Couch-Koop gegen einen Freund oder online gegen einen anderen Spieler, was bei den höheren Leveln aber recht schwer ist. Daher bietet es sich an, ein 2er Team zu bilden und dann gemeinsam gegen ein anderes Team anzutreten. Ziel ist es, in der vorgegebenen Zeit mehr Gerichte als dein Gegner zu kochen und am Schalter abzugeben. Die Schwierigkeit ist in jedem Level eine andere, seien es bewegliche Bodenplatten, die einen nicht zu jeder Zeit zum Spülbecken oder zur Essensausgabe lassen oder auch einfach Eisschollen oder Lava, die den Weg versperren.

Die erste Runde spiele ich mit Paxton als Team, eine Premiere. Schauen wir doch mal was der Junge am digitalen Herd so auf dem Kasten hat. Wir wählen das Level im Zufallsmodus und landen bei einer Runde Surf 'n' Turf, worüber ich schmunzeln muss, weil sein Name bei Instagram so lautet.

Als der Countdown runterzählt und das Level sich aufbaut, lasse ich meinen Blick einmal über das ganze Spielfeld huschen. Ich checke, wo sich die Zutatenboxen, die Schneidebretter, die Pfannen und das Spülbecken befinden.

»Okay, du gehst an die Bretter und ich bringe dir immer die Zutaten, die wir brauchen. Du kannst sie dann in die Pfanne hinter dir werfen. Und die Brötchen lege ich dir immer gleich schon auf die Teller. Das sollte dann passen. Du bringst die Teller dann weg, wenn alles drauf liegt und ich übernehme das Spülen.«

Paxton sieht mich belustigt an.

»Lach nicht. Bei dem Spiel versteht sie keinen Spaß, da wird die kleine Maus zu Badass-June, bei der jeder Handgriff akribisch geplant ist und sitzen muss.«, lacht Logan. »Ich hätte dich vielleicht vorwarnen sollen.«

»Scheint so.«, sagt Paxton und schenkt mir ein breites Lächeln. »Bereit, sie fertig zu machen?«

»Allzeit bereit.« Ich nicke, um meine Aussage noch zu unterstreichen und er startet das Level. Als ob wir schon hundert Mal zusammengespielt hätten, liefern wir einen perfekten Burger nach dem anderen ab.

»Ananas, ich brauch ne Ananas, schnell.«, ruft Paxton und schon bin ich unterwegs, um ihm eine zu bringen.

»Total unrealistisch der Burger. Wer isst denn doppelt Fleisch und Ananas auf seinem Burger und dann keinen Käse dazu?«, wirft Logan ein und kassiert nur ein hoch konzentriertes *Schhhhhhhh* von uns. »Aha, ich seh schon, das neue Dreamteam ist geboren.« Dann steht er auf und schlurft in die Küche. Dort ploppt es kurz, dann steht er mit der zweite Flasche Wein neben uns und gießt jedem nochmal ein.

Paxton und ich spielen noch eine Runde, weil Logan sich zum Telefonieren auf die Terrasse verdrückt hat, als das Auswahlmenü wieder angezeigt wird.

Wieder wählen wir den Zufallsmodus und landen dieses Mal im Chinese New Year Level. Hier müssen wir sowohl Sushi als auch Obstsalat servieren. Und auch dieses Mal gewinnen wir gegen das gegnerische Team. Begeistert klatschen wir uns ab und strahlen uns an.

»Du bist ein Naturtalent.«, lobe ich ihn.

»Darf ich jetzt auch mal?«, ruft Logan, noch während er die Terrassentür hinter sich schließt. Ich strecke ihm meinen Controller entgegen und verschwinde kurz in mein Zimmer, um mich umzuziehen. Bei diesen hitzigen Duellen muss ich meine Jogginghose gegen eine Kurze eintauschen. Den Hoodie behalte ich aber an, weil ich darunter keinen BH tragen muss. Danke hierfür an den Erfinder.

»Oha.«, ruft Logan, als ich wieder bei ihnen auf der Couch sitze. »Sie hat sich in Kampfmontur geworfen.«

»Ich wollte mich euch nur anpassen.«

»Alles fürs Team.«, lacht er. »Ich habe dich schon in deutlich weniger Klamotten gesehen, wie du weißt. Also alles cool, Muffinpie.«

Paxtons Kopf schießt bei der Aussage schneller in die Höhe, als ich die Aussage selbst verarbeiten kann. Sein Blick trifft meinen. Er sucht ganz klar nach einer Erklärung dafür in meinen Augen. Ich starre ihn eine Weile genauso an, wie er mich. Meine Wangen glühen und ich weiß nicht, ob es an dem Ausdruck in seinen Augen liegt oder einfach nur am Wein. Ich lege den Kopf schief und sehe ihn fragend an, als er seinen Controller auf den Tisch legt, aufsteht und im Bad verschwindet.

»Dann spielen du und ich wohl die nächste Runde.«, sagt Logan und zwinkert mir zu. Ich seufze, greife nach dem Controller und starte eine Partie Suppe auf dem Piratenschiff.

Es dauert eine Weile, bis Paxton wieder aus dem Bad kommt. Logan und ich spielen den gleichen Level nun schon zum zweiten Mal, weil wir, warum auch immer, die erste

Runde verloren haben und ich diese Schmach definitiv nicht auf mir sitzenlassen kann. Verlieren ist für mich bei dem Spiel keine Option. Paxton grummelt etwas vor sich hin, trinkt sein Glas mit einem Zug leer und verzieht sich dann sein Zimmer.

Ich sehe Logan verwirrt an, aber er zuckt nur mit den Achseln.

»Nach der Runde geh ich aber auch rüber, der Tag war lang.«, sage ich und starte die letzte Partie für mich heute Abend. Weil es so schön war, nochmal eine Runde Burger und Fruchtsäfte.

KAPITEL 14

In meinem Zimmer ziehe ich den warmen Hoodie aus, werfe ihn in den Wäschekorb und mich auf mein Bett, auf dem ich mich erstmal der Länge nach ausstrecke. Vom Konsolenspielen werde ich immer ganz steif, weil ich mich so konzentriere und anspanne.

Im Zimmer nebenan höre ich Logan, der sich mit Paxton unterhält. Und das lauter als gewöhnlich. Oh nein, die werden doch jetzt nicht übereinander herfallen? Ich weiß ja, dass Wein bei manchen Leuten eine aphrodisierende Wirkung hat, aber das war nicht mein Plan, als ich ihn in den Einkaufswagen gepackt habe. Ich halte mir gespielt die Ohren zu. Aaah! Hundebabys, Hundebabys, Hundebabys!

Ich greife zu meinem Buch, das auf dem Nachttisch liegt und versuche, mich nach Prythian zu Amren, Azriel und Rhysand zu beamen, was mir aber nur semigut gelingt. Nach ein paar Minuten merke ich allerdings, dass die beiden keine netten Worte und Zärtlichkeiten miteinander tauschen, nein, sie streiten sich. Dieser ist allerdings jäh beendet, als einer von ihnen, vermutlich Logan, die Tür zu Paxtons Zimmer mit einem lauten Rums zuschlägt. Denn kurz darauf höre ich auch in größerer Entfernung eine andere Tür ins Schloss fallen, die von Logans Zimmer. Ich atme einmal tief durch und versuche, mich wieder auf das Buch und die Geschichte vor mir zu konzentrieren. Ich werde einen Scheiß tun und mich in deren Streitereien einmischen.

Nach einer Weile nehme ich mein Handy zur Hand, um Gabby zu texten und sie darüber zu informieren, dass sie schon einmal die Einladungen drucken soll, da ich Azriel heiraten werde. Als ich allerdings auf die Chatverläufe drücke, sehe ich, dass einer meiner Kontakte gerade tippt. Paxton.

Schnell schließe ich die App wieder und mache so, als ob ich es gar nicht erst mitbekommen habe. Als nach einer Minute immer noch keine Nachricht von ihm angekommen ist, öffne ich die App erneut. Und... nichts. Kein *schreibt...* mehr hinter seinem Namen. Ich starre noch eine Weile darauf und frage mich, ob ich mich einfach geirrt habe, als wieder das Wörtchen *schreibt* und die drei Pünktchen aufblitzen.

Dieses Mal bleibe ich online und beobachte das Spektakel. Entweder erwartet mich gleich ein ellenlanger Roman oder er setzt immer wieder an, tippt etwas, löscht es dann wieder, schreibt dann nochmal, um es dann wieder zu löschen, und so weiter. Wer kennt es nicht. Ich würde lügen, wenn ich behaupte, das noch nie getan zu haben. Nach weiteren zwei Minuten gibt mein Handy dann doch ein Ping von sich und mein Herz schlägt mir bis zum Hals. Ich entsperre das Display und öffne die Nachricht.

Paxton: Ich mag Badass-June.

Okay, dann also Option Tippen und Löschen. An diesen vier kleinen Worten wird er sicherlich nicht mehrere Minuten tippen müssen. Etwas mehr Können traue ich ihm doch zu.

Er wollte also einfach nur ein Gespräch in Gang bringen. Da stellt sich mir natürlich die Frage *warum*. In meinem Bauch macht sich ein nervöses Kribbeln breit.

June: Da hat Logan mir ja einen tollen Kosenamen verpasst. Ich werde den so schnell nicht mehr los, oder?

Paxton: Nope!

June: Das dachte ich mir…

Paxton: Aber ein bisschen Angst macht sie mir schon.

June: Solange du in ihrem Team spielst, hast du auch nichts zu befürchten.

Paxton: Und wenn ich es mit ihr aufnehmen will?

June: Das solltest du dir lieber zweimal überlegen.

Paxton: Hmmm… vielleicht will ich ja, dass du es mit mir aufnimmst?

Auch ohne in den Spiegel zu schauen, weiß ich genau, dass mir gerade die Hitze in die Wangen schießt und sie rot färbt. Die Hitze breitet sich bis in meinen Unterleib aus. Paxton weiß genau, wie er dieses Spiel zu spielen hat. Bei dem Gedanken daran, was ich am liebsten außerhalb der Gamingwelt mit ihm anstellen würde, wird mir noch heißer.

Also versuche ich das Gespräch wieder in eine andere Richtung zu lenken, in eine für Mitbewohner und Freunde angemessenere.

June: Dann bist du leider dem Untergang geweiht, weil ich dich in Grund und Boden kochen werde.

Paxton: Ich habe diesen Ausbruch nicht kommen sehen. Aber du überraschst mich sowieso immer wieder. Siehe deine Standpauke im Club.

June: Die war auch dringend nötig. Man muss immer seinen Standpunkt vertreten und meiner war es, dir zu sagen, dass du dich wie ein Arsch aufgeführt hast.

Paxton: Aber ich bin doch ein netter Arsch, oder?

Und ein heißer Arsch, denke ich mir. Aber das werde ich auf keinen Fall als Antwort tippen. Was nur wieder Gabbys Theorie bestätigt, dass attraktive Männer so sein müssen, weil sie sonst ZU perfekt wären. Mein Blick wandert zu dem kleinen roten Schirmchen, das ich an den Bilderrahmen unseres WG Fotos gepinnt habe und ich muss unwillkürlich an seinen ritterlichen Auftritt denken.

June: Der netteste Arsch unter den Ärschen. Du hast tapfer meine Ehre verteidigt.

Paxton: Und ich würde es immer wieder tun! Lady June, schuldet mir im Übrigen noch ein Bier.

June: Du hättest es ja trinken können, statt Ethan wütend zu machen.

Paxton: Ich würde deine warmen Lippen jederzeit einem kühlen Bier vorziehen.

So war das eigentlich nicht gemeint… Mist… Aber wieder durchfährt mich ein wohlig warmer Schauer. Ich werde darauf nicht eingehen. Ich werde auf keinen Fall dieses Spiel mitspielen. Da kann er sich noch so ins Zeug legen. Mit dem Spielchen ist hier und heute Schluss. Solange ich sämtliche Bemerkungen seinerseits ignoriere, kann mir niemand etwas vorwerfen. Ich beschließe an seine Verantwortung und Loyalität gegenüber seinem Partner zu appellieren.

June: Ich dachte, das war nur Show, um Ethan auf die Palme zu bringen?
Lass das mal nicht Logan hören.

Paxton: …

Paxton: Logan sieht das mit dir scheinbar alles ziemlich entspannt…

June: Es geht mich ja nichts an, aber ist alles okay bei euch? Das klang gerade ziemlich heftig.

Paxton: Wie du schon sagtest, manchmal muss man seinen Standpunkt vertreten.

June: Und der wäre?

Paxton: Nicht heute Abend, June. Ich habe mich gerade wieder entspannt.

June: Immer stets zu Diensten.

Paxton: Das solltest du nicht zu laut sagen, ich könnte dich beim Wort nehmen.

June: Darf ich dich noch etwas fragen?

Paxton: Du darfst mich alles fragen, was du willst.

June: War die Aussage mit dem *öfter mal den Kopf ausschalten und Spaß haben* heute Abend auf mich bezogen?

Paxton: Und wenn es so wäre?

June: Dann wüsste ich gerne, was du damit meinst. Ich habe doch Spaß.

Paxton: Ach, June… Hätte ich da schon gewusst, was ich jetzt weiß, dann hätte ich das bestimmt nicht gesagt.

June: Bitte nicht.

Paxton: Bitte nicht was?

June: Das Mitleid.

Paxton: Das ist kein Mitleid.

June: Sondern?

Paxton: Bewunderung?

June: Was gibt es daran denn bitte zu bewundern?

Paxton: Du bist wie eine Welle, June.
Die Situation hat dich in dem Moment vielleicht gebrochen, aber du bist daran gewachsen und bist stärker als zuvor aus ihr hervorgegangen.

June: Jetzt spricht aber der Wein aus dir.

Paxton: Vielleicht ☺
Oder ich bin in meinem tiefsten Innern doch nicht der Arsch, für den du mich hältst.

June: Das denke ich schon lange nicht mehr.

Paxton: Freut mich zu hören.

June: Versuch ein bisschen zu schlafen, du Poet.

Paxton: Das sollten wir wohl beide.
Gute Nacht, Badass-June!

June: Gute Nacht, Paxton!

Mit einem breiten Lächeln lege ich mein Handy zur Seite und schalte die Lampe auf dem Nachttisch aus. Das mit dem Freunde sein klappt irgendwie immer besser. Solange ich das Kribbeln in meinem Bauch unterdrücke.

KAPITEL 15

Als ich am nächsten Morgen aufwache, wähle ich sofort Meghans Nummer. Sie hat heute Geburtstag, den dreiundzwanzigsten, um genau zu sein. Seit wir uns kennen, bringe ich ihr jedes Jahr gleich morgens ein Ständchen. Ich singe zwar wirklich nicht gut, im Gegenteil, aber es ist der Gedanke dahinter, der zählt. Und wer will nicht am frühen Morgen von einem schiefen Katzengesang geweckt werden? Meghan anscheinend, denn sie hebt nicht ab. Also lockere ich meine Stimmbänder, öffne den Messenger und drücke auf den Button für eine Audioaufnahme. So hat sie auch noch viel länger was von meiner engelsgleichen Stimme.

Happy birthday to you
Happy birthday to you
Happy birthday, happy birthday
Happy birthday to youuuuuuuuuuuuuuu

Das letzte »You« ziehe ich so lange, bis ich keine Luft mehr bekomme. Dann atme ich erneut noch einmal tief ein und brülle ein »*Ich wünsche dir alles Liebe zum Geburtstag Meghan*« hinterher. Grinsend lege ich das Handy zurück auf den Nachttisch und schlurfe in Richtung Küche, um mir Teewasser aufzusetzen.

Auf der Theke liegt eine Nachricht von Logan. »Liebstes Muffinpie. Deine zwei Traumprinzen sind schon los, ein neuer Kunde hat sich spontan für 8 Uhr angekündigt. Komm einfach nach, wenn du wach bist und bring Kaffee mit... Literweise! XO«

Manchmal ist Logan noch so richtig altmodisch. Anstatt mir eine Nachricht aufs Handy zu schicken, hat er mir lieber einen handgeschriebenen Zettel hinterlassen. Ich dachte immer, das machen nur wir Mädels untereinander. Am unteren Rand hat er sich noch künstlerisch verausgabt, da zieren nämlich sanfte Wellen und ein paar Möwen das Blatt.

Ich falte das Papier einmal in der Mitte und stecke es als Lesezeichen in meinen Terminkalender. Dann schalte ich den Wasserkocher ein und verschwinde im Badezimmer. Bis ich mit Duschen fertig bin, ist das Wasser wieder soweit abgekühlt, dass man sich nicht mehr den Mund daran verbrennt. Diese Taktik mache ich mir schon seit Jahren zunutze und fahre prima damit. Und meine nicht schmerzende Zunge dankt es mir auch.

Ich bin gerade dabei, meine Dusch-Playlist auf Spotify zu öffnen, als eine Nachricht von Meghan auf meinem Display erscheint. Sie bedankt sich für das wunderschöne Ständchen. Das Wort wunderschön hat sie, nett wie sie ist, in Gänsefüßchen gesetzt. Außerdem erinnert sie mich zum gefühlt hundertsten Mal daran, heute Nachmittag auf ein Stück Kuchen in der WG vorbeizuschauen.

Jeder, der schon einmal in den Genuss von Meghans Kuchen gekommen ist, weiß, dass man sich das nicht entgehen lassen sollte. Sie ist vermutlich die beste Bäckerin an der gesamten Westküste. Als Antwort suche ich ein GIF heraus, ein kleiner Hamster mit Partyhütchen, der ein Stück Torte verspeist, und widme mich wieder der Musikauswahl.

Begleitet von den Backstreet Boys und ihrem Ohrwurm *I want it that way*, steige ich in die Dusche und verlasse sie erst wieder, als meine Finger aufgeweicht und schrumpelig sind und das Bad einer finnischen Dampfsauna gleicht. Aus dem Lautsprecher dudelt mittlerweile *Wannabe* von den Spice Girls. Irgendwie ist diese Playlist sehr 90er Jahre lastig. Ich. Liebe. Es.

Beladen mit – wie aufgetragen – literweise Kaffee für Logan, stehe ich vor der Eingangstür und frage mich, wie ich sie ohne eine freie Hand am geschicktesten aufbekommen soll. Ich entscheide mich für die Taktik rückwärts, mit dem Po voraus. Das Glöckchen über der Tür bimmelt, aber leider habe ich die kleine Erhöhung auf der Türschwelle nicht bedacht. Also stolpere ich elfengleich in den Laden hinein und renne fast jemanden über den Haufen, der genau hinter der Tür steht. Ich lande unsanft auf meinem Hintern und gleich neben mir landet einer der vollen Kaffeebecher, der aus der Papphalterung gerutscht ist, genau vor einem Paar manikürter Füße.

»Oh Mist, Entschuldigung.«, rufe ich und laufe erstmal zur Theke, um die anderen Becher abzustellen. Dann nehme ich eine der Servietten und bücke mich gerade um die Sauerei von den Schuhen zu wischen, als sie nach mir tritt.

»Du hast schon genug angerichtet, du Trampel.«, fährt sie mich an und stürmt dann wutentbrannt aus dem Laden.

Ich bleibe wie in Schockstarre in der Hocke auf dem Boden sitzen und starre ihr hinterher. Habe ich das gerade geträumt oder hat diese Frau mich gerade ernsthaft als Trampel bezeichnet?

»Hast du was verloren?«, fragt Logan, der in dem Moment aus der Werkstatt kommt und mich auf dem Boden kauern sieht.

»Meinen Stolz?«, lache ich. »Nein, mir ist einer der Becher heruntergefallen. Und das natürlich genau vor die Füße eines Mädels, das ganz eindeutig nicht von hier kommt.«, sage ich und wische die Pfütze vor mir auf.

»Wenn ich raten müsste... Groß, blond und viel zu aufgebrezelt?«

»Ja. Eine Freundin von dir? Oder eine Kundin? Wobei sie jetzt nicht so aussah, als ob sie gleich die nächste Welle reitet.«

Logan schüttelt den Kopf und verdreht die Augen. »Nope, passe. Ist eine *Freundin* von Paxton.«

»Die ist ja genauso ein Herzchen wie er.«, lache ich und Logan grinst nur zustimmend. Ich werfe die durchweichten Servietten in den Mülleimer und schiebe Logan den andern Becher rüber. »Dann musst du halt wie jeder normale Mensch mit einem einzigen Kaffee vorliebnehmen.«

»Einer ist besser als keiner.«, antwortet er und nimmt einen großen Schluck vom schwarzen Gold, wie er es immer nennt. »Komm mal mit, ich zeig dir was.« Er nimmt meine Hand und zieht mich hinter ihm her in Richtung Werkstatt. Ich sehe sofort, was er meint, er hat das Surfbrett für Keiths Freund fertiggestellt.

»Und was meinst du?«, fragt er stolz. Da ist er wieder. Der gleiche Blick, mit dem er mich damals schon angestrahlt hatte, als er mir feierlich mein Tiki-Board überreichte.

»Wow, Logan.«, antworte ich ehrfürchtig. »Das ist einfach nur unglaublich. Er wird sich riesig darüber freuen. Du kannst sehr stolz auf dich sein, dein Talent ist ein Geschenk.« Langsam lasse ich meine Finger über die glatte Oberfläche wandern. Dann gehe ich ganz nah an das Brett ran und sauge den Duft ein. »Und gewachst hast du es auch schon. Lime.«

»Mein Markenzeichen, wie du weißt.«, sagt er gut gelaunt.

»Oh ja, seit zwei Jahren bist du mein erster Gedanke, wenn ich Limetten rieche.«

»Schön, dass du die letzten zwei Jahre öfter mal an mich gedacht hast.«, zwinkert er mir als Antwort zu und jetzt bin ich es, die mit dem Kopf schüttelt und mit den Augen rollt.

»Der Becher hier ist für dich. Latte Macchiato mit Vanillesirup, ganz wie du es magst.«, rufe ich Paxton zu, als ich bemerke, dass er hinter uns steht. Er brummt nur etwas Unverständliches und greift nach ihm.

»Brauchst du die Fräse noch?«, fragt er an Logan gewandt. Ohne ihm zu antworten, geht er rüber zur Werkbank, holt das Gerät und drückt es Paxton in die Hand. Der dreht sich genauso wortlos um und stapft davon.

»Den lässt du heute lieber in Ruhe. Der ist nicht gut drauf.«, sagt Logan, als er meinen Blick zum andern Ende des Raums verfolgt.

Meine Frage, ob die beiden sich wieder vertragen haben, nachdem sie heute Morgen ja scheinbar gemeinsam zur Arbeit gefahren sind, hat sich somit auch erübrigt. »Ich mach mich dann mal langsam an die Arbeit drüben, bevor mich meine Motivation im Stich lässt. Mein erklärtes Tagesziel für heute lautet alle Eingangs- und Ausgangsrechnungen strikt voneinander zu trennen und sie in chronologischer Reihenfolge in zwei großen Boxen zu sortieren. Wie kann man es bitte mit seinem Gewissen vereinbaren, das beides in einer einzigen großen Kiste zu sammeln?«

Meine Frage wird mit einem Schulterzucken und einer rausgestreckten Zunge quittiert. »Danke für den Kaffee, Muffinpie.«, höre ich ihn noch sagen, bevor die Werkstatttür hinter mir ins Schloss fällt. Logan ist schon ein Unikat, das stellt er jeden Tag aufs Neue unter Beweis.

Natürlich habe ich mir für den heutigen Tag ein viel zu hohes Ziel gesetzt. Ich weiß nicht, ob ich es mir nur einbilde, oder ob es tatsächlich so ist, aber ich habe das Gefühl hier liegt noch mehr Kram als noch Anfang der Woche. Es kommt mir so vor, als ob Logan noch mehr Kisten irgendwo versteckt hat, die einfach vor meinem Wüten hier keinen Platz gefunden hatten. Notiz an mich: Logan nach weiteren geheimen Lagern fragen.

Ich beginne heute damit die Pappkartons, die an der linken Wand gestapelt sind, nach Rechnungen zu durchforsten. In einen leeren Karton werfe ich alle Eingangsrechnungen und in einen anderen die Ausgangsrechnungen. Wenn ich mir jede Schicht ein Regal hier vornehme, dann sollte ich am Ende des Monats ansatzweise alle Rechnungen zusammen haben und kann mich daranmachen, sie in die zeitlich korrekte Reihenfolge zu bringen. Über diesen Chaoten kann ich echt nur den Kopf schütteln, ohne Spaß.

Nach etwa zwei Stunden, unterbricht mein Magenknurren die Stille des Raums und meine Konzentration befindet sich mittlerweile auf dem Nullpunkt. Da mein Frühstück mal wieder nur aus einer heißen Schokolade bestanden hat, wird es definitiv Zeit für feste Nahrung. Und wo gibt's nun mal das beste Essen der Stadt, wenn nicht bei Edie. Netterweise werde ich auch die Jungs fragen, statt ihnen hier mit Essen vor der Nase rumzutanzen und später ihre Sabberspuren wegwischen zu müssen.

Ich klettere auf Logans Werkbank und lasse die Beine runterbaumeln. »Oh Herr der Wohnung und Meister des bürokratischen Chaos, heute hast du die Macht und darfst entscheiden, was du essen willst. Nach was gelüstet es dir?«

Er kommt zu mir geschlendert und stellt sich vor mich an die Bank. Als er seine Hände an meine Taille legt, schlinge ich instinktiv meine Beine um seine Hüfte und lege meine Arme auf seinen Schultern ab. »Also?«, frage ich mit Nachdruck und lege den Kopf schief.

»Ich vernasch einfach dich.«, sagt er und grinst mich an.

»Ich schmecke gar nicht, ich bin viel zu speckig.«, lache ich und quietsche laut auf, als er mir in die Haut an meinem Bauch kneift.

»Ihr Frauen und eure Selbstzweifel.« Er schüttelt den Kopf.

»Lass uns doch.«

»Ihr seid alle gut so, wie ihr seid.«

»Wir sind schon eh und je so selbstkritisch und das wird sich auch nicht ändern.«

»Schlimm genug.«, lacht er und legt den Kopf schief.

Ich schenke ihm ein fröhliches Lächeln.

»Aber um deine Frage zu beantworten, der Burger die Tage war genial, ich glaube, gegen so einen hätte ich tatsächlich nichts einzuwenden.«

Von der hinteren Werkbank kommt ein lauter Knall, als das Brett, an dem Paxton gerade arbeitet, auf den Boden donnert und uns beide aufschrecken lässt. »Lass deine schlechte Laune nicht an dem Board aus, das kann am allerwenigsten was dafür.«, ruft Logan. »Mach lieber mal eine Ansage, was du Essen willst. June organisiert uns was von Edie's.«

Paxton's Augen funkeln dunkel vor Zorn. Er schwenkt mit dem Kopf zwischen Logan und mir hin und her. »Macht doch was ihr wollt, mir ist der Appetit vergangen.«, sagt er schlecht gelaunt und verlässt die Werkstatt in Richtung des Verkaufsraums. Ich springe von der Werkbank, verabschiede mich hastig von Logan und sprinte hinter Paxton her. Der Junge hat doch den Schuss nicht gehört. Ich glaube, es wird Zeit für ein Gespräch, das ist ja nicht auszuhalten.

»Paxton!!«, brülle ich seinen Namen, zerre ihn am Arm ins Büro und schließe lautstark die Tür hinter uns.

Er lässt sich wie ein bockiges Kind auf den Schreibtisch fallen und sieht mich mit einem Blick an, der mir irgendwie ein wenig Angst macht. »Was willst du?«, knurrt er mit zusammengebissenen Zähnen.

Ich verschränke die Arme vor der Brust, atme tief durch und dann poltere ich los, ganz getreu dem Motto man muss eben manchmal einfach seinen Standpunkt vertreten. »Ich weiß nicht, welche Laus dir heute mal wieder über die Leber gelaufen ist, aber ich dachte, wir sind cool miteinander.« Ich unterstreiche meine Aussage, indem ich mit den Händen zwischen uns hin und her gestikuliere.

Paxton zieht eine Augenbraue hoch und verschränkt ebenfalls seine Arme vor der Brust.

»Du hast mir schon mehrmals aus der Patsche geholfen, besonders bei der Sache mit Ethan. Ja, ich war kurz verwirrt, wegen dem Kuss und du verwirrst mich mit deinen Blicken und Aussagen hin und wieder immer noch. Aber du hast mir erklärt, warum du das getan hast… Deshalb dachte ich seither, dass alles gut zwischen uns ist und du einfach gerne mit mir rumblödelst und schaust, wie ich reagiere.«

»Ist es das nicht?«, fragt er mit einem seltsamen Funkeln in den Augen.

»Sag du es mir.« Ich lasse die Schultern sinken, seufze und fahre dann ein bisschen weniger aufgebracht fort. »Ich wohne verdammt gerne bei euch, weißt du, aber von deiner ständig wechselnden Laune bekomme ich ein Schleudertrauma. Wenn du ein Problem damit hast, dass Logan und ich uns so nahestehen, dann sag es einfach. Das war einfach schon immer so zwischen uns. Und wenn du lieber wieder mit ihm allein wohnen willst, ist das auch kein Ding, ich versteh das!

Ehrlich! Dann packe ich gleich morgen meine Sachen und zieh ins Motel, bis ich eine andere Wohnung gefunden habe.«

Wieder muss ich kurz verschnaufen und wäge gedanklich ab, ob ich ihren Streit gestern Abend erwähnen soll oder nicht, entscheide mich aber dann dafür.»Ich bin ja nicht blöd, Paxton. Ich habe euren Streit gestern Abend auch mitbekommen. Wenn das wegen mir war, weil ich mich hier breitmache und euch auf die Pelle rücke, dann könnt ihr mir das ruhig sagen. Aber wenn du nicht den Mund aufmachst und mit mir redest, dann kann ich es auch nicht riechen. Das geht so nicht, Paxton… Einmal blödeln wir zusammen rum wie gute Freunde und dann im nächsten Moment bist du völlig distanziert und abweisend. Ich werde aus dir einfach nicht schlau. Sind wir jetzt Freunde, oder nicht?«

Bevor ich weiterreden kann, springt Paxton vom Tisch und ist mit zwei großen Schritten bei mir. Ich möchte ein Stück zurückweichen, aber spüre die Tür in meinem Rücken.

Paxton packt mich an der Schulter, schiebt mich gegen das Holz und drückt seine Lippen auf meine. Seine große Hand legt sich wie ein Schraubstock um meinen Nacken. Er presst seinen muskulösen Körper immer dichter an meinen, als hätte er Angst, ich könnte ihm entgleiten. Sein Kuss ist so flehend und gleichzeitig so fordernd, dass mir schier die Luft wegbleibt. Er hat nichts von Zärtlichkeit, nein, das hier fühlt sich wie pure Verzweiflung an.»Bleib.«, keucht er, ohne seine Lippen von meinen zu lösen.»Bitte.«

Ich nicke und will etwas sagen, aber alles was aus meinem Mund kommt, ist ein Stöhnen, als er mit seiner Hand meinen Hals und meine Wirbelsäule entlangfährt. Er nutzt die Chance und tastet sich mit seiner Zunge in meinen Mund vor, bis er auf meine stößt und sie zu einem wilden Tanz auffordert. Das hat nichts von einem zarten Kuss, nein, er küsst mich mit so viel Leidenschaft, dass ich froh darum bin, dass sein Körper mich gegen die Tür presst und meine Beine davon abhält nachzugeben.

»Pax…«, hauche ich seinen Namen und vergrabe meine Finger in seinen wunderschönen braunen Haaren. Mehr Worte kriege ich unter seinen Berührungen nicht mehr heraus.

»Ja…?«, fragt er knurrend und die Vibrationen wandern von meinen Lippen aus direkt in meinen Bauch und noch tiefer. Mein Atem geht stoßweise und ich agiere wie auf Autopilot.

Paxton lächelt an meinen Lippen und ich bin mal wieder Wachs in seinen Händen. Diese Erkenntnis lässt mich endlich aufschrecken. Ich lege ihm die Hände auf die Brust und schiebe ihn von mir. Mit geröteten Wangen sieht er mich verdutzt an.

»Das geht so nicht.«, sage ich und schüttele den Kopf.

»June…«, flüstert er meinen Namen so leise, als ob ihn sonst keiner hören dürfte. Als würde ich mich in Luft auflösen, wenn er ihn zu laut in die Welt hinausschreit. All der Zorn in seinen Augen ist etwas anderem gewichen. Es ist nicht einfach nur Lust, da ist noch etwas anderes in seinem Blick, das ich nicht deuten kann. Vielleicht hat ihn sein schlechtes Gewissen just in diesem Moment genauso gepackt wie mich.

»Ich kann das nicht.« Selten ist mir etwas so schwergefallen, wie diesen Kuss zu unterbrechen, aber mein Gewissen wird mich genau deshalb in die Knie zwingen und die ganze Nacht wachhalten.

»Aber mit Logan kannst du jeden verdammten Tag schmusen?«, blafft er mich plötzlich an.»Da ist es okay, wenn er dich im Arm hält und streichelt, während du deinen Kopf an seiner Brust vergräbst oder deine Arme und Beine um ihn schlingst?«

Jetzt bin ich es, die verdutzt dreinschaut. Den abrupten Stimmungswechsel seinerseits habe ich, wie so oft, nicht kommen sehen. »Das ist doch etwas ganz anderes.«, rufe ich laut. »Logan und ich kennen uns ewig und bei ihm weiß ich, dass da absolut nichts zwischen uns ist. Er und ich sind einfach nur Freunde. Logan und du dagegen… ihr seid…« Meine Stimme bricht und ich kämpfe gegen die Tränen an, die sich versuchen einen Weg hinauszubahnen.

»Wir sind was? Ich blick es nicht, June. Was genau ist daran anders? Er hat nen Schwanz und ich hab nen Schwanz. Und der Aussage gestern Abend nach zu urteilen, hat er ja schon mehr von dir zu sehen bekommen, als ein Freund es tun sollte. Mit ihm kann man also zusammen sein, sich auch nahe sein und bei mir ist es ein Problem? Dein Körper sagt da aber etwas ganz anderes, June. Er reagiert instinktiv auf meine Blicke und Berührungen und das weißt du selbst… Du willst es dir verdammt nochmal nur nicht eingestehen. Wie war das jetzt noch gleich mit der Kommunikation?«, blökt er, schiebt mich zur Seite und lässt mich schwer atmend allein hier im Büro zurück.

Ich weiß nicht, wie lange ich keuchend hier stehe, bis ich realisiert habe, was da gerade passiert ist. Plötzlich scheint mir der Raum viel zu klein, um weiteratmen zu können. Ich schnappe mir meine Tasche vom Schreibtisch. Ich muss sofort hier raus. Ich brauche Sauerstoff, sonst passiert hier gleich ein Unglück. Vor der Tür stemme ich meine Hände auf die Knie und atme stoßweise aus. FUCK!

Was war denn das bitte? Ist das gerade wirklich passiert oder habe ich das nur geträumt? Was bin ich bitte für eine Freundin? Statt ihn gleich in seine Schranken zu weisen, habe ich meinen beschissenen Hormonen nachgegeben und den Kuss auch noch erwidert. FUCK! FUCK! FUCK! In Paxtons

Nähe verweigert mein Hirn einfach immer seinen Dienst, das kann doch nicht normal sein.

Meine Haut kribbelt noch immer an der Stelle, an der er mich noch vor wenigen Minuten sanft berührt hat. Meine Hormone laufen hier gerade Amok und ich muss schnellstens wieder einen klaren Kopf kriegen.

Ich schließe meine Tasche in meinem Auto ein und dann renne ich den kleinen Weg zur Promenade hinunter. Mir schwirrt der Kopf. Ich muss raus aufs Meer, damit ich meine Gedanken sortieren kann. Danach wird es mir bessergehen.

Als ich lautstark bei Sam einfalle, erschreckt er so sehr, dass er seinen Stift fallen lässt, mit dem er gerade ein Kreuzworträtsel löst.

»Was habe ich dir über mein altes Herz gesagt? Du sollst mich nicht immer so erschrecken, June!«, sagt er tadelnd.

Ich entschuldige mich bei ihm und zwinge mir ein Lächeln auf die Lippen, bevor ich im hinteren Teil des Ladens verschwinde. Aus meinem Spint krame ich meinen Neoprenanzug, ziehe mich aus, nachdem ich mich vergewissert habe, dass ich allein bin und streife mir den Wetsuit über. Allein mein Board zu berühren und es mir unter den Arm zu klemmen, verschafft mir schon ein kleines Gefühl der Erleichterung. Jeder Schritt im heißen Sand bringt mich den Wellen näher und als mein Fuß das Wasser berührt, atme ich erleichtert auf. Mit einem beherzten Satz werfe ich mich auf mein Surfboard und paddele aufs Meer hinaus. Dort warte ich, bis sich die erste Welle hinter mir aufbaut und meine Sorgen für den Moment mit sich wegspült. Keine Ahnung, wie lange ich draußen bin, aber da sich der Strand immer mehr füllt, schätze ich, dass es langsam Richtung Nachmittag geht.

Wenn das Surfen eins nur noch verstärkt hat, dann mein Entschluss, mit Logan über die ganze Sache zu reden. Flirten schön und gut, das tut er ja auch, aber der Kuss heute ging einfach viel zu weit, egal wie toll er war. Auch wenn das eventuell bedeutet, dass ich mir nach dem Gespräch eine neue Bleibe und einen neuen Job suchen muss. Und im schlimmsten Fall unsere Freundschaft damit zerstöre. Aber ich kann nicht weiter dort wohnen und ihm in die Augen schauen, mit dem Wissen, dass sein Freund mich hinter seinem Rücken auf diese Art und Weise küsst und ich das auch noch zulasse, mich sogar, wenn ich ehrlich zu mir selbst sein soll, danach sehne, seine Lippen auf meinen zu spüren. Ich hoffe nur, dass unsere Freundschaft stark genug ist und er mir oder uns irgendwann verzeiht. Oh, man… Er wird sicher am Boden zerstört sein. Paxton und ich bauen Scheiße und Logan ist der Leidtragende… Das hast du mal wieder toll hinbekommen, June! Wie einfach alles, was du anpackst, endet auch diese Geschichte hier mal wieder im Chaos.

KAPITEL 16

Als ich auf einer kleineren Welle in Richtung Strand gespült werde, entdecke ich Logan, der am Wasser steht, zwei Becher Eis in der Hand. Mit Sicherheit Chocolate Chip. Wenn man vom Teufel spricht. Er winkt mir zu, als er bemerkt, dass ich zu ihm hinüberschaue. Eigentlich wollte ich mir gleich erst einmal von Gabby und Meghan eine Portion Mut zusprechen lassen, wenn wir aber schon einmal beide hier sind, dann können wir es auch direkt hinter uns bringen. Ich habe Angst.

»Hey.«, sage ich leise, als ich am Strand angekommen bin und hebe mein Board aus dem Wasser.

»Dachte ich mir doch, dass ich dich hier finde.« Logan sieht mich besorgt an, was mein schlechtes Gewissen nur noch mehr anschwellen lässt. »Du bist immer am Strand, wenn es dir nicht gut geht.«

»Und woher weißt du, dass es mir nicht gut geht?«

»Naja, so wie du Paxton angebrüllt hast… Und dann kam zuerst er und kurz drauf du aus dem Büro gestürmt. Jeder Blinde kann da eins und eins zusammenzählen, dass es da geknallt hat. Und ich wollte einfach sicherstellen, dass es dir gut geht.« Er reicht mir einen Becher und nimmt mir dann das Board aus der Hand. Er legt es auf den Strand und deutet dann zuerst auf mich, dann auf das Surfbrett. Ohne zu Antworten setze ich mich drauf und Logan tut es mir gleich.

Einen Moment schaut er mich an, dann wandert sein Blick wieder in Richtung Meer. Ich nehme mir derweil einen großen Löffel Schokoladeneis.

»Paxton hat heute einen schlechten Tag, weißt du… Also wenn er dich grundlos angemacht hat, dann nimm es ihm heute bitte nicht übel, ja?«

Angemacht… Wenn Logan wüsste, wie verdammt richtig er mit seiner Wortwahl liegt!

»Was ist denn los?«, frage ich um Zeit zu schinden.

»Ich hatte dir doch geschrieben, dass sich für heute Morgen spontan ein neuer Kunde angekündigt hat.«

Ich nicke. Er hatte es auf dem Zettel in der Küche notiert.

»Und weißt du noch heute Morgen das Mädel? Dem du den Kaffee über die Füße geschüttet hast?«, fragt er weiter.

Wieder nicke ich und wiederhole was er mir über sie gesagt hat. »Die Freundin von Paxton.«

»Genau, die Freundin von Paxton. Oder besser gesagt seine Exfreundin.«

»Exfreundin?«, rufe ich geschockt.

»Ja, das ging vor einiger Zeit auseinander und deshalb ist er ja auch zurückgekommen.« Er lehnt sich entspannt auf seine Ellenbogen zurück, dann spricht er weiter. »Keine Ahnung, was sie von ihm wollte, aber sie hatte wohl schon versucht ihn zu kontaktieren und er hat sie ignoriert. Du kennst den sturen Bock ja. Und scheinbar dachte sie, wenn sie sich als Kundin mit falschem Namen ausgibt, kriegt sie einen Termin in der Werkstatt und er muss mit ihr sprechen, wenn sie dann vor ihm steht. Natürlich hatte er da absolut keine Lust drauf und hat sie weggeschickt, was sie allerdings verweigerte. Ab da war seine Laune dann ganz im Keller. Quasi *noch* schlechter, als sie wegen unseres Streits gestern Abend schon war.«

»Ja, der war leider nicht zu überhören.«, gebe ich zu.

»Auf jeden Fall muss sie ihn so sehr belagert haben, dass er sich nicht mehr anders zu helfen wusste, als mich darum zu bitten, ihr Hausverbot zu erteilen. Hat die Kleine nicht sonderlich gut aufgefasst. Und dann bist du auch noch in den Laden gestolpert und hast ihr Kaffee über ihre schönen Pumps gekippt.«

»Sie hat mich Trampel genannt. Wer benutzt so ein Wort überhaupt?«, frage ich gespielt gekränkt. Dann werde ich wieder Ernst. »Sie war es, die ihn betrogen hat, oder?«

Logan nickt. »Ja. Und genau wie du, kann er so etwas nicht verzeihen und das ist auch richtig so.«

Dann packt mich die Neugierde. »Stört es dich, dass Paxton eine Exfreundin hatte?«

»Warum sollte mich das denn stören?«, fragt er und sieht mich überrascht an.

Ich befürchte, genau jetzt ist es Zeit, mit Logan über das Geschehene zu sprechen. Wir sind unter uns und reden gerade so offen wie lange nicht.

»Logan… Es gibt da etwas, über das ich mit dir sprechen muss.« Ich male mit dem Finger kleine Kreise in den Sand, wie ich es immer mache, wenn ich aufgeregt bin.

»So schlimm?«, fragt er und nickt in Richtung Sand. Er kennt mich einfach. »Was hast du auf dem Herzen, Muffinpie. Sag bitte nicht, du willst uns schon wieder verlassen?«

»Nein, das will ich nicht.«, sage ich und sehe ihn mit großen Augen an. »Aber vielleicht willst du, dass ich gehe, wenn ich dir all das gesagt habe, was mir auf der Seele brennt. Ich weiß es nicht.«

Logans Lächeln weicht einer ernsteren Miene. »Ich bin ganz Ohr. Was ist passiert, June?«

»Versprich mir, mich nicht zu unterbrechen und erst zu reagieren, wenn ich dir alles erzählt habe.«, bitte ich ihn.

»Indianerehrenwort.«, antwortet er mir und hebt zwei Finger zum Schwur.

Also beginne ich langsam mit meiner Geschichte an ihrem Anfang, als Paxton mich über den Haufen rannte. Logan grinst bei diesem Teil, aber ich bin ja auch noch nicht bei den für ihn wichtigen Details angekommen. Ich schildere die Situation im Club und erzähle natürlich auch vom Kuss. In Logans Augen funkelt es, aber ich kann nicht einschätzen, ob das Wut oder Enttäuschung ist.

Also fahre ich fort und erzähle ihm jedes noch so winzige Detail, jedes Gespräch, jeder Blick, jede Flirterei und versuche nichts auszulassen. Ich erzähle ihm ganz offen und ehrlich, wie ich mich dabei gefühlt habe, gebe auch zu, mich körperlich sehr zu ihm hingezogen zu fühlen und dass diese Anziehungskraft heute in seinem Büro wohl ihren bisherigen Höhepunkt erreicht hat. »Ich habe nicht vor, das zu wiederholen, Logan. Dazu bist du mir einfach viel zu wichtig!« Ich sehe ihn an und warte auf eine Reaktion seinerseits. Er lässt sich Zeit damit, aber kein Wunder, er hat ja auch gerade eine Menge Informationen um die Ohren geknallt bekommen, auf die er erst einmal klarkommen und die er sortieren muss.

Die Stille zwischen uns macht mich fertig, also rede ich einfach weiter und hoffe, dass er sich nicht mehr allzu viel Zeit mit einer Reaktion lässt. »Das wäre alles… Und ich weiß nicht, wie ich das jemals wiedergutmachen kann. Ich will mich nicht so zu ihm hingezogen fühlen, er ist immerhin dein Freund. Und das macht aus mir die vermutlich schlechteste Freundin aller Zeiten. Ich kann es wirklich verstehen, wenn du jetzt nichts mehr mit mir zu tun haben willst und ich meine Koffer packen soll.«

»War das jetzt wirklich alles?« Logans Miene ist ausdruckslos. Ich nicke ihm scheu zu. Dann plötzlich hellt sich sein Gesichtsausdruck auf, nein, er grinst von einem bis zum andern Ohr und fängt dann lautstark an zu lachen. Der halbe Strand sieht zu uns hinüber, weil er sich nicht mehr einkriegt. »Du… Du…«, stammelt er und hält sich den Bauch. »Du dachtest die ganze Zeit, Paxton und ich wären ein Paar? Oh, Muffinpie. So blind kannst auch nur du sein.«

Jetzt bin ich es, die blöd aus der Wäsche guckt. »Seid ihr etwa nicht?«

»Wenn ich eins auf dieser Welt liebe, dann sind es Frauen. Klein, groß, blond, brünett, aber schon jeher und für immer nur Frauen.« Der Ausdruck in seinen Augen bestätigt es mir.

»Und warum stellst du ihn dann überall als deinen Partner vor?«, frage ich völlig irritiert.

»Na, weil er das ja auch ist. Er ist mein *Geschäftspartner*. Und genauso meinte ich das eh und je, June.« Er legt den Arm um mich, nur um direkt wieder erschrocken zu mir herumzufahren. »Und du hast ernsthaft geglaubt, ich würde auf Männer stehen? Ich?? Ich flirte doch sogar mit dir ständig.«

»Ich habe dich noch nie mit überhaupt jemandem gesehen, egal ob Mann oder Frau…«, murmele ich und lasse die Gespräche der letzten Zeit Revue passieren. »Hätte ich das gewusst, wäre ich doch nie halbnackt in der Wohnung rumgesprungen oder hätte mich ständig an dich gekuschelt. Warum hast du denn nichts gesagt??«

»Welcher Mann würde sich denn bitte darüber beschweren, wenn jemand wie du sich an ihn schmiegt?«, lacht er laut auf und ich muss auch grinsen.

»Stimmt wohl.«, sage ich verlegen und rutsche näher an ihn heran. »Aber… du… du hast mich geküsst?! Beim Lagerfeuer.«, sage ich so leise, dass meine Stimmt nur noch ein Flüstern ist.

»Warum flüstern wir?«, fragt Logan ganz nah an meinem Gesicht und ebenfalls ganz leise, was mich direkt wieder zum Lachen bringt. »Ich habe dich geküsst, weil du einfach zu süß bist, wenn man dich überrumpelt und aus der Fassung bringt, Muffinpie. Und ich wollte dich bei unserer Blödelei einfach übertrumpfen. Du brauchst keine Angst zu haben, ich habe kein Interesse an dir. Ich flirte einfach gern, ganz ohne Hintergedanken. Versprochen!« Wieder hält er zwei Finger zum Schwur in die Luft. »Aber von der Bettkante würde ich dich auch nicht schubsen, wenn du dich mal in mein Bett verirren solltest.« Er zwinkert mir zu und streckt mir die Zunge raus. »Nein, im Ernst, June. Du bist meine engste Freundin und das bedeutet mir etwas. Das setze ich nicht für ein bisschen Spaß in den Laken aufs Spiel, okay?«

Ich nicke ihm zu »Du bist mir auch sehr wichtig, Logan. Ich wüsste echt nicht, was ich ohne dich machen würde. Ich wäre vermutlich pleite oder obdachlos… oder beides.« Dann drücke ich ihm ein kleines Küsschen auf die Wange und lege meinen Kopf auf seiner Schulter ab.

»So könnte es doch für immer bleiben, oder?«, fragt er und im Augenwinkel sehe ich ein warmes und ehrliches Lächeln. Wir sitzen einige Minuten aneinander gelehnt zusammen, löffeln unsere Eisbecher leer und schauen auf die rauschenden Wellen, die sich am Ufer brechen. Nach einer Weile lacht er laut auf. »Hattest du dich denn nie gefragt, warum Paxton und ich nicht gemeinsam in einem Bett schlafen, sondern jeder sein eigenes Zimmer hat? Das ist doch ein klarer Anhaltspunkt.«

»Hast du dich mal schnarchen gehört? Da würde ich auch nicht freiwillig danebenliegen wollen.«, pruste ich los.

»Okay, das Argument lasse ich gelten.« Sichtlich zufrieden mit meiner Schlussfolgerung zieht er mich wieder in seine Arme zurück.

»Aber eine Sache verstehe ich dann irgendwie immer noch nicht. Wenn ihr gar kein Paar seid… Warum ist Paxton dann immer so schlecht gelaunt, wenn er uns beide zusammen sieht? Ich dachte die ganze Zeit, er wäre eifersüchtig, weil ich seinen Mann in Beschlag nehme.«

»Ach kleine, süße June… Du musst noch so viel lernen, mein Schatz. Er ist sehr wohl eifersüchtig, aber nicht auf dich, sondern auf mich. Du siehst es wirklich nicht, oder?«

Die Zahnräder in meinem Kopf setzen sich in Bewegung und plötzlich macht alles Sinn.

»Der Junge ist total verrückt nach dir.«

KAPITEL 17

Nach einer schnellen Dusche am Pier springe ich mit Logan als Rückendeckung noch einmal bei Lowaboards vorbei. Paxton ist zu meiner Erleichterung aber immer noch nicht zurückgekommen. Falls er das heute überhaupt noch mal vorhat.

Ich verschwinde auf der Toilette und trage ein bisschen getönte Tagescreme und Mascara auf. Dann schlüpfe ich in ein senffarbenes Bandeaukleid, das ich extra eingesteckt habe, damit ich nicht völlig underdressed auf Meghans Geburtstagsfeier auftauche. So wie ich meine beiden Freundinnen kenne, haben sie sich heute nämlich besonders hübsch gemacht.

»Ich bin dann jetzt weg. Bis später, Logan.«, rufe ich in Richtung Werkstatt und schlüpfe in meine Chucks.

Er hält den Kopf aus der Tür, als müsste er nachsehen, wer das gerade gesagt hat. »Yummi! Verdammt gut siehst du aus, Muffinpie.«

»Danke, du Spinner.«, sage ich und winke ihm, bevor ich den Shop verlasse. Auch wenn ich jetzt weiß, dass er nicht auf Männer steht, macht es mir nichts aus, wenn er so mit mir redet. Er hat mir versichert, dass da nichts ist von seiner Seite aus und das glaube ich ihm auch. Ich bin sehr froh, dass meine schlimmsten Befürchtungen nicht eingetreten sind und die

Vorkommnisse nichts an unserer Freundschaft ändern werden. Was allerdings Paxton angeht… Da werde ich wohl nicht um ein weiteres Gespräch drum herumkommen. Aber alles zu seiner Zeit. Jetzt heißt es erstmal ab zur Feier!

Ich schließe mein Auto auf und fahre in Richtung WG. Da diese sich ebenfalls in Ocean Beach befindet, dauert es auch nur wenige Minuten, bis ich vor dem gelben Wohnkomplex parke. Ich klaube das Geschenk vom Beifahrersitz und laufe in Richtung Haustür, die zu meinem Glück nur angelehnt ist. Im Treppenhaus hängt wieder das furchtbar schwere Parfum von dieser alten Schreckschraube Sutherland, die dafür verantwortlich war, dass ich hier früher wieder meine Zelte abbrechen musste, als mir lieb war.

Vor der Wohnungstür richte ich nochmal mein Kleid und klopfe dann lautstark an. Es dauert einen kurzen Moment, dann reißt jemand mit Schwung die Tür auf und ich schaue in ein paar tiefblauer Augen, die mich freudestrahlend anlächeln.

»Happy Birthday, meine Süße.«, rufe ich lautstark und drücke Meghan so fest an mich, bis sie lachend nach Luft schnappt. Dann überreiche ich ihr mein Geschenk und folge ihr in Richtung Couch.

»Gabby ist noch kurz zum Supermarkt. Sydney und Keith haben sich für später irgendwie noch selbst eingeladen und wir hatten die Idee, Margaritas zu machen.«, erklärt sie und schiebt mich in Richtung der großen Couch. »Du bleibst doch auch, oder?«

»Sicher doch, ich habe es nicht besonders eilig, nach Hause zu kommen.«

»Wenn du das so sagst, weiß ich genau was los ist. Oder besser gesagt wer. Lass mich raten. Paxton?«

»Der Kandidat hat 100 Punkte! Wenn Gabby zurück ist, gibt es ein Update. Und so lang packst du dein Geschenk aus.«

Ganz vorsichtig schiebt sie einen Finger unter den Klebstreifen und packt das Geschenk so behutsam aus, ohne auch nur ein winziges Loch ins Geschenkpapier zu reißen.

»Mach doch keine Doktorarbeit daraus, es ist nur die Verpackung.«, lache ich und sehe sie erwartungsvoll an.

»Es reißt nun mal nicht jeder seine Geschenke so auf, als wäre er ein tasmanischer Teufel wie du.«

Ich zucke als Antwort nur mit den Schultern. »Ich kann es eben kaum erwarten.«

»Oh.«, sagt sie, als sie das Papier endlich komplett entfernt hat. »Was ist das denn?«

»Ein Wunscherfüller.«

»Und da drin das ist eine…?« Sie betrachtet das Etwas in ihrer Hand.

»Pusteblume.«, beende ich den Satz für sie und lächele in ihre Richtung.

Meghans Augen werden groß und sie sieht sich das Glas noch etwas genauer an. »Das ist ja mal eine süße Idee. So etwas habe ich echt noch nie gesehen. Vielen Dank, June.«

»Die Freundin meiner Mom betreibt eine kleine Gärtnerei und stellt die Gläser her. In jedem ist eine echte Pusteblume und theoretisch hast du über 100 Wünsche frei mit diesem Glas, für jedes Schirmchen einen. Die Mitarbeiter pflücken jede Blume einzeln von Hand und ein Teil der Einnahmen spenden sie an ein Kinderhospiz. Ich fand den Gedanken dahinter echt schön und ja, ich weiß, dass wir immer sagen, dass wir uns nichts schenken wollen, aber es ist ja irgendwo auch für einen guten Zweck.« Ich hebe abwehrend die Hände und grinse entwaffnend. »Du darfst mir also nicht böse sein.«

»Okay, unter dem Gesichtspunkt bist du entschuldigt. Es ist echt super schön, June. Vielen Dank.«

»Immer gerne.«

Dann drückt sie mich noch einmal fest an sich, steht auf und läuft in Richtung Küche. »Magst du vielleicht einen Tee? Ich habe ein paar Neue, die du unbedingt probieren musst.«

»Überrasch mich.«, rufe ich ihr hinterher, während ich in meinem Rucksack nach meinem Handy krame. Keine neue Nachricht von Paxton. Ein Teil von mir war immer noch irgendwie voller Hoffnung, dass er sich einfach schon einmal vorab per Nachricht melden würde, bevor wir uns nach diesem Megastreit in der WG über den Weg laufen und es unangenehm ist. Mit der Information von Logan macht das Gespräch von heute Mittag so viel mehr Sinn. Jetzt verstehe ich, was er damit meinte, es sei genau das Gleiche, egal ob ich mit Logan oder mit ihm kuscheln würde, weil sie kein Paar sind und beide augenscheinlich auf Frauen stehen. Im Grunde genommen hatte er mit allem was er sagte Recht und das wird mir in diesem Moment irgendwie erst so richtig klar. Okay, das mit dem Anbrüllen nehme ich ihm übel, aber, wenn ich mal kurz überlege, wie ich ausflippen könnte, wenn ich mich ungerecht behandelt fühle, dann kann ich ihn sogar irgendwo verstehen.

Genervt reibe ich mir über die Nasenwurzel und seufze laut. Dann springe ich über meinen Schatten, öffne den Chatverlauf mit Paxton und schicke ihm eine Nachricht.

June: Hey Pax.
Können wir bitte heute Abend über alles reden?

Ich warte einen kurzen Moment, ob er vielleicht online kommt, um die Nachricht zu lesen. Als ich mein Handy gerade wieder wegpacken will, färben sich die beiden grauen Häkchen blau. Nervös starre ich auf das Display, aber dann ist er wieder offline. »Was ein Arsch«, denke ich und schüttele den Kopf. Dann taucht allerdings das Wörtchen *schreibt* samt den drei Pünktchen hinter seinem Namen auf und ich wappne mich auf die geballte Paxton-Wut, die mir mittlerweile nur allzu bekannt ist.

Paxton: Hey...
Ja das sollten wir! Ich habe gerade mit Logan gesprochen.

June: Oh...

Paxton: Ja... Oh...!
Logan und ich? Ernsthaft?

June: Mea culpa.
Lass uns später zuhause reden, okay?

Paxton: Okay! Wann kommst du heim?

June: Bevor ich nicht mindestens eine Magarita getrunken habe, lassen die mich hier wohl nicht gehen.

Paxton: Wenn es mehr als eine wird, kann ich dich auch abholen.

June: Es wird nicht mehr als eine.
Bis später, Pax...

Ich beende den Chat, als ich Meghan mit klimperndem Geschirr aus der Küche kommen höre.

»Sugar-Mint heißt die Sorte. Soll angeblich nach Karamell und Minze schmecken.«, sagt sie und gießt die karamellfarbene Flüssigkeit in die Tasse vor mir. Ich halte die Nase in den Dampf, aber mehr als den Geruch von Minze erkenne ich nicht. Aber es kommt am Ende ja auf den Geschmack an, nicht auf den Geruch.

»Ich darf wirklich aus deiner heiligen Game of Thrones Tasse trinken?«, frage ich gespielt schockiert, als mir der Aufdruck auffällt.

»Aber nur du und niemand sonst.«

»Ich fühle mich geehrt.«

»Eventuell kriegst du sie auch, weil ich von Gabby eine Neue mit der lila Grinsekatze bekommen habe, die ich jetzt ganz dringend einweihen will.«

»Wie gut, dass sie sich auch nicht an die Kein-Geschenk-Regel gehalten hat.« Ich lache und erinnere mich an den Tag zurück, als wir zusammen auf der Comic Con die Thermotasse für Meghan gekauft haben. In kaltem Zustand ist sie schwarz und der serientypische Spruch *Winter is coming* ziert als Aufdruck die Seite. Füllt man allerdings heißes Wasser, Kaffee oder Sonstiges ein, färbt sie sich hellblau und der Schriftzug wechselt zu *Winter is here.*

Ich glaube nicht, dass ihr Herz wirklich an diesem Teil hängt, weil sie die Tasse so schön findet, sondern weil sie ein Erinnerungsstück ist. Sie steht nämlich für unsere erste gemeinsame Convention und wir hatten an dem Tag zusammen so viel Spaß wie lange nicht. Zumindest halte ich aus genau diesem Grund meine Tasse in Form eines Storm Trooper Kopfes in Ehren. Das sind Erinnerungen, die keiner außer uns Dreien versteht.

Ich nippe kurz am Tee und versuche, den Geschmack zu deuten. »Also wenn ich nicht wüsste, dass das Karamell sein soll, würde ich behaupten, es sei ganz normaler Minztee, den du mit Kandis oder Honig gesüßt hast.«

»Genau das habe ich auch zu Gabby gesagt.«, grinst sie.

»Was hast du zu mir gesagt?«, ertönt eine Stimme hinter uns und wir fahren erschrocken zu ihr um. In der rechten Hand hält sie eine Flasche Tequila, in der Linken eine Flasche Cointreau.

»Dass der Tee nur nach gesüßter Minze schmeckt.«

»Was hast du vor? Willst du den Abend noch erleben?«, frage ich und deute auf die beiden Flaschen.

»Na, man kann ja nie wissen, wie viel Durst die Jungs mitbringen.«, grinst sie und tänzelt in Richtung Kühlschrank.

»Ich muss euch übrigens was erzählen.«, verkünde ich kleinlaut, als Gabby wieder bei uns im Wohnzimmer ist.

»Du hast mit Paxton geschlafen.«, platzt es aus ihr heraus.

»Was? Nein.« Ich hebe abwehrend die Hände.

»Und damit kommst du erst jetzt? Nachdem du mich dreißig Minuten von Tee, Blumen und Tassen schwafeln lässt?«, schnaubt Meghan und zieht einen Schmollmund.

»Ich habe nicht mit ihm geschlafen!«, dementiere ich nochmals. »Aber es ist trotzdem etwas passiert, das ich euch erzählen muss.«

Beide schauen fragend und warten nur darauf, dass ich weiterspreche.

»Ich wollte warten, bis ihr beide da seid. Sonst hätte ich es zweimal erzählen müssen. Und ich brauche meinen Engel und meinen Teufel im Kollektiv!«

»Warte kurz, bevor du loslegst.«, ruft Meghan, springt wie von der Tarantel gestochen von der Couch und verschwindet im Flur. Als sie nach ein paar Minuten zurückkommt, balanciert sie drei Teller mit Kuchen auf ihrem Arm. »Mit Kuchen ist alles nur halb so schlimm oder wie sagt man?«

»Ich habe nicht gesagt, dass ich schlimme Nachrichten für euch habe.« Ich nehme ihr lächelnd einen der Teller ab und stelle ihn auf meinen Schoß.

Mississippi Mud Pie.

Oh Meghan, ich liebe dich dafür! Ich nehme einen Bissen und seufze. Ich bin gestorben und im Kuchenhimmel gelandet.

»Jetzt rück schon mit der Sprache raus.«, drängelt Gabby.

»Also.«, beginne ich. »Ihr wisst ja, dass ich seit dieser Woche bei den Jungs im Laden arbeite.«

Beide nicken und schieben sich synchron ein Stück Kuchen in den Mund, was mich kurz schmunzeln lässt.

»Heute Morgen stand da so eine richtige Stadttussi im Shop. Ich habe sie nicht gesehen und ihr aus Versehen Kaffee über die Schuhe gekippt und die sahen echt nicht günstig aus. Natürlich war sie alles andere als erfreut darüber und ist wütend aus dem Laden gestapft… Und hat mich als Trampel beschimpft. Als Trampel. Könnt ihr euch das vorstellen?«

»Du bist schon manchmal ein kleiner Schussel.«, lacht Gabby laut auf und wirft mir einen Luftkuss zu.

»Haha.«, sage ich und ziehe auch einen Schmollmund. »Auf jeden Fall hat sich im Nachhinein rausgestellt, dass das Paxtons Exfreundin war.«

»Und was wollte sie hier?«, fragte Meghan.

»Exfreundin?«, schob Gabby hinterher. »Er war also vorher auch mit Frauen zusammen?«

»Japp. Genau SO habe ich auch geschaut, als Logan mir gesagt hat, wer das war. Und jetzt haltet euch fest. Mit Partner meinte Logan nicht fester Freund, Luft-und-Liebe-Partner…

Er meinte Paxton ist sein Geschäftspartner. Wisst ihr, wie dumm ich mir vorgekommen bin, als klar wurde, dass ich die ganze Zeit dachte, die beiden wären ein Paar?«

»WTF… Die beiden sind gar nicht zusammen?« Gabby zieht eine Augenbraue hoch.

»Nope.«

»Und dann sitzt du hier bei uns? Hau ab und schnapp dir den Hottie.« Sie grinst mich diabolisch an.

»Vielleicht gibt es da noch ein klein wenig mehr zu erzählen…«, druckse ich um den heißen Brei herum.

Meine beiden Freundinnen rücken noch näher an mich heran und durchbohren mich mit ihren Blicken. Als ob sie ein Wort verpassen würden, wenn sie einen halben Meter weiter sitzen müssten.

»Wir hören.«, versucht Gabby mich zum Reden zu bewegen. »Was verschweigst du uns, liebe June?«

»Also… Naja… Irgendwo zwischen wütender Exfreundin und meinem Auftauchen hier, hatte ich noch einen Streit mit Paxton.«

Wenn die Zwei vor lauter Spannung und Sensationsgier noch näher an mich heranrutschen, habe ich sie gleich beide auf dem Schoß sitzen. Wie zwei ausgehungerte Wölfe sitzen sie neben mir und lechzen nach jeder noch so kleinen Information.

»Er ging mir mit seiner schlechten Laune so dermaßen auf den Keks, dass ich ihn ins Büro gezerrt und zusammengefaltet habe. Ich dachte die ganze Zeit, er sei so schlecht gelaunt, weil er lieber wieder die Wohnung für sich und Logan allein hätte. Ich wusste ja nicht, dass er wegen seiner Ex so drauf ist… Oder, dass Logan nicht sein fester Freund ist…«

»Da war er bestimmt von der Rolle. Wenn du mal richtig aufdrehst, geht man besser in Deckung.«, lacht Gabby.

»Ich habe von der Besten gelernt.«, scherze ich und tippe sanft mit dem Fuß gegen ihr Bein. »Auf jeden Fall hat er plötzlich einen Satz auf mich zu gemacht und ich dachte jetzt verpasst er mir eine, weil ich ihn so angefahren habe und niemand so mit ihm redet… Aber er hat mich geküsst. Und fragt nicht, *wie* er mich geküsst hat. Als ob die Welt morgen untergehen würde und wir die letzten beiden Menschen auf ihr wären. Ernsthaft. Hätte er mich nicht mit seinem gesamten Gewicht gegen die Tür gepresst, dann wäre ich in seinem Arm geschmolzen. Auf der Stelle!« Ich lasse mich nach hinten in die Kissen fallen und schließe die Augen.

Gabby quietscht vergnügt auf und klatscht in die Hände. »Ich weiß, wer ganz bald flachgelegt wird.«

»Das ist ja das Problem.«, antworte ich.

»Sex ist ein Problem?«, fragt Meghan verwirrt.

»Ja… Nein… Ach Logan sagte irgendwas in Richtung, Paxton sei verrückt nach mir.«

»Und das ist was Schlechtes?«

»Ich will nicht, dass er sich Hoffnungen macht, dass da mehr zwischen uns sein könnte als ein bisschen Spaß.«

»Wer weiß, wie Logan das gemeint hat.«, seufzt Meghan.

»Ja, genau. Was weiß Logan schon. Der ist doch sowieso mit seiner Arbeit verheiratet und hat keine Ahnung davon, was Frauen wollen.« Gabby gestikuliert wild um sich. »Und was den Kollegen Lewis angeht. Wenn du ihn heute Abend siehst, dann reißt du ihm die Kleider vom Leib und vögelst ihm das Hirn raus. Alles andere lasse ich nicht durchgehen, jetzt ohne deinen moralischen Kompass. Den hat Logan ja erfolgreich erledigt.«

»Wir haben eben kurz geschrieben und wollen heute Abend reden, wenn ich nach Hause komme.«, gebe ich zu.

»Reden. Aha… So nennt man das also jetzt.«, lacht sie.

»Ja, wir wollen wirklich reden.«, lache ich mit.

»Ich habe das Gefühl morgen wird ein weiteres Update notwendig.«, flötet Meghan.

Gabby setzt sich auf. »Als ob ich bis morgen warten will. Hmmm… Wenn du doch lieber meinen Vorschlag in die Tat umsetzt, statt wie ein braves kleines Mädchen nur mit ihm zu reden, dann schickst du uns einen Emoji in unseren Gruppenchat.«

»Eine Aubergine, oder was?«, frage ich augenrollend.

»Zu einfach.«, grinst Meghan. »Wie wäre es mit einer Peperoni, wenn es gut war?«

»Und einer Zwiebel, wenn es nicht gut war und dich das zum Heulen bringt.«, grölt Gabby.

»Ihr seid so bescheuert.«, sage ich kopfschüttelnd. »Ihr werdet es schon früh genug erfahren.«

»Deshalb liebst du uns doch.« Kaum hat Gabby die Worte ausgesprochen, reißt sie mich schon an sich und gibt mir einen dicken Kuss auf die Wange.

KAPITEL 18

Etwa eine Stunde später schlagen Keith und Sydney in der WG auf. Wir sind gerade dabei, die ersten Magaritas zu mixen. Ich habe mich mit einem kleinen scharfen Messer bewaffnet und schneide fleißig Limettenscheiben, als sie auf einmal beide in der Küche hinter mir stehen.

»Hey June.«, sagt Keith fröhlich und stellt sich neben mich, während er jeden meiner Handgriffe genauestens studiert. Ich lege das Messer beiseite, nehme ihn in den Arm und drehe mich dann zu Sydney um, der mich direkt schon mit Küsschen rechts und Küsschen links begrüßt.

»Na, ihr zwei? Habt ihr es endlich hergeschafft. Meghan war sich nicht sicher, wann ihr genau herkommen wolltet.«, werfe ich in die Runde. »Und weil ihr so spät dran seid, habt ihr den besten Kuchen aller Zeiten verpasst. Sie hat ihren berühmten Mississippi Mud Pie gemacht.«

»Wenn der da nicht noch ein Mittagsschläfchen eingelegt hätte, dann wären wir auch schon früher hier gewesen.« Keith zeigt auf Sydney, der aber nur entschuldigend die Arme hebt.

»Ich hatte ne lange Nacht.«, grinst er uns zu.

»Ja, deine langen Nächte kenne ich nur allzu gut. Ich begegne ihnen meistens am Frühstückstisch, wenn sie sich auf den Heimweg machen.«, kontert Keith und boxt seinem Kumpel auf den Oberarm.

Sofort muss ich an die Worte von Paxton denken, als Sydney im Laden auftauchte. *Der vögelt doch auch alles, was nicht bei drei auf dem Baum ist.* Stirnrunzelnd beobachte ich, wie sich die beiden aufziehen und lachen. Ich finde nach wie vor, dass Sydney ein netter Kerl ist, aber wenn selbst Keith über seinen Frauenverschleiß Witze reißt, dann muss ja schon irgendwas dran sein. Das sollte im Endeffekt allerdings auch nicht mein Problem sein.

»Was gibt es hier denn zu lachen?«, fragt Gabby, als sie den Kopf in die Küche streckt.

Keith schlingt direkt seinen Arm um ihre Taille und zieht sie zu sich ran, woraufhin sie kichert wie ein kleines Schulmädchen.

»Er hat ständig wechselnden Damenbesuch und er ist neidisch.«, grinse ich, während ich mit dem Messer zwischen den beiden Jungs hin und her zeige.

»Gute Zusammenfassung, June.«

»Ha, ich und neidisch? Und dann auch noch auf den da?«, lacht Keith laut auf.

»Neid ist die größte Form der Bewunderung.«, antwortet Sydney erhobenen Hauptes.

»Ob ich darauf neidisch sein will, sei mal dahingestellt.«, grinse ich, während ich den Rand der Gläser mit einer halben Limette befeuchte und dann in Rohrzucker tauche.

»Er hat eben gern Spaß, ja und? Was ist da schon dabei? Würde dir auch mal wieder guttun.«, sagt Gabby schulterzuckend, was sowohl ihr als auch mir einen vielsagenden Blick von Keith und Sydney einbringt.

Meghan ist derweil mit dem Mixen der ersten Magaritas fertig. Der Mixer ist groß genug, um die ersten drei Gläser befüllen zu können. Also kippt sie die Flüssigkeit hinein und ich stecke an jedes Glas noch eine Limettenscheibe. Das Auge trinkt schließlich auch mit.

»Und du wohnst jetzt bei Logan und Paxton in der WG, oder wie?«, fragt Sydney interessiert und mir entgeht nicht, wie er mich dabei ansieht.

»Ja genau, ich bin ja erstmal Hals über Kopf bei den Mädels hier eingefallen.«, erzähle ich.

»Eigentlich kannst du froh sein, dass du so schlau warst, zu gehen. Überleg mal, du wärst statt Ethan in der Wohnung geblieben und du würdest dort Tag für Tag an diesen Schwachmaten erinnert werden. In so einer gemeinsamen Wohnung erzählt ja irgendwie jedes Möbelstück und jedes Bild eine Geschichte.«, überlegt Meghan.

»So habe ich das noch nie gesehen. Stimmt. Das wäre echt übel gewesen!« Ich schüttele mich demonstrativ vor Ekel.

»Und wie bist du dann bei den Jungs gelandet?«, fragt Keith.

»Ein Wink des Schicksals.«, grinst Gabby.

»Als ich dann hier bei den Mädels rausmusste, hat Logan mir angeboten, dass ich bei ihm und Paxton einziehen kann. Er hatte ein leerstehendes Zimmer zur Verfügung und das ist jetzt quasi mein eigenes Reich. Und da ich gerade auf der Suche nach einem Nebenjob war und Logan jemanden gesucht hat, der im Büro mithelfen kann, arbeite ich jetzt auch mit ihnen bei Lowaboards. Bisschen Ordnung in den Papierkram bringen, vielleicht auch ein paar Marketingideen entwickeln und so was eben. Und ich muss sagen, es ist eigentlich ziemlich lustig mit den beiden.«

»Du hast auf jeden Fall deinen Spaß.«, zwinkert Gabby mir zu, woraufhin ich sie mit einem bösen Blick bedenke.

»Außer, wenn Paxton wieder seine schlechte Laune an den Tag legt.«, wirft Sydney ein. Man kennt ihn eben.

»Ihr mögt euch nicht, oder?«, stelle ich fest.

»Jein.«

»Was heißt denn Jein?«

»Ist doch egal.«

»Wenn es egal wäre, hättest du es nicht erwähnt. Also?«

»Ach sagen wir mal so. Er mag meinen Lebensstil nicht besonders und ich seinen genauso wenig. Das ist, denke ich, die einfachste Erklärung.«

»Und was genau ist dein Lebensstil?«, fragt Meghan, die jetzt die restlichen Gläser befüllt.

»Hmmm…«, überlegt Sydney laut. »Die Gesellschaft schöner Frauen?«

»Jeder wie er mag, oder?«, versuche ich die Situation zu kitten.

»Es kann ja nicht jeder wie eine Nonne leben, so wie er das tut.« Er zuckt verständnislos mit den Schultern, als käme diese Option für ihn niemals in Frage.

Dass Paxton kein Interesse an Frauengeschichten hat, ist für mich fast unvorstellbar. Den Eindruck hat er mir nie vermittelt, so heftig wie er immer mit mir flirtet.

»Eventuell hatte ich auch mal was mit seiner Cousine und gut möglich, dass ich mich danach nie mehr bei ihr gemeldet oder auf ihre Nachrichten reagiert habe.« Sein Lachen schrillt wie eine Glocke durch meinen Kopf. Ich muss unwillkürlich an das braunhaarige Mädchen denken.

Dieses Mal sind es Meghan und Gabby, die im auf den Arm boxen und ihn entrüstet ansehen. Ich dagegen starre ihn nur ungläubig an und verstehe allmählich, warum Paxton so einen Brass auf ihn hat. Seine Familie scheint ihm sehr wichtig zu sein, das ist mir bei seinem Foto auf Instagram schon bewusst gewesen.

»Oh, Sydney. So etwas macht man doch nicht. Das ist echt mies.«, ruft Gabby. »Jetzt habe ich dich eben so schön verteidigt und schon machst du es wieder kaputt.«

»Eine Erklärung hat noch jeder verdient.«, kommt es aus Meghans Ecke.

»Oder zumindest irgendeine Antwort.«

»So was geht echt gar nicht.«, werfe ich als dritte Frau ein.

Wieder hebt er entschuldigend die Arme.

»Dann erwarte aber auch kein Mitleid von uns Mädels.«, sage ich daraufhin.

»Ich würde sagen, wir stoßen jetzt erst einmal alle gemeinsam an.«, ruft Meghan und reicht mir das erste randvolle Magaritaglas. Ich nehme es ihr vorsichtig ab und rieche an der Flüssigkeit. Ich glaube, mit dem Alkohol hat sie es ziemlich gut gemeint.

»Auf das Geburtstagskind!«, ruft Gabby und erhebt ihr Glas, woraufhin wir es ihr gleichtun und ein lautes *Kling Kling* den Raum erfüllt.

Als Sydney sein Glas gegen meins stößt, schaut er mir einen Moment tief in die Augen. »Auf das Geburtstagkind und den Vorsatz, mehr Spaß im Leben zu haben.« Er grinst mich breit an und mir läuft ohne es zu wollen ein leichter Schauer den Rücken hinab.

Ich nippe an meinem Cocktail und meine erste Vermutung bewahrheitet sich. Meghan hat es mit dem Tequila echt verdammt gut gemeint. Etwas zu gut für meinen Geschmack. Ich nehme noch einen winzig kleinen Schluck und spüre, wie er sich brennend einen Weg in meinen Magen bahnt.

»Was hast du heute denn noch vor, Meghan? Willst du, dass wir nach einem Glas betrunken sind?«, lache ich und stelle es auf der Theke ab.

»Ich habe mich strikt an das Rezept gehalten. Was kann ich dafür, dass das scheinbar von jemand Trinkfestem geschrieben wurde?« Sie nimmt selbst einen Schluck und hustet dann lautstark. »Oh man, die sind wirklich verdammt stark.«, lacht sie.

»Nach dem Zweiten merkt man es bestimmt nicht mehr.«, grinst Keith in sein Glas hinein.

Ich stelle mein Glas klirrend auf die Theke. »Ich glaube, ich bekomme nicht einmal den Ersten runter.«

Die Jungs machen weiter ihre Späßchen, bis Keith plötzlich das Wort an mich richtet. »Da fällt mir etwas ein, June. Gabby hat erzählt, dass ihr eventuell nach euerm Abschluss erstmal ein bisschen Work and Travel machen wollt? Ist der Plan noch aktuell?«

»Genau, Gabby und ich hatten uns überlegt, nach unserem Abschluss zusammen ein Jahr nach Australien zu gehen. Aber ganz konkret ist da noch nichts geplant, geschweige denn gebucht. Wir müssen auch erstmal schauen, wie es bis dahin finanziell aussieht. Mit dem Nebenjob kann ich vielleicht ein bisschen was sparen. So ganz ohne Startkapital ist das nicht ganz so einfach machbar.«, plappere ich los.

Er nickt nur und deutet dann auf Sydney, der gerade den Shaker an sein Glas ansetzt, um dann enttäuscht festzustellen, dass nichts mehr drin ist. »Ich glaube, ein paar von Syds Freunden sind auch gerade in Australien. Vielleicht kann er euch irgendwie miteinander bekanntmachen?«

»Das wäre klasse.« Fröhlich klatsche ich in die Hände. »Ich frage ihn. Danke Keith.« Dann gehe ich zu Sydney und schiebe ihm mein Glas über die Theke hinweg zu. »Du kannst meine haben.«

Verdutzt sieht er mich an, bis er begreift, dass ich meine Magarita meine. »Möchtest du sie nicht?«, fragt er.

Ich schüttele den Kopf, gehe zum Kühlschrank und hole mir ein kaltes Rootbeer heraus, das ich mit einer gekonnten Handbewegung öffne. »Ist mir zu stark und ich muss noch fahren.«

»Ich könnte dich auch nach Hause fahren. Das wäre kein Problem.«, sagt er grinsend.

»Danke, aber ich habe mein Auto dabei und das brauch ich auch morgen ganz früh wieder. Nächstes Mal vielleicht.«

»Immer gerne doch, June.« Dann greift er nach meinem Magaritaglas und nimmt einen großen Schluck. »Und du willst wirklich nichts mehr davon?«

»Nein. Und du würdest den auch besser nicht mehr trinken, wenn du noch fahren musst. Just saying. Aber ich hätte einen anderen Anschlag auf dich vor.«, wechsele ich das Thema. »Keith sagt, du hättest Freunde die gerade ein Jahr Auszeit in Australien machen?«

»Genau, ein befreundetes Pärchen. Hazel kennst du sicher vom Sehen, sie ist ständig hier unten am Strand gewesen und auf den Beachpartys war sie eigentlich auch immer. Frag mal Logan, der kann dir da bestimmt auch die ein oder andere Geschichte erzählen.« Er grinst vom einen bis zum anderen Ohr.

»Wie darf ich das denn verstehen?«, frage ich neugierig.

»Die beiden waren mal eine Weile zusammen.«

»Oh.«

»Ja, ist schon eine gefühlte Ewigkeit her. Jetzt ist sie mit Chris zusammen. Die beiden sind letzten Monat nach Australien geflogen, um mal andere Luft zu schnappen und fremde Wellen zu reiten, wie sie es nannte. Hazel gibt in einer kleinen Hütte direkt am Strand Surfunterricht und Chris kellnert. Also nicht viel anders als hier, aber man sieht halt mal etwas von der Welt. Wieso fragst du?« Er legt den Kopf schief und wartet auf meine Antwort.

»Gabby und ich wollen nach unserem Studium in ein paar Monaten auch für eine Weile nach Australien und Keith meinte, du könntest uns vielleicht bekannt machen, damit wir jemanden hätten, den wir mit Fragen löchern könnten.«

»Ja, sicher.«, lächelt er und dann leuchten seine Augen. Er greift in die Hosentasche und reicht mir sein Handy. »Tipp deine Nummer ein, dann leite ich sie an die beiden weiter. Dann können sie sich melden, wenn sie Zeit haben.«

Ich weiß ganz genau, warum er mir nicht einfach die Nummer der beiden aufgeschrieben oder diktiert hat. Einfacher und unauffälliger kann er ja gar nicht an meine Handynummer kommen. Dennoch greife ich nach seinem Telefon, tippe meine Nummer ein und speichere sie ganz förmlich unter June Cole ab. Dann gebe ich es ihm zurück.

»Hier, bitteschön.«

Er quittiert es mit einem Lächeln und schiebt das Telefon zurück in seine Hosentasche.

»Und du bist dir sicher, ein ganzes Jahr weggehen zu wollen?«, fragt er.

»Außer meiner Mom habe ich keine weitere Familie in San Diego, einen Mann gibt es auch nicht, der mir bei dem Plan im Wege stehen würde und ein Abenteuer mit der besten Freundin klingt doch auch nicht verkehrt. Oder was meinst du?«

»Stimmt. Aber was, wenn es bis zum Ende deines Studiums wieder einen Mann in deinem Leben gibt?« Er fragt so offensichtlich, dass sogar ein blindes Huhn wie ich den Wink diesmal versteht.

»Wird es nicht, weil ich keine Beziehung mehr eingehe.«

Schweigen.

»Es wäre auf jeden Fall ganz cool, schon einmal jemanden vor Ort zu kennen und eventuell gleich Anschluss zu finden.«, sage ich, um das Thema zu wechseln und schenke ihm ein freundliches Lächeln. Der Mensch fühlt sich einfach unter anderen Menschen am wohlsten.

»Als ob irgendjemand auf der Welt nicht mit dir befreundet sein wollte.«, springt er auf meine Aussage an.

»So wie du mit deinen Errungenschaften befreundet bist?«, kontere ich, um ihm den Wind aus den Segeln zu nehmen.

»Okay.«, er hebt abwehrend die Hände. »Den habe ich wohl verdient.«

»Ja, das hast du definitiv.«

»Aber ganz so schlimm, wie Keith es immer darstellt, ist es dann doch nicht. Ich habe da schon ein paar Kriterien.«

»Kriterien an die Damen, die du mit nach Hause nimmst?«

»Natürlich. Denk bitte nicht, dass ich jede abschleppe.«

»Das sollte gerade keine Kritik sein, nur bin ich an so einer Art Freundschaft, egal mit wem, nicht interessiert.« Dann nehme ich einen großen Schluck meines Bieres und hoffe, dass mein Wink derweil auch bei ihm angekommen ist.

»Ach June, du bist auch ganz und gar nicht diese Art von Frau. Das weiß ich, das weißt du, das weiß die ganze gottverdammte Stadt, in der wir hier leben.« Sydney lacht plötzlich so laut auf, dass die anderen sich erschrocken und mit Fragezeichen in den Augen zu uns herumdrehen.

»Was soll das denn heißen?«, frage ich stirnrunzelnd. Bevor er allerdings antworten kann, klingelt sein Telefon und er wirft einen Blick auf das Display.

»Oh, eine gute *Freundin*.«, stellt er laut fest und betont das Wort Freundin so, dass ich ganz genau weiß, worauf er anspielt. Dann dreht er sich von mir weg und nimmt das Telefonat an.

Ich verdrehe die Augen und gehe zurück zu Gabby, um sie auf den neusten Stand zu bringen. Als ob der Teufel hinter ihr her wäre, springt sie los und rennt ans andere Ende der Küchenzeile. Wie wild kramt sie in der obersten Schublade, bis sie gefunden hat, nach was sie augenscheinlich gesucht hat. »Darüber wollte ich noch mit dir reden. Meine Mom hat ihre Beziehungen spielen lassen und für uns beide ein Vorstellungsgespräch am Salk Institute besorgt.« Dann reicht sie mir eine Broschüre. Ganz verdutzt starre ich auf das Papier in ihren Händen.

»Ich dachte, wir wollten uns zusammen ein Jahr Auszeit nehmen. Das war doch deine Idee?«, sage ich und versuche mir meine Enttäuschung nicht allzu deutlich anmerken zu lassen.

»Ja, aber es ist das Salk Institute, June. Das *Salk Institute*.« Sie singt den Namen förmlich, als wäre es ein heiliger Ort. »Da kommt man nicht so einfach rein. Das wäre eine super Chance. Wenn nicht sogar DIE Chance schlechthin.«, sagt sie und tief in meinem Inneren weiß ich auch, dass sie damit zu einhundert Prozent Recht hat. Sie wäre blöd, die Gelegenheit nicht beim Schopf zu packen. Es ist vielleicht nur ein Vorstellungsgespräch, aber selbst die sind für Leute, die frisch von der Uni kommen, eigentlich so gut wie unmöglich zu ergattern.

»Ich weiß, Gabs. Aber ich glaube nicht, dass das etwas für mich ist. Den ganzen Tag mit Kitteln im Labor stehen ist absolut nicht mein Ding. Und ich kann mir nicht vorstellen, damit meinen Lebensunterhalt zu verdienen. Dir geht bei dem Gedanken das Herz auf, ich weiß, aber mir beschert er Albträume.«

»Ach, June. Ich wollte dich nicht traurig machen. Ich liebe dich doch, Bonita.«, rudert Gabby schnell zurück, als sie meinen traurigen Blick sieht. Dann nimmt sie mich liebevoll in den Arm und gibt mir einen Kuss auf die Wange. »Vielleicht nehmen sie mich ja auch gar nicht, wer weiß das schon. Aber ich will mein Glück einfach versuchen und rausfinden, ob ich es trotz fehlender Berufserfahrung schaffen könnte, eine Stelle im Labor zu ergattern.«

»Das wäre es und ich würde es dir auch von ganzem Herzen gönnen.« Ich drücke sie fest an mich.

»Und du willst es nicht einmal versuchen und schauen, ob sie dich nehmen würden? Und wenn es nur zur Bestätigung deines Könnens ist?«, fragt sie und sieht mich mit ihren großen braunen Augen an.

»Damit würde ich nur jemandem die Möglichkeiten nehmen, der wirklich Interesse daran hat, dort zu arbeiten. Aber alles gut, Gabby, wirklich. Ich plane die Reise, komme was wolle. Und in den nächsten Wochen wird sich dann entscheiden, ob du mit mir kommst oder nicht.«

Niemals wäre ich ihr böse, nur, weil sie ihren Traum verfolgt. Aber genau das will und werde ich auch tun. Der Gedanke an Australien hat sich wie ein Blutegel in meinem Kopf festgesaugt und ich würde es wirklich gerne durchziehen, egal ob mit oder ohne Gabby. Und heute habe ich vielleicht den nächsten Schritt in die richtige Richtung gemacht. Ich hoffe einfach, dass Hazel und Chris mir dabei behilflich sein können, dass die Reise stattfinden kann.

KAPITEL 19

Später als geplant stelle ich meinen Honda vor unserem Haus ab und werfe einen Blick nach oben in Richtung Wohnung. Von der Straße aus sieht alles dunkel und verlassen aus. Entweder schauen die Jungs noch einen Film im Wohnzimmer, das als einziger Raum nicht in Richtung Straße zeigt, oder aber – was bei ihrem aktuellen Arbeitspensum wahrscheinlicher ist – schlafen sie schon. Ein Teil von mir atmet erleichtert auf, während ein anderer Teil weiter unten leise wimmert, weil er die Hoffnung auf eine Fortsetzung dieses Kusses hatte.

So leise wie möglich schließe ich die Wohnungstür auf und hinter mir wieder zu, bevor ich beinahe der Länge nach auf dem Boden im Flur lande. Im letzten Moment kann ich mich noch an der Wand abstützen und unterdrücke ein lautes Fluchen. Wie oft habe ich den beiden gesagt, dass sie ihre Schuhe nicht immer mitten im Weg ausziehen sollen und dass sich irgendwann noch jemand deswegen das Genick brechen wird. Mit allergrößter Wahrscheinlichkeit ich, weil ich sowieso schon ohne ihr Zutun tollpatschig bin und den Gleichgewichtssinn eines betrunkenen Teenagers habe.

In der Wohnung ist es mucksmäuschenstill. Wie erwartet, sind die beiden schon ins Bett gegangen. Schnell schleiche ich in mein Zimmer und tausche meine Jeans gegen eine kurze

Schlafhose, sowie BH und Oberteil gegen ein luftiges Tanktop. Dieses Mal nehme ich eins mit einem großen Captain America Emblem vorne drauf. Es ist schon total verwaschen, was eventuell daran liegen könnte, dass ich eine Weile gefühlt täglich getragen hatte.

Bei genauerer Betrachtung meines Kleiderschrankes muss man teilweise wirklich überlegen, ob es der Schrank eines Jungen oder eines Mädels ist. Natürlich habe ich auch elegantere Kleider und Pumps, aber die liegen alle noch in den übrigen Kartons in Keiths Lager. Da der Kleiderschrank, den Logan mir hier zur Verfügung stellt, nur halb so groß wie mein alter Schrank ist, musste ich sorgsam auswählen, welche Sachen ich mitnehme. Und da lag meine Priorität mehr auf Sneakers, Jeans und Pullover.

Auf Zehenspritzen schwebe ich ins Bad, um bloß niemanden aufzuwecken. Es ist kurz vor elf und in knapp sieben Stunden klingelt bei den beiden Workaholics schon wieder der Wecker, weil sie einen neuen – und scheinbar ziemlich eiligen – Auftrag angenommen haben. Da heißt es dann: Arbeitsbeginn allerspätestens um 08:00 Uhr morgens, Arbeitsende offen.

Daher versuche ich eine gute Mitbewohnerin zu sein und sie wenigstens nicht zu wecken, auch wenn ich als Student einen deutlich lockereren Zeitplan habe und dementsprechend noch nicht beizeiten in den Federn liegen muss. Meine erste Vorlesung startet morgen erst gegen 11:00 Uhr vormittags, was es mir erlaubt noch in aller Ruhe einen Film zu schauen. Außerdem kann ich, wenn ich gerade erst nach Hause gekommen bin, sowieso nicht sofort einschlafen. Ich muss dann immer noch ein bisschen lesen, zeichnen oder mich von Film und Fernsehen berieseln lassen um runterzukommen.

Ich bürste im Bad meine Haare durch und schlinge sie dann zu einem unordentlichen Knoten zusammen, damit sie mir nicht im Gesicht hängen. Nachdem ich meine Zähne geputzt habe, drehe ich den Wasserhahn auf, halte meinen Kopf darunter und spüle mir den Tag vom Gesicht. Meine Hand greift nach meinem Handtuch, das ich mir auf mein nasses Gesicht drücke. Danach verteile ich noch ein wenig Feuchtigkeitscreme auf Nase, Kinn und Stirn und voila. Bettfertig.

Ich war noch nie ein Fan davon, vor dem Schlafengehen eine gefühlt dreißigminütige Abendroutine zu veranstalten und sich zig verschiedene Cremes und Tinkturen ins Gesicht zu schmieren. Mal abgesehen vom finanziellen Standpunkt, erfüllen für mich ein bisschen klares Wasser und eine leichte Feuchtigkeitscreme genauso ihren Zweck.

Mit einem frischen Gefühl strecke ich meinen Kopf in den Kühlschrank und schaue, was er noch zu bieten hat. Die Jungs hatten mir doch tatsächlich etwas von dem guten Wein übriggelassen. Es kribbelt mich in den Fingern und ehe mich versehe, habe ich die Flasche auch schon herausgenommen und den Inhalt in ein Glas geschüttet. Der Wein hat einfach meinen Namen gerufen. Ähnlich wie bei Alice im Wunderland. Trink mich... Iss mich... Ich schnappe mir noch eine Scheibe Käse, die ich mir auf dem Weg zur Couch genüsslich in den Mund schiebe. Dann muss ich mir eben später noch einmal die Zähne putzen, aber das war es jetzt allemal wert.

Gut gelaunt lasse ich mich auf das Sofa fallen und starte den Fernseher. In der Netflix App suche ich ein paar Minuten hin und her, bis ich einen Film vorgeschlagen bekomme, der richtig lustig klingt, *Holidate*. Und die Besetzung ist auch nicht zu verachten. Emma Roberts mag ich super gerne, Luke

Bracey kenne ich zwar nicht, aber er ist laut Trailer echt heiß und Jessica Capshaw, die ich schon in ihrer Rolle als Arizona Robbins bei Grey's Anatomie geliebt habe. Ich kuschele mich in die dünne Fleecedecke ein und starte den Film.

Irgendwann muss ich eingeschlafen sein, denn als ich die Augen wieder öffne, flimmert eine Szene über den Bildschirm, die mir nichts sagt und ich bin nicht mehr allein auf der Couch, was mich zusammenfahren lässt. Paxton sitzt neben mir und schaut mich an.

»Hast du mich erschreckt.«, sage ich und lege mir eine Hand auf die Brust.

»Das wollte ich nicht.«, sagt er sanft. »Ich wollte dich eigentlich nur zudecken. Du hast dich freigestrampelt.«

»Und wieso sitzt du dann hier im Dunkeln und starrst mich an? Hast du mir beim Schlafen zugesehen?« Im Schein des Fernsehers erhasche ich einen Blick auf sein Gesicht und sehe wie sich seine Mundwinkel heben.

»Und wenn es so wäre?«

Diesen ruhigen, sanften Paxton hatte ich bisher noch nicht oft zu Gesicht bekommen, aber er könnte mir gefallen. Ich richte mich ein wenig auf, setze mich mit dem Rücken gegen eins der festen Sofakissen und bemerke, dass er in Jeans und Pullover hier neben mir sitzt. »Warst du noch unterwegs?«, frage ich verwirrt.

»Ja, ich bin vor ein paar Minuten erst heimgekommen. Logan und ich waren bei einem Event, zu dem uns einer unserer Kunden eingeladen hat.«, antwortet er mir.

»Ach, ihr wart gar nicht Zuhause? Ich dachte, ihr schlaft schon längst, weil ihr morgen wieder früh in den Laden müsst und bin auf Zehenspitzen durch die Wohnung getigert, um keinen von euch aufzuwecken.«

»Als wir beide heute Abend geschrieben haben, war auch nicht geplant, noch auszugehen. Ich wollte eigentlich einen ruhigen Abend auf der Couch verbringen, aber Logan hat so lange an mir rumgequatscht, bis ich mit ihm mitgegangen bin. Du kennst ihn ja.« Er zuckt mit den Schultern und schüttelt den Kopf, was ihm ein paar Strähnen ins Gesicht fallen lässt, die er schnell wieder mit einer Handbewegung nach hinten befördert.

»Hm ja, das klingt voll und ganz nach unserem Logan.«, schmunzele ich. »Und er ist gleich in sein Bett gefallen, oder wie?«

»Das kann gut sein. Wenn, dann allerdings nicht in sein eigenes Bett. Er hat sich den ganzen Abend angeregt mit einer hübschen Dame unterhalten, die auch schon ein paar Mal bei uns im Laden war. Als ich gegangen bin, habe ich ihn natürlich gefragt, ob er mit nach Hause kommt, aber er wollte noch bleiben. Von daher ist es ziemlich wahrscheinlich, dass wir ihn heute gar nicht mehr zu Gesicht bekommen.«

»Das ist tatsächlich das erste Mal, dass ich mitbekomme, dass er Interesse an jemandem zeigt. Ich meine, sonst hätte ich ja sicher nicht gedacht, dass du… also, dass ihr… naja, du weißt schon.« Ich fuchtele mit meinen Händen in der Luft rum, um meine Scham zu vertuschen. Es ist mir immer noch peinlich, dass ich da so falsch gelegen habe. Falscher als falsch. Viel falscher geht es eigentlich gar nicht mehr.

»Das Traumpaar schlechthin seid?«, beendet er meinen Satz scherzhaft.

Ich boxe ihm leicht auf den Arm, weil dieser Idiot es sichtlich genießt, mich aufzuziehen. Als ich mir verschlafen die Augen reibe, mustert Paxton mich eindringlich.

»Bist du müde? Wir können auch morgen quatschen. Ist kein Problem.«

Ich schaue auf das Display meines Handys, 23:22 Uhr.

»Nein, nein, alles gut. Ich bin wach. Ich habe nur ein paar Minuten gedöst.«

»Naja, du hast tief genug geschlafen, dass du nicht einmal mitbekommen hast, dass ich nach Hause gekommen bin.«, lacht er.

»Ich habe eben einen guten Schlaf.«, stelle ich fest und muss auch lächeln.

»Es tut mir leid, dass ich dich heute Mittag so angeblafft habe.«, sprudelt es ohne Vorwarnung aus ihm.

Der plötzlichen Themenwechsel trifft mich gerade völlig unerwartet. Für einen kurzen Moment ist mein Kopf wie leer und ich weiß nicht so recht, was ich ihm darauf antworten soll, also nicke ich nur verständnisvoll.

»Als Logan mir erzählt hat, dass du dachtest, wir seien ein Paar, da war meine Wut sofort verpufft. Mit der Information ergibt dein Verhalten und all das Drumherum so viel mehr Sinn.«

»Das stimmt wohl, aber nicht nur für dich.«, grinse ich.

»Kannst du dir vorstellen, wie verwirrend es für mich war, dass der Freund und Partner meines besten Freundes mich mit seinen Blicken verschlingt und mir das auch noch gefällt? Geschweige denn, dass er mich küsst, als wäre ich die letzte Frau auf der Welt?«

»Es gefällt dir also, wenn ich dich beobachte?« Jetzt ist sein Grinsen so schelmisch, als wäre er ein kleiner Junge, der gerade etwas ausheckt, was er lieber sein lassen würde oder wofür er Ärger bekommen könnte. »Das ist gut zu wissen, June.«

»War ja klar, dass genau *das* bei dir hängen bleibt.« Jetzt bin ich es, die den Kopf schüttelt.

»Für mich war es nicht weniger verwirrend, falls es dich beruhigt. Du warst einerseits so gefasst und andererseits hat jede Zelle deines Körpers auf mich reagiert. Ich hatte ja keine Ahnung, was in deinem hübschen Köpfchen vor sich geht.« Er tippt mir mit seinem Zeigefinger leicht gegen meine Stirn und meine Haut beginnt zu Kribbeln. Eine kleine unschuldige Berührung von ihm und ich stehe schon wieder unter Strom. Wie macht er das nur?

»Du hast mich mit diesem Kuss heute Morgen aber auch ganz gewaltig überrumpelt.«, gebe ich offen zu. »Ich habe das nicht kommen sehen.«

»Und was machen wir jetzt?«, fragt er, den Blick auf meine Lippen geheftet.

Hitze schießt mir in die Wangen. Ich beiße mir auf die Unterlippe, was ihm ein leises Knurren entlockt. Das kleine Geräusch reicht schon aus, um meine Sicherungen durchknallen zu lassen.

»Hmmm…«, brumme ich vor mich hin, während ich, ohne nachzudenken, auf seinen Schoß klettere. Ich vergrabe meine Hände in seinen Haaren, lasse meine Fingernägel über seine Kopfhaut kreisen und lege meine Stirn an seine. »Ich glaube wir sind heute Morgen hier irgendwo stehengeblieben.«

Ich will meine Lippen auf seine pressen, als er plötzlich mit einem Ruck meine Hüften packt, mich rücklings auf die Couch wirft und mit seinem Körper in die Kissen drückt. Ich quietsche laut auf.

»Ich glaube, wir waren schon einen ganzen Schritt weiter.«, sagt er, bevor ich protestieren kann. Er küsst mich intensiv und presst sein Becken gegen meins. Ich spüre seine Erregung sogar durch den dicken Stoff seiner Jeans. Seine Zunge drängt gegen meinen Mund, bis ich ihr Einlass gewähre und er sie auf Erkundungstour schickt. Er weiß genau, was er tun muss, um mich verrückt zu machen und das selbst schon beim Küssen. Allein der Gedanke, dass er mit seiner Zunge zwischen meinen Beinen genauso kunstfertig ist, lässt mich erschaudern.

Mit seiner Hand fährt er unter mein Shirt und hinterlässt ein Kribbeln auf jedem Zentimeter Haut, den sie berührt. Sein Duft ist so berauschend, dieser Mix aus Sonne, Meer und einfach nur Paxton.

Gierig inhaliere ich ihn und sauge ihn in mich auf wie ein Schwamm. Als wäre er die Luft, die ich zum Atmen brauche. Als wäre sein Duft meine ganz persönliche Droge. Ich kann mich nicht erinnern, jemals einen Mann so sehr begehrt zu haben, wie Paxton in diesem Moment.

»Ich will dich.«, stöhne ich, ohne meine Lippen von ihm zu lösen, was ihn zum Schmunzeln bringt. Mein Hirn fährt bereits auf Autopilot und ich begreife erst, was ich sage, als es bereits raus ist.

»Du kriegst mehr, so viel mehr, June. Du sollst alles von mir kriegen… Alles, was du nur willst.«

Es ist wieder, als sei ich Wachs in seinen Händen, als sei mein Körper ganz allein dafür gemacht, auf diesen Mann zu reagieren und von ihm berührt zu werden. Jetzt, ganz ohne schlechtes Gewissen, das mich zurückhält, kann ich auch endlich jede seiner Berührungen genießen. Als er meine Brust mit seiner Hand umschließt und die Brustwarze sanft zwischen Daumen und Zeigefinger reibt, entfährt mir ein Keuchen und ich lasse meine Hände von seinen Haaren abwärts über seinen Rücken gleiten. Als ich das beim zweiten Mal mit meinen Fingernägeln, statt den Fingerkuppen wiederhole, ist er es der aufstöhnt.

»Fuck, June.«, raunt er an meinem Ohr und presst mich noch tiefer in die Kissen.

Ich schenke ihm den unschuldigsten Blick, den ich zu bieten habe und er grinst mich wissend an.

»Den glaubst du dir doch selbst nicht oder?«, lacht er und streicht mit seinem Daumen über meine empfindlichste Stelle. Trotz Shorts wirft mich die Berührung sichtlich aus der Bahn und er grinst mich selbstzufrieden an. »Siehst du. Alles, aber nicht unschuldig.«

Ich presse meine Lippen auf seine, bevor er noch mehr sagen kann. Dann beuge ich fordernd den Rücken durch und dränge ihm mein Becken entgegen.

»Wenn du wüsstest, wie oft ich mir das hier vorgestellt habe…«, seufzt er, die Lippen immer noch auf meinen. Allein beim Gedanken daran, dass er scheinbar genauso auf mich reagiert, wie ich auf ihn, könnte ich explodieren.

Er stützt sich mit dem Unterarm neben meinem Kopf ab und hebt sein Becken an, während er eine Spur Küsse hinter meinem Ohr und meinen Hals hinab verteilt. »Dieses Parfum… und du… du riechst so verdammt gut.«, flüstert er heiser und seine Stimme vibriert auf meiner Haut.

Mein Körper quittiert die Kombination aus Küssen und Flüstern mit einer Ganzkörpergänsehaut, aber mein Schoß sehnt sich sofort wieder nach dem Druck seines Beckens. Als er sein Knie zwischen meine Schenkel schiebt, packe ich die Gelegenheit beim Schopf. Sanft reibe ich meine Mitte an seinem Oberschenkel, erst sanft, dann in immer schneller werdendem Rhythmus.

»Fuck, June. Wenn du so weitermachst, haben wir hier gleich ein riesen Problem. Und dabei nimmst du nur mein Bein.«, lacht er und vergräbt sein Gesicht an meiner Halsbeuge.

Ich muss kichern. Seine Bartstoppeln kitzeln an der empfindlichen Haut an meinem Hals.

Ein undefinierbares Geräusch lässt uns beide ruckartig hochschrecken und wir versuchen beide herauszufinden, was das gerade war. Erst als die schwere Haustür lautstark ins Schloss fällt, realisieren wir, dass Logan gerade nach Hause kommt. Instinktiv macht Paxton das Erstbeste, was ihm einfällt. Er springt von mir herunter und schmeißt sich die Decke über seinen Schoß.

Ich drehe mich auf die Seite, strecke ihm meine Füße entgegen und grinse ihn wohlwissend an, als ich damit seine immer noch harte Erektion streife.

»Lass das.«, grummelt er und schlägt spielerisch nach mir.

»Na, ärgert das Küken dich wieder?«, fragt Logan, der vielleicht nicht meine Neckerei, dafür aber Paxtons Gemurmel mitbekommen hat. Wenn es etwas gibt, das Paxton nicht kann, dann ist es leise flüstern.

»Niemals.«, antworte ich für ihn.

»Ach, du kennst sie ja. Sie ist ein kleiner Nimmersatt und weiß einfach nicht, wann es gut ist.« Provozierend grinst er mich an und zwinkert mir siegessicher zu.

Mir fällt die Kinnlade runter. Dieser Schauspieler. Als ob ich hier die Einzige bin, die gerade kurz davor gewesen war, hemmungslosen Sex auf diesem Sofa zu haben. Ich beobachte Logans Reaktion, aber er verhält sich wie immer.

»Lass dir von jemandem, der dieses Mädchen verdammt gut studiert hat, einen Tipp geben. Wenn sie wieder übers Ziel hinausschießt, dann kitzel sie mal anständig durch, das sollte helfen.«

»Logan!«, rufe ich gespielt entrüstet.

»Uuuups... War das etwa unser Geheimnis, Muffinpie?«, fragt er, klimpert mit den Wimpern und lässt sich neben Paxton auf die Couch fallen.

»Ich wohne mit zwei hoffnungslosen Fällen zusammen.« Theatralisch werfe ich meine Hand auf die Stirn und mache einen auf sterbenden Schwan, was sie zum Lachen bringt.

»Wir hatten nicht damit gerechnet, dass du heute noch nach Hause kommst, so vertieft wie du den ganzen Abend in das Dekolletee dieser Blondine warst.«, grinst Paxton.

»Hat sich rausgestellt, dass Charlotte, so hieß die Dame, fürs andere Team spielt.«, lacht er laut. »Aber es soll ja mehr Leute geben, die das nicht auf den ersten Blick kapieren. Habe ich zumindest gehört.« Logan wirft mir einen verschmitzten Blick zu.

»Ihr werdet mir das vermutlich noch in dreißig Jahren aufs Brot schmieren, oder?« Ich blicke zwischen meinen beiden Mitbewohnern hin und her und warte, gespielt grimmig, auf eine Antwort.

»Oh ja, Baby. Worauf du dich verlassen kannst.«, antwortet Logan und wackelt mit den Augenbrauen.

»Ihr seid doof.«, sage ich und werfe ein Kissen nach ihm.

Paxton nutzt die Gunst der Stunde, als Logan sich auf mich stürzt, steht auf und verschwindet im Badezimmer. Bei dem Gedanken, dass er sich gerade um diese verräterische Beule zwischen seinen Beinen kümmert, beginnt meine Mitte verräterisch zu pochen.

»Du Federgewicht hast doch keine Chance gegen einen Schrank wie mich.«, brüllt er und wirft sich mit seinem ganzen Gewicht auf mich.

Ich protestiere lachend und versuche mich unter ihm herauszukämpfen. »Okay, okay, du hast gewonnen.«, rufe ich und hebe resignierend die Hände. »Du bist der Stärkste hier.«

»Das wusste ich zwar schon, aber ist schön, es auch von jemand anderem zu hören.« Triumphierend spannt er den

Bizeps an. Dann rutscht er ein Stückchen näher und zwinkert mir zu, während mein Blick Richtung Badezimmer huscht und meine Gedanken nicht ganz jugendfrei abdriften.

»Ich habe euch doch nicht gerade gestört, oder?«, fragt er, als ob er meine Gedanken lesen könnte.

Die Frage ernüchtert mich schlagartig. »Wie kommst du denn jetzt da drauf?«, frage ich unschuldig und versuche so neutral wie möglich zu klingen.

»Muffinpieee…?« Die Art wie er meinen Kosenamen in die Länge zieht, lässt mich grinsen. »Du kannst nichts vor mir verheimlichen.«, sagt er und fährt dann mit seiner Beweisaufnahme fort. »Du hast eine Frisur, als ob du grade mindestens drei Stunden durchgenudelt wurdest. Und er riecht komplett nach deinem Parfum. Da kann ich eins und eins zusammenzählen und muss nicht einmal Sherlock Holmes sein, um zu wissen, was hier los war.«

Ich starre ihn ungläubig an. »Ich wurde sicher *nicht* durchgenudelt. Was ist das überhaupt für ein Wort? Das gibt es doch gar nicht, das hast du doch gerade erfunden, oder?«

»June, June, June, versuchst du etwa gerade wieder vom Thema abzulenken?«. Er zieht eine Augenbraue hoch und sieht mich herausfordernd an.

»Würde mir im Traum nicht einfallen.«

»Also hat dein bester Freund auf der ganzen Welt Recht oder hat er Recht?«, bohrt er weiter nach.

Bevor ich ihm allerdings eine Antwort darauf geben kann, egal ob ich seine Behauptung jetzt verneint oder tatsächlich wahrheitsgemäß beantwortet hätte, kommt Paxton Gott sei Dank endlich wieder aus dem Badezimmer. Seine dichten, braunen Haare stehen ihm leider, sehr verräterisch, völlig wirr vom Kopf ab.

»Siehst du, seine Frisur ist nicht besser. ASF nennt sich das, After Sex Frisur.«, flüstert Logan und deutet mit seinem Daumen über seine Schulter hinweg in Richtung Paxton.

Ich ramme ihm meinen Ellenbogen in die Seite. »Wir hatten keinen Sex. Hör auf das zu behaupten.«

»Wer weiß, welcher Anblick sich mir geboten hätte, wenn ich ein paar Minuten später nach Hause gekommen wäre. Die Bilder wäre ich nie mehr losgeworden.« Er schüttelt grinsend den Kopf und ich werfe ihm einen mörderischen Blick zu.

»Habe ich noch was verpasst?«, fragt Paxton und sieht Logan ernst an.

»Hm, nee, nicht wirklich. Und ich?«, grinst Logan und sieht zwischen uns hin und her.

Das ist mein Stichwort. Ich springe auf und verabschiede mich schon während ich in Richtung meines Zimmers laufe von den beiden, bevor das Verhör noch unangenehmer wird. »Ich lass euch dann mal mit eurem Businesstalk in Ruhe und leg mich hin. Nacht, Jungs.« Und schon habe ich die Tür hinter mir zugeknallt.

Das Einzige, was ich noch halb mitbekommen habe, ist, dass Logan begonnen hat, von einem großen, dunkelhäutigen Typ mit Nasenring und Rastazöpfen zu erzählen, der öfter hier bei uns am Strand surft und wegen eines neuen Boards im Laden vorbeikommen will. Ich könnte wetten, dass er Anton Hill meint, Gabbys erste und einzige Liebe. Was da damals zwischen den beiden vorgefallen ist, haben sie für sich behalten. Sie informierte mich lediglich darüber, dass sie sich getrennt haben und ich sollte nicht weiter nachfragen. Habe ich auch nicht. Und Gabby hat ihn nie mehr erwähnt. Seither hatte sie zwar Männerbekanntschaften und Beziehungen, aber irgendwie kam keine an das heran, was sie mit ihm hatte.

Ich schlüpfe unter die Decke und nehme mein Handy vom Nachttisch. Die Mädels haben mich schon mit Nachrichten und Gemüse-Emojis bombardiert und ich kann mir ein dümmliches Grinsen nicht verkneifen. Ich erlaube es mir ihnen ein kurzes Update zu geben, bevor sie vor Neugier noch einen Herzinfarkt erleiden.

June: Kein »*Peperoni-Emoji*«, aber wir reden hier von einer ziemlich Scharfen!
Gute Nacht, Ladys!

Da es mittlerweile schon weit nach zwölf Uhr ist, erwarte ich eigentlich keine Antwort mehr von ihnen. Allerdings leuchtet noch eine weitere Nachricht von einer unbekannten Nummer auf. Ich öffne sie und stelle fest, dass es scheinbar Sydney ist.

Natürlich hat er die Gunst der Stunde genutzt, nachdem er ganz uneigennützig meine Nummer ergattert hat. Ich speichere mir seine Nummer auch im Telefonbuch, antworte aber lediglich mit einem *Ja, danke* auf seine Frage, ob ich denn gut nach Hause gekommen wäre. Heute Abend gehören alle meine Gedanken ganz allein nur einem Mann. Und dieser befindet sich gerade in knapp drei Meter Luftlinie zu mir und wird vermutlich von Logan ausgequetscht. Ein bisschen kann er einem schon leidtun.

Nach einem kurzen Abstecher zu Instagram, unzähligen lustigen und weniger lustigen Clips und Fotos später, lande ich auf Logans Storys vom heutigen Abend. Und genau hierbei bestätigt sich meine Vermutung, dass es sich bei ihrem neusten Kunden um Anton Hill handelt. Logan hat ihn sogar namentlich genannt und sein Profil auf einigen Fotos verlinkt. Immerhin ist er Profisurfer und die Werbung wäre sowohl für den Laden als auch für Anton gut, der scheinbar auf der Suche nach neuen Sponsoren ist.

Keine Ahnung, ob ich Gabby davon erzählen soll. Ich will nicht, dass sie traurig wird. Ich kann es absolut nicht einschätzen, ob sie immer noch an der Trennung zu knabbern hat oder ob sie das neutral sehen kann bzw. es auch wird. Es ist zwar schon drei Jahre her, aber das hat ja nicht immer etwas zu heißen. Die Zeit heilt nicht immer alle Wunden. Und wenn das jemand nur allzu gut weiß, dann bin ich das. Und die erste große Liebe vergisst man im Zweifelsfall erstrecht niemals.

Ich will gerade mein Telefon ans Ladegerät anschließen, es zurück auf den Nachttisch legen und das Licht ausschalten, als das Vibrieren eine neue Textnachricht ankündigt. Innerlich lache ich laut über meine vorwitzigen Freundinnen, die wohl extra wachgeblieben sind, um noch vor morgen Früh von meinem restlichen Abend und dem Gespräch mit Paxton zu erfahren. Vermutlich haben sie auch noch Wetten abgeschlossen, wie der Abend weiter verlaufen ist. Als ich auf das Display schaue, bemerke ich, dass ich ihnen Unrecht getan habe. Die Nachricht kommt von der anderen Seite der Wand.

Paxton: Schneller hättest du auch nicht verschwinden können, oder?

June: Hab nur die Gunst der Stunde genutzt.

Paxton: Dich nicht persönlich verabschieden zu müssen?

June: Nicht weiter von Logan ausgequetscht zu werden!

Paxton: Neugieriger Typ unser Mitbewohner, hm?
War er schon immer…

June: Er hat mich an dir gerochen.

Paxton: Dein Parfum erkennt man einfach unter Tausenden.
Ich liebe es.

Wie einfach ihm dieses Wort über die Lippen kommt. Ich glaube nicht, dass er sich der Tragweite dieser fünf Buchstaben bewusst ist oder was sie in mir auslösen können. Vermutlich sehnt sich jedes Mädchen genau nach so etwas, der großen Liebe, aber mich bringen solche Aussagen eher dazu, mich wieder zurückzuziehen. Ich kann mit Liebe nichts anfangen, ich hoffe, dass ihm das bewusst ist. Schnell versuche ich, das Thema zu wechseln, bevor er auf die Idee kommt gefühlsduselig zu werden. Ich schlage lieber eine andere Taktik ein, eine, die heißer ist und viel mehr Spaß macht.

June: Außerdem! Wer hat sich denn direkt ins Bad verkrochen und mich mit der Klatschtante alleingelassen?

Paxton: Das hatte seine Gründe und das weißt du! ☺

June: Hatte es das?

Paxton: Ja hatte es! Tu nicht so unschuldig!

June: Bin ich aber.

Paxton: Warte nur, wenn wir das nächste Mal allein sind. Ich werde dir schon noch beweisen, dass du alles andere als unschuldig bist.

June: Ist das ein Versprechen?

Paxton: Ich dachte, die Zeit des Trockenvögelns war mit 16 vorbei. Damals wäre ich vermutlich schon dreimal in meiner Hose gekommen, wenn du dich so an mir gerieben hättest.

June: Hosen werden völlig überbewertet.

Paxton: Oh oh…
Kopfkino!

June: Gute Nacht, Paxton.

Paxton: Du willst mich echt umbringen, oder?

June: Wieso?

Paxton: Weil ich jetzt die ganze Nacht an dich ohne Hose denke.

June: Für deine wilde Fantasie kann ich ja auch nichts.

Paxton: Du hast ja keine Ahnung June…

KAPITEL 20

Nachdem ich gestern Abend, mit den Gedanken ganz bei Paxton und seinen Berührungen, endlich Erlösung fand, fiel ich in einen tiefen Schlaf. So tief, dass ich beim Läuten meines Weckers zusammenfahre und gefühlt senkrecht im Bett stehe. Auch wenn ich kein schrilles Klingeln, sondern den Refrain von Lukas Grahams Remake von *Mama Said* als Klingelton eingestellt habe. Ich persönlich finde ja, dass der Tag gleich besser startet, wenn man morgens von einem fröhlichen Lied geweckt wird.

Da es stockdunkel im Zimmer ist, taste ich blind nach dem Handy auf meinem Nachttisch und schalte den Wecker aus.

Ich habe noch anderthalb Stunden, bis ich in der Uni sein muss, das heißt, jetzt wird erst einmal geduscht, danach gefrühstückt und dann ganz gemütlich losgefahren.

Ich hasse nichts mehr als Stress am frühen Morgen. Verschlafen war für mich daher der Staatsfeind Nummer eins. Aus dem Bett hetzen zu müssen und weder Zeit zum Essen noch zum entspannt duschen zu haben, ist der blanke Horror. Allein bei der Vorstellung schüttelt es mich.

Gut gelaunt schwinge ich die Beine aus dem Bett und werfe einen Blick in den Kleiderschrank. Ich entscheide mich für eine hellblaue Röhrenjeans und ein schlichtes schwarzes *Vans* T-Shirt, völlig ausreichend für die Uni, wie ich finde. Heute steht Mikrobiologie auf dem Vorlesungsplan, da müssen wir sowieso Kittel tragen. Laborarbeit. Für Gabby ein Traum, für mich eher ein Albtraum. Natürlich gehört es dazu, aber irgendwie kann ich mich dafür absolut nicht begeistern. Den ganzen Tag in ein Mikroskop schauen gehört definitiv nicht zu meinen liebsten Beschäftigungen. Außerdem tut mir danach jedes Mal der Rücken weh. Aber da braucht es heute schon ein bisschen mehr als ein Mikroskop, um mir meine gute Laune zu verderben.

So sehr ich auch meine Mitbewohner schätze, genieße ich es allerdings auch, wenn ich morgens die Wohnung ganz für mich alleine habe. Auf dem Weg ins Badezimmer starte ich die Playstation und öffne die Spotify App. Normalerweise höre ich beim Duschen die Musik über mein Handy, aber an solchen Morgen wie heute, wenn das Haus mir gehört, dann schallern meine 90er Jahre Klassiker auch gerne mal durch alle Räume hier.

Sicherheitshalber werfe ich nochmal einen schnellen Blick in die Schlafzimmer der Jungs, bevor gleich einer von ihnen schreiend aus dem Bett fällt, wenn ich meine Boyband Songs voll aufdrehe. Zu meinem Glück sind beide Betten aber tatsächlich verlassen, also drücke ich mit einem fetten Grinsen auf den Lippen den X-Button und schon dudelt einer meiner Favoriten, *As long as you love me* von meinen heiß geliebten Backstreet Boys, aus den Lautsprechern neben Logans riesigem Flachbildfernseher.

Die Hüften im Takt hin und her wiegend tänzele ich ins Badezimmer und lasse die Zimmertür offenstehen, damit ich auch dort noch ein bisschen was von der Musik hören kann. Pfeifend schäle ich mich aus meinem Shirt und will es gerade in den Wäschekorb werfen, als mir der schwarze Hoodie ins Auge sticht, der unordentlich vor dem Korb auf dem Boden liegt. Es ist Paxtons Pullover, den er gestern Abend auf der Couch noch getragen hat. Ehe mein Hirn schalten kann, habe ich mich schon danach gebückt und mein Gesicht darin vergraben. Direkt fühle ich mich in seine starken Arme zurückversetzt, spüre seine Hände, die über meine Haut wandern und seine Lippen auf meinen eigenen. Ich weiß nicht, was dieser Mann an sich hat, aber mein Körper steht sofort in Flammen, sobald er den Mund aufmacht oder ich seinen Duft einatme. Auch wenn jede Zelle meines Gehirns weiß, dass das eine absolut furchtbare Idee ist, so sehr fiebert der Rest meines Körpers Paxtons Nähe entgegen. Ich will diesen Mann. Ich will ihn riechen, ich will ihn schmecken, ich will ihn spüren. Alles von ihm. Mein Körper verlangt sehnsüchtig danach.

Ich steige in die Dusche und überlege, ob ich nicht gleich das kalte Wasser aufdrehen sollte, um wieder einen klaren Kopf zu bekommen, entscheide mich meiner guten Laune zuliebe aber dagegen.

~

Wie jeden Morgen warten Gabby und Meghan am Kaffeewagen auf mich. Seit ich bei den Jungs wohne, ist es zu einem kleinen Ritual geworden, dass wir uns vor der ersten Vorlesung hier treffen und uns ein kurzes Update verpassen.

»Einen großen Pfefferminztee zum Mitnehmen, bitte.«, rufe ich schon von Weitem unserem Lieblingsverkäufer Matthew zu, was er mit einem Nicken zur Kenntnis nimmt und sich sofort an die Arbeit macht. Pfefferminze ist und bleibt einfach der beste Tee der Welt für mich, da kann jede noch so ausgefallene Sorte einpacken.

»Ihr seid schon voll auf Koffein, wie ich sehe.«, stelle ich lachend fest und umarme meine Freundinnen zur Begrüßung. Ich hatte noch nie Interesse an Kaffee und selbst das Erwachsenwerden konnte daran nichts ändern.

»Und du hast gute Laune, wie ich sehe.«, kontert Gabby mit einem Augenzwinkern.

»Sehr gute Laune.«, ergänzt Meghan.

»Und stellt euch vor, ihr Sensationsgeier! Ganz ohne Peperoni.« Ich muss ihnen ja nicht jedes Detail erzählen. Zum Beispiel, dass ich nach unseren Nachrichten im Mädelschat noch eine kurze, aber dafür weitaus *nettere* Unterhaltung mit Paxton geführt habe.

»Hmmm… Bist du dir da sicher?«

»Ja, Meghan, da bin ich mir sehr sicher, danke.«

»Die Peperoni wird noch irgendwann die Aubergine ablösen, ich sag es euch.« Gabby lacht laut auf und setzt sich auf die Mauer neben dem Kaffeewagen.

»Hier bitte, June.« Matthew reicht mir meinen Becher und ich bin sehr froh um diese Ablenkung.

»Dankeschön. Ich wünsch dir noch einen wundervollen Tag.«, sage ich, lege ihm einen Geldschein hin und schwinge mich dann neben Gabby auf die Mauer.

»Du hast heute ja wirklich *besonders* gute Laune.«, stellt Meghan mit hochgezogener Augenbraue fest. »Na los, erzähl schon.«

»Darf man hier denn nicht einfach mal gut gelaunt sein?«

»Darf man schon.«, grinst Meghan.

Dann übernimmt Gabby. »Du hast gestern erfahren, dass der Typ auf den du seit Wochen scharf bist, doch nicht auf Männer steht. Dann fährst du nach Hause, erzählst uns Stunden später irgendwas von einer scharfen Peperoni, aber ihr hattet angeblich keinen Sex und dann tauchst du heute hier auf mit der besten Laune aller Zeiten. Also ich kenne dich jetzt lange genug, um zu wissen, dass da gestern Abend irgendwas passiert ist, was dir so ein Grinsen aufs Gesicht zaubert.« Damit beendet Gabby ihre Beweisführung.

»Das weiß sogar ich und wir kennen uns erst seit der Uni.«, wirft Meghan ein.

»Okay, ihr Klatschtanten. Ihr habt gewonnen.« Ich verdrehe grinsend die Augen und hebe resignierend die Hände. »Ja, wir haben ein kleines bisschen rumgemacht, aber wir hatten wirklich keinen Sex.«

»Hattest du wenigstens eine kleine Preview auf das was kommen könnte?«, fragt Gabby und wackelt vielsagend mit den Augenbrauen.

»Sagen wir mal so, ich habe deutlich spüren können, wie sehr sich Paxton über unsere Berührungen und Küsse gefreut hat, wenn ihr versteht, was ich meine.« Ich grinse blöd in meinen Becher und puste hinein, um den Tee etwas abzukühlen.

»Haha, ja nur allzu gut. Aber du bist doch sonst nicht so schüchtern. Warum hast du ihm nicht gleich die Klamotten vom Leib gerissen?«, fragt Meghan.

Als Antwort reicht ein einziges Wort. »Logan.«

Jetzt ist es Meghan, die die Augen verdreht. »Der Junge hat echt Talent zur falschen Zeit wach zu werden. Oder wart ihr so laut?«

»Die beiden waren noch auf einem Event, um bisschen PR für ihren Laden zu machen. Paxton kam schon früher heim und sagte eigentlich, dass Logan die Nacht mit großer Wahrscheinlichkeit auswärts verbringen wird. Aber dann haben wir auf einmal die Haustür gehört und das war es dann mit der trauten Zweisamkeit.« Ich zucke mit den Schultern. Bevor Gabby weiterschimpfen kann, versuche ich, das ungeliebte Thema Anton anzusprechen, da ich denke, dass sie es lieber von mir erfahren sollte, als von jemand anderem. »Da ist noch etwas, worüber ich mit dir reden muss, Gabby.« Verwundert dreht sie mir das Gesicht zu. »Mit mir? Habe ich etwas verbrochen, von dem ich nichts mehr weiß? Ich bin ganz Oh, Bonita.«

»Auf dem Event gestern Abend hat Logan sich mit einem neuen potentiellen Kunden getroffen. Paxton erzählte nur von einem Surferass aus Ocean Beach. Er hat ihn mir beschrieben und anhand von Logans Instagram Stories hat sich mein Verdacht dann bestätigt. Es ist Anton… Anscheinend will Logan mit Lowaboards als Sponsor für ihn auftreten und auch ein neues Brett für ihn designen.«

Gabby bleibt ganz ruhig und hört mir zu. In ihrem Gesicht kann ich absolut keine Regung erkennen. Verletzt es sie, dass ich den Namen erwähnt habe, ist sie traurig oder ist es ihr mittlerweile schlichtweg egal? Ich habe gerade keine Ahnung.

»Ich wollte einfach, dass du es von mir erfährst, bevor du ihm zufällig im Laden über den Weg läufst, oder so.«, erkläre ich ihr.

»Hm…«, sagt sie. »Die beiden können sicher gegenseitig voneinander profitieren.«

»Und was hältst du WIRKLICH davon?« Jetzt bin ich es, die eine Augenbraue hochzieht.

»Was willst du hören, June? Ja, er hat mir das Herz gebrochen, aber das ist Jahre her. Er hat weitergemacht und ich auch. Wir sind uns ein paar Mal im Club über den Weg gelaufen, haben normal miteinander geredet und das war es dann auch schon. Ich bin drüber hinweg, also alles cool.«

»Wirklich?«, hake ich nach.

»Ja. Wirklich.«, antwortet sie.

Ich kenne sie lange genug, um zu wissen, dass ein kleiner Teil von ihr noch immer an ihm hängt und vermutlich immer hängen wird. Aber ich stochere nicht weiter in ihrer Wunde herum und belasse es bei ihrer Aussage. Dann lege ich ihr den Arm um die Schultern und flüstere ihr etwas zu. »Übrigens, Gabs... Die Preview war sehr, sehr vielversprechend.«

Wie vom Blitz getroffen, hellt sich ihre Miene auf und sie dreht ihren Kopf in Warpgeschwindigkeit zu mir um. »Ich wusste es. Der Typ riecht schon nach purem Sexappeal.«

»Was hast du ihr zugeflüstert, June.« Meghan zieht gespielt beleidigt eine Schnute, aber signalisiert mir, dass sie genau weiß, warum ich es erstmal nur Gabby zugeflüstert habe.

»June hatte einen kleinen Vorgeschmack auf klein Paxton... Und klein Paxton ist scheinbar alles, aber nicht klein.« Gabbys Lachen schallt über den ganzen Innenhof. Dann grinst sie mich breit an. »Und da muss ich erst die *Mein Exfreund hat mir das Herz gebrochen Karte* spielen, damit du kleines Luder mit der Sprache rausrückst.«

Ich weiß genau, dass es kein Trick war, aber wenn es ihr mit der Erklärung bessergeht, dann soll es so sein.

»Gib mir mal dein Handy.« Gabby hält ihre Hand auf und wartet, bis ich ihrer Anweisung folge.

»Was willst du denn jetzt bitte mit meinem Handy?«, frage ich überrascht und auch Meghan kann ihren Gedankengängen scheinbar nicht ganz folgen.

»Vertraust du mir?«

Ich nicke ihr zu. Sie ist immerhin meine älteste Freundin und vermutlich traue ich keinem Menschen mehr als ihr. Nicht einmal meiner Mom.

»Dann gib mir dein Handy.«

»Gabby?!«

»Jetzt mach schon June.«

Immer noch verwirrt greife ich in meine Tasche und ziehe mein Telefon heraus, reiche es ihr und beobachte sie genauestens. Ein Funken Skepsis bleibt, immerhin wäre sie nicht Gabby, wenn sie nicht hin und wieder auf verdammt dämliche Ideen kommen würde.

»Ihr solltet langsam mal reingehen.«, unterbricht uns eine Stimme. Es ist Matthew, der auf in Richtung unseres Unitraktes zeigt. Alle drei schauen wir uns um und müssen zu unserm Entsetzen feststellen, dass der komplette Innenhof mittlerweile leer ist. Mist. Wir haben völlig die Zeit vergessen.

»Danke. Mat. Du hast was gut.«, rufe ich über die Schulter hinweg, als ich hinter meinen Freundinnen zum Vorlesungssaal sprinte. Ich sehe im Augenwinkel noch, wie er grinst, dann richte ich meinen Blick wieder nach vorne.

Wirklich auf die letzte Minute schaffen wir es noch zu unserer Vorlesung, unser Professor Dr. Groone kommt uns auf dem Flur schon entgegen und ruft uns ein »*Jetzt aber schnell.*« zu, bevor er selbst die Tür erreicht.

Am Anfang dieses Semesters, als der Lehrplan Mikrobiologie anordnete, mussten wir uns in Zweierteams einteilen. Natürlich habe ich mich gleich mit Gabby zusammengetan. Meghan teilt sich das Mikroskop mit Andy Campbell, den wir auch schon seit Anfang unseres Studiums kennen. Er arbeitet manchmal auch im Club, daher kennen ihn sowohl Meghan als auch Gabby ein wenig besser als ich. Ich für meinen Teil habe bisher nämlich nicht allzu viele Unterhaltungen allein mit ihm geführt. Aber ich muss sagen, dass er in der Gruppe recht angenehm ist.

»Kann ich jetzt mein Handy zurückhaben?«, frage ich Gabby leise, nachdem sich Professor Groone ganz unserem heutigen Lehrstoff gewidmet hat. Sie reicht es mir ohne Zögern und grinst mich an.

»Was hast du vor?«

»Nichts.«, sagt sie unschuldig.

»Ich kenne dein Nichts.«, kommentiere ich ihre Aussage. »Es ist nie nichts.«

»Ich habe mir nur Logans Nummer rausgeschrieben.«

Verwirrt sehe ich sie an. »Logans Nummer? Ich hätte jetzt eher auf die von Paxton getippt. Was willst du denn von Logan?«

»Dafür sorgen, dass ihr beiden Turteltäubchen die Wohnung mal ein paar Stunden für euch alleine habt und euch austoben könnt.«

»Wir sind keine Turteltäubchen!«, schnaube ich augenrollend.

Dr. Groone sieht neugierig zu uns hinüber und ich senke entschuldigend den Blick in Richtung unseres Skriptes.

»Das ist eine rein körperliche Anziehung.«, flüstere ich eine Spur leiser, um nicht wieder die Aufmerksamkeit unseres Profs auf uns zu ziehen.

»Mir egal, was das ist. Hauptsache du lässt es dir endlich mal wieder gutgehen, wenn du verstehst was ich meine.« Sie wackelt wieder mit den Augenbrauen und ich muss grinsen. »Und deinen anderen Mitbewohner lässt du mal schön meine Sorge sein, mit dem werde ich schon fertig. Eigentlich finde ich ihn ja auch ganz unterhaltsam.« Sie grinst mich an und ich muss an mich halten, nicht laut zu lachen.

»Ich denke nicht, dass es eine gute Idee ist, was mit Paxton anzufangen. Wir sind gerade auf einem guten Weg für eine

Freundschaft. Ich will mir das nicht kaputtmachen, nur, weil er der heißeste Kerl ist, dem ich seit langem begegnet bin.«

Gabby schnauft schwer. »An dem bisschen Sex hat sich noch keiner gestört.«

»Wenn er aber alles kompliziert macht?«

»Dann musst du das eben ganz klar trennen. Keine Gefühle. Nur verdorbenen Sex mit deinem heißen Mitbewohner.«

»Gabby!«, ermahne ich sie brüskiert.

»Ach komm schon. Ist es nicht genau das, was du willst?«

»Doch.«, murmele ich und ich könnte schwören meine Wangen werden ein bisschen rot. »Ach, ich weiß es doch auch nicht.«

KAPITEL 21

Nach der Uni und dem halben Tag in gebückter Haltung vor dem Mikroskop fühlt sich mein Rücken an, als ob ich um vierzig Jahre gealtert wäre. Stöhnend strecke ich mich dem grellen Sonnenlicht entgegen, als ein Pfiff über das Unigelände schrillt. Erschrocken sehen wir uns um, bis Meghan jemanden auf dem Parkplatz entdeckt. Er lehnt grinsend an seinem Pickup und hebt eine Hand, um auf sich aufmerksam zu machen.

»Da drüben, June. Dein Mitbewohner.«

»Warum hast du denn nicht erwähnt, dass ihr nach der Uni verabredet seid?« Gabby sieht mich neugierig an.

»Weil wir es nicht waren?!«, antworte ich verwundert. Dann winke ich ihm zu, um ihm zu signalisieren, dass ich ihn gesehen habe. Dann wende ich mich wieder meinen Freundinnen zu.

»Es müsste verboten werden, so heiß zu sein.«, grinst Gabby und erntet von Meghan ein zustimmendes Brummen. »Na los, June, geh schon rüber, bevor er es sich noch anders überlegt.« Sie gibt mir einen Klaps auf den Po und ich muss kichern.

»Wir hören uns später.«, rufe ich ihnen noch zu, während ich mich in Richtung Parkplatz bewege.

»Der große Paxton mischt sich unters gemeine Volk. Wie komme ich denn zu dieser Ehre?«, rufe ich ihm zu.

»Tja, ich bin eben immer für eine Überraschung gut.«, antwortet er mit einem schelmischen Grinsen. »Steig ein, ich habe eine Überraschung für dich.«

»Ich habe ein bisschen Angst.«

»Vertraust du mir?«

Mein Ja scheint ihn glücklich zu stimmen.

Als ich die Beifahrertür öffne und auf den Sitz gleite, kribbelt mein Bauch vor Aufregung. Bisher hatte ich Abende zu zweit zu vermeiden versucht und Logan als Puffer genutzt. Dementsprechend nervös bin ich gerade.

»Sollen wir nicht erst mein Auto heimbringen?«

»Das können wir später tun. Oder morgen. Oder ich bring dich Montagmorgen zur Uni. Ganz wie du willst.«

»Okay.«

»Können wir dann?«

Ich nicke nur stumm und beobachte ihn von der Seite. Dann siegt doch meine Neugier. »Gibst du mir einen Tipp, wohin wir fahren?«

»Nein.«, sagt er schon, bevor ich die Frage überhaupt zu Ende gestellt habe.

»Nicht mal eine winzig kleine Hilfe?«

Paxton atmet einmal tief ein und aus. »Lass dich einfach überraschen. Ich fahre schon nicht mit dir in eine gottverlassene Gegend und setze dich da mutterseelenallein aus.« Er überlegt kurz. »Wobei…« Er lacht sein kehliges Lachen und mein Unterleib zieht sich zusammen.

Ich boxe ihn auf den Arm. »Untersteh dich.«

»Denkst du ernsthaft, ich hätte Angst vor dir kleinem Kampfzwerg?«

»Kampfzwerg?« Jetzt muss ich auch laut lachen. »Ich geb dir gleich Kampfzwerg.«

»Gar. Keine. Angst.«, erinnert er mich. Dann zeigt er auf den Rucksack an meinen Füßen. »Falls du Hunger hast, ich habe ein paar Sandwiches eingepackt. Wir fahren jetzt noch eine gute Stunde, bis wir da sind.«

Da ich tatsächlich fast vor Hunger sterbe, schnappe ich mir die Tasche und werfe einen Blick hinein und der Duft von frischem Brot steigt mir in die Nase. »Hast du die etwa selbst gemacht?«, entfährt es mir schockierter, als beabsichtigt.

»Warum so überrascht? Denkst du, ich bin zu blöd, um ein paar Brote zu schmieren?«

»Nein, so meinte ich das nicht, aber ich habe dich bisher noch kein einziges Mal in der Küche hantieren sehen. Noch nicht einmal beim Mischen einer Schüssel Cornflakes.«

»Oh und dabei ist genau *das* mein Spezialgebiet. Das richtige Mischverhältnis von Cerealien und Milch ist dabei äußerst entscheidend, musst du wissen. Nur echte Feinschmecker kriegen das richtig hin.« Die trockene Art, wie er das sagt, ohne auch nur die kleinste Miene zu verziehen, lässt mich innehalten. Ich schaue ihn an und versuche eine Regung in seinem Gesicht zu erkennen. Meint er das jetzt wirklich ernst? Es dauert ganze zehn Sekunden, dann hält er es nicht mehr aus und prustet los.

»Du hättest mal dein Gesicht sehen sollen, June.«

Ich lehne mich wieder zurück in den Beifahrersitz und schüttele schmunzelnd den Kopf. Dann greife ich beherzt in den Rucksack und ziehe eins der liebevoll in Alufolie eingewickelten Päckchen heraus. »Was kann mir der werte Herr Meisterkoch heute denn empfehlen? Was sagt die Tageskarte?«

»Ich wusste nicht, was du gerne auf deinem Sandwich isst. Also habe ich die zwei Sorten gemacht, die Mom früher immer für mich gemacht hat. Beides mit Schinken. Das eine mit Grillkäse, das andere mit Gurken und Röstzwiebeln im Hotdog-Style.«

Ich schaue ihn mit großen Augen an. »Da hast du aber ganz schön aufgetrumpft, Mister. Ich hatte jetzt mit der einfachen Wahl zwischen Wurst oder Käse gerechnet.«

»Wenn ich etwas mache, dann mache ich es auch richtig, June. Das solltest du dir merken.« Dem Tonfall seiner Stimme nach zu urteilen, bezieht er die Aussage nicht unbedingt nur aufs Essen.

Ohne auf seine Anspielung anzuspringen, öffne ich eins der verpackten Baguettebrötchen. Ich habe die Hot Dog Variante erwischt. Wie gut, dass ich Röstzwiebeln sehr gerne mag. Beherzt beiße ich in das Sandwich und was soll ich sagen. Es tobt ein wahrer Geschmacksorgasmus in meinem Mund. Ich stöhne laut auf und sinke tiefer in den Beifahrersitz hinein. »Oh mein Gott, das ist *so* gut, Paxton.«

Er grinst mich an und ich merke, wie zweideutig sich das gerade angehört haben muss, aber es ist mir egal. »Wenn ich gewusst hätte, dass ein belegtes Brot schon solche Töne aus dir hervorlockt…«

Ich nehme noch einen großen Bissen und kann meine Freude darüber nicht verbergen. »Beim nächsten gemeinsamen WG-Abend kochst du für uns, mein Freundchen und ich setze mich mit Logan auf die Couch. Das ist dir schon klar, oder? Aus der Nummer kommst du jetzt nicht mehr raus.«

»Ich koche für dich alles, was auch immer du willst, June, wenn du mir versprichst, dass du dabei immer diese Laute von dir gibst.« Er legt seine Hand auf meinen Oberschenkel und sofort fährt ein leichtes Prickeln durch meinen ganzen Körper.

»Das werden wir dann ja sehen.«, stachele ich ihn an.

»Glaubst du mir nicht?«

»Naja, vielleicht überschätzt du ja auch einfach deine Wirkung auf die Damenwelt.« So einfach werde ich es ihm nicht machen.

Paxton setzt den Blinker und hält abrupt am Straßenrand. Dann lehnt er sich zu mir rüber, packt meinen Nacken und presst seine Lippen auf meine. Seine Zunge verlangt Einlass in meinen Mund und als sie auf meine trifft, seufze ich leise. Seine andere Hand wandert an meiner Seite entlang abwärts und streift das freie Stück nackter Haut am Bund meiner Jeans.

»Beweisstück A.«, sagt er und deutet auf meinen Unterarm, auf dem sich die feinen Härchen aufgestellt haben. »Und, wenn ich dich jetzt von dieser verdammt engen Jeans befreien würde, fänden wir darunter sicherlich auch Beweisstück B. Dein Körper reagiert auf mich wie ein Koffeinjunkie auf einen guten Espresso. Sehen Sie es endlich ein, Miss Cole. Leugnen ist zwecklos.« Dann fädelt er sich wieder auf der Straße ein, als wäre nichts gewesen, während ich erstmal meine Gedanken sortieren und meine Atmung wieder unter Kontrolle bringen muss. Mein Körper ist ein verräterischer Mistkerl und Paxtons breites Grinsen verrät mir, dass er sich dessen nur allzu bewusst ist.

»In zehn Minuten sind wir da.«, durchbricht er nach einer Weile die Stille.

»Lass mich raten. Du wirst mir immer noch nicht verraten, wo wir hinfahren, oder?«

»Natürlich nicht, liebste June. Aber sag mal, kann es eventuell sein, dass du kein allzu großer Fan von Überraschungen bist?«

»Doch, ich liebe Überraschungen. Aber ich bin auch ein furchtbar neugieriger Mensch.«

Paxton lacht laut auf. »Das wäre mir noch gar nicht aufgefallen. Die paar Minuten wirst du dich wohl noch gedulden können. Glaub mir, es lohnt sich.«

Und er sollte Recht behalten. Wenige Minuten später parkt er seinen Pickup vor einem bunt bemalten Gebäude.

KAPITEL 22

»Habe ich dir zu viel versprochen?«, fragt Paxton. Als ich nicht reagiere, dreht er sich zu mir um. »June?«

»Sie sehen mich sprachlos, Mister.« Meine Augen sind geweitet und ich unterdrücke den Drang, vor Freude zu weinen. »Ich hätte nicht gedacht, dass du die Station hier überhaupt kennst.«

»Ich bin auch hier aufgewachsen, schon vergessen? Ich habe uns für eine kleine Führung angemeldet.«

»Ich glaube, das ist die schönste Überraschung, die du mir hättest machen können. Danke, Paxton.« Ich schlinge meine Arme um seinen Hals und drücke ihm, ohne nachzudenken, einen Kuss auf den Mund, als wäre es total normal für uns.

Er schaut mich überrascht an, bevor er sich räuspert und mich zum Aussteigen animiert. Vor dem Wagen nimmt er kommentarlos meine Hand, für ihn scheinbar genauso selbstverständlich. »Bereit?«

Ich nicke nur und strahle ihn an. Dann betreten wir gemeinsam die Rettungsstation.

Am Empfang sitzt eine Frau, schätzungsweise im Alter meiner Mom. Sie richtet ihren Blick stur auf den Kalender auf dem Tisch vor ihr.

»Hallo. Wir haben einen Termin mit Russell.« Paxton hat wieder seine charmante Flirtstimme aufgesetzt und die Dame, auf deren Namensschild Maureen steht, sieht sofort zu ihm auf. Ihre Augen werden groß, als sie Paxton entdeckt, dann wandert ihr Blick zu mir und wieder zurück zu ihrem Kalender.

»Ihr müsst Paxton und Juniper sein.«

»June reicht völlig.«, erwidere ich freundlich und lächele ihr zu.

Sie nimmt den Telefonhörer in die Hand und tippt eine Nummer, die ich nicht erkennen kann. »Hey Russell, dein 15 Uhr Termin ist da. Ja. Nein. Ja, es ist schon 15 Uhr. Ja. Habe ich. Okay. Okay. Alles klar. Ich gebe sie ihnen.« Dann legt sie auf und widmet sich wieder uns beiden. »Russell verarztet noch einen Neuankömmling, dann kommt er zu euch.« Sie steht auf und streckt sich über die Theke hinweg zu einem Papphalter, in dem einige Prospekte einsortiert sind. »Hier habt ihr schon einmal ein paar Flyer und diverses Infomaterial über unsere Station. Da drüben könnt ihr euch hinsetzen und auf Russell warten.«

Ich folge Paxton zu einer kleinen Sitzgruppe am Ende des Raums und lasse mich neben ihn auf die Couch fallen.

»Wollt ihr vielleicht etwas trinken? Saft, Wasser oder Limonade?«, ruft Maureen nach einer Weile quer durch den Raum. Da wir alleine hier sind, stört sich keiner daran.

»Limonade wäre prima.«, antwortet Paxton für uns. Scheinbar hat er schon bemerkt, dass ich kein besonders großer Wassertrinker bin.

Sie nickt, bedient sich am Kühlschrank hinter sich und bringt uns zwei Flaschen Zitronenlimonade, sowie zwei Gläser.

»Ich brauche kein Glas, danke, ich trinke aus der Flasche.« Dann reiche ich ihr das Glas zurück und Paxton tut es mir gleich. Sie lächelt freundlich, verschwindet dann wieder hinter ihrer Theke und widmet sich scheinbar wieder ihrem besonders interessanten Kalender.

Ich neige mich zu Paxton hinüber und flüstere ihm etwas zu. »Ich würde mich nicht wundern, wenn sie heimlich einen Groschenroman unter ihrem Kalender versteckt hätte, so wie sie ihn begutachtet.«

»Oder ein Pornoheftchen.«

»Du immer mit deiner verdorbenen Fantasie.«

»Das macht vielleicht deine Anwesenheit.« Er zwinkert mir zu und bevor ich die Chance zum Kontern habe, öffnet sich lautstark die Glastür neben dem Empfang.

»Entschuldigung, dass ihr warten musstet.«, poltert der bärtige Mann, der vermutlich Russell ist, sofort los. Dann streckt er uns seine Hand entgegen. »Hi, ich bin Russell. Schön, euch kennenzulernen.«

Paxton streckt ihm gleich seine Hand entgegen, stellt uns vor, dann reiche auch ich ihm meine Hand zur Begrüßung.

»Sollen wir gleich starten?«, fragt er und wir nicken stumm. »Okay, dann folgt mir bitte. Wir fangen auf der Krankenstation an.«

Wir durchqueren mehrere Glastüren, bis wir auf einer Doppeltür mit einem großen, roten Kreuz stehenbleiben.

»Auf die Intensivstation darf ich euch leider nicht lassen, aber hier auf der rechten Seite dürft ihr euch gern genauer umsehen. Wir haben heute Morgen eine neue Patientin aufgenommen. Ein Schildkrötenweibchen, schätzungsweise zehn oder elf Jahre alt. Die Hübsche hat leider eine Plastiktüte mit einer Qualle verwechselt. Klingt auf den ersten Moment vielleicht etwas lustig, aber leider sterben jedes Jahr etliche Tiere auf diese Weise. Wenn man da nicht schnell genug reagiert, kann das Plastik den Verdauungstrakt komplett verstopfen und die Tiere sterben. Und glaubt mir, das wollt ihr nicht sehen.«

»Habt ihr euch auf Schildkröten spezialisiert oder kümmert ihr euch auch um andere Meerestiere?«, frage ich neugierig.

»In diesem Teil des Gebäudes sind tatsächlich nur Schildkröten untergebracht. Paxton meinte, bei unserem Telefonat, dass sie dir besonders am Herzen liegen, daher dachte ich, bringe ich euch gleich hier her.«

Russell zeigt uns mehrere Tiere, die gerade auf der Krankenstation aufgepäppelt werden. Die einen haben offensichtliche Verletzungen an Panzer oder Flosse, andere wiederum innere Verletzungen und wieder andere erholen sich hier von einer Operation, bevor sie wieder ins offene Meer zurückgebracht werden.

Dann zeigt er auf ein Becken, in dem laut Schild ein Männchen untergebracht ist. »Den Kollegen schippern wir gleich raus, falls ihr mitfahren wollt?«

»Na klar.«, rufe ich aufgeregt.

»Du hast es selbst gehört. Wenn die Dame mitfahren möchte, dann fahren wir natürlich auch mit raus.«, lacht Paxton.

»Okay, dann sage ich Paul, unserem Kapitän, Bescheid und dann könnt ihr mit raus.« Russell telefoniert kurz und keine Minute später stellt Paul sich uns vor. Als Russell ihn Kapitän nannte, hatte ich mit einem älteren Mann mit weißem Bart und mit Kapitänsmütze gerechnet. Das totale Klischee, ich weiß. Paul ist aber genau das Gegenteil. Er ist höchstens in meinem Alter, Anfang oder Mitte zwanzig, hat scheinbar keinerlei Bartwuchs und wirkt allgemein ein wenig femininer als erwartet. Er begrüßt uns freundlich und führt uns gleich in

Richtung Boot, nachdem er Hank – so heißt die Schildkröte offensichtlich – sicher in einer Transportbox verstaut hat.

»Gleich bist du frei, Hank.«, flüstere ich ihm zu, als Paul den Motor startet. »Wer denkt sich eigentlich die Namen aus?«

»Das ist immer unterschiedlich, aber meistens wir vom Pflegeteam oder die Ärzte. Manche Tiere, die besonders schwer verletzt sind und dadurch auch länger bei uns leben, haben Paten. Hank zum Beispiel hat jetzt fast vier Monate in der Station verbracht und eine ältere Dame aus Texas hat die Patenschaft für ihn übernommen. Sie hat jeden Monat einen bestimmten Betrag überwiesen und durfte dafür auch seinen Namen aussuchen.« Russell schmunzelt, bevor er weiterspricht. »Sie hat mir erzählt, dass ihr Ehemann Hank heißt, mindestens genauso langsam wie eine Schildkröte ist und das Tier deshalb genauso heißen muss.«

»Das muss wahre Liebe sein.«, wirft Paxton ein.

»Ist doch süß. Kitschig, aber süß. Und wenn ich mir dich so anschaue, dann siehst du auch aus wie ein kleiner Hank.«

Nach einer guten Viertelstunde stoppt Paul den Motor und sieht sich um. Wir sind mittlerweile so weit hinaus aufs Meer gefahren, dass einem das Wasser unter uns fast schwarz erscheint. Kleine Wellen schaukeln das Boot sanft hin und her, als Paul freudestrahlend zu uns hinüberkommt. »Alles klar, hier können wir ihn aussetzen.«

Russell nickt und öffnet die Transportbox. »Magst du mit anpacken?«

Ich sehe ihn mit großen Augen an. »Meinst du mich?«

»Natürlich meine ich dich.« Er lächelt mich mit einem breiten Grinsen an. »Du und Hank scheint euch ganz gut zu verstehen. Ich dachte, du hilfst bestimmt nur allzu gerne dabei, ihm seine Freiheit zurückzugeben.«

»Oh ja, wie toll, danke Russell.« Ich strahle ihn an und trete näher an die Box heran. »Was muss ich tun?«

»Schnapp dir einfach den unteren Teil des Panzers und dann heben wir ihn ins Wasser.«, weist Russell mich fachmännisch an.

Vorsichtig streichele ich über die harten Panzerplatten. »Du musst keine Angst haben. Ich tu dir nicht weh.« Dann fahre ich mit den Fingern unter den Bauch und hebe den hinteren Teil der Schildkröte an, während Russell vorne anpackt. Gemeinsam heben wir ihn über die Reling und auf sein Kommando lassen wir Hank ins Wasser gleiten. »Mach's gut kleiner Freund.«, flüstere ich leise und sehe ihm zu, wie er im Meer verschwindet.

Zurück in der Station, setzen wir unseren Rundgang fort. Russell zeigt uns die Eiercourts, in denen hunderte Eier eingegraben sind. Jede Parzelle ist eingezäunt und überdacht, damit keine Vögel oder sonstige Feinde an die Eier und die schlüpfenden Babyschildkröten herankommen. Er erklärt uns, dass die meisten Eier tatsächlich von den örtlichen Fischern abgegeben und dann von den Mitarbeitern der Rettungsstation hier im Sand eingegraben werden.

»Und dann schlüpfen sie hier bei euch?«, frage ich.

»Ja, genau. Und dann versuchen wir, sie in die Freiheit zu entlassen. Und da kommt ihr ins Spiel.«

Verdutzt schaue ich von Russell zu Paxton und zurück. »Ich bin allzeit bereit, was soll ich tun.«

Paxton lacht laut auf. Dann stellt er sich noch dichter neben mich und flüstert mir etwas zu. »Sag das nicht zu laut, sonst könnte ich das wörtlich nehmen.«

Für seine Anzüglichkeit boxe ich ihm in die Seite. »Paxton. Doch nicht vor den Kindern.«

Er lacht laut auf und legt seinen Arm um meine Schultern. »Kommt mal mit.«, dirigiert uns Russell zurück ins Gebäude. Wir folgen ihm in einen Raum mit vier gleich großen Becken, die alle schätzungsweise 15 bis 20 Zentimeter hoch mit Wasser gefüllt sind. In jedem Becken schwimmen dutzende kleine, schwarze Babyschildkröten umher.

»Oh mein Gott.«, entfährt es mir, bevor ich neben dem ersten Becken auf die Knie sinke. »Wie süß die sind! Ich glaube, ich habe noch nie so etwas Niedliches gesehen!«

Paxton kniet sich neben mich. »Wusste ich doch, dass sie dir gefallen werden. Sie sind nämlich der eigentliche Grund, warum wir hier sind.«

Als ich zu ihm aufsehe, strahlen mich seine grünen Augen richtig an. Dann nimmt er meine Hand und führt sie ins Wasser. Zusammen fangen wir einen der kleinen Racker und setzen ihn auf meinen Schoß. Es ist so niedlich, wie er auf meiner Jeans hin und her krabbelt. Paxton setzt sich vor mich und streichelt das Baby am Köpfchen. Jedes Mal, wenn seine Hand aus Versehen meine berührt, beginnt meine Haut zu kribbeln.

Als ich Paxton ansehe, fängt mein verräterisches Herz an zu Klopfen und es fällt mir einen Moment lang schwer, das mit uns als das zu sehen, was es für mich sein muss, körperliche Anziehung. Ich schiebe die Gedanken beiseite und genieße das Hier und Jetzt. Ich habe das Gefühl, dass in diesem Moment nur noch Paxton und ich existieren. Als hätte sich eine große rosafarbene Blase um uns gelegt, in der wir einfach sein können, in der es kein schwarz und weiß, kein richtig oder falsch gibt. Einfach nur Paxton und ich. Okay und die kleine süße Schildkröte, die auf meinen Beinen hin und her tigert.

»Dein Freund hat mir verraten, dass du Biologie studierst und gerade ein Referat über Schildkröten gehalten hast.«

Russells Stimme lässt unsere kleine Blase jäh zerplatzen und ehe wir uns versehen, ist der Moment, unser Moment, auch schon wieder vorüber.

»Er ist nicht mein Freund.« Ich habe keine Ahnung, warum es mir so wichtig ist, dass Russell das weiß. »Aber ja.«, stammele ich und versuche wieder einen klaren Kopf zu bekommen. »Ich habe mir das Thema ausgesucht, weil mich diese Tiere so faszinieren.«

Paxton sieht mich an, verzieht aber keine Miene. »Das Referat war wirklich gut. Ich hoffe, dass der Professor das genauso sieht.«

Russell grinst. »Sie sind schon toll, oder?«

Paxton nickt ihm zu. »Besonders die Kleinen hier.«

»Falls du nach deinem Studium noch nicht weißt, was du tun willst, kannst du uns gerne kontaktieren. Wir können jede helfende Hand gebrauchen und so wie ich das sehe, hast du definitiv ein Händchen für die Tiere. Das läuft leider zum größten Teil auf ehrenamtlicher Basis, aber man weiß ja nie, wozu es gut ist.«, fährt Russell fort.

Ich schenke ihm ein ehrliches Lächeln. »Eventuell gehe ich erst einmal ein Jahr nach Australien, aber danach würde ich dein Angebot gerne in Betracht ziehen.«

Er fragt mich noch ein wenig über meine Pläne aus, bis Paxton sich irgendwann neben uns räuspert. »Ich glaube, June hat ihre Wahl schon getroffen und ihr Herz an diesen kleinen Kerl hier verschenkt.«

»Meine Wahl?«

»Ach ja, sicher, warte, lass mich mal schauen.« Russell nimmt mir die Babyschildkröte vom Schoß und begutachtet sie. »Hm, bei diesen Jungtieren ist es immer sehr schwer das Geschlecht zu bestimmen, aber, wenn ich schätzen müsste, würde ich wirklich auf ein Männchen tippen.« Dann setzt er sie wieder auf meinen Beinen ab. »Dann bist du jetzt dran, Paxton.«

»June, würdest du mir helfen noch ein zweites Baby auszusuchen?«

Ich reiche Russell meinen kleinen Kerl und gehe zu Paxton ans Becken hinüber. Gemeinsam schauen wir uns das Gewusel im Wasser an. »Wie wäre es mit der hier, sie schwimmt ständig Kopf voraus gegen die anderen Schildkröten. Ich finde sie passt zu dir.« Ich zeige auf die kleine Schildkröte und muss grinsen, weil sie es genau in diesem Moment wieder macht.

»Du meinst, die ist dickköpfig und störrisch, so wie ich?«, fragt er und zieht eine Augenbraue hoch.

»Das hast du jetzt gesagt.«, grinse ich und ernte einen Klaps auf den Po. Zusammen fangen wir den kleinen Rammbock ein und Russell bittet uns wieder, ihm zu folgen.

»Und was genau machen wir jetzt mit ihnen?«, flüstere ich Paxton zu.

»Na, was wohl?«, sagt er und deutet auf den Ozean.

»Wir dürfen sie freilassen?«, quietsche ich aufgeregt.

»Du hast es erfasst.«

Russell setzt beide Schildkröten in eine kleine Transportbox und stellt sie auf dem metallenen Untersuchungstisch ab.

»Jetzt verpassen wir den beiden nur noch einen GPS Sender und dann könnt ihr sie in die Freiheit laufen lassen. Wie sollen die beiden denn eigentlich heißen?«

Ich sehe Paxton mit großen Augen an. »Hmmm… wie wäre es denn mit Crush?«

»Du hast eindeutig zu viel *Findet Nemo* gesehen. Der Name hat schon einen Bart.« Er schüttelt den Kopf und wendet sich dann an Russell. »Wie viele Crushs schwimmen schon durch den Ozean, seit Disney den Film rausgebracht hat?«

»Viel zu viele.«, lacht er.

»Okay, okay. Das war der erste Versuch zum warmwerden. Lass mich überlegen.« Ich lege den Kopf schief und gehe gedanklich eine Liste an potentiellen Namen durch.

»Deine Schildkröte ist auf den ersten Blick geschätzt ein Weibchen, falls euch das bei der Namenssuche hilft.«, wirft Russell ein.

»Also ein Pärchen.«, denkt Paxton laut vor sich hin. Er schaut auch völlig konzentriert auf die beiden Schildkröten und tüftelt an den perfekten Namen. Plötzlich klatscht er in die Hände. »Ich hab's!« Dann nimmt er sich ein Stück Papier und kritzelt etwas mit dem Kugelschreiber darauf, bevor er es Russell zuschiebt. Der nickt ihm nur zu, nimmt sein Telefon aus der Tasche und tippt etwas ein.

»Hey, wieso darfst du jetzt beide aussuchen?«

»Weil ich *die* Namen für die Kleinen gefunden habe.«

»Jeder. Darf. Sich. Einen. Namen. Aussuchen.« Ich betone protestierend ganz deutlich jedes Wort. »Das war doch der Deal, oder nicht?«

»Glaub mir doch einfach, die Namen werden dir auf jeden Fall gefallen.«

»Ach, meinst du?«

»Ja, meine ich.«

»Und was macht dich da so sicher?«

»Vertrau mir einfach, June!«

»Wenn du jetzt so etwas Einfallsloses wie Bonnie und Clyde genommen hast, dann sage ich ganz klar nein!« Um meine Aussage zu unterstreichen, verschränke ich die Hände vor der Brust und funkele ihn finster an.

Paxton prustet laut los und imitiert die Schnute, die ich gerade mit voller Absicht ziehe. Warum kann der Typ mich nicht einmal für voll nehmen.

Während Paxton und ich noch weiter über diese bodenlose Frechheit, sowie die Ungerechtigkeit der Namensgebung und möglichen, eventuell auch mit Schmerzen verbundenen, Konsequenzen für ihn diskutieren, stülpt Russell sich ein Paar sterile Handschuhe über und verpasst beiden Jungtieren einen kleinen Pieks mit einer Spritze.

»Ich habe ihnen jetzt einen GPS Sender injiziert. Das ist so wie das Chippen bei Hunden, nur, dass wir die Schildkröten damit auch noch orten können. Über unsere Website könnt ihr dann den GPS Code eurer Babys eingeben und seht direkt, wo sich die kleinen Racker gerade rumtreiben.«, erklärt er uns lächelnd.

Mein Herz hüpft mir vor Freude fast aus der Brust. Das ist alles so aufregend.

Nach ein paar Minuten betritt Maureen den Raum und reicht Russell eine Mappe mit Unterlagen. Einen Teil davon, ein laminiertes Blatt, drückt er mir in die Hand.

Certificate of adoption

Unter dem Titel stehen in großen Buchstaben Paxton und mein Name, sowie das heutige Datum darauf. Als ich weiter unten die beiden Namen entdecke, die er für unsere Schildkröten ausgesucht hat, steigen mir Tränen in die Augen. Peggy und Steve. Er hat sich daran erinnert, dass ich von Captain America und seiner aufrichtigen Liebe zu Peggy geschwärmt habe. Ich sehe zu ihm rüber und er lächelt mich aufrichtig an.

»Gute Wahl?«

»Gute Wahl!«

Er nimmt mir das Zertifikat ab und steckt es in die Tasche.

»Können wir?«, fragt Russell und sowohl Paxton, als auch ich nicken ihm zu. Paxton legt seine Hand auf meinen Rücken und schiebt mich sanft in Richtung Strand. Ich lasse meinen Blick schweifen und bin kurz ein wenig verwundert, als ich rechts und links der Station einen Zaun entdecke.

»Wir haben uns den Strandabschnitt hier privatisieren lassen, damit keine Touristen oder Schwimmer unsere Arbeit stören können.«, erklärt Russell, als er meinen Blick entdeckt.

»Und so rennen die Kleinen auch nicht in die falsche Richtung.«, schlussfolgert Paxton.

»Das tun sie dank ihrer Instinkte sowieso nicht. Das Meer zieht sie magisch an.«

»Das ist so cool.«, seufze ich.

Kurz vorm Wasser gehen wir in die Hocke und öffnen die Transportbox. Jeder von uns nimmt eins der Babys heraus und zeitgleich setzen wir sie im feuchten Sand ab. Wieder steigen mir Tränen in die Augen, weil das alles so wunderschön ist, aber dieses Mal unterdrücke ich sie nicht. Sie kullern über meine Wangen und ich schniefe.

Paxton legt seine Hand auf meine und gemeinsam beobachten wir, wie Peggy und Steve ihre ersten Schritte in Richtung Freiheit machen.

KAPITEL 23

Wir haben uns wieder auf den Heimweg gemacht und Paxton lenkt seinen Wagen zurück in Richtung San Diego. Ich halte noch immer das Zertifikat in den Händen und versuche zu begreifen, was wir gerade getan haben. Wir haben für diese beiden Tiere ein neues Leben ermöglicht. Der Gedanke bringt mich zum Lächeln.

»Hat dir der Ausflug gefallen?«, fragt Paxton sanft und reißt mich damit aus meinen Gedanken.

»Oh ja, es war toll, danke!«

»Das freut mich.«

»Vielleicht kann ich nach meinem Studium wirklich in diesem Bereich Fuß fassen? Was gibt es schon Besseres, als mit dem was man liebt, den Lebensunterhalt zu verdienen?«

Paxtons Mundwinkel wandern nach oben. Seine Gesichtszüge sind im schummrigen Licht der Straßenlaternen so friedlich. »Es war nicht zu übersehen, dass du in der Arbeit mit den Tieren aufgehen würdest.«

»Meinst du?«, frage ich hoffnungsvoll.

»Ja, das meine ich.«

Ich sinke tiefer im Sitz und lasse mir seine Aussage durch den Kopf gehen.

»Hast du Hunger?«, fragt er nach ein paar Minuten.

»Und wie!« Unruhig zappele ich auf dem Sitz hin und her. Jetzt, wo er es erwähnt, merke ich erst, dass ich ein riesen Loch im Bauch habe.

»Wenn du noch ein bisschen aushältst, dann weiß ich den perfekten Laden für uns.«

»Wer solche Sandwiches schmiert, der hat mein kulinarisches Vertrauen verdient.« Ich grinse ihn breit an und bemerke, wie er seine Stirn in Falten legt.

»Nur dein Kulinarisches?«, fragt er skeptisch.

»Ich bin, ohne das Ziel zu kennen, in deinen Wagen gestiegen. Ich denke die Frage hat sich damit erübrigt, oder?«

Er gibt mir keine Antwort, sondern grinst nur blöd vor sich hin.

Ich packe das Zertifikat zurück in den Rucksack und drücke den Powerknopf des Radios. »Was wäre ein guter Roadtrip ohne den passenden Soundrack?« Ich zappe zwischen den Kanälen, bis ich bei einem Lied hängenbleibe und lauthals mitsinge.

»Bastille? Ernsthaft?« Wieder grinst er vor sich hin.

»Shhhhht… Icarus ist eins ihrer besten Lieder.« Ich gröle lautstark mit, kurbele das Fenster runter und strecke meinen Arm hinaus.

»Was machst du da?«

»Ich strecke meine Flügel aus, wie Icarus.« Ich liebe diesen Song einfach. Und beim nächsten Refrain steigt Paxton sogar mit ein.

»Siehst du, ab sofort musst du bei dem Song immer an den heutigen Tag denken.« Ich schenke ihm das breiteste Lächeln, das ich im Angebot habe.

»Oder an dich.«, antwortet er und streicht sanft mit seinem Zeigefinger über meine Wange. Eine so winzige Geste, die doch so viel in mir auslöst. Sofort schlägt mir mein Herz bis zum Hals. Wir sagen beide nichts, bis wir vor einem heruntergekommen aussehenden Gebäude haltmachen.

»Warte hier, ich bin gleich zurück.« Paxton ist schneller aus dem Wagen gesprungen, als ich protestieren kann und lässt mich mit fragendem Blick und einem knurrenden Magen zurück.

Um mir die Wartezeit erträglicher zu machen, nehme ich mein Handy heraus und scrolle durch all die Bilder, die wir heute in der Station geschossen haben. Ich öffne den Gruppenchat, den Gabby eigentlich für Meghans Geburtstag eröffnet hatte, der jetzt aber irgendwie zum regelmäßigen Austausch weitergeführt wird. Ich schicke meinen Freunden ein Foto, das Russell von unseren Händen, die knapp über dem Boden schweben, geschossen hat. In unseren Handflächen sitzen die kleinen Schildkrötenbabys. Wir wollten unbedingt den Moment festhalten, kurz bevor wir sie in den feuchten Sand gesetzt und ihnen die Freiheit geschenkt haben.

Es dauert keine zwanzig Sekunden, bis mein Handy mehrfach vibriert.

Gabby: OMG! Wie niedlich ist das bitte?

Keith: *Schildkröten-Emoji*??

Meghan: Ihr seid zur Station gefahren? Ich war das letzte Mal als Kind dort.

Gabby: Ich will auch so eine!!!

Keith: Betriebsausflug ohne Logan?

Gabby: Der muss sich nicht immer dazwischen quetschen.

Sydney: *Thumbs up Emoji*

Meghan: Habt ihr sie freilassen dürfen?

Als Antwort fotografiere ich ihnen das Adoptionszertifikat ab und schicke es in den Gruppenchat.

June: Wir können anhand der GPS Daten immer schauen, wo die beiden gerade rumschwimmen. Das ist so cool.

Meghan: Oh wie toll *Herzemoji*

Gabby: Aber wieso denn Peggy und Steve?

Keith: Jetzt enttäuschst du mich aber Gabby, das weiß man doch.

Sydney: Die Protagonisten aus Captain America? Hast du den etwa noch nie gesehen?

Gabby: Nerds unter sich… Da bin ich raus.

June: Das schreit nach einem Filmabend!

Sydney: Bin dabei!

Gabby: Wenn es sein muss…

Keith: Ja, das muss es scheinbar!

Meghan: Ich find die Namen sehr passend.

June: Ich auch ☺

Die anderen diskutieren noch eine Weile weiter. Als Paxton mit zwei großen, braunen Tüten zurück zum Wagen kommt, stecke ich das Telefon zurück in meine Tasche. Dann strecke ich mich über den Fahrersitz und drücke die Tür auf.

»Achtung.«, sagt er und drapiert die Tüten zwischen meinen Füßen.

»Ohne deine Auswahl schlecht zu machen, aber bist du dir sicher, dass man hier ganz ohne Bedenken etwas essen kann? Der Laden wirkt nicht gerade sehr einladend.« Ich sehe ihn mit großen Augen an.

»Er sieht vielleicht aus wie eine ranzige Bruchbude, aber lass dich davon nicht täuschen. Hier gibt es die besten Enchiladas vor der Grenze.«

»Okay.«, sage ich skeptisch und hoffe, dass wir die restliche Nacht nicht mit einer Lebensmittelvergiftung verbringen.

»Die sind so gut, dass du Logan auf keinen Fall etwas hiervon erzählen darfst. Wenn der nämlich mitbekommt, dass wir hier waren und ihm nichts mitgebracht haben, dann wird er uns das mindestens drei Wochen büßen lassen.«

»Ich werde schweigen wie ein Grab.«, sage ich, während ich eine Hand hebe und meinen Mund mit der anderen gespielt verschließe.

»Das wollte ich hören.«

Ich bücke mich nach vorne und will nach einer der Tüten greifen, als Paxton mich an der Schulter zurückzieht.

»Wir essen die nicht im Wagen. Danach hast du entweder dich oder den Sitz eingesaut. Im schlimmsten Fall beides. Ich weiß genau, wo wir damit hinfahren.«

»Dann ist das hoffentlich in der Nähe, ich sterbe fast vor Hunger.«, jammere ich, aber eine Antwort kriege ich nicht.

Nach ein paar Minuten biegt Paxton auf eine kleine Straße ab. Sie ist mehr geschottert, als asphaltiert, was uns beide ein wenig durchschüttelt. Ich versuche zu erkennen, was auf dem Schild steht, das in einigen Metern Entfernung am Wegesrand steht, aber es ist schon sehr verwittert und in Kombination mit der Dunkelheit und der fehlenden Straßenbeleuchtung, kann ich nur das zweite Wort darauf erkennen, »*Bay*«. Die Straße endet abrupt an einem kleinen Strandabschnitt, der von Felsen umrahmt und somit nur über diesen kleinen Schotterweg erreichbar ist.

»Willkommen am Turtle Bay.«, sagt Paxton, als der den Wagen abstellt.

»Turtle Bay?«

»Genau.«

»Sag nur, hier gibt es auch Schildkröten.«

Er schüttelt mit dem Kopf und öffnet die Wagentür, ich tue es ihm gleich, immer noch auf eine Antwort wartend.

»Heute nicht mehr. Früher, als die Rettungsstation noch nicht gebaut war, hatte die Organisation den Strandabschnitt hier zum Brüten und Schlüpfen der Eier verwendet. Dank der

Felsen liegt die Bucht hier ein wenig geschützt. Eigentlich hieß sie anders, aber jeder nannte sie auf einmal Turtle Bay und irgendwann wurde sie offiziell umbenannt.«

»Ich wusste gar nicht, dass du so ein Schildkrötenfan bist. Hast du dir deshalb freiwillig mein Referat angehört.«

»Mom liebte die Tiere.«

Mehr muss er gar nicht sagen.

Ich verstehe ihn nur allzu gut.

Wir schweigen uns an, keiner sagt etwas.

»Nimmst du die Enchiladas mit?«, fragt er, nachdem er auf die Ladefläche seines Pickups geklettert ist und ich nicke ihm zu. Er öffnet die metallene Kiste, die am Fahrerhaus befestigt ist und zieht eine große Decke heraus.

»Ist das deine Masche, um die Frauen zu verführen? Romantisches Dinner auf deinem Auto?« Selbst mir als bekennender Nicht-Romantikerin versetzt der Gedanke daran ein leichtes Flattern im Bauch.

Er lächelt sanft, streckt mir die Hand entgegen und zieht mich zu sich hinauf. Ich lande an seiner Brust und als mir sein Duft in die Nase steigt, verlerne ich kurzzeitig das Atmen.

»Wir sollten Essen, bevor es ganz kalt ist.«, raunt er.

»Ja, das sollten wir.«, stammele ich. Das Knurren meines Magens reißt mich ins Hier und Jetzt zurück.

»Setz dich, bevor du dich selbst verdaust.«

Also gehe ich in die Hocke, lege die Tüten ab und lasse mich neben ihnen nieder. Die Enchiladas riechen einfach köstlich und ich kann es kaum erwarten, in den ersten davon hineinzubeißen.

Paxton nimmt eine kleine Styroporschachtel aus einer der Tüten und reicht sie mir. »Du musst dir unbedingt ein paar von diesen Chiliflocken nehmen. Die geben sie leider immer nur gesondert mit. Es gab da laut Hörensagen diverse Vorfälle, bei denen selbst starke Männer weinend am Tisch saßen. Dabei sind die Flocken meiner Meinung nach gar nicht so schlimm.«

Ich nehme ihm die Box aus der Hand und stelle sie neben mir auf der Decke ab. Dann schnappe ich mir eine der in Alufolie verpackten Rollen und wickele sie vorsichtig aus. Bevor ich genüsslich reinbeiße, streue ich noch ein paar der Flocken darüber und freue mich auf diese Köstlichkeit.

»Oh. Mein. Gott… Ist das heiß!!« Ich wedele wild gestikulierend vor meinem Mund herum, als ob es das besser machen würde.

Paxton hält sich vor Lachen den Bauch, reicht mir aber netterweise die Wasserflasche rüber, die ich ihm direkt aus der Hand reiße und zwei große Schlucke daraus nehme.

»Wie kann das jetzt immer noch so heiß sein?? Hast du Lava im Wrap bestellt?« Ich nehme noch einen großen Schluck Wasser und stöhne auf, als die Flüssigkeit meinen Mund kühlt. »So viel zum Thema: Lass uns essen, bevor es kalt wird.«

»Wenn du auch so gierig da reinbeißen musst.«

»Ich hatte eben Hunger und irgendjemand hat sie als die besten Enchiladas aller Zeiten angekündigt.«

»Und was sagt der Gourmet?«

»Ich habe nur Schmerz geschmeckt. Warte.« Ich puste sicherheitshalber ein paar Mal auf meinen Wrap. Dann beiße ich erneut hinein, diesmal sehr darauf bedacht, mir nicht noch einmal die Zunge zu verbrennen. »Die sind der Wahnsinn.«, rufe ich, noch bevor ich den Bissen heruntergeschluckt habe.

Paxton grinst triumphierend. »Dachte ich mir doch, dass ich damit deinen Geschmack treffe. Habe ich dir zu viel versprochen?«

Ich schüttele nur mit dem Kopf und beiße erneut in den Teigfladen.

~

In der kleinen Bucht gibt es kein störendes Licht von Laternen oder der Stadt. Freie Sicht auf den klaren Nachthimmel und die Millionen Sterne über uns. Wir haben es uns mittlerweile auf der Decke nebeneinander gemütlich gemacht und reden über alles und nichts, begleitet vom rhythmischen Rauschen der Wellen, die sich am Strand brechen.

»Weißt du… Es hatte einen Grund, warum ich heute mit dir diesen Ausflug gemacht habe.«, sagt Paxton nach einer Weile. Dann verstummt er wieder, als wolle er seine nächsten Worte mit Bedacht wählen.

Ich stütze mich auf den Ellenbogen und drehe mich zu ihm, um ihn anzusehen. Er tut es mir gleich.

»Nächste Woche ist Mom's zehnter Todestag.«

»Oh, okay.«

»Ich habe heute Morgen mit meinem Dad telefoniert, um ihn zu fragen, ob wir den Tag gemeinsam verbringen können. Immerhin habe ich ihn seit Wochen nicht zu Gesicht bekommen.«

An der Art wie er das sagt, kann ich schlussfolgern, dass er Paxton die Bitte abgeschlagen hat. »Und er hat nein gesagt?«

Ich schüttele fassungslos den Kopf. Wie kann man sich seinem einzigen Kind gegenüber so verhalten?

»Er sagte, er habe momentan einfach viel zu tun. Gerade an dem Tag stünden einige wichtige Termine an und er habe keine Zeit, sich mit mir zu treffen. Und schließlich wäre das ja kein Tag, an dem es etwas zu feiern gäbe. Der Florist seines Vertrauens kümmere sich darum, dass das Grab frische Blumen bekäme und fertig.«

»Und, dass du als ihr Sohn vielleicht den Tag mit jemandem verbringen willst, der deine Mom auch gekannt und vor allem der sie über alles geliebt hat? Zählt das denn gar nicht für ihn? Oder ist es ihm nicht wichtig, wie es seinem einzigen Sohn dabei geht?«

Paxton setzt sich auf und lehnt sich mit dem Rücken an das Fahrerhaus. Dann sieht er nach oben in den Himmel, als ob er nach seiner Mom Ausschau halten würde. »Ein Mittagessen mit ihm hätte mir schon gereicht. Ich erwarte nichts Unmögliches. Alles ist besser, als den Tag alleine zu verbringen.«

Ich knie mich vor ihn und greife nach seiner Hand. »Du musst dir keinerlei Vorwürfe machen, Paxton. Du machst alles richtig. Dein Vater verhält sich wie ein riesen Arschloch, wenn ich ganz offen sprechen darf.«

Ein kleines Lächeln umspielt seine Lippen, dann zieht er mich zwischen seine Beine, sodass ich mit meinem Rücken auf seiner Brust liege. Er hält mich fest und für ein paar Minuten genieße ich einfach nur seine starken Arme, die mich umschlingen. Dabei wollte ich *ihm* doch Trost spenden.

»Was dein Vater da abzieht geht überhaupt nicht. Aber was genau hat unser Ausflug heute mit ihm zu tun??« Sein Brustkorb vibriert unter mir, was ich als lautloses Lachen deute.

»Ich wollte einfach raus aus der Stadt und den Kopf freikriegen. Und du bist einfach die beste Ablenkung.«

»Ich glaube, die Babyschildkröten waren eine bessere Aufmunterung als ich.« Ich lächele bei dem Gedanken an Peggy und Steve und frage mich, wie weit sie wohl schon in den weiten Ozean hinausgeschwommen sind.

»Deine Enchiladaeinlage war auch nicht zu verachten.«

Ich stoße ihm leicht meinen Ellenbogen in die Rippe. »Das war nicht lustig, Pax.«

Er zieht mich noch näher an sich. »Oh doch.«, raunt er in mein Ohr und direkt durchfährt mich ein wohliger Schauer. Ich zeichne kleine Kreise auf Paxtons Unterarm. Das sanfte Streicheln seines Atems an meinem Ohr hat schon gereicht, dass ich mich nach ihm und seinen Berührungen sehne. Aber er hat eben so traurig gewirkt, dass ich es ihm überlassen will, wie der Abend ab hier weiterverläuft. Ich schließe die Augen und lausche dem Wellenrauschen, eingelullt in Paxtons markantem Duft.

Dann lässt er plötzlich seine Hand an meiner Seite hinabwandern, bis sie den Saum meines T-Shirts erreicht. Sanft schiebt er sie darunter und streichelt über meinen Bauch hinauf, bis er meine Brüste erreicht. Meine Brustwarzen recken sich ihm verräterisch entgegen. Sein Atem an meinem Ohr geht schneller und auch mein Puls beschleunigt sich. Als sein Daumen meine rechte Brustwarze streift, entfährt mir ein leises Seufzen. Ich versuche mich aus seiner Umarmung zu befreien, um meine Hände selbst auf Wanderschaft zu schicken, aber er hält mich weiter fest und schüttelt unmerklich mit dem Kopf.

»Nicht.«, flüstert er und ich lasse von einem zweiten Versuch ab.

Mit seinem linken Arm hält er mich weiterhin fest an sich gepresst. Nachdem ich nicht weiter versuche mich von ihm zu lösen, lässt seine Hand von meiner Brust ab und wandert meine Seite entlang abwärts, bis sie den Bund meiner Jeans erreicht. Er öffnet geschickt den Knopf, sowie den Reißverschluss und schiebt seine Finger in mein Höschen. Ich keuche auf, als sie auf meine empfindlichste Stelle trifft.

»So feucht.«

»Pax.«, seufze ich leise seinen Namen.

Er bewegt seine Finger kreisend über meine Mitte und ich bewege mein Becken, so gut es geht mit ihm mit. Da ich dabei meinen Po an seinem Schritt reibe, entgeht mir auch nicht, wie sehr ihm das Ganze gefällt.

»Ich liebe es wie dein Körper auf jede einzelne meiner Berührungen reagiert.«, flüstert er mir ins Ohr und in meinem Bauch macht sich ein erregendes Kribbeln breit.

»Wenn ich das richtig spüre, dann lässt es dich auch nicht gerade kalt.«

»Gut kombiniert, Sherlock.« Mit diesem Satz lässt er zwei Finger in mich gleiten und bringt mich damit völlig aus der Fassung.

»Oh mein Gott.«, japse ich. Mehr Worte finde ich in meinem leeren Kopf gerade nicht mehr. Ich übe mit meiner eigenen Hand Druck auf seine in meiner Jeans aus und gebe Paxton damit das Tempo vor, in dem ich seine Finger reite. Sie fühlen sich so verdammt gut an. Ich lasse meinen Kopf nach hinten an seine Brust sinken und gebe mich ihm voll und ganz hin, während er seine Finger immer und immer wieder in mir versenkt. Ein gewaltiger Orgasmus bahnt sich an, ich spüre, wie er sich in mir zusammenbraut.

»Komm für mich, June.«, feuert er mich an und legt seinen Daumen auf meinen Kitzler.

Das lasse ich mir nicht zweimal sagen. Als er seinen Daumen kreisen lässt und seine Finger noch ein weiteres Mal in mich schiebt, explodiere ich in tausend kleine Teile und stöhne dabei laut seinen Namen in die Nacht.

Paxton lockert seinen Griff, damit ich mich zu ihm drehen kann und ich vergrabe mein Gesicht an seinem Hals.

Sanft streichelt er über meinen Hinterkopf und drückt mir einen sanften Kuss auf den Scheitel, bevor er mich wieder fest an sich drückt.

Ich muss kurz eingeschlafen sein, denn als ich die Augen wieder aufschlage, liegt mein Kopf auf Paxtons Brust, die sich gleichmäßig hebt und senkt. Er hat die Decke um uns geschlungen, um uns beide zu wärmen.

»Na, Schlafmütze?«, flüstert er leise.

»Habe ich lange geschlafen?«

»Nur ein paar Minuten. Mach ruhig wieder die Augen zu, wenn du müde bist.«

Ich schüttele mit dem Kopf und lege mein Bein über seine Oberschenkel. Wir liegen einfach schweigend nebeneinander und starren in den Nachthimmel. Noch nie habe ich es erlebt, dass ich mit jemandem einfach schweigen kann, ohne dass es unangenehm wird. Seine Art beruhigt mich ungemein und diese Seite von ihm gefällt mir sehr. Vielleicht ist es auch nur dieses Gefühl von Sicherheit, das er mir jedes Mal vermittelt.

»Darf ich dich etwas Persönliches fragen? Du musst mir auch nicht antworten, aber es gibt da etwas, das ich mich schon öfter gefragt habe.« Tatsächlich stelle ich mir diese Frage schon eine Weile. Seit ich von seiner Familiengeschichte erfahren habe, um genau zu sein.

»Du darfst mich alles fragen, was du willst, June.«, sagt er und streichelt sanft mit seinen Fingern über meinen Arm.

»Hast du San Diego wirklich verlassen, weil du unbedingt in New York studieren wolltest, wie du es Logan weisgemacht hast?« Die Frage brennt mir schon auf der Seele, seit ich seine Familienverhältnisse kenne.

»Um ganz ehrlich zu sein, hat mein Dad mich damals ohne mein Wissen auf der NYU eingeschrieben.«

»Hm… Hat er dir auch gesagt wieso? Ich meine, du hättest doch auch hier studieren können oder nicht?«

»Ich habe keine Ahnung. Darüber habe ich mir lange den Kopf zerbrochen. Damals sagte er, ich müsse auch einmal etwas anderes sehen und New York biete viel mehr Möglichkeiten.«

»Aber nach dem Studium bist du trotzdem noch weiter dortgeblieben.«, stelle ich fest.

»Hm, ja stimmt, das bin ich. Ich hatte mich gut in New York eingelebt und nicht das Gefühl, dass mein Vater sonderlich traurig darüber war, dass ich so weit weg wohnte. Außerdem gab es da auch eine Frau in New York und wenn ich Logan richtig verstanden habe, dann bist du ihr die Tage auch begegnet.«

»Oh ja, eine ganz liebreizende Person.«, murmele ich sarkastisch. »Was hat dich bei der Wahl denn geritten?«

Paxtons Lachen vibriert durch meinen Körper. »Sie hat auch ihre guten Seiten. Nur leider zeigen die sich nicht mehr so oft, seit sie in der Modebranche Fuß gefasst hat.« Er hält kurz inne und ich merke, dass er sich ein Lachen unterdrückt. »Hat sie dich wirklich Trampel genannt?«

»Ja.«, antworte ich und rolle mit den Augen. »Und warum hast du dich von ihr getrennt? Ich gehe zumindest davon aus, dass du es warst, der die Beziehung beendet hat, sonst wäre sie vermutlich nicht in wichtiger Mission hier aufgetaucht.«, schlussfolgere ich.

»Aus dem gleichen Grund, warum du dich von Ethan getrennt hast.«

»Oh.«

»So etwas ist für mich einfach unverzeihlich. Als ich mit Logan darüber gesprochen habe, fragte er wieder, ob ich nicht endlich zurück nach Hause kommen wolle und bot mir die Partnerschaft im Laden an. Da ich mich nach dem Studium lediglich mit verschiedenen Designprojekten über Wasser gehalten und keine feste Anstellung hatte und Colette auch Geschichte war, hielt mich so gesehen nichts mehr im Big Apple. Also habe ich eingewilligt und siehe da, hier bin ich.«

»Wenn man sich verliebt, setzt man sich der Gefahr aus verletzt zu werden. Und davon habe ich wirklich die Nase voll.«, denke ich laut.

Paxton zieht eine Augenbraue nach oben. »Also lässt du dich lieber von deinem Mitbewohner auf der Ladefläche seines Pickups mit den Fingern vögeln?«

Ich setze mich auf und stupse mit meinem Zeigefinger seine Nase an. »Ich habe ja nie gesagt, dass ich wie eine Nonne leben muss, nur, weil ich keine Beziehung eingehen will.«

»Das stimmt wohl.«

»Außerdem hätte ich mich ja auch dafür revanchiert, wenn du es zugelassen hättest.«

Paxton grinst. »Da wird sich bestimmt noch die ein oder andere Gelegenheit dazu finden.«

»Das hoffe ich doch. Da gibt's noch so Einiges, was ich gerne mit dir tun möchte.« Dieses Mal lasse ich meinen Finger von seiner Brust abwärts wandern. Kurz bevor ich am Bund seiner Jeans angekommen bin, klingelt Paxtons Handy.

Genervt stöhnt er auf, als er den Klingelton erkennt. »Das ist Logan.« Er zieht das Telefon aus seiner Hosentasche und wirft einen Blick auf das Display. »Wir sollten langsam zurückfahren. Unser Mitbewohner ist kurz davor einen Suchtrupp loszuschicken.«

Beim Gedanken daran muss ich lachen. »Logan ist so eine Dramaqueen. Na, dann auf, lass uns nach Hause fahren, bevor er sich ins Hemd macht.« Als ich an der Kante der Ladefläche stehe, hält Paxton mir eine Hand entgegen. Ich lege meine hinein, doch anstatt hinunter zu springen, packt er mich mit der anderen Hand an meiner Taille und zieht mich in seine Arme. Er drückt mich mit dem Rücken an den Wagen und presst seine Lippen auf meinen Mund.

»Ich freue mich schon auf die Revanche.«, raunt er.

»Ich mich auch.«

KAPITEL 24

Seit unserem Ausflug vor ein paar Tagen, ist es wie verhext. Als sollten wir einfach keine Zeit mehr für uns allein haben. Irgendwie hat Logan es sich zur Aufgabe gemacht, zu unserem Schatten zu mutieren und sich überall mit einzuklinken. Sei es unser DVD Abend vor drei Tagen, das gemeinsame Surfen vorgestern oder auch einfach nur den Strandspaziergang gestern Abend. Wahrscheinlich kapiert er es noch nicht einmal, dass wir gerne mal nur zu zweit wären. Meine Hormone wären ihm zu allergrößtem Dank verpflichtet.

Heute Abend kommt Gabby zu Besuch, weil ich nicht will, dass Paxton den ganzen Abend traurig in seinem Zimmer sitzt. Der zehnte Todestag seiner Mom steht morgen an und das wird hart genug für ihn. Vielleicht will Logan mit seiner ständigen Anwesenheit auch einfach nur das Gleiche bezwecken, ich weiß es nicht.

Ich habe lange mit ihm gesprochen und ihn in meinen Plan für den Tag eingeweiht, er schlug daraufhin das Essen für den heutigen Abend vor. Außerdem hat er mir die Telefonnummer von Paxtons Dad organisiert. Und jetzt stehe ich nervös in meinem Zimmer, hebe das Telefon an mein Ohr und lausche dem Freizeichenton. Nach dem vierten Klingeln hebt jemand ab.

»Lewis.«

Plötzlich spüre ich einen dicken Klos im Hals. Ist es wirklich die richtige Entscheidung, Paxtons Dad anzurufen? Ohne sein Wissen? Er legt keinen Wert auf die Meinung oder die Gefühle seines Sohnes, wieso sollte er dann ausgerechnet mir zuhören? Einer völlig fremden Frau. Geschweige denn, auch noch auf mich hören?

»Hallo?«

»Ähm...«, krächze ich.

»Wer ist denn da?« Seine Stimme wirkt langsam ein wenig gereizt.

»Hier ist Juniper Cole... ich... ich bin... ähm... eine Freundin von Paxton.«

»Und was genau wollen Sie von mir? Ich habe ganz sicher keine Zeit und keine Lust Kummerkasten für jedes dahergelaufene Mädchen zu spielen, dem mein Junge das Herz gebrochen hat.«

»Nein. So ist es gar nicht. Ich wollte mit ihnen über morgen sprechen.«

Totenstille in der Leitung.

Ich versuche, meine Stimme so fest wie möglich klingen zu lassen, während ich ihm erkläre, was ich von ihm will. Und zwar, dass er morgen mit seinem Sohn ans Grab seiner Frau, bzw. Paxtons Mom fährt.

»Sie fehlt ihm. Jeden einzelnen Tag. Und ohne Ihnen zu nahe zu treten... Ich denke Ihnen geht es genauso, sonst wären sie in all der Zeit nicht alleine geblieben.« Ich appelliere an sein Herz und die Liebe zu seiner Familie.

Ein Schnauben ist am andern Ende der Leitung zu hören.

»Ich weiß nicht, wer sie zu sein glauben, dass sie sich ein Urteil über mich und meine Gefühle erlauben können. Jetzt hören Sie mir genau zu, ich sage Ihnen das, was ich auch Paxton gesagt habe und ich werde mich nicht wiederholen.« Er macht eine kurze Pause. Ich höre ihn tief einatmen. »Für den morgigen Tag ist alles arrangiert. Ich werde nicht in der Stadt sein und ganz bestimmt auch nicht auf den Friedhof gehen und ihm das Händchen halten. Da kann er noch so viele *Freundinnen* auf mich ansetzen.«

»Aber er hat mich doch gar nicht...«, stammele ich, aber da höre ich auch schon das Freizeichen. Paxtons Vater hat einfach aufgelegt. Wenn ich ihn zuvor schon für einen herzlosen Mistkerl gehalten habe, dann hat er dieses Bild von sich in meinem Kopf gerade mehr als bestätigt.

Als ich aus meinem Zimmer komme, sieht Logan mich erwartungsvoll an. Ich schüttele nur bedauernd den Kopf und er formt ein stummes O mit seinen Lippen, während er sich auf die Couch sinken lässt.

»Was ein sturer Idiot.«, murmelt er und schüttelt ebenfalls den Kopf.

Ich lasse mich neben ihn auf die Couch fallen und lege meinen Kopf auf seine Schulter. »Wenn Plan A nicht funktioniert, muss es eben Plan B richten.«

~

»Und das hat wirklich Pax gemalt? Dabei dachte ich immer, Logan sei der Kreative.« Gabby steht vor dem Strandgemälde, das in unserm Wohnzimmer hängt und nippt an ihrem Weinglas. Sie ist so vertieft in das Bild, als sei sie gerade im Museum und würde gleich anfangen, über die Pinselstriche und die Bedeutung der Farben zu philosophieren.

»Was will uns der Künstler damit sagen? Ein Junge mit einer Gitarre und ein bläulich schimmernder Strand?«, flüstere ich ihr leise von hinten ins Ohr.

»Dass er gerade blau war und sich deshalb für die Farbe entschieden hat.« Sie sagt es so trocken und mit so viel Überzeugung. Als sie mein Schmunzeln sieht, prustet sie laut los. »Das Einzige was ich über ein Gemälde sagen kann, ist, ob es mir gefällt oder nicht. Für mehr tiefgründige Analysen musst du dich allem Anschein nach an den Künstler himself wenden.«

»Wenn er denn heute noch hier auftaucht.«, nölt Logan genervt von der Couch aus.

»Er hat gesagt, er sei um halb 6 da und das ist erst in zehn Minuten. Also hört auf, zu hetzen.« Ich werfe den beiden einen warnenden Blick zu. »Und hör auf die ganzen Cookies allein zu futtern, die sind für alle.«

»Ich weiß, wer nachher seinen Burger nicht schafft.«, stichelt Gabby.

»Für nen Burger von Edie ist immer Platz.« Er reibt sich demonstrativ den Bauch.

»Pack jetzt endlich die Kekse weg oder ich tu dir weh.«

»Du und wer noch?«

»Ich.«, ruft Gabby sofort.

Logan lacht herzhaft, schließt dann aber den Deckel und schiebt die Schachtel beiseite. »Meghan hat es echt voll drauf mit dem Backen. Daran könnte ich mich gewöhnen. Warum nochmal ist sie heute nicht bei unserer Mission dabei?«

»Sie hat ein Date.«, grinse ich.

»Mit dem Kaffeemann unseres Vertrauens.«, erwähnt Gabby, wobei ich nicht glaube, dass es Logan wirklich interessiert, mit wem sie sich trifft. »Matthew ist toll.«

»Ja, das finde ich auch.«

» Dann eben ein Viererdate.« Wieder lacht er laut auf.

»Hätte er wohl gern.«, flüstert Gabby mir zu und verschwindet in der Küche. Aber wo er Recht hat…

Pünktlich auf die Minute trudelt Paxton in der WG ein.

»Na, endlich Mann. Ich war schon kurz davor mich selbst zu verdauen.«, ruft Logan und schnappt sich seine Jacke vom Sessel.

»War er nicht. Er hat sich schon mit Keksen vollgestopft.«, flüstere ich Paxton zu und er erwidert kopfschüttelnd mein Lächeln.

»Gebt mir eine Minute. Ich ziehe mir nur schnell etwas anderes an.« Dann verschwindet er in sein Zimmer.

Stöhnend lässt sich Logan wieder auf die Couch sinken, während Gabby sich an meine Zimmertür lehnt.

Nach ein paar Minuten ist Paxton umgezogen, greift sich seine Turnschuhe und setzt sich auf den Sessel, um sie anzuziehen.

»Na dann, nichts wie los.«, ruft Logan, springt auf und kommt zu Gabby und mir. Als Paxton sich dann noch dazugesellt, stehen wir alle beieinander, wie bestellt und nicht abgeholt.

Paxton scheint heute Abend gut gelaunt zu sein. Egal, wo er den ganzen Tag war, es hat ihm auf jeden Fall gutgetan. Er hat sich ein einfaches weißes T-Shirt mit V-Ausschnitt und eine schwarze Weste übergezogen und sieht in beidem verdammt gut aus.

Warum ist ein unifarbenes Shirt bei Frauen langweilig, bei Männern aber total heiß? Und dieses enganliegende Exemplar bringt Paxtons muskulöse Arme und seine breiten Schulter perfekt zur Geltung.

»Können wir?«, fragt er sanft. Dabei sieht er mir so tief in die Augen, dass mir schwindelig wird und ich beinahe gegen Gabby falle.

Sie schiebt Logan in Richtung Flur. »Los jetzt. June kippt uns gleich um vor Hunger.«

Im Vorübergehen streift er fast unmerklich meine Hand und schenkt mir ein Lächeln. Mein Herz macht einen Satz.

Es ist kurz nach sechs, als wir Edie's Diner erreichen. Der Parkplatz ist so brechend voll, dass ich froh darum bin, mich als Fahrer gemeldet zu haben. Möglich, dass man als großer Mann gefühlt mit den Knien unterm Kinn auf der Rückbank sitzt, aber mit meinem kleinen Auto passe ich dafür in jede noch so kleine Parklücke. Ich setze den Blinker und manövriere den Wagen zwischen einen Chevrolet SUV und ein Mustang Cabrio.

Freitagsabends ist bei Edie immer Steaknight und die ist bis weit über die Grenzen von Ocean Beach bekannt.

»Ah June, da seid ihr ja.«, ruft Edie, als sie mich entdeckt und winkt uns zu sich. »Ich habe den besten Tisch für mein Mädchen reserviert. Du kannst ruhig Sam fragen, ich habe den Tisch mit meinem Leben beschützt. Ihr wisst ja, was freitagsabends hier los ist.«

»Danke Edie. Du bist die Beste.« Ich drücke ihr einen Kuss auf die Wange und rutsche dann auf die dinertypische rote Ledereckbank. Gabby hat sich zu mir gekuschelt, die Jungs haben sich auf den Stühlen gegenüber von uns niedergelassen.

»Wisst ihr schon, was ihr trinken wollt?«, fragt Edie und zückt ihren Block.

Schnell geben wir ihr unsere Bestellung durch, Bier für die Jungs, Wein für Gabby, eine Cola für mich. Da das Diner heute Abend wirklich bis auf den letzten Platz belegt ist, ordern wir gleich vier Steaks mit Kartoffelwedges dazu, damit die Küche gleich loslegen kann. Nicht, dass Logan wirklich noch verhungern muss.

Als Edie unsere Getränke bringt, schüttelt Logan nur mit dem Kopf. »Ach, Muffinpie… Zu einem richtig guten Steak gehört doch ein Bier oder ein schönes Glas Rotwein.«

»Ich trinke nicht, wenn ich noch Fahren muss. Das solltest du doch langsam wissen.«

»Es ist nicht jeder so unvernünftig wie du Logan.«, verteidigt mich Gabby.

Während Logan uns in eine Diskussion über die korrekten Getränke zu bestimmten Gerichten verwickelt, schweifen mein Blick und meine Gedanken unweigerlich zu Paxton ab. Ich kann es einfach nicht verhindern. Immer wieder ertappe ich mich dabei, wie ich ihn beobachte, wenn er gerade nicht hinsieht. Das Spiel seiner Muskeln, während er seine Flasche zum Mund führt und einen Schluck daraus trinkt, fasziniert mich. Wie gern wäre ich gerade diese Flasche.

Gabby tritt mir unterm Tisch gegen das Schienbein. »Du sabberst schon wieder, June.«, flüstert sie.

Ich erschrecke mich so sehr, dass ich mit meiner Hand das Colaglas vor mir vom Tisch fege. »Mist.«, fluche ich, springe auf, um das Schlimmste zu verhindern, aber bin zu langsam. Der ganze Inhalt landet auf meinem Shirt und läuft hinunter in meine Jeans. Das ist mal wieder so typisch ich.

Edie kommt sofort mit einem Lappen angerannt und tupft mir zart über die Hose.

»Ich mach das schon, du musst dich darum nicht auch noch kümmern, Edie.«, sage ich sanft und nehme ihr das Geschirrtuch aus der Hand.

»Wenn du Hilfe brauchst, weißt du ja, wo du mich findest.«

»Ich will dich ja nicht noch weiter stressen, Muffinpie…
aber der Fleck da sieht aus, als ob du dir in die Hose gemacht
hättest.«

»Danke, Logan. Wie immer ein sehr hilfreicher Beitrag.«
Gabby rollt genervt mit den Augen. Wenn das Tischbein nicht
im Weg wäre, hätte sie ihm vermutlich auch einen Tritt
verpasst.

»So kannst du nicht hier sitzen bleiben. Das klebt, sobald es
trocknet.« Paxton schnappt sich meine Hand und zieht mich
mit sich.

»Was hast du vor?«

In Gabbys und Logans Augen sehe ich das selbe große
Fragezeichen stehen.

Paxton steuert schnurstracks die Herrentoilette an, öffnet
die Tür und wirft einen Blick hinein. »Keiner drin.«, murmelt
er und schiebt mich bestimmend durch die Tür.

»Zieh dich aus.«, befiehlt er sanft.

»Bitte was?«

»Zieh deine nassen Klamotten aus.«

Ich starre Paxton an, als ob er nicht ganz zurechnungsfähig
wäre. Ich werde mich sicher nicht nur in Unterwäsche hier
hinstellen und meine Klamotten auswaschen. »Ich ziehe mich
ganz sicher nicht aus, wenn hier jederzeit jemand
hereinkommen kann.«

Er atmet einmal tief ein und aus, dann schiebt er mich mit
dem Rücken zur Tür. »Solange du die Tür blockierst, kommt
hier keiner rein. Und jetzt zieh deine Klamotten aus oder ich
mache es.«

Die zweite Option könnte mir durchaus gefallen, wenn wir
uns nicht gerade in einer öffentlichen Toilette befinden
würden. Die letzten Tage habe ich mir sehnlichst ein paar

Momente ganz mit ihm allein gewünscht. Aber in meiner Vorstellung lagen wir auf seinem Bett oder wenigstens irgendwo, wo es nicht nach Klostein riecht.

Als ich mich noch immer nicht rühre, öffnet er den Reißverschluss seiner Weste und legt sie auf dem Waschbecken ab. Dann streift er sich das Shirt über den Kopf und hält es mir hin.

Jetzt verstehe ich auch, was er von mir will und warum ich mich ausziehen soll. Allerdings steht Paxton jetzt mit nacktem Oberkörper vor mir und mein Hirn schaltet automatisch in den Notstrommodus.

Wie in Trance greife ich nach seinem T-Shirt. Meine Augen dagegen wandern von seinem Hals, über seine muskulöse Brust, bis hin zu seinem definierten Bauch mitsamt diesem verdammt sexy V, das im Bund seiner Jeans verschwindet.

»Das Shirt sollte an einem Zwerg wie dir lang genug sein, dass es als Kleid durchgeht.«

»Ich bin kein Zwerg.«, murmele ich leise. Ich beiße mir auf die Unterlippe und höre ihn im gleichen Moment dunkel knurren. Er spürt das Knistern hier im Raum auch. Ich muss ihn gar nicht erst ansehen, um das zu wissen.

Schnell schüttele ich den Kopf und reiße mich aus meinen Gedanken. Genau *diese* haben mir diesen Schlamassel überhaupt erst eingebrockt.

Dann mache ich den allesentscheidenden Fehler und blicke ihm in die Augen. In ihnen lodert ein Feuer, wie ich es noch nie bei ihm gesehen habe.

Langsam ziehe ich mein Shirt über den Kopf und lasse es zu Boden fallen.

»Du bist einfach wunderschön, June.« Sein Blick folgt meinen Bewegungen und ich lasse ihn nicht aus den Augen, während ich den Knopf meiner Jeans öffne. Er schluckt schwer, als ich sie mir von den Beinen streife.

Er starrt mich genauso intensiv an, wie ich ihn, was das Feuer in meinem Unterleib nur noch weiter schürt. Ohne ein weiteres Wort zu sagen, kommt er auf mich zu und presst mich gegen die Tür.

Ein überraschter Laut entweicht meinen Lippen, der in ein wohliges Seufzen übergeht. Als ich nach oben blicke, sehe ich das Verlangen in seinen Augen aufblitzen.

Seine Zunge verlangt Einlass in meinen Mund, unsere Zungen treffen sich und ich schmecke das herbe Bier.

Ich zittere. Am ganzen Körper. Und das liegt nicht daran, dass ich nur in Unterwäsche an eine Holztür gelehnt hier stehe.

Paxton presst sein Becken gegen meins und ich spüre, dass er völlig bereit für mich ist. Wären wir jetzt an einem ruhigeren Ort, wäre ich sicher nicht die Einzige, die nur noch Unterwäsche tragen würde. Oder noch weniger.

»Wir sollten zurück.«, wispert er zwischen zwei Küssen. Es ist ihm deutlich anzusehen, dass ihm die Steaks gerade völlig egal sind.

Ich nicke nur, lasse dabei aber meine Fingerspitzen über seine Brust, zum Bund seiner Jeans wandern. Kurz streichele ich über die Beule in seiner Hose, woraufhin er scharf die Luft einzieht. Gekonnt öffne ich auch den Knopf seiner Jeans. Als ich meine Hand weiter auf Wanderschaft schicken will, packt er mein Handgelenk, führt es an seine Lippen und haucht sanfte Küsse darauf.

»So gern ich dich gerade auch hier gegen diese Tür vögeln möchte… Und verdammt, June, es gibt gerade absolut nichts, was ich mehr will als das. Wir sollten langsam *wirklich* zurück zu Logan und Gabby gehen, bevor ich mich hier und jetzt vergesse.«

Ich grinse ihn mit einem lachenden und einem weinenden Auge an. »Als ob die beiden nicht eh schon wüssten, wie der Hase läuft.«

»Er hoppelt, Baby.« Dann wirft er sich seine Weste über und zieht den Reißverschluss bis unter Kinn hoch.

Ich schlüpfe in sein Shirt und sofort nimmt mich sein Geruch gefangen. Dieser Mann riecht einfach so göttlich. Meine Hose und mein Shirt falte ich ordentlich zusammen, was Paxton ein Schmunzeln entlockt.

»Kleiner Ordnungsfreak.«, flüstert er mir ins Ohr und gibt mir einen Klaps auf den Po, während wir die Toilette verlassen und gemeinsam zurück zu unserm Tisch laufen.

»Chaot.«, entgegne ich ihm, als ich mich zurück auf die Eckbank fallen lasse.

»Ihr habt aber ganz schön lange gebraucht, um euch umzuziehen.«, zwinkert Gabby uns zu.

Dieses Mal bin ich es, die ihr unter dem Tisch gegen das Bein tritt. Aber auch Paxton reagiert nur mit einem Schulterzucken und einem Grinsen. So lange können wir aber gar nicht verschwunden gewesen sein, denn es dauert immer noch gute zwanzig Minuten, bis Edie mit vier duftenden Steaks beladen zu uns herüberkommt.

»Wenn ihr noch etwas braucht, dann ruft einfach ganz laut. Und jetzt lasst es euch schmecken, ihr Hübschen.« Schon wirbelt sie zurück hinter die Theke und lauscht dem alten Thomas, der wie jeden Abend sein Feierabendbierchen an der Theke genießt.

Paxton rückt mit dem Stuhl etwas näher zu mir. So nah, dass sich unsere Beine berühren und er kurz über mein Knie streicheln kann. Die Berührung ist federleicht, aber sie kribbelt bis in meinen Bauch hinein. Dann spüre ich jedoch eine andere Art Kribbeln. Paxtons Handy vibriert in seiner Hosentasche. Als er das Display betrachtet, weiten sich für eine Sekunde seine Pupillen, allerdings schiebt er es direkt wieder zurück in die Hose. Erneut vibriert das Telefon.

»Willst du nicht drangehen?«, frage ich und schiebe mir ein Stück Rindfleisch in den Mund.

»Ich rufe nach dem Essen zurück.«

Ich nicke ihm nur kurz zu und schenke ihm ein Lächeln. Irgendwie habe ich das Gefühl, dass der Anruf an seiner blendenden Laune gekratzt hat.

Als das Telefon ein paar Minuten später wieder klingelt, stöhnt Paxton genervt auf und nimmt den Anruf entgegen. »Was?«, blökt er ins Telefon und steht auf, um in die ruhige Ecke neben dem Flipperautomaten zu gehen. Mit seiner freien Hand trommelt er auf selbigem herum. Plötzlich verfinstert sich sein Gesichtsausdruck. An seinem Tonfall und der Art und Weise wie sein Körper sich versteift, lässt sich erahnen, dass sein Dad am anderen Ende der Leitung ist. Und ich ahne Schlimmes… Vermutlich erzählt er ihm gerade von meinem unerwünschten Anruf heute Nachmittag. Paxton kneift die Augen zusammen und seine Nasenflügel beginnen sich zu blähen. Dann huscht sein Blick zu mir.

Ich sinke immer tiefer in den Sitz, als mir die blanke Wut aus Paxtons Augen entgegenschlägt. Das wird gleich richtig knallen…

KAPITEL 25

»Du hast meinen Vater angerufen?«, fährt Paxton mich wutentbrannt an, als er das Telefonat beendet hat und zurück zu unserem Tisch gekommen ist »Was um alles in der Welt hast du dir bitte dabei gedacht?«

»Ich…« Mein Hirn ist außerstande einen Satz zu bilden.

Seine Augen funkeln mich zornig an und die Ader an seiner Schläfe pocht verdächtig. »Was, June?«

»Ich dachte…«

»Du dachtest was? Dass er seine Meinung ändert, wenn ein süßes kleines Mädchen bei ihm anruft und ihn darum bittet, sich ausnahmsweise mal nicht wie ein Arsch aufzuführen? Ach, komm schon June. So naiv kannst nicht einmal du sein.«

Mittlerweile schaut das halbe Diner zu uns herüber. Ich kämpfe gegen die Tränen an. Edie beobachtet uns kritisch, aber ich schüttele nur leicht den Kopf, bevor sie eingreifen kann. Sie nickt, hält sich aber sichtlich bereit dazwischenzugehen, wenn es sein muss.

»Hey Bro. Sie hat es nur gut gemeint.«, versucht Logan seinen Freund zu beruhigen.

»Du wusstest davon?«, Paxton wird immer wütender.

»Wir haben es nur gut gemeint. Wir wollten einfach, dass es dir gut geht… weil wir deine Familie sind.«

»Wollt ihr mich eigentlich alle verarschen?« Er zückt seinen Geldbeutel und wirft uns einen Geldschein auf den Tisch. »In einer Familie fällt man sich nicht gegenseitig in den Rücken. Ich verschwinde.«

Ich springe auf, aber er stürmt so schnell aus dem Diner, dass keiner von uns noch etwas sagen kann.

»Ich glaube, mir fehlt hier eine Info.«, merkt Gabby kleinlaut an. Logan erzählt ihr, was heute Morgen in der Wohnung los war und warum Paxton so heftig reagiert.

»Wir haben alle ganz schön verkorkste Eltern.«, flüstert sie eher zu sich selbst, aber wir stimmen ihr beide zu.

»Und was machen wir jetzt?« Hilfesuchend blicke ich zu Logan, der sich auf seinem Stuhl ausstreckt und den Kopf in den Nacken legt.

»Ich befürchte, wir müssen warten, bis seine Wut verraucht ist. Mit einem wütenden Paxton kannst und willst du nicht reden. Glaub mir.«

Mit einem Mal steht Edie neben mir und sieht uns mit einem herzerweichenden Blick an. Sanft streichelt sie über meinen Kopf, wie sie es früher schon immer getan hatte, wenn Mom mal wieder länger arbeiten und ich stundenlang im Diner auf sie warten musste. »Alles wird gut, June.«, flüstert sie mir zu, beugt sich zu mir und drückt mir einen Kuss auf den Scheitel.

»Bringst du uns die Rechnung? Ich glaube, wir sollten gehen, bevor wir dir alle Gäste vergraulen.«

»Sei nicht albern. Für ein gutes Steak nehmen die jede Show in Kauf.« Sie zwinkert mir aufmunternd zu, während sie ihren Geldbeutel zückt.

Wir bezahlen schnell, entschuldigen uns noch mehrmals bei ihr und verlassen dann das Diner. Ich hatte die Hoffnung, dass Paxton eventuell am Wagen auf uns wartet, aber das wäre wohl zu schön gewesen. Langsam lasse ich den Blick über den Parkplatz schweifen, aber auf den umliegenden Bänken sitzt niemand. Ein ungutes Gefühl macht sich in meiner Magengrube breit. Ich mache mir Sorgen, dass er auf dumme Gedanken kommt, so wütend wie er gerade ist.

»Steigt ein.«, fordere ich die beiden auf.

Logan überlässt Gabby den Platz neben mir. Er schiebt den Beifahrersitz nach vorne und klettert auf die Rückbank.

»Soll ich dich nach Hause bringen oder kommst du noch mit zu uns?«

»Ich glaube, ich verzichte auf Paxton vs. June, Round 2.« Sie legt mir mitfühlend die Hand auf die Schulter.

»Darauf würde ich auch gerne verzichten, aber ich befürchte der Kampf ist noch nicht vorbei.« Ich seufze und starte den Motor. Bis zu ihrer Haustür fahren wir schweigend durch die Nacht. Die Stimmung ist zu geknickt für die üblichen Blödeleien zwischen Logan und mir oder den Kabbeleien zwischen Gabby und ihm.

Als Gabby ausgestiegen ist, klettert Logan nach vorne.

»Schreibt mir, wenn ihr was von Paxton hört.«

»Machen wir, Gabs.«

Wir verabschieden uns von ihr und setzen unsere schweigsame Fahrt fort. Selten habe ich Logan so leise erlebt wie jetzt gerade. Für gewöhnlich kann er jeder noch so negativen Situation doch etwas Positives abgewinnen. Sein Stillschweigen schürt nur meine Befürchtung, dass es mit einer einfachen Entschuldigung dieses Mal nicht getan ist. Wenn es um die Familie geht, versteht Paxton keinen Spaß. Es stand mir nicht zu, seinen Dad anzurufen. Ich habe eine Grenze überschritten. Und das in vielerlei Hinsicht.

Und jetzt? Mittlerweile liege ich auf der Couch und starre bei jedem Geräusch, das aus dem Treppenhaus oder von der Straße aus hinein dringt, in Richtung Flur. Aber keine Spur von Paxton. Ich habe ihm schon mindestens zehn Nachrichten geschickt und ein paar Mal versucht, ihn anzurufen, aber sein Handy ist aus. Langsam kommt es selbst in meinem optimistischen Hirn an. Er will niemanden von uns hören oder sehen.

»Einen Keks für deine Gedanken.«

Vor meiner Nase schwebt plötzlich ein riesiger Chocolate Chip Cookie. Ich hatte nicht einmal mitbekommen, dass Logan sich zu mir gesetzt hat.

»Ich mache mir Sorgen, dass Paxton nicht nach Hause kommt.«

»Der wird sich schon wieder einkriegen.«, versucht Logan mich aufzumuntern.

»Ich hoffe es.«

»Du hast keine Ahnung, wie oft Paxton und ich uns schon gefetzt haben und schau uns an. Wir sind immer noch die besten Freunde.«

»Das ist etwas anderes.«, seufze ich.

»Was soll daran anders sein?«

»Paxton und ich haben eine andere Art Freundschaft wie ihr beide. Außerdem kennt ihr euch seit der Kindheit. Mich kennt er gerade mal ein paar Wochen und schon bilde ich mir ein, mich in seine Familienangelegenheiten einmischen zu müssen.«

»Du hast es doch nur gut gemeint, weil du ihn magst.« Logan zieht mich in eine Umarmung und streichelt mir behutsam über den Kopf. »Er wird sich wieder beruhigen. Vielleicht nicht heute, aber bestimmt bald.«

»Ich habe es ganz schön verbockt, hm?«, schniefe ich an seiner Brust.

»Da haben wir beide unseren Teil dazu beigetragen. Lass uns einfach warten. Er kann ja nicht die ganze Nacht draußen umherirren.«

Ich seufze laut, rutsche dann an den Rand der Couch, wo meine Tasche liegt und durchforste sie nach meinem Handy. Zu viele Gedanken rasen mir durch den Kopf, zu viele Szenarien, die sich mein verängstigtes Hirn ausmalt. Es gibt gerade nur einen Menschen, den ich anrufen will. Als ich das Knacken in der Leitung höre, atme ich erleichtert auf. »Hey Mom, ich bin's.«, sage ich und signalisiere Logan, dass ich in meinem Zimmer weitertelefoniere.

»Hey Sweetheart. Schön, dass du dich meldest.«

Mit einem Seufzen lasse ich mich auf mein Bett sinken und mache mich darauf lang. Mom ist vermutlich die Einzige, der ich erzählen kann, was heute passiert ist und die zu einhundert Prozent versteht, was gerade in meinem Kopf vor sich geht. Welche Sorgen ich mir mache… Weil sie mich seit zweiundzwanzig Jahren kennt und ich früher genauso war. Ständig bin ich weggerannt. Manchmal bin ich die ganze Nacht weggeblieben, nur damit Mom sich Sorgen machen muss. Dabei hätte ich an solchen Tagen einfach froh sein sollen, dass sie gerade klar im Kopf und nicht von ihren Depressionen eingenommen war.

»Alles gut bei dir, mein Schatz?«, fragt sie zögerlich, als sie nichts von mir hört, außer meinem nervösen Atmen.

»Hmmm…«, räuspere ich mich.

»Was ist los, June?«

»Ich habe einen Freund von mir heute ziemlich enttäuscht und irgendwie hat mich das an früher erinnert.«

Mom schluckt hart, versucht ihre Stimme aber weiterhin sanft klingen zu lassen. »Wenn du magst, erzähl mir die Geschichte von Anfang an und dann schauen wir, wie dir deine alte Mutter weiterhelfen kann.«

»Es geht um meinen Mitbewohner, Paxton. Seine Mom hat morgen Todestag und seinen Dad interessiert das einen Scheiß. Er will nicht einmal den Tag mit ihm verbringen. Also haben Logan und ich einen Plan gemacht.«

»Und der kam bei euerm Freund nicht so gut an?«

»Alles lief nach Plan, doch der Plan war scheiße.« Ich lache zwar über meine Aussage, aber höre selbst, wie verbittert ich klinge. »Nicht so gut ankommen ist die Untertreibung des Jahres.«

»Und was war euer Plan?«

»Logan ist mit Paxton aufgewachsen und kennt seinen Dad, seit er denken kann. Und er meinte, dass es sich da bestimmt nur ein Missverständnis handeln muss und Paxtons Dad doch niemals so herzlos sein kann. Also habe ich ihn selbst angerufen. Er sollte sich im Klaren sein, falls Paxtons Version wirklich stimmt, wie sehr er seinen Sohn damit verletzt.«

Meine Stimme bricht und ich muss kurz gegen die Tränen ankämpfen. Ich schnappe nach Luft und versuche wieder gleichmäßig zu atmen.

»Lass mich raten. Es hat deinem Freund nicht gefallen, dass du dich eingemischt hast?«

»Nein.«, seufze ich.

»Ach, June.«

»Wir waren bei Edie, als sein Dad anrief und ihm von dem Anruf erzählte. Paxton ist total ausgerastet, hat uns angeschrien und ist dann abgehauen.«

»Und wie lange ist das her?«

Ich nehme mein Handy vom Ohr und werfe einen Blick auf die Uhr. »Vor knapp 2 Stunden. Gegen Acht.«

»Gib ihm einfach ein wenig Zeit. Ich kenne diesen Jungen nicht, aber ich denke, er ist in Bezug auf den morgigen Tag ein wenig sensibler oder empfindlicher als gewöhnlich.«

Mom hat vermutlich Recht. Ich mag mir nicht vorstellen, was momentan in Paxtons Kopf vor sich geht. Welche Gefühle in ihm Achterbahn fahren. Auch ohne die Geschichte mit mir, hat er so viele emotionale Baustellen. Noch ein Grund mehr, warum das mit uns als Paar eine extrem bescheidene Idee ist. Aber ich mag ihn… sehr… Und ich will nicht, dass es ihm schlecht geht. In den letzten zwei Stunden habe ich mir mehr Sorgen gemacht als jemals zuvor um jemanden. Mom natürlich ausgenommen.

»Darf ich dich was fragen, Mom?«

»Natürlich mein Schatz. Alles, was du willst.«

»Wieso bist du damals nicht durchgedreht vor Sorge, als ich ständig weggelaufen bin?«

»Weil ich dir vertraut habe. Zu manchen Zeiten sogar mehr, als ich mir selbst vertraut habe.«

Ich spüre wie mir die Tränen in die Augen steigen. Ach, Mom…

»Außerdem bist du jedes Mal zu Sam gelaufen und wolltest aufs Meer raus.« Ich höre ihrer Stimme an, dass sie gerade lächelt. »Ich habe es dir nie erzählt, aber er hat mich jedes Mal angerufen und gesagt, dass du bei ihm bist, damit ich mir keine Sorgen machen muss.«

»Das ist es Mom!«, brülle ich in den Hörer. »Du bist ein Genie.«

»Nicht, dass ich mich über das Lob beschweren würde, im Gegenteil, aber was genau meinst du?«

»Ich melde mich wieder, aber ich muss los, Mom.«

»Okay, Schatz. Aber schreib mir bitte, wenn du alles geregelt hast. Hin und wieder macht sich deine alte Mutter nämlich doch noch Sorgen um dich. Auch wenn du mittlerweile erwachsen bist.«

Ich klemme mir das Telefon unters Ohr, während ich in eine Leggins schlüpfe.» Mach ich. Ich liebe dich, Mom.«

»Ich dich auch, June.«

Dann lege ich auf.

Ich weiß genau, wo ich ihn finde. Ich werfe mir noch einen Hoodie über und rase in Richtung Flur.

»Wo willst du denn hin?«, brüllt mir Logan hinterher.

»Zu Paxton.«

»Hat er sich gemeldet?«

»Nope.«

»Woher willst du dann wissen, wo er ist?«

»Weiß ich nicht, Bauchgefühl.«

»Nimm wenigstens dein Handy mit und schreib mir, wenn du ihn findest. Ich will mich nicht um euch beide sorgen müssen.« Er klingt schon wie Mom. »Und June?«

Ich drehe mich noch einmal zu ihm um.

»Mach keine Dummheiten.«

»Bis später, Logan.« Hastig küsse ich ihn auf die Wange und renne zu meinem Wagen.

KAPITEL 26

Der Parkplatz ist so gut wie leer, als ich dem Motor meines Wagens und die Scheinwerfer ausschalte. Mittlerweile ist die Nacht hereingebrochen und hat den Pier in Dunkelheit gehüllt. Wenn ich es hier am Tag schon mag, so liebe ich es in der Nacht. Man nimmt alles mit anderen Sinnen wahr als noch im Sonnenlicht. Den Strand, die Wellen, das Meer. Der Strand bei Nacht ist einfach ein Traum.

Ich atme tief die salzige Meerluft ein und sofort erfüllt mich ein Gefühl der Ruhe und Geborgenheit.

Paxton hat mir vor kurzem erzählt, dass ihm dieser Strand hier von allen Stränden im Umkreis am besten gefällt. Vielleicht aber auch, weil seine Mom immer mit ihm hierherfuhr. Früher, als er noch ein kleiner Junge war, kamen sie zum Spielen und Schwimmen her, später sah sie ihm beim Surfen zu.

Beim Telefonat mit meiner Mom wurde mir eins klar. Er wird sich an einen Ort zurückgezogen haben, an dem er sich mit seiner Mom verbunden fühlt. Dass er nachts auf dem Friedhof rumlungert, schließe ich einfach mal aus. Aber als Mom dann Sam erwähnt hat und ich an den Strand hier dachte, der auch für mich ein Stück Kindheit und positive Erinnerung ist, wusste ich irgendwie tief in meinem Herzen, dass ich ihn hier suchen muss.

Am Geländer des Piers, von dem aus man den ganzen Strand überblicken kann, steht ein junges Paar, beide voll und ganz in ihr Gegenüber vertieft. Sie sehen sich verliebt in die Augen, flüstern sich leise etwas zu und strahlen sich an.

Ein kleiner Teil in mir will wegsehen. Der andere Teil jedoch schaut sich das Paar so intensiv an, als wären sie das neuste Ausstellungsstück im Museum. Warum fällt es jedem so leicht, sein Herz für jemanden zu öffnen oder es jemandem völlig schutzlos auszuliefern? Und warum fällt es mir so schwer, Nähe und Geborgenheit zu einem Mann zuzulassen?

Der Mann dreht seinen Kopf zu mir um und ich erröte ein wenig, weil ich die beiden so anstarre. Bevor das beschämende Gefühl noch unangenehmer wird, laufe ich schnell an den beiden vorbei und nehme die steinerne Treppe zum Meer hinunter.

Das nervöse Kribbeln in meinem Magen verstärkt sich allerdings, als ich den Umriss eines Mannes weiter vorne am Strand erblicke. Ich kneife meine Augen zusammen, um die Person besser erkennen zu können. Eigentlich müsste die Tatsache, dass sich die feinen Haare an meinen Armen aufrichten und sich eine Gänsehaut über meinen gesamten Körper ausbreitet, ausreichen, um zu wissen, wer da vorne im Sand sitzt.

Ich straffe die Schultern. Du packst das, June. Es ist nicht irgendwer, es ist Paxton. Er wird wüten und toben und dich weiter anschreien. Und wenn er damit fertig ist, wirst du ihm erklären, warum du es getan hast. Dann wird alles wieder gut. Du musst nur ganz fest daran glauben.

Die Schnürsenkel meiner Sneakers öffnend, atme ich tief ein und aus und pumpe so viel Sauerstoff in meine Lungen, als ob ich einen Marathon laufen will. Dann gehe ich auf die Gestalt zu, die sich dunkel vor mir abzeichnet.

271

Der feuchte Sand unter meinen Füßen ist eiskalt. Bei jedem Schritt bleibt ein wenig davon zwischen meinen Zehen kleben und macht knirschende Geräusche.

Kurz bevor ich Paxton erreiche, dreht er seinen Kopf leicht in meine Richtung und wirft einen vorsichtigen Blick über die Schulter. Selbst in diesem winzigen Teil seines Gesichtes erkenne ich so viel Schmerz und es versetzt mir einen Stich ins Herz.

Niemals wollte ich erreichen, dass er sich so schlecht fühlt, nein, mein eigentliches Ziel war ja das genaue Gegenteil von Schmerz.

»Hey.«, flüstere ich leise und wappne mich gegen einen wütenden Paxton. Aber nichts. Ich stehe zwar neben ihm, aber er hat den Blick wieder aufs Wasser gerichtet. »Darf ich mich zu dir setzen?«

Er sagt nichts, blickt nur auf die Stelle im Sand neben sich und ich deute das einfach als stumme Zustimmung.

Zögerlich lasse ich mich neben ihn auf den Boden sinken und schaue auch auf das Meer hinaus.

»Woher wusstest du, dass ich hier bin?«, fragt er nach einer Weile.

Kurz erschrecke ich, da minutenlang alles um uns herum in Stille getaucht war und ich mich völlig auf das beruhigende Geräusch der Wellen konzentriert hatte, die meinen aufgeregten Puls wieder auf ein normales Tempo runtergefahren haben. »Ich wusste es nicht. Ich habe einfach gehofft, dass ich dich hier finde.«

»Bin ich so berechenbar?«

»Eigentlich nicht.«

Er lacht leise.

»Ich habe überlegt, was ich an deiner Stelle getan hätte.«

»Hmmm…«, brummt er neben mir. Er ist so ruhig, aber ich möchte ihn auch nicht zu irgendwas drängen, also schweige ich wieder und überlasse ihm die Führung.

»Das Meer ist heute so still, findest du nicht?«

»Muss es denn immer laut und wild sein?«, frage ich und sehe ihn von der Seite aus an.

Er legt den Kopf in den Nacken und es wirkt, als ob er sich gerade über tausend Dinge Gedanken macht.

»Es tut mir leid, dass ich mich in deine Familien-angelegenheiten eingemischt und deinen Vater angerufen habe.«, platzt es aus mir heraus. »Ich hatte wirklich keine bösen Absichten. Ich dachte einfach, dass er vielleicht einfach noch einen kleinen Schubs in die richtige Richtung braucht oder möglicherweise auch gar nicht realisiert, dass er dich verletzt, indem er den Tag nicht mit dir verbringen will.«

Paxton sieht mich immer noch nicht an, er wird aber auch nicht wütend, wie ich es vermutet habe, sobald ich das Thema wieder anschneide.

»Es tut mir wirklich leid, Paxton. Bitte glaub mir.« Ich lege all meine Aufrichtigkeit in diese beiden Sätze. Lange und intensiv blicke ich ihn an, er soll sehen, wie ernst mir das alles ist. Meine Hand lege ich auf seinen Unterarm. Seine Haut fühlt sich so herrlich warm unter meinen Fingern an.

Er muss das Kribbeln bei der Berührung auch gespürt haben, denn plötzlich sieht er mich an. Aus der Nähe betrachtet, erkennt man die rot unterlaufenen und verquollenen Augen. Hat er geweint? Wer könnte es ihm verübeln?

»June…«, flüstert er meinen Namen.

»Bitte… Du musst mir verzeihen… Wenn nicht für mich, dann für unsere Babys, Peggy und Steve.«

Er lacht kehlig und dieses Mal erreicht es auch seine Augen.

»Na, wenn das so ist.«, murmelt er.

Als ich erneut in sein Gesicht blicke, hat sich etwas in seiner Miene verändert.

»Eigentlich war ich gar nicht wütend auf dich.«

»Sondern?«

»Auf meinen Dad.«

Ich seufze laut. »Ich hätte ihn trotzdem nicht anrufen dürfen.«

»Du hast es gut gemeint. *Er* hat sich doch wie ein Arschloch verhalten. Und er hatte absolut kein Recht, dich anzufahren.«

»Woher willst du wissen, dass er mich angefahren hat?«

»Ich kenne ihn seit sechsundzwanzig Jahren.«

»Oh… Okay.«

»Ich will nicht, dass er so mit Menschen umgeht. Besonders nicht, wenn es jemand ist, der mir so wichtig ist.«

Mein Herzschlag setzt einen Moment aus, ich halte die Luft an und im nächsten Moment hämmert es wie wild in meiner Brust. Ich weiß nicht, was ich ihm darauf erwidern soll, also schenke ich ihm ein Lächeln und schweige wieder. Es ist alles gesagt und doch hängen so viele Dinge unausgesprochen zwischen uns in der Luft.

»Darf ich dir etwas verraten?« Er dreht sich zu mir um und sieht mich ernst an. Erst, als ich seine Hand nehme und unsere Finger miteinander verschlinge, entspannt er sich sichtlich.

»Verrat es mir.«, flüstere ich.

»Manchmal habe ich richtig Angst, dass ich sie vergesse. Mom. Wie ihr Parfum roch, wie ihre Stimme klang oder wie sich die Lachfältchen um ihre Augen vertieften, wenn sie Logan und mir beim Rumalbern zusah.«

»Du wirst sie nicht vergessen, so lange sie da drin ist.«, sage ich und zeige mit meinem Finger auf sein Herz.

Er lächelt.

»Momente, die unser Herz berühren, gehen niemals verloren.«

»Das klingt schön.«, seufzt er und zieht mich in seine Arme. Schweigend sitzen wir im Sand und lauschen dem Brechen der Wellen. Dennoch brennt mir eine Frage auf der Seele, deren Antwort mir Angst macht. Ich räuspere mich, bevor ich mich von ihm löse und ihn darauf anspreche. »Du hast eben im Diner etwas gesagt und ich frage mich, ob du das wirklich von mir denkst oder ob du das nur gesagt hast, weil du wütend warst.«

»Was meinst du denn?«, fragt er und richtet sich neben mir auf.

»So naiv kannst nicht einmal du sein.«, kopiere ich seine Aussage von vorhin.

Er blickt mich mit seinen großen grünen Augen an, sagt jedoch nichts. Entweder überlegt er gerade, wie er aus der Nummer wieder herauskommt oder er meint es tatsächlich so und hat es nicht nur im Eifer des Gefechts so hinausgebrüllt. Mom sagt immer, keine Antwort ist auch eine Antwort.

Je länger er schweigt, desto mehr verletzt er mich.

Je länger er schweigt, desto mehr braut sich etwas in mir zusammen.

Je länger er schweigt, desto mehr macht es mit mir… Wenn es etwas auf der Welt gibt, das mich rasend vor Wut werden lässt, dann, wenn mich jemand als naives Mädchen abstempelt. Das bin ich nämlich ganz und gar nicht. Und wenn ich wütend werde, dann weine ich, ob ich es will oder nicht, das lässt sich einfach nicht kontrollieren. Ich spüre wie sich die erste Träne einen Weg über meine Wange bahnt und sehe instinktiv weg.

»June.«, flüstert er wieder meinen Namen. Mit so einer emotionalen Reaktion hat er scheinbar nicht gerechnet. »Das kam eben ganz falsch rüber.«

Ich wende mich von ihm ab, stehe auf und bewege mich zurück zur Promenade, bevor ich etwas sage, was ich im Nachhinein bereue. Woher nimmt er sich das Recht so über mich zu urteilen?

Er folgt mir hastig und umfasst mein Kinn, weshalb ich gezwungen bin, ihm in die Augen zu schauen. »Du bist etwas ganz Besonderes, June. Und man kann dich vieles schimpfen, aber kein naives Dummchen. Du bist mutig und stark, setzt dich für die, die du liebst ein und bestreitest ihre Kämpfe gemeinsam mit ihnen, ob sie wollen oder nicht.« Er grinst mich schief an, dann redet er weiter. »Lass dir bitte von niemandem einreden, dass du nichts wert bist. Auch nicht von einem Idioten wie mir! Okay?« Sanft streicht er über meine Wange und wischt meine Tränen weg.

»Hmmm… Okay.« Meine Stimme ist nur ein leises Wimmern.

Sichtlich erleichtert zieht er mich in seine Arme und drückt mir einen Kuss auf den Scheitel. Ich schlinge die Arme um seinen Bauch und vergrabe mein Gesicht an seiner Brust.

Keine Ahnung wie lange wir einfach so dastehen, aber es fühlt sich gut an. Es ist nicht wie sonst, dieses aufregende Knistern zwischen uns, nein, es fühlt sich vertraut und richtig an. Ein Gefühl, das ich so noch nie bei jemandem gespürt habe und irgendwie auch nicht beschreiben oder zuordnen kann.

»Willst du raus aufs Meer?«, durchbreche ich die Stille.

Paxton löst sich aus unserer engen Umarmung und sieht mich an. »Wollte ich.«

»Aber?«

»Es war nach acht und du kennst ja die Regeln, was die Öffnungszeiten angeht.«

Ich trete ebenfalls einen Schritt zurück, hebe meine Tasche vom Boden auf und krame darin. Dann ziehe ich süffisant grinsend meinen Schlüsselbund hervor. »Und wenn ich hier ganz zufällig den Schlüssel zu Sam's Laden hätte?«

»Wie?«

»Tja, mein Freund. Du weißt lange noch nicht alles über mich.« Ein warmes Gefühl macht sich in meiner Magengrube breit, als er mich anstrahlt. Seine Augen glänzen vor Freude.

Ich strecke ihm meine Hand entgegen. »Komm.«

KAPITEL 27

»Danke.«, flüstert Paxton leise. Wir liegen rücklings auf unseren Boards und lassen uns von den Wellen sanft hin und her schaukeln. Ich bin scheinbar nicht die Einzige, die sich hier draußen auf dem Meer vollkommen entspannen kann. Er hat die Augen geschlossen, ein kleines Lächeln umspielt seine Lippen. Über uns steht ein fast voller Mond, der die Nacht gerade so weit erhellt, dass ich sein entspanntes Gesicht erkennen kann. Und es wärmt mein Herz, ihn so zu sehen. Das Meer hingegen tut das genaue Gegenteil mit meinem Körper. Langsam bin ich ziemlich durchgefroren und zittere. Dennoch bleibe ich liegen und lausche dem Klang der Wellen.

Dann legt sich plötzlich eine Hand auf meine Wange. »Lass uns zurückpaddeln, bevor du ganz blau bist.« Paxton sieht mich eindringlich an.

»Noch ein paar Minuten. Wenn wir zurück am Strand sind, hat uns die Realität wieder. Und ich bin gerade noch nicht bereit dafür. Ich könnte noch ewig hier draußen treiben und einfach die Idylle und die Stille der Nacht genießen. Das Rauschen der Wellen, kein Alltagslärm und niemand weit und breit, der etwas von einem will. Einfach nur im Hier und Jetzt leben.«

»Okay… Aber darf ich dir was sagen, June?«

»Natürlich.«

»Mit niemand anderem hört sich die Stille hier draußen so gut an, wie mit dir.«

Sofort schlägt mein Herz schneller. Jetzt bin ich diejenige, die lächelt und ein leises Danke in die Nacht flüstert. Als mich der nächste Schauder überläuft, setze ich mich auf. Für heute ist es wirklich genug. Ich signalisiere Paxton, dass wir zurückpaddeln können und es dauert keine fünf Minuten, bis wir beide wieder Sand unter den Füßen haben.

Ich schaue Paxton an, der sich gerade aus seinem Wetsuit schält. Salzige Tropfen rinnen ihm über sein wunderschönes Gesicht und verfangen sich in seinem dunklen Dreitagebart. Das Mondlicht spiegelt sich in jeder Wasserperle, die aus seinen Haaren tropft und sich über seine Brust und seinen Bauch einen Weg zu den dunklen Härchen unter seinem Bauchnabel bahnen. Am liebsten würde ich jeden einzelnen Tropfen von seinem Körper lecken.

Mein Kopf weiß, dass es äußert dumm wäre, dem Verlangen ihn zu berühren, nachzugeben. Paxton und ich, das wäre niemals nur eine Freundschaft Plus, so viel ist mir mittlerweile klar. Dieser Typ hat das Potential dazu, mir unter die Haut zu gehen und mein Herz im Sturm zu erobern und genau das kann ich nicht riskieren. Leider ist diese Information noch nicht bei meiner Körpermitte angekommen. Wenn es nach ihr ginge, würden unsere Lippen schon längst aufeinanderliegen.

Mach keine Dummheiten… Logans Worte hallen in meinem Kopf wider. Jetzt zu Paxton hinüberzugehen, wäre definitiv eine Dummheit. Wenn nicht sogar die größte Dummheit, die ich heute Abend noch begehen könnte. Also atme ich tief ein, wende den Blick schweren Herzens von seinem durchtrainierten Körper ab und trage mein Board zurück zu Sam's Laden. »Kommst du?«, rufe ich ihm über die Schulter hinweg zu und warte auf seine Antwort.

»Ich komme gleich nach. Ich will den Tag unter den Sternen beginnen, es ist fast Mitternacht.«

»Oh, ja natürlich.« Das ist eine Sache, die er allein machen muss und vermutlich auch will. Mein Körper hingegen möchte ganz dringend eine heiße Dusche. Also schäle ich mich im Hinterzimmer aus dem Anzug, schnappe mir ein Handtuch aus meinem Schrankfach und mache mich auf den Weg ins Bad.

Das heiße Wasser ist genau das, was ich jetzt brauche und als die ersten Tropfen auf mich niederprasseln, seufze ich wohlig auf. Mehrere Minuten stehe ich einfach nur da und genieße es, wie das Wasser die Kälte aus meinen starren Gliedern vertreibt. Nach einem Ausflug aufs Meer tut die Dusche immer besonders gut. Vor allem bei Nacht. Es gab Zeiten, in denen ich fast jede Nacht hinausgepaddelt bin. Einfach nur, um Ruhe vor der Welt zu haben. Heute war das erste Mal, dass ich trotz der Tatsache nicht allein draußen gewesen zu sein, den Frieden gefunden habe, den ich sonst immer nur durch die Einsamkeit draußen auf den Wellen gespürt habe.

Ich drehe die Dusche ab, bevor meine Haut ganz aufgeweicht ist und meine Finger schrumpelig sind. Dann schlinge ich mir das Handtuch um, das ich über die Duschkabine geworfen hatte.

Im ganzen Badezimmer hat sich feuchter Wasserdampf gesammelt. Trotzdem erkenne ich Paxtons Umrisse, die sich im Türrahmen abzeichnen.

»Ist alles gut bei dir?«, frage ich vorsichtig.

»Ja, danke. Mom hätte nicht gewollt, dass ich den ganzen Tag traurig bin. Also versuche ich, den Tag so positiv wie möglich zu verbringen. Für sie.«

Ich schenke ihm ein aufmunterndes Lächeln.

Er ist noch immer oberkörperfrei und das Funkeln in seinen Augen sagt mir, dass er auch vorhat das beizubehalten. Die nassen Haare und das Handtuch, das er sich um die Hüften geschlungen hat, verraten mir, dass er bereits geduscht hat. Als er einen Schritt auf mich zu macht und mir sein typischer Duft nach Sandelholz und salziger Meerluft in die Nase steigt, ziehe ich scharf die Luft ein. Ich will ihn berühren, nur für einen kurzen Moment. Seine Lippen wieder auf meinen spüren. Aber mein Kopf schreit ganz laut, es sein zu lassen.

»Dann hätte ich dir ja gar kein heißes Wasser übriglassen müssen.«, lache ich nervös und versuche mich schnell an ihm vorbeizuschieben.

Mit einem Arm versperrt er mir den Weg. Seinem Grinsen nach zu urteilen, wird er mich auch nicht einfach so vorbeilassen. »Wohin so eilig?«

»Im Schrank da drüben liegt ein warmer Hoodie, der meinen Namen schreit.« Ich stemme die Hände in die Hüfte, aber Paxton rührt sich keinen Millimeter, um mir Platz zu machen.

»Wenn hier heute jemand einen Namen schreit, dann bist du das und zwar meinen, während mein Mund und meine Hände über deinen Körper wandern.«

Ich schlucke hart, schüttele dann aber energisch den Kopf. »Das ist keine gute Idee, Pax.«

»Stimmt, das ist es nicht. Es ist eine sehr gute Idee.« Wieder macht er einen Schritt auf mich zu. Dieses Mal weiche ich instinktiv zurück, bis ich das kalte Glas der Duschkabine in meinem Rücken spüre.

Paxton streckt die Hand aus, streicht mit seinen kühlen Fingern über die erhitzte Haut an meinem Schlüsselbein. Ich schließe die Augen und atme tief ein. Allein diese winzige Berührung reicht, um einen Großbrand in meinem Unterleib zu entfachen. Als ich meine Augen wieder öffne, treffen sich unsere Blicke. Seine sonst so strahlend grünen Augen glänzen fast schwarz vor Begierde und dort, wo gerade noch ein Bataillon an Argumenten in meinem Kopf war, herrscht auf einen Schlag gähnende Leere. Wir spüren beide, dass kein Argument dieser Welt etwas an der Anziehung zwischen uns ändern kann. Pax presst sich an mich und küsst mich voll schierer Verzweiflung.

Wie kann sich etwas Falsches nur so gut anfühlen? In diesem Moment spüre ich nur mein Verlangen und Paxton. Seine Hände, die mein Gesicht festhalten, seinen Körper, der mich gegen das Glas drückt, bevor meine Beine nachgeben.

Er lässt eine Hand meinen Hals hinabwandern, bis er den Ansatz meiner Brust erreicht. Mit einem Ruck zieht er an dem Knoten, der dafür gesorgt hat, dass das Handtuch meinen Körper umschlungen hält. Lautlos fällt es zu Boden und er lässt für einen Moment von meinen Lippen ab, um mich zu betrachten.

»Du bist so wunderschön.«, flüstert er, den Blick über meinen Körper wandernd.

»Gleiches Recht für alle.«, grinse ich und mache mich ebenfalls an seinem Handtuch zu schaffen. Ich habe ihn zwar schon das ein oder andere Mal durch den Stoff seiner Hose gespürt, aber so nackt vor mir fehlen mir für einen Moment die Worte. Wie kann ein Mensch nur so schön sein? Von innen und von außen ist dieser Mann einfach nur schön.

»Komm her.«, knurrt er, packt mich an den Oberschenkeln und hebt mich hoch, als würde ich nichts wiegen.

Ich schlinge die Arme um seinen Hals und meine Beine um seine Hüften, dränge mich so fest an ihn, dass seine Erektion an meinem Po vor Freude zuckt. »Rüber… Jetzt…«, befehle ich zwischen unseren Küssen und deute zum Hinterzimmer.

Paxton setzt mich sanft ab und schiebt mich zum Türrahmen. Ich gehe voraus und er folgt mir in das Zimmer, das lediglich vom Licht des Badezimmerspiegels beleuchtet wird.

Die Dielen sind durch die feuchte Meerluft ein wenig schief und uneben, man muss ein bisschen aufpassen, wohin man tritt. Als Paxton hinter mir flucht, muss ich lachen. »Hier rüber.«, flüstere ich, packe seine Hand und ziehe ihn so nah an mich, bis sein Bauch meinen Rücken berührt.

Er schlingt seine Arme um mich, vergräbt sein Gesicht in meinem feuchten Haar und lässt sich von mir durch die Dunkelheit zur Couch führen. »Leg dich auf den Rücken.«, raunt er an meinem Ohr, was ich ohne Widerworte auch mache. Mit seinem Oberschenkel spreizt er meine Beine, währende er meinen Hals mit Küssen bedeckt. Sein Atem geht schwer und er bemüht sich sichtlich, nicht wie ein Wahnsinniger über mich herzufallen, sondern jede einzelne Sekunde zu genießen.

Als ich ihm mein Becken entgegenstrecke, spüre ich deutlich, was meine Nähe mit ihm macht. Paxtons Knurren an meiner Halsbeuge schickt Vibrationen durch meinen gesamten Körper und überzieht ihn mit Gänsehaut.

Als er aufblickt, schenkt er mir ein Lächeln, das Eisberge zum Schmelzen bringen könnte. »Ich bin ein Mann, der es pflegt, seine Versprechen zu halten.«

»Soll heißen?« Ich ziehe fragend eine Augenbraue nach oben.

Als Antwort haucht er zarte Küsse auf meine Haut und wandert von meinem Schlüsselbein zu meinen Brüsten abwärts. Erst küsst er meine Brustwarze, lässt seine Zunge um sie kreisen, umschließt sie dann vollkommen mit seinem Mund und beißt neckend hinein, was mich aufkeuchen lässt.

Ich spüre sein Grinsen auf der Haut und muss mitlächeln. Wenn Paxton gute Laune hat, ist es immer ansteckend.

Er reibt meine andere Brustwarze zwischen Daumen und Zeigefinger und verteilt weitere Küsse auf mir, während er sich einen Weg nach unten bahnt.

Als er an meiner Leiste angekommen ist, schenkt er mir wieder ein breites Lächeln und versenkt dann seinen Mund zwischen meinen Beinen. Meine Lider flattern, als seine Zunge meine empfindlichste Stelle trifft.

Ich stöhne und vergrabe meine Hände in seinen Haaren.

Seine Zunge spielt mit meinem Kitzler, saugt daran, liebkost ihn. Es ist, als ob sie für nichts anderes geschaffen worden wäre, als Lust zu bereiten.

Paxton knurrt vor Erregung und schiebt einen Finger in mich. Nach ein paar Stößen nimmt er einen Zweiten hinzu.

Allein dieser kehlige Laut und das Surren auf meiner Haut bringt mich schon völlig um den Verstand. Falls er es noch nicht selbst bemerkt hat, dann verrät es ihm spätestens mein Japsen nach Luft.

Er bewegt sich in einem gleichmäßigen Rhythmus in mir und lässt seine Zunge um meine Mitte kreisen.

Immer mehr Druck baut sich in mir auf, ich spüre wie sich meine Muskeln fester um seine Finger schließen.

»Lass los, June.«, weist er mich an und möglicherweise hatte er Recht damit, dass heute noch jemand seinen Namen schreit. Als das Beben meinen Körper erzittern lässt, habe ich seinen Namen auf den Lippen.

Ich ziehe Paxtons Gesicht zu mir hoch, presse seinen Mund auf meinen und schmecke mich selbst, als unsere Zungen aufeinandertreffen.

»Das könnte ich den ganzen lieben langen Tag tun.«

»Sag das nicht zu laut, ich könnte dich beim Wort nehmen.«
In diesem Moment fühle ich mich so begehrt wie lange nicht
mehr. Und das nur, weil Paxton bei mir ist und mir das Gefühl
gibt, nirgendwo lieber sein zu wollen als genau hier in meinen
Armen.

»Hast du…?«, setzt er an.

»Rucksack.«, stöhne ich atemlos.

Er rollt sich von mir herunter, läuft zu meiner Tasche und
kramt ein Kondom heraus. Noch bevor er wieder bei mir ist,
hat er es sich schon übergestreift. Wieder drängt er sich
zwischen meine Beine und küsst mich voller Leidenschaft.

Ich lasse meine Finger über seinen Bauch hinab zu seiner
Erregung wandern und als ich sie umschließe, ist er es der laut
aufstöhnt.

»Fuck, June.«

»Genau das.«, grinse ich.

Das lässt Paxton sich nicht zweimal sagen. Er legt seine
Stirn an meine und dringt langsam in mich ein. Quälend
langsam.

Seine Bewegungen sind vorsichtig. Viel vorsichtiger und
zärtlicher, als ich es von ihm erwartet hätte.

Ich umschlinge seine Hüfte mit meinem Bein, um ihn noch
dichter an mich heranzuziehen. Wir sind eins und es fühlt sich
so verdammt gut an. »Komm her.«, raune ich in sein Ohr und
werfe den Kopf in den Nacken.

Es fühlt sich so an, als würde sich die Welt für eine kleine
Weile ganz ohne uns beide weiterdrehen. Gerade sind nur wir
zwei wichtig, Paxton und ich. Und alles andere ist egal.

»Du fühlst dich so gut an.«, stöhnt Paxton, zieht sich fast
vollständig aus mir zurück und schiebt sich dann mit einem
harten Stoß wieder in mich. Er ist dominant und gleichzeitig

so unfassbar zärtlich. Ich keuche auf und meine Finger krallen sich in den abgewetzten Stoff der Couch. Wir haben einen herrlichen Rhythmus gefunden und unsere Körper bewegen sich im Einklang zusammen. Ich kann mich an kein erstes Mal mit einem Mann erinnern, das so harmonisch war.

»Können wir bitte niemals damit aufhören?«

Er hebt den Kopf und schaut mir tief in die Augen. »Ihr Wunsch sei mir Befehl, Mylady.« Dann küsst er mich heftig, schiebt sein Becken nach vorne und entlockt mir ein lautes Stöhnen. Wir verlieren uns völlig ineinander, küssen und streicheln uns, reiben unsere erhitze Haut aneinander und treiben uns immer weiter an. Seine Stöße werden schneller und ich spüre, wie sich erneut Hitze in mir zusammenbraut.

»Ich komme gleich Pax.«, flüstere ich ihm zu, was ihn nur noch härter in mich stoßen lässt. Dann legt er seinen Daumen auf meine Mitte und beginnt daran zu reiben.

»Komm für mich, Baby.«

Und ich komme. Für ihn. Für mich. Es ist wie ein Rausch. Paxtons Finger bohren sich tief in meinen Schenkel, dann spüre ich ihn in mir pulsieren. Schwer atmend sinkt er auf mich und drückt mich noch tiefer in die Kissen. Mit seinen Händen umfasst er mein Gesicht und drückt mir einen zärtlichen Kuss auf den Mund.

Ich streiche mit meinen Händen über seinen Rücken, lasse die Finger über die Muskeln gleiten und spüre die Gänsehaut, die sich darauf ausbreitet.

»Das war…«, beginnt er immer noch keuchend vor Anstrengung.

»Oh ja… das war es.« Auch mein eigener Atem geht nur noch stoßweise.

Als Antwort schenkt er mir sein Tausend-Watt-Lächeln.

Auf dem Weg zum Strand war ich so sicher, dass der Abend mit Streit und Tränen enden würde und jetzt liegen wir uns hier nackt und verschwitzt in den Armen. Ich muss schmunzeln und kassiere dafür eine hochgezogene Augenbraue.

»Was ist so lustig?«

»Nichts.«, lüge ich.

»Für nichts grinst du aber zu breit.«

Ich kräusele die Nase und reibe sie an seiner. »Ich bin einfach überrascht, welche Wendung der Abend genommen hat. Das ist alles.«

»Du bist eben immer für eine Überraschung gut.«

»Ich glaube, das hier war eine Gemeinschaftsleistung Mister.« Um die Aussage zu unterstreichen, gestikuliere ich mit dem Zeigefinger zwischen uns hin und her.

»Lass uns einfach hierbleiben.«, flüstert er an meinem Hals.

»Dann wird Sam uns spätestens morgen Früh die Hölle heiß machen.«

Paxton grinst verschmitzt. »Das wäre es wert.«

Ich boxe ihm spielerisch auf den Oberarm. »Außerdem haben wir beiden Hübschen morgen Vormittag schon etwas vor.«

»Haben wir?«

»Oh ja.«

»Davon höre ich gerade aber zum ersten Mal.«

»Du sagtest doch gerade selbst, ich sei immer für eine Überraschung gut.«

Sein Gesichtsausdruck wechselt von glücklich erschöpft, über überrascht, bis hin zu schelmisch. Dann richtet er sich auf und fährt mit seinem Zeigefinger die Linie feiner Härchen von meinen Brüsten zum Bauchnabel entlang. »Können wir dabei nackt sein?«

»Auch wenn du verdammt heiß bist. Pax... Aber ich muss dich enttäuschen.«

»Spielverderber.«, brummt er und klettert über mich. Im Türrahmen zum Badezimmer dreht er sich noch einmal zu mir um. »Es hat aber nichts mit Pferden zu tun?«

»Wie kommst du denn jetzt auf Pferde?« Ich pruste laut los und sehe ihn verwirrt an.

Er zuckt mit den Schultern. »Die sind unheimlich.«

»Keine Sorge. Es hat nichts mit Pferden zu tun.«

»Versprochen?«, fragt er.

»Versprochen.«, lache ich kopfschüttelnd.

KAPITEL 28

Ein lautes Summen reißt mich aus dem Schlaf und irritiert blicke ich auf meinen Nachttisch. Ich hatte mir den Wecker auf acht Uhr gestellt, damit ich noch genug Zeit habe, um zu duschen und Frühstück für alle zu machen, bevor ich mit Paxton auf Tour gehe.

Auf dem Weg zum Auto gestern Abend war ich so müde, sowohl von der Streiterei, dem Meer und natürlich auch dem Sex, dass ich kaum noch die Augen aufhalten konnte. Paxton hatte energisch darauf bestanden, meinen Wagen nach Hause zu fahren und ich habe mich auf dem Beifahrersitz eingekuschelt. Als wir vor unserem Haus parkten, weckte er mich und wir schlichen uns so leise wie möglich in die Wohnung. Das hätten wir uns allerdings sparen können, weil Logan immer noch wach war und auf ein Lebenszeichen von mir wartete. Ich hatte im Eifer des Gefechts vergessen, mich bei ihm zu melden. Um ihn zu besänftigen, musste ich versprechen, zum Frühstück einen Berg Zimt-Pancakes zu machen.

Also quäle ich mich, nach eindeutig viel zu wenig Schlaf und um diese für einen Samstag viel zu frühe Uhrzeit, aus dem Bett. Gut, dass Logan und ich kulinarisch auf dem Stand von Zwölfjährigen sind und uns über Pancakes mehr freuen als über ein 5-Sterne-Frühstück.

»Was riecht denn hier so gut?«, fragt Paxton gähnend, als er in die Küche geschlurft kommt und streckt seine Hand nach dem Teller auf der Theke aus. Noch bevor er sich einen Pfannkuchen schnappen kann, klopfe ich ihm mit dem Pfannenwender auf die Finger.

»Hör auf mein Friedensabkommen mit Logan zu futtern.«, schimpfe ich.

Paxton blickt mich mit seinem weltberühmten Dackelblick an. Als er ihn an mir hinabgleiten lässt, wechselt der Ausdruck in seinem Gesicht allerdings. Er hält kurz inne und als er das monotone Schnarchen aus Logans Zimmer hört, kommt er zu mir an den Herd. Er umarmt mich von hinten und schiebt seine Hände unter mein T-Shirt. Er legt sie auf meinen Bauch streichelt sanft darüber. Als er die Wölbung meiner Brüste streift, ziehe ich scharf die Luft ein.

»Sie lenken mich ab, Mister.«, grinse ich.

»Spielverderber.«

»Wenn Logan schwarze Pfannkuchen essen muss, dann darfst du ihm erklären, wie das passieren konnte.«

Paxton drückt mir einen zarten Kuss in den Nacken und lässt seufzend von mir ab. Seine Wärme an meinem Rücken fehlt mir sofort und auch, wenn es in unserer Wohnung hier kein bisschen kalt ist, überzieht eine Gänsehaut meine Unterarme.

Er greift sich die Kanne Kaffee, die ich schon vor dem Anrühren des Teigs gekocht hatte, gießt sich eine Tasse ein und nimmt auf einem der Hocker hinter mir Platz. »Wirst du mir jetzt verraten, was wir heute Morgen unternehmen?«, fragt er neugierig.

»Nope.«

»Ach komm schon, June. Bitte.«

Ich lache. »Dann ist es aber keine Überraschung mehr, oder?«

Paxton schnaubt beleidigt, aber seine Augen verraten, dass das nur Show ist. Dann leert er seine Tasse und verschwindet im Badezimmer. Als ich das Wasser in der Dusche plätschern höre, muss ich unwillkürlich an gestern Abend denken. Ich schüttele die Erinnerung schnell ab und konzentriere mich wieder auf die Pfanne, bevor es wirklich noch Holzkohle zum Frühstück gibt.

Zwanzig Minuten später sitzen ein frisch geduschter Paxton und ein noch etwas zerknautschter Logan an unserem Esstisch und laden sich, glücklich wie Kinder an Weihnachten, einen Berg Pancakes auf ihre Teller. Als ich mich zu ihnen setze, verstummt ihr Gespräch und beide lächeln mich an. Irgendwas ist hier doch faul.

»Ihr macht heute Morgen also einen Ausflug, habe ich gehört. Wo geht es denn hin?«, fragt Logan gespielt beiläufig, aber ich erkenne die Scheinheiligkeit daran, noch bevor er den Satz beendet hat.

Ich lege meine verschränkten Arme auf den Tisch und beuge mich zu ihm nach vorne. »Du darfst vielleicht alles essen, aber nicht alles wissen, Logan Walker.« Grinsend lehne ich mich auf meinem Stuhl zurück und erfreue mich an diesem Sieg. »Ihr glaubt wohl ich bin von vorgestern und weiß nicht, wieso du mich das jetzt fragst.«

Ihre Gesichter sprechen Bände, was mich noch breiter grinsen lässt.

»Denk aber dran, dass meine Mom gegen zwei Uhr vorbeikommt.«, wirft Logan ein.

»Deine Mom kommt her?«, frage ich verwundert. Davon hat mir keiner der beiden vorher etwas gesagt.

»Sie möchte mich heute Nachmittag zum Friedhof begleiten.« Dankbarkeit schwingt in Paxtons Stimme mit, aber auch Schmerz. Er zeichnet sich überdeutlich auf seinem Gesicht ab.

»Okay, kein Problem. Bis dahin sollten wir wieder zurück sein, wenn wir jetzt gleich aufbrechen.«

Paxton nickt mir zu und schaufelt den letzten Pfannkuchen mit einem Mal in seinen Mund.

»So eilig müssen wir jetzt auch nicht los. Gut, dass du so ein Großmaul bist.« Wir lachen miteinander und mein Herz macht einen kleinen Sprung. Die Momente, in denen wir alle drei zusammen sind, die sind immer Balsam für die Seele.

~

Ich schlüpfe in meine Sneakers, streiche mein Kleid glatt und sehe erwartungsvoll zu Paxtons Zimmertür. Wer behauptet, dass wir Frauen lange brauchen, um uns fertig zu machen, der hat meinen Mitbewohner noch nicht kennengelernt. Ich habe keine Ahnung, was er da im Bad immer veranstaltet, aber er macht es langsam.

»Ich zähle jetzt bis zehn und wenn du dann nicht hier bei mir bist, dann fahr ich ohne dich.«, rufe ich in Richtung Wohnbereich. »Eins… Zwei… Drei… Vier…« Weiter komme ich nicht, da sehe ich schon die zwei grünen Scheinwerfer, die er Augen nennt, auf mich zukommen. »Wurde aber auch Zeit.«, bemerke ich und halte ihm die Tür zum Treppenhaus auf. »Los jetzt.«

Anders als bei unserm letzten Ausflug, setze ich mich dieses Mal hinter das Lenkrad und Paxton muss auf dem

Beifahrersitz platznehmen und sich notgedrungen von unserem Ausflugziel überraschen lassen.

»Du genießt es, dass ich vor Neugier fast platze, oder?«

»Du hast ja keine Ahnung, wie sehr.« Ich lache laut auf und grinse ihn an, bevor ich den Wagen starte und mich in den Verkehr einfädele.

Je näher wir unserm Ziel kommen, desto angespannter bin ich plötzlich. Die ganze Zeit hielt ich es für eine super Idee mit ihm diesen Ausflug zu machen. Seit die beiden vorhin allerdings erwähnten, dass sie heute Nachmittag gemeinsam mit Logans Mom zum Friedhof gehen, was eigentlich die Aufgabe von Paxtons Dad wäre, beschleicht mich so ein ungutes Gefühl, dass er diesen Ausflug vielleicht auch lieber mit seinem Vater zusammen gemacht hätte. Ich möchte mich ungern schon wieder in eine Familienangelegenheit einmischen und einen Streit heraufbeschwören. Nervös trommele ich auf dem Lenkrad herum, bis Paxton meine Hand nimmt und sie in seine legt.

»Sollte ich nicht nervöser sein als du?«, lacht er.

»Vermutlich schon. Aber ich will, dass es dir gefällt.« Ich konzentriere mich wieder auf den Straßenverkehr, aber er hält nach wie vor meine Hand, lächelnd. Dabei will ich doch heute für ihn da sein und jetzt ist er es, der mich umsorgt.

Nachdem ich ihn nun fast eine halbe Stunde durch die Gegend chauffiere und er endlich auch die Fahrt genießt, ohne Fragen zu stellen, halte ich nach dem richtigen Gebäude Ausschau. Ich hatte mir zwar bei Google Maps angeschaut, wie der Laden aussieht, aber irgendwie habe ich dennoch immer Angst, dass ich an meinem Ziel vorbeifahre. Als ich den riesigen Neonschriftzug entdecke, atme ich erleichtert auf. Ich parke meinen Honda ein paar Meter weiter vor einer Buchhandlung. »Da wären wir.«, rufe ich fröhlich.

»Du willst mit mir Bücher shoppen gehen? Das hätten wir auch bei uns machen können.«, fragt er mit verwirrtem Blick.

»Hmmm, so ähnlich… Aber unser eigentliches Ziel ist da drüben.« Ich zeige auf das Gebäude auf der gegenüberliegenden Straßenseite, über dem das Wort »COMICS« in roten LEDs aufleuchtet. Als er meinem Finger folgt, werden seine Augen groß und man kann die Zahnräder in seinem Kopf rattern sehen.

»Du hast dich an die Geschichte erinnert.«, flüstert er, den Blick immer noch auf die Leuchtreklame gerichtet.

»Du meintest, das Stöbern hat dich immer abgelenkt und auf andere Gedanken gebracht.« Mein Atem geht schwer vor Anspannung, ich kann immer noch nicht einschätzen, ob er das jetzt gut oder schlecht findet. Wir steigen aus und als er um den Wagen geht und mich in seine Arme zieht, habe ich meine Antwort. Mein Herzschlag beschleunigt sich angesichts dieser doch so unschuldigen Berührung. Ich lege meine Hände an seine Seiten und sehe herausfordernd zu ihm hoch. »Bereit für einen Morgen voller Spaß und Abenteuer?«

»Mit dir ist jeder Tag ein Abenteuer, Juniper Cole.« Er packt lächelnd meine Hand und zieht mich hinter sich her.

Die Glocke über der Tür klingelt, als wir den Laden betreten. Der Besitzer, ein Typ in unserem Alter mit Bazinga Shirt, begrüßt uns gut gelaunt. »Ich bin Joey und ihr seid neu hier. Wie kann ich euch glücklich machen?«

Ich deute mit einem Kopfnicken zu Paxton. »Ich habe es mir heute zur Aufgabe gemacht, diesem Stümper hier die wahre Faszination von Captain America nahezubringen.« Dann lehne ich mich über die Theke und flüstere Joey mit vorgehaltener Hand etwas zu, als ob ich ein Geheimnis hätte. »Der steht doch tatsächlich auf Thor.«

»Ihr wisst aber schon, dass ich euch hören kann?«

»Das war auch Absicht.«, grinse ich, dann wende ich mich wieder Joey zu. »Ich bin übrigens June und das ist Paxton.«

Joey lässt seinen Blick zwischen uns hin und her gleiten. »Schön, euch kennenzulernen. Dann tobt euch mal aus. Wenn ihr Fragen habt oder Hilfe braucht, dann bin ich euer Mann. Ihr wisst ja, wo ihr mich findet.«

Ich nicke. »Also, auf was hast du zuerst Lust?«

»Deadpool.«

»Ausgezeichnete Wahl. Immer für einen Lacher und einen blöden Spruch gut.«, sage ich und dirigiere ihn in den linken Gang, in dem ich viele Auslagen mit den Büchern erkennen kann. Die Auswahl ist riesig. Und nicht nur die Comics. In den meterlangen Regalen neben der Kasse stehen ein ganzes Arsenal an Actionfiguren. Der Laden scheint beliebt zu sein, in jedem Gang tummeln sich Nerds und Geeks. Neben uns stehen zwei Typen, Mitte zwanzig schätzungsweise und diskutieren, wer der schlechteste Batman aller Zeiten sei.

»Ben Affleck natürlich, ist doch klar.«, flüstere ich.

Paxton nickt grinsend und blättert dann weiter in einen Spiderman vs. Deadpool Comic. Er ist hier voll in seinem Element und so in das Heft vertieft, dass er auf meine nächste Frage erst reagiert, als ich ihn antippe.

»Hast du was gesagt?«, fragt er verwirrt.

»Ich fragte, welche Comics dir früher gefallen haben.«

Er legt den Kopf schief und man spürt richtig, dass er an die Momente mit seinem Dad denkt. Der Ausdruck in seinen Augen verrät ihn. »Ich war tatsächlich ein riesen Batman Fan, bevor ein gewisser Darsteller alles kaputtgemacht hat.«, zwinkert er mir zu. »Ich hatte echt alles davon. Bettwäsche, Brotboxen, Socken, einfach alles.« Er lacht und es klingt so aufrichtig und echt, dass mein Herz einen kleinen Satz macht.

»Batman ist ja auch cool. Und besser als Batwoman.«

»Wo ist deine Girlpower denn heute?«

»Die habe ich ausnahmsweise zuhause gelassen.«, grinse ich und er quittiert es mit einem schiefen Lächeln.

Nachdem wir gefühlt jedes Comicheft mindestens einmal in der Hand hatten, lassen wir uns in der, wie Joey sie nennt, Chillout Area nieder. Ich plumpse auf einen großen roten Sitzsack und seufze laut auf. »Mach es dir gar nicht erst gemütlich. Wir sollten uns bald auf den Weg machen, bevor Mrs Walker warten muss.«

»Wenn du sie Mrs Walker nennst, macht sie dich einen Kopf kürzer.«

»Wie soll ich sie denn sonst nennen?«

»Penelope.« Seine Augen strahlen so viel Wärme aus, allein wenn er ihren Namen nennt. Er muss sie wirklich sehr gern haben.

»Na dann lass uns bezahlen und nach Hause fahren.«, schlage ich vor. »Wir sollten sie nicht warten lassen, wenn sie euch so selten zu Gesicht bekommt.« Als er vor mir steht, recke ich ihm wie ein kleines Kind die Hände entgegen, damit er mich auf die Beine zieht.

Paxton macht es allerdings mit deutlich mehr Kraft als er müsste und ich fliege mit Schwung in seine Arme. Er mustert mich mit einem intensiven Blick, dann drückt er seine Lippen auf meine und lässt für einen kurzen Moment meine kleine Welt stillstehen. »Danke, June. Danke für die Ablenkung und danke, dass du heute bei mir bist. Das bedeutet mir wirklich sehr viel.«

»Dein Glück, dass ich heute nichts Besseres zu tun hatte.«, scherze ich.

Er knurrt und küsst mich erneut.

»Wir sollten jetzt wirklich aufbrechen.«, japse ich, völlig benebelt von seinem herrlichen Duft und seinen weichen Lippen auf meinen. In einem kurzen Moment der Klarheit reiße ich mich los, schnappe mir den *Life is Strange* Sammelband, der neben dem Sitzsack gelandet ist und steuere die Kasse an. Während Paxton seine Ausbeute bezahlt, tippe ich schnell eine Nachricht an Logan und kündige unsere Heimfahrt an.

»Bevor du losfährst. Rechts oder links?«, fragt Paxton freudestrahlend, als ich das Auto starte.

Ich sehe verdutzt auf seine zu Fäusten geballten Hände, die er mir entgegenstreckt. »Hmmm… ich nehme links. Immer die Herzseite.« Er öffnet die Hand und ich grinse breit, als ich den Schlüsselanhänger in Form des Captainschilds entdecke.

»Glück gehabt. Bei rechts hättest du mit einem Arc-Reaktor am Rückspiegel leben müssen.«

»Und lass mich raten. Logan hätte meinen Schild bekommen?«

»Korrekt. Ich denke jeder sollte einen Glücksbringer an Board haben.« Er befestigt ihn am Spiegel, genau wie er es in seinem Pickup mit dem Hammer gemacht hat. »So, jetzt können wir losfahren.«

Ich lege den Gang ein, will gerade ausparken, als Paxton sich nach vorn beugt und das Radio anschaltet.

»Denk nicht mal dran.«, rufe ich und funkele ihn an, bevor er mir die Sender am Radio verstellt. Es läuft gerade *Be kind* von Marshmello und Halsey und ich mag den Song. »Driver picks the music, shotgun shuts his cakehole.«

»Du bist so ein Nerd.«

»Danke.«

KAPITEL 29

Paxton schließt die Wohnungstür auf und schiebt mich vor sich her in den Flur. Der Duft von frischem Kaffee liegt in der Luft und ich atme ihn gierig ein. Ich liebe dieses Aroma einfach, auch wenn ich selbst keinen Kaffee trinke.

»Hey Mann, wir sind wieder da.«, ruft er in Richtung Wohnbereich und sofort ist das Klackern von Absätzen zu hören.

»Wenn das nicht mein liebster Zweitsohn ist.«, ertönt eine Frauenstimme, noch bevor der dazugehörige Körper gefühlt um die Ecke geschwebt kommt. Logans Mom, Penelope, steuert lächelnd auf uns zu und zieht Paxton in eine innige Umarmung. Sie ist ganz anders, als ich sie mir vorgestellt habe. Sie wirkt so unfassbar elegant in ihrem marineblauen Hosenanzug. Ihre dunkelbraunen Haare hat sie in einem strengen Knoten am Hinterkopf zusammengebunden und trotz ihrer hohen Absätze reicht sie Paxton gerade mal bis zur Schulter. Als sie sich dann aber zu mir umdreht, erkenne ich Logans gütige, braune Augen.

»Und du musst June sein. Ich habe schon so viel von dir gehört.«

»Ich hoffe doch nur Gutes.« Ich strecke ihr meine Hand entgegen, aber sie ignoriert es wissentlich und nimmt mich in den Arm.

»Bloß nicht so förmlich bitte. Du gehörst für Logan zur Familie, also auch für mich. Ich bin Penelope.«

Paxton tritt hinter mich, sobald sie sich von mir gelöst hat und uns auffordert, ihr ins Wohnzimmer zu folgen. »Was habe ich dir gesagt?«, flüstert er mir zu, grinst mich dümmlich an und schlendert hinter Penelope her. Und ich stehe wie angewurzelt im Flur und muss mich bei so viel Herzlichkeit erst einmal neu sortieren.

»Ich habe gehört du wurdest heute Morgen zu einem Ausflug entführt?«, höre ich Penelope sagen.

Ich verabschiede mich kurz in mein Zimmer. Am Rande kriege ich noch mit, wie Paxton von unserem Morgen im Comicbuchladen erzählt. Dann schließe ich die Tür hinter mir und lasse mich auf mein Bett fallen. Ich öffne den Messenger und überfliege meine Nachrichten.

Mom will wissen, ob wieder alles gut ist und ob ich nicht im Laufe der Woche mal wieder vorbeikommen will. Ich gebe ihr ein kurzes Update, natürlich die jugendfreie Version und verspreche ihr, mich die Woche bei ihr blicken zu lassen. Dann öffne ich den Gruppenchat und schicke den anderen ein Foto meines *Life is strange* Sammelbands. Gabby und Meghan haben ja selbst miterlebt, wie sehr ich das dazugehörige Spiel geliebt habe. Es war nur eine Frage der Zeit, bis ich die 3 Bücher kaufen musste, um zu erfahren, wie es mit den beiden Hauptcharakteren weitergeht.

Gabby erinnert mich daran, dass der Tag morgen für sie reserviert ist. Ihr Vorstellungsgespräch beim Salk Institute lief, wie zu erwarten war, ziemlich gut und man bot ihr ein Praktikum an, was sie natürlich auch ohne zu Zögern annahm. Sie war in letzter Zeit so eingespannt, dass wir uns kaum zu Gesicht bekamen. Selbst ein paar Vorlesungen hatte sie geschwänzt, um mehr Zeit im Labor verbringen zu können.

Natürlich war ich sofort Feuer und Flamme, unabhängig davon, dass ich sowieso allein zuhause gewesen wäre. Die Jungs sind ja Workaholics und nehmen sich nur für wichtige Dinge frei, wie heute zum Beispiel. Für Strandbesuche gilt das eher weniger. Ich einige mich gerade mit Gabby auf 10 Uhr, als es an der Tür klopft und Logan seinen Kopf in mein Zimmer streckt.

»Mom lässt fragen, ob du auch ein Stück Kuchen willst.«, sagt er und wirkt richtig glücklich über den Besuch seiner Mutter. Die Umstände könnten natürlich schöner sein, aber je mehr Herzensmenschen Paxton heute um sich hat, desto besser.

»Habe ich jemals nein zu Kuchen gesagt?«, frage ich gespielt schockiert.

»Ja, damals, als du dich auf Diät gesetzt hast, weil irgendein Typ dich Mopsi genannt und dir in den Bauch gepiekt hat.«

»Danke, dass du mich wieder daran erinnerst.« Ich schnappe mir ein Kissen und schleudere es in Richtung Tür. Logan grinst nur.

»Als ob man das als Diät zählen könnte.«, sage ich, als ich bei ihm an der Tür angekommen bin. »Nach zwei Tagen war meine Leck-Mich-Am-Arsch-Einstellung wieder da und ich habe mir ein großes Stück Pumpkin-Pie bei Edie gegönnt.«

»Du bist nicht du selbst, wenn du hungrig bist.«, lacht er und legt seinen Arm um meine Schulter.

Penelope reicht Paxton gerade die Kuchengabeln, als wir aus meinem Zimmer kommen.

»Hab doch gesagt, dass wir sie mit Kuchen da rauslocken.«, ruft Logan und seine Mutter schenkt mir ein Lächeln. Logan hat nicht nur seine Augen von ihr, sondern auch sein positives Auftreten.

»Setzt euch.«, sagt sie und nickt in Richtung des gedeckten Esstischs. »Ich bin sofort bei euch.«

Ich fahre ganz unschuldig über Paxtons Arm, als ich an ihm vorbeigehe und auf dem Stuhl gegenüber von ihm Platz nehme. »Alles gut bei dir?«

»Natürlich.«, antwortet er und schiebt sein Bein zu mir herüber, bis sich unsere Knie berühren.

Penelope stellt eine große Kanne mit Kaffee in die Mitte des Tisches und reicht mir eine Zweite. »Logan meinte, dass du mit heißer Schokolade Vorlieb nehmen würdest.«

Ich bedanke mich und gieße mir eine große Tasse ein.

»Und jetzt mal ehrlich, unter uns Frauen. Wie schlimm ist es, mit diesen beiden Hitzköpfen unter einem Dach zu wohnen?«, lacht sie.

»Anders als erwartet.«

»Im positiven Sinne hoffe ich?«

»Ja, sie sind die Besten.«

»Das freut mich zu hören. Da hat meine Erziehung vielleicht doch Früchte getragen.« Letzteres gilt wohl ihrem Sohn, denn sie sieht ihn mit einer hochgezogenen Augenbraue an.

»Sie sind wirklich ganz toll zu mir. Wir unterstützen und ergänzen uns ziemlich gut, finde ich.«, werfe ich ein. »Sonst hätte ich den Job bei Lowaboards sicher auch nicht angenommen.«

Penelope nickt zufrieden und wendet sich ihrem Sohn zu. Sie fragt ihn darüber aus, wie die Geschäfte laufen, welche Projekte in nächster Zeit anstehen und erzählt Geschichten von Leuten, deren Namen mir nichts sagen. Dennoch höre ich ihr gerne zu und lache mit, auch wenn ich die Personen, um die es geht, nicht kenne.

»Wir sollten langsam los.«, bemüht sich Logan nach einer Weile das Thema zu wechseln.

»Oh, du hast Recht, Schatz. Wir müssen vor dem Friedhof noch zur Gärtnerei, um die Blumen abzuholen.« Sie wirft einen Blick auf die Uhr und mir scheint, als ginge sie in Gedanken ihre To-do-Liste durch.

»Überlasst das mit dem Aufräumen nur mir, wenn ihr aufbrechen müsst.«, biete ich an und greife nach Penelopes Teller.

»Du kommst nicht mit?«, fragt sie überrascht.

Ich sehe sie verwundert an. Dann wandert mein Blick zu Paxton. »Sollte ich denn?«

Er senkt leicht den Kopf.

»Ich dachte, ihr wärt lieber unter euch, so als Familie.«, stammle ich.

Dann öffnet Paxton den Mund und seine Stimme ist sanfter als je zuvor. »Wie Penelope vorhin sagte, du gehörst zur Familie, June.«

Mein Herz kann sich in diesem Moment nicht entscheiden, ob es vor Freude laut klopfen oder sich vor Trauer zusammenziehen soll. Seine Mutter ist ihm heilig und dennoch will er, dass ich ihn an ihr Grab begleite. Wie könnte ich da nein sagen?

»Wenn du das möchtest, dann komme ich natürlich mit dir mit.«, sage ich und lächele ihn aufmunternd an.

Augenblicklich entspannt er sich und ich höre ihn leise aufatmen. Dann steht er vom Tisch auf, schnappt sich sein Geschirr und trägt es in die Küche. »Darum können wir uns auch noch später kümmern.«

»Jetzt geht nochmal jeder aufs Klo und dann reiten wir los.«, ordnet Logan an und nimmt Kurs aufs Badezimmer.

~

Beim Friedhof angekommen, parkt Logan seinen Wagen auf dem Bürgersteig neben dem schmiedeeisernen Tor, das den Haupteingang ziert. Der Efeu an den Mauern ist schon so weit hinaufgewachsen, dass man weder das Namensschild noch das Kreuz neben dem Eingang mehr sehen, geschweige denn lesen kann. Ich will ja nicht sagen, dass ich ein Angsthase bin, aber ich mag Friedhöfe einfach nicht. Sie sind mir unheimlich. Aber ich schätze, dass keiner wirklich ein Fan davon ist.

Paxton nimmt das Gesteck aus dem Kofferraum, das wir gerade bei der Gärtnerei abgeholt haben. Es ist wunderschön geworden. Ein herzförmiges Konstrukt aus Reben und Ästen im Shabby-Stil bilden die Basis. Darin wurden weiße Rosen, Schleierkraut und ein paar Gräser eingearbeitet. Schlicht und trotzdem elegant.

Ich folge ihnen kommentarlos über den gepflasterten Hauptweg, vorbei an vielen Reihen, die für mich alle gleich aussehen. Die Drei unterhalten sich über irgendwas, aber ich höre ihnen nicht wirklich zu. Ich achte eher darauf, nicht über die unebenen Pflastersteine zu fallen oder die Orientierung zu verlieren. Irgendwie fühle ich mich auch total fehl am Platz. Aber da es Paxton scheinbar viel bedeutet, dass ich dabei bin, hätte ich es niemals übers Herz gebracht, ihm diesen Wunsch abzuschlagen. Kurz vor der kleinen Kapelle biegen sie rechts auf einen schmaleren Weg ab und bleiben nach etwa zwanzig Metern stehen. Das Grab sieht sehr gepflegt aus, kein Unkraut weit und breit und kein Grashalm wächst dort, wo er nicht wachsen soll.

Mein Blick gleitet zu dem schwarzen Grabstein. In der Mitte ist ein großes, unsymmetrisches Herz in den Stein geschlagen. Darüber prangt der Name, darunter sowohl das Datum von Geburts-, als auch Todesjahr.

Adriana Lewis

1969 - 2011

Am unteren Ende des Steins ist ein Spruch von Oscar Wilde eingraviert und ich würde mein gesamtes Hab und Gut darauf verwetten, dass Paxton diesen Spruch ausgesucht hat.

Das Geheimnis der Liebe ist größer als das des Todes.

Penelope nimmt ihm das Gesteck ab und drapiert es mittig auf der Erde unter dem Stein. »Du fehlst mir Adriana.«, sagt sie auf dem Boden kniend und wischt sich eine Träne aus dem Augenwinkel. Auch den Jungs geht das Ganze sichtlich nahe. So still und in sich gekehrt kenne ich sie gar nicht.

Ich habe noch immer das Gefühl, als wäre ich ein Fremdkörper und hätte hier nichts zu suchen. Ich blicke mich nach einer Bank um, auf der ich warten kann, bis die drei sich auf den Heimweg machen wollen. Unbewusst mache ich einen Schritt nach hinten, erschrecke dann aber, als Paxton meine Hand nimmt und mich wieder zurück zur Gruppe zieht.

»Ich… Ich wollte euch nur…«, stammele ich, aber als ich zu ihm aufsehe, lässt der Ausdruck in seinen Augen mein Herz in tausend kleine Teile zerspringen. »Paxton…« Ich drücke sanft seine Hand und stelle mich noch näher zu ihm. In seinen Augen liegt so viel Schmerz, aber auch so viel Liebe.

Sie muss eine tolle Frau gewesen sein. »Sie wäre ganz sicher furchtbar stolz auf dich.«, flüstere ich ihm zu. Er sagt nichts, drückt meine Hand aber auch ein kleines bisschen fester.

»Sie war so stolz auf ihren Paxton.«, bestätigt Penelope.

»Sie war einfach die Beste. Anwesende natürlich ausgenommen.«, scherzt Logan.

»Gebt ihr mir eine Minute alleine?«, fragt Paxton plötzlich.

Wir nicken alle.

»Nimm dir so viel Zeit, wie du brauchst.«, sage ich.

Logan legt den Arm um meine Schulter und drückt sie aufmunternd. »Wir warten an der Kapelle. Lass dir Zeit, ich passe solange auf dein Mädchen auf.«

»Logan!«, rüge ich ihn leise.

»Er weiß, wie es gemeint ist.«

Dann schaue ich zu Paxton hinüber und sehe, dass er mich anlächelt. Die beiden sind wie Brüder aufgewachsen und kennen sich quasi seit sie auf der Welt sind. Das vergesse ich immer wieder. »Mach dir um mich keinen Kopf, ich bin ja scheinbar in guten Händen.«

Jetzt wird sein Lächeln noch ein wenig breiter. »Danke.«

»Nicht dafür.«

An der Kapelle ist tatsächlich eine kleine Bank, auf die ich mich direkt fallenlasse. Da das Gebäude ein wenig erhöht liegt, kann man von hier aus den halben Friedhof überblicken. Ein paar Reihen weiter unten entdecke ich eine Freundin von Edie, deren Mann, wenn ich es noch richtig weiß, vor ungefähr zwei Jahren verstorben ist. Sie ist öfter im Diner, um Edie Gesellschaft zu leisten. Vermutlich fällt ihr allein zuhause die Decke auf den Kopf. Und selbst nach seinem Tod kümmert sie sich um ihren Mann, indem sie dafür sorgt, dass sein Grab schön aussieht. Die Vorstellung ein Heim mit einer geliebten Person zu bewohnen und von heute auf morgen allein dort zu sein, bricht einem glatt das Herz.

»June?« Logan schnippt mit seiner Hand vor meiner Nase herum und reißt mich aus meinen Gedanken.

Ich zucke zusammen »Hast du was gesagt?«

»Äh ja?!«

»Sorry, ich habe nachgedacht.«

»Das war nicht zu übersehen. Ich habe gefragt, ob du Hunger hast und wir noch gemeinsam zu Abend essen sollen, bevor Mom nach Hause fährt.«

»Ich habe immer Hunger, das weißt du doch.«, lache ich. »Lass uns doch einfach zuhause etwas bestellen. Ich denke Paxton ist gerade heute nicht besonders scharf drauf, unter Leute zu gehen.«

»Du hast ihn sehr gern, oder?«, mischt Penelope sich ein. »Du sorgst dich um ihn.«

»Natürlich, wie könnte ich mich nicht sorgen. Ich mag mir gar nicht vorstellen, wie es ihm geht. Ohne seine Mom leben zu müssen und das seit zehn Jahren. Ich hätte vermutlich nicht einmal die Kraft, zum Grab zu fahren.«

Penelope nimmt neben mir Platz und schlingt ihre Arme um mich. Ihr Duft nach Kokos und Macadamia lullt mich ein und bringt mich zum Lächeln, weil die Kombination mich so sehr an meine eigene Mom erinnert. »Danke, dass du für meine Jungs da bist.« Wieder sehe ich eine Träne in ihren Augen glitzern und ich muss mit mir kämpfen, nicht laut loszuschluchzen, als ich ihre Umarmung erwidere.

Es dauert noch einige Minuten, dann steht Paxton plötzlich neben uns. Wir machen uns wieder auf den Weg in Richtung Auto, nur, dass dieses Mal keiner von uns etwas sagt und jeder seinen Gedanken nachhängt.

Von unterwegs aus bestellen wir bei Bosco, dem Pizzabäcker unseres Vertrauens, ein paar Pizzen. Einmal Salami, dann eine mit Spiegelei und Schinken, eine mit Meeresfrüchten und eine scharfe Pizza mit Peperoni und Knoblauch. So sollten alle Geschmäcker abgedeckt sein.

»Bei uns in der WG ist es Gesetz, dass jeder sich von allem nehmen darf.«, erklärt Logan. Seine Mom nickt und schaut die dampfenden Schachteln an. Dann öffnet sie den ersten Karton, greift sich ein Stück und wünscht uns einen guten Appetit. Und wir tun es ihr nach.

~

Penelope hatte sich nach dem Essen verabschiedet und nachdem sie jeden von uns noch mindestens zwei Mal in den Arm genommen hatte, fuhr sie dann wirklich nach Hause. Logan musste versprechen, ihr meine Nummer zu schicken, damit sie sich zwischendurch nach ihren Jungs erkundigen kann. »Von euch kriege ich ja keine Informationen, wenn ich nicht explizit nachfrage.«, hatte sie gerufen und dann die Tür hinter sich ins Schloss gezogen.

Mittlerweile liegen wir im absoluten Fresskoma auf der Couch, im Fernsehen läuft eine alte Folge von *The Big Bang Theorie* und ich muss plötzlich laut lachen. Irgendwie fühle ich mich wie Penny, die plötzlich mit Leonard, für den sie Gefühle entwickelt und seinem verrückten Mitbewohner Sheldon zusammenlebt, in meinem Fall eben Paxton und Logan.

»Warum lachst du?«, fragt letzterer, aber ich schüttele nur mit dem Kopf und grinse vor mich hin. »So lustig war das jetzt auch wieder nicht.«

Nachdem die Folge zu Ende ist und die nächste beginnt, stemme ich meinen müden Körper hoch und verabschiede mich in mein Zimmer. Bevor ich die Tür erreiche, springt Paxton auf und kommt hinter mir her.

»Hast du noch eine Minute?«, fragt er.

Ich nicke. »Natürlich.«

»Ich muss da noch etwas loswerden.« Er greift meine Hand und legt sie auf seine Brust. Ich kann deutlich seinen Herzschlag unter meinen Fingern spüren und es schlägt schneller als es sollte, genau wie meins. »Danke, dass du heute mitgekommen bist. Und natürlich auch für den Ausflug heute Morgen. Das hat mir wirklich sehr viel bedeutet.«

»Ich werde immer da sein, wenn du mich brauchst, Paxton.« Meine Stimme ist fast nur ein Flüstern.

Seine Augen strahlen, falls das möglich ist, heute Abend noch grüner als sonst. Er beugt sich zu mir hinunter und haucht mir einen zärtlichen Kuss auf die Lippen. Er hat gar nichts von der stürmischen Leidenschaft, mit der er mich sonst küsst, nein, er ist federleicht, als würde er meine Lippen nur streifen wollen. Dann löst er sich wieder von ihnen und sieht mir tief in die Augen. »Ich habe ihr von dir erzählt.«

»Wem hast du von mir erzählt?«

»Meiner Mom.«

KAPITEL 30

Natürlich bin ich nach diesen Worten mehr als nur hellwach und an Schlaf ist so schnell nicht mehr zu denken. Paxton hatte mich noch einmal geküsst und mir dann eine gute Nacht gewünscht. Der Augenblick wäre fast schon romantisch gewesen, wenn Logan nicht im Hintergrund vor sich hin geschnarcht hätte.

Jetzt, allein in meinem Bett, drehen sich meine Gedanken um die letzten Tage und Wochen. Ich versuche, in mich zu gehen und herauszufinden was das mit Paxton und mir ist.

Was fühle ich? Was fühlt er?

Ist es Liebe oder doch nur Verlangen?

Sind wir mittlerweile nicht mehr als Freunde?

Bin ich bereit ihm mein Herz anzuvertrauen? Oder habe ich das vielleicht schon längst?

Mir schwirrt der Kopf. Das Einzige, was ich mit absoluter Sicherheit sagen kann, ist, dass ich gerne mit ihm zusammen bin. Von der körperlichen Anziehungskraft brauchen wir gar nicht erst anfangen. Aber ich befürchte, dass ich ohne ein klärendes Gespräch mit ihm zu keiner Antwort kommen werde. Und vor allem werde ich heute Nacht zu keiner mehr kommen, egal wie lange ich mich noch in meinem Bett hin und her wälze und mir den Kopf darüber zerbreche.

~

Völlig versunken in meinen Gedanken muss ich wohl irgendwann eingeschlafen sein, denn als ich die Augen öffne, scheint bereits die Sonne durch meine halb geschlossenen Fensterläden.

Neuer Tag, neues Glück. Die Sonne scheint und der Tag hat das Potential ein guter Tag zu werden. It's a good day to have a good day. Obwohl ich so lange gebraucht habe, um in den Schlaf zu finden und der Tatsache, dass meine Träume auch nicht gerade die Besten waren, habe ich heute Morgen gute Laune. Ich freue mich auf den Tag mit meinen Freunden am Strand. Surfen, quatschen, Spaß haben. Das haben Gabby und ich früher so oft gemacht.

Ich springe aus dem Bett und mache mich auf den Weg ins Bad. Keine halbe Stunde später parke ich meinen Honda auf dem Parkplatz am Pier. Das rote Cabrio meiner besten Freundin steht merkwürdigerweise auch schon da. Normalerweise ist sie nicht gerade die Pünktlichkeit in Person. Ich schnappe mir meine Tasche, schließe den Wagen ab und hüpfe regelrecht die Treppen zum Strand hinunter.

Gabby und Meghan haben sich einen Platz in der ersten Reihe gesichert und wie ich sehe, ist Keith auch schon da. Dann kann Sydney auch nicht weit sein.

»Wir haben elf Uhr gesagt, es ist kurz vor elf und du bist schon da?«, rufe ich ihr grinsend zu.

Sie stemmt die Hand in die Hüfte, legt den Kopf schief und zieht eine Augenbraue hoch. »Haha, sehr witzig. So unpünktlich bin ich nun auch wieder nicht.«

Dass jeder von uns laut lachen muss, sollte sie ausreichend Lügen strafen.

»Ich habe sie ein bisschen gescheucht.«, flüstert Meghan extra laut und kassiert einen bösen Blick von Gabby.

Bei ihnen angekommen, begrüße ich die drei mit einer Umarmung. Es kommt mir so vor, als hätten wir uns seit Wochen nicht mehr gesehen. Den Tag heute haben wir uns redlich verdient und wohl auch dringend nötig. Und er ist absolut perfekt. Keine Uni, keine Arbeit, keine Sorgen. Er erinnert mich an die Zeit vor unserem Studium, damals, als Gabby und ich unsere letzten Ferien genossen hatten. Wir waren jeden Tag am Strand. Unser letzter Sommer, bevor der Ernst des Lebens uns in die Mangel nahm. Manche unserer Freunde von damals gingen danach einer Arbeit nach, andere dem Studium, wieder andere zogen fort und die Tage, an denen wir alle zusammen waren, wurden immer seltener. Nur Gabs und ich sind noch übrig.

»Kommst du mit raus?«, ruft Keith, sein Surfboard bereits unter den Arm geklemmt.

»Nächste Runde bin ich dabei. Ich muss erst noch mein Board holen gehen.«, sage ich.

»Das ist mein Stichwort.«, ruft eine Stimme hinter mir. Sydney.

Als ich mich umdrehe, steckt er gerade mein Board in den Sand. Dann schlendert er grinsend zu uns rüber, wirft mir meinen Suit aufs Handtuch und zieht mich in eine Umarmung.

»Schön dich zu sehen, June.«

Ich bedanke mich für den unerwarteten Lieferdienst und verspreche, mich bei Gelegenheit dafür zu revanchieren. Er winkt aber nur ab und lässt sich auf sein Handtuch fallen.

»Da sich die Ausgangslage geändert hat, würde ich dich doch begleiten.«

Keith grinst vom einen bis zum andern Ohr. »Das wollte ich hören. Dann los.«

»Kaum da, schon ist sie wieder weg.«, schimpft Meghan gespielt empört.

Ich drücke ihr einen Kuss auf die Wange und verspreche, nicht ewig draußen zu bleiben. Und genau daran halte ich mich auch. Heute Morgen ist noch nicht viel los auf den Wellen, also müssen wir gar nicht lange warten. Ich genieße wie immer die Ruhe auf dem Wasser. Keith geht es genauso. Wir konzentrieren uns auf die Wellen, unser Brett und unsere Gedanken. Und wie versprochen sind wir nach knapp einer halben Stunde auch schon wieder zurück bei den anderen am Strand.

»Wo ist Syd schon wieder hin?«, fragt Keith und Gabby zeigt in Richtung Lifeguard Stand. Er nickt, legt sein Board ab und joggt zu seinem besten Freund hinüber.

Als ich erkenne, mit wem Sydney da drüben steht und plaudert, stockt mir der Atem. In einem Hauch von Nichts mit Leopardenmuster steht sie da, klimpert mit den Augen und lacht so gekünstelt, dass es selbst der größte Vollidiot erkennen müsste. Colette.

»Alles in Ordnung, June?«, fragt Gabby und sieht mich erschrocken an. »Geht es dir nicht gut?«

Genervt lasse ich mich neben sie fallen. »Siehst du das blonde Strichmännchen, mit dem Sydney gerade redet? Sie war es, die mich letztens als Trampel beschimpft hat.«

»Aber dann ist sie ja…«, beginnt Meghan die Puzzleteile langsam zusammenzusetzen.

»Paxtons Exfreundin.«, beende ich den Satz.

Wie zwei Agenten des FBI nehmen die beiden Colette genauestens unter die Lupe. Jedes noch so winzige Detail an ihr saugen sie auf.

»Starrt doch nicht so auffällig hin.«, rüge ich sie.

»Ich dachte, die sei längst wieder nach New York abgerauscht.« Gabby macht eine ausladende Handbewegung und sieht mich fragend an.

»Das dachte ich auch.«

»Weiß Paxton davon?«, fragt Meghan.

»Keine Ahnung, schätze nicht. Er hat sie zumindest nicht mehr erwähnt.« Ich stöhne genervt auf.

Wie in einem schlechten Film sehe ich, wie Sydney gefühlt in Zeitlupe, den Finger hebt und in unsere Richtung zeigt. In meinem Kopf höre ich es nur *neiiiiin* rufen. Doch schon im nächsten Moment trifft ihr Blick meinen. Zwar ist es sehr unwahrscheinlich, dass sie sich noch an mich erinnern kann, immerhin habe ich den Großteil unserer Begegnung auf dem Boden verbracht, aber ich habe das Gefühl, als würde ihr Blick mich durchbohren.

Peinlich berührt drehe ich mich zu Gabby und Meghan um. Am liebsten würde ich gerade im Erdboden versinken. »Wie hoch ist die Wahrscheinlichkeit, dass ihr nicht aufgefallen ist, dass wir sie angestarrt und über sie geredet haben?«

»Eher gering.«, sagt Meghan wenig aufmunternd und tätschelt mein Knie.

Seufzend vergrabe ich mein Gesicht im Handtuch und schließe die Augen. »Ich bleibe jetzt hier liegen, bevor der Tag heute noch peinlicher wird.«

Gabbys Lachen klingelt in meinen Ohren, bevor ich die Welt um mich rum ausblenden kann. Es dauert nur ein paar Minuten, dann dämmere ich auch schon in einen leichten

Schlaf. Allerdings schrecke ich aus selbigem kurz darauf wieder auf, als etwas Kaltes auf meinen Rücken tropft.

»Bleib liegen, es ist nur Sonnencreme.«, lacht Sydney über mir und drückt mich wieder aufs Handtuch. »Du willst dir doch keinen Sonnenbrand holen.«

Suchend blicke ich mich um. Sydney und ich sind allein an unserem Platz. »Wo sind die anderen?«, frage ich.

»Schwimmen.«

»Achso.« Irgendwie ist mir die Nähe zu ihm gerade ein wenig zu viel und ich kann nicht einmal flüchten, weil er über meinen Beinen kniet.

»So. Erledigt. Jetzt kannst du gefahrlos weiter dösen.«

»Danke.«, murmele ich und setze mich auf. Dann öffne ich den Deckel von Gabbys Kühlbox. »Auch eine Cola?«

»Nein, danke. Aber ein Ginger Ale würde ich nehmen.«

Ich krame in der Box, bis ich die richtige Dose finde und reiche sie ihm.

»Du und Paxton. Ist das was Ernstes?«, fragt er und ich könnte nicht glücklicher sein, dass Gabby gerade aus dem Wasser kommt und uns etwas zuruft.

Erleichtert drehe ich mich zu ihr um. »Waaas?«

»Ob die Prinzessin ausgeschlafen hat.«, wiederholte sie ihre Frage.

Ich nicke.

»Dann können wir uns auch gleich etwas zu essen holen gehen, ich bin nämlich so langsam echt am Verhungern.« Sie reibt sich demonstrativ den Bauch. Dann rubbelt sie sich ihre Haare trocken.

»Sehr guter Plan.«, stimme ich ihr zu und ich glaube von Sydney ein leises Schnauben zu hören. Er hätte wohl nur allzu gerne eine Antwort auf seine Frage bekommen. Danke,

Gabby! Aber wie hätte ich ihm eine wahrheitsgemäße Antwort geben können, wenn ich doch selbst gar nicht weiß, was das zwischen Paxton und mir überhaupt ist. Darüber werde ich mir aber jetzt auch keine Gedanken machen. Der restliche Nachmittag gehört allein meinen Freunden und ich habe absolut keine Lust auf trübe oder grüblerische Gedanken.

~

Als ich später am Abend die Wohnung betrete, höre ich sofort, dass die Jungs in ihrer Arbeit vertieft sind. Ich ziehe meine Schuhe aus und betrete den Wohnbereich.

Die beiden stehen an unserem Esstisch, vor ihnen sind einige Zeichnungen und Dokumente verteilt und sie beugen sich über die Unterlagen.

»Noch so fleißig, ihr zwei?«

»Hey Muffinpie. Von nix kommt nix, das weißt du doch«, ruft Logan, Paxton nickt mir zu und widmet sich dann wieder der Zeichnung vor ihm.

»Ich hätte alles darauf verwettet, dass ihr vor der Glotze hängt.«

»Morgen Früh hat sich ein neuer Kunde angekündigt und wir sind uns noch nicht einig, welche Skizzen wir ihm zeigen wollen.«

»Na dann lasst euch bitte nicht von mir stören. Ich gehe nur schnell duschen und dann seid ihr mich auch schon wieder los. Versprochen.«

Dann verschwinde ich im Badezimmer, drehe die Dusche auf und genieße das heiße Wasser auf meiner Haut.

Für den kurzen Weg in mein Zimmer, schlinge ich ein großes Handtuch um. Ich kann es mir allerdings nicht verkneifen, im Vorbeigehen durch Paxtons Haare zu wuscheln, während ich den beiden noch einmal eine gute Nacht wünsche. Er sieht mit seinen großen, grünen Augen zu mir hoch, aber darin liegt nicht die Wärme, die ich eigentlich erwartet habe zu sehen. Er lächelt mich zwar an, aber es erreicht seine Augen nicht.

Skeptisch ziehe ich eine Augenbraue hoch. »Na dann...«, murmele ich und verschwinde in mein Zimmer.

Ich habe – mal wieder – keine Ahnung, welche Laus ihm heute über die Leber gelaufen ist. Genervt werfe ich meine sandigen Strandklamotten in den Wäschekorb und mein Handtuch gerade hinterher. Aus meiner Schublade nehme ich einen Slip und schlüpfe hinein. Dann öffne ich den Schrank, auf der Suche nach einem schlaftauglichen Shirt.

In meinem Augenwinkel erhasche ich einen Schatten, der mich zusammenfahren lässt. Reflexartig kralle ich mir das erstbeste Kleidungsstück, das mir in die Finger kommt, mein geliebtes Deathly Hallows Shirt, und halte es mir vor meine nackten Brüste.

»Du hast mich zu Tode erschreckt. Hast du mal was von Anklopfen gehört? Ist nicht so dein Ding, oder?«, schimpfe ich, als ich Paxtons Umrisse im schummrigen Licht der Nachttischlampe erkenne. Noch immer presse ich mir das T-Shirt vor die Brust, während er einen weiteren Schritt auf mich zu macht.

»Du warst heute am Strand?« Seine Stimme ist leise und emotionslos, genau wie sein Blick vorhin.

»Ja, war ich.« Verwirrt sehe ich ihn an. Er wusste doch, dass ich den Tag mit meinen Freunden verbringen wollte.

»Mir kam zu Ohren, dass mein guter Freund Sydney seine Finger nicht bei sich behalten konnte.« Daher weht der Wind also. Der Herr ist eifersüchtig.

»Er hat mir den Rücken eingecremt, damit ich mir keinen Sonnenbrand hole.«, sage ich und sehe ihn herausfordernd an.

»Ich mag den Kerl nicht.«

»Ich weiß. Das heißt aber noch lange nicht, dass ich keinen Kontakt zu ihm haben darf.«

»Hmmm…«, brummt er und kommt einen Schritt näher. Mittlerweile ist er mir so nahe, dass mir sein Duft nach Sandelholz in die Nase steigt. Zusammen mit dem tiefen Klang seiner Stimme beginnt mein Herz wie wild zu schlagen.

»Störe ich dich?«, wechselt er abrupt das Thema und lässt seinen Blick zu dem Shirt wandern, mit dem ich noch immer meine Blöße verdecke. Ein Blick in seine Augen sagt alles. Waren sie vorhin noch grün wie frisches Gras, so funkeln sie jetzt schwarz vor Zorn oder Leidenschaft. Das ist manchmal schwer zu sagen. Das liegt bei Paxton meist dicht beieinander.

Als ich nicht antworte, überbrückt er die Distanz zwischen uns mit einem letzten Schritt und lässt eine Hand über meinen nackten Rücken wandern, bis er meinen Po erreicht. Mit der anderen Hand nimmt er mir das T-Shirt ab.

Meine Haut glüht. Ich beobachte gespannt, was er vorhat.

Paxton beugt sich vor und haucht mir einen zarten Kuss auf die Lippen. Ich will meine Hände heben, ihn berühren, aber er drückt sie sanft wieder nach unten, faltet er mein T-Shirt auseinander und streift es mir über den Kopf. Erneut küsst er mich und flüstert mir leise ins Ohr. »Gute Nacht, June.« Dann dreht er sich um und verlässt mein Zimmer. Und ich stehe schwer atmend vor meinem Schrank und starre ihm hinterher. Ich tippe eine Nachricht an ihn, nur ein einziges Wort.

June: Arsch!

Es dauert keine Minute, bis er unseren Chat öffnet und die drei hüpfenden Pünktchen erscheinen. Dann erscheint seine Nachricht auf meinem Display und ich muss unweigerlich lächeln.

Was. Ein. Arsch.

Paxton: Gute Nacht, June ☺

KAPITEL 31

Völlig überfressen stelle ich meinen Wagen vor unserem Haus ab. Ich habe den Nachmittag mit meiner Mom verbracht und wie das nun einmal mit Müttern so ist, ließ sie mich nicht gehen, bevor ich nicht noch mindestens eine Portion ihrer weltberühmten Spaghetti à la Mama gegessen hatte. Und eventuell wurden aus einer Portion auch zwei.

Dieses Mal liegen die Jungs wirklich faul auf der Couch, als ich die Wohnung betrete. Den Geräuschen nach zu urteilen, ziehen sie sich irgendeinen schwachsinnigen Actionstreifen rein.

»Was schaut ihr euch da an?«, frage ich, nachdem ich meine Röhrenjeans gegen eine Schlafhose getauscht und mich zu ihnen auf das Polster fallenlassen habe.

»Black and Blue. Das ist aber leider schon das Finale.«, antwortet Logan, ohne seine Augen vom Fernseher zu nehmen.

Da ich den Film so kurz vor Schluss dann auch nicht mehr mitschauen muss, surfe ich durch die bunte Welt von Instagram, aber mein Blick huscht immer wieder zu Paxton rüber. Manchmal erwische ich ihn dabei, dass er mich auch ansieht. Dann grinsen wir uns beide an und schauen wieder auf den Fernseher, bzw. das Handy. Bis der Film zu Ende ist, hat sich ein warmes Gefühl in meinem Bauch breitgemacht.

»Ich weiß ja nicht, ob ihr noch weiter fernsehen wollt, aber für diesen müden Krieger heißt es jetzt ab ins Körbchen.«, murmelt Logan leise und unterstreicht seinen Zustand mit einem lauten Gähnen.

»Ich werde noch ein bisschen aufbleiben.« Keine zwei Sekunden später wirft Logan mit der Fernbedienung nach mir. »Hey!«, protestiere ich. »Das hätte auch ins Auge gehen können.«

»Du sollst das Ding ja auch fangen, du Genie.« Lachend wirft er den Kopf in den Nacken und verabschiedet sich in sein Zimmer.

Mein Blick huscht wieder zu Paxton. Er rutscht ein Stück näher zu mir, nimmt die Fernbedienung an sich und schließt die Netflix App. Der Fernseher springt zurück auf das normale Fernsehprogramm. Gerade läuft *Dirty Dancing* und in der Szene erklärt Johnny Babys Eltern, dass sein Baby zu ihm gehört.

»Mein Baby gehört auch zu mir.«, sagt er, schlingt seine Arme um mich und zieht mich ganz nah an sich heran. Ich seufze. Vielleicht wegen der Worte, die mir aus Paxtons Mund noch mehr Gänsehaut bescheren als sonst, vielleicht aber auch einfach, weil ich endlich in seinen Armen liege.

»Weißt du, was ich mich schon oft gefragt habe?«

Paxton schüttelt den Kopf. »Nein, weiß ich nicht, aber ich schätze, du wirst es mir gleich erzählen.«

Neckend schlage ich ihm auf den Arm. »Ich habe mich gefragt, ob manche Filme auch genauso berühmt geworden wären, wenn ihre prägnanten Sätze anders gelautet hätten.«

Paxton sieht mich fragend an.

»Wenn Johnny sich beispielsweise einfach Baby geschnappt und etwas wie *Ich mache was ich will* gerufen hätte. Bei dem Satz würden die Frauen dann vielleicht nicht verträumt seufzen, sondern ihn für einen narzisstischen Egomanen halten.«

Paxton beginnt herzhaft zu lachen und tippt mir dann gegen die Stirn. »Manchmal will man wohl lieber nicht wissen, was da oben drin vor sich geht.«

»Das ist mein voller Ernst.«, sage ich grimmig, aber sein Lachen ist so ansteckend, dass ich mitlachen muss. Dann quäle ich ihn noch mindestens fünf Minuten mit allen möglichen Fakten rund um den Film. Unter anderem, dass die Darstellerin der Marjoie Houseman, der Mutter von Baby, auch Emily bei den *Gilmore Girls* spielt.

»Du liebst den Film, habe ich Recht?«

»Oh ja.«

»Soll ich dir meine Lieblingsstelle verraten?« Er lächelt mich verlegen an und wartet auf meine Antwort.

»Ich bitte darum.«, fordere ich ihn schmunzelnd auf.

Dann nimmt er meine Hand und legt sie auf seine Brust, genau auf Höhe seines Herzens. Mit seiner Hand über meiner gibt er einen Takt vor und flüstert leise »Ga-Gong, Ga-Gong, Ga-Gong«. Sein Blick bohrt sich in meinen und der kleine, verliebte Monk in mir summt leise die Melodie von *Hungry Eyes*.

»Paxton…«, flüstere ich seinen Namen.

Er schüttelt den Kopf und als ich den Mund öffne, um etwas zu sagen, legt er mir seinen Zeigefinger auf die Lippen. »Schhhhh… Jetzt bin ich mit Reden dran.«

Ich sehe ihn abwartend an, wie er halb sitzend, halb über mich gebeugt, nach den richtigen Worten sucht.

»Ich liebe dich, June.«

Es dauert eine Minute, bis ich die Bedeutung seiner Worte erfasst habe. Ich lege meine Hand an seine Wange. »Wir haben doch darüber gesprochen. Du weißt, dass ich nichts Festes will.« Aber will ich das wirklich nicht? Seine Worte gerade bringen mich zum Strahlen und ich fühle mich so glücklich wie lange nicht mehr.

»Ich liebe dich, June. Und das nicht erst seit gestern. Ich habe mich vermutlich schon im Club in dich verliebt. Ich will mit dir zusammen sein, nicht nur im Bett. Ich will deine Hand nehmen und mit dir durch die Straßen laufen. Ich will, dass du mein Mädchen bist und jeder soll es wissen. Du bist…«

Weiter kann er seinen Monolog nicht fortführen, weil ich meine Hände in seinen Haaren vergrabe und sein Gesicht zu mir hinunterziehe, bis seine Lippen auf meinen liegen. Unfassbar, wie gut sich mein Körper an seine Berührungen erinnert, an sein Gewicht auf mir und seine Hände, die jeden Zentimeter meines Körpers berühren. Die Wärme seiner Finger dringt durch den dünnen Stoff meines Shirts.

»Wir sollten vielleicht nicht hier…«

Mehr muss ich gar nicht sagen. Paxton löst sich von mir, springt auf und sofort vermisse ich seinen Duft und seine Hitze. Dann hebt er mich auf seine Arme und trägt mich in sein Zimmer. Kaum, dass er mich auf seinem Bett abgelegt hat, ist er auch schon wieder über mir und schiebt mir eine Haarsträhne hinters Ohr. Seine Finger treffen die empfindsame Haut an meinem Hals, mich durchfährt ein Schauer der Erregung.

»Womit habe ich dich nur verdient?«, flüstert er, bevor er sich hinunterbeugt, um mein Gesicht und meinen Hals mit federleichten Küssen zu bedecken. Seine Zungenspitze gleitet über meine erhitzte Haut und findet schließlich meinen Mund. Die Luft um uns vibriert.

Ich packe den Saum seines Shirts, schiebe es nach oben und streife es ihm über den Kopf. Als ich zart über die Haut seiner

Brust fahre, spüre ich die Gänsehaut unter meinen Fingern und muss lächeln. Er reagiert auf mich, so wie ich auf ihn.

Paxton stöhnt leise auf, als ich meinen Daumen um seine Brustwarze kreisen lasse. Man spürt richtig, wie die Lust in ihm immer weiter ansteigt. Er schiebt den Reißverschluss meiner Weste nach unten und seine Pupillen weiten sich, als er feststellt, dass ich darunter nichts trage.

Ich lege beide Hände auf seine nackte Brust und schiebe ihn sanft von mir. Sein Blick ist fragend, aber ich setze mich rittlings auf ihn und da versteht er sichtlich. Ein amüsierter Zug gleitet über sein wunderschönes Gesicht und seine Lippen verziehen sich zu einem warmen Lächeln, nachdem er mich gewähren lässt und sich ins Kissen zurücklehnt.

Er umfasst meine Hüften und zieht mich auf seinen Schoß.

Ich küsse ihn, wie ich ihn noch nie zuvor geküsst habe, leidenschaftlich und dennoch voll Gefühl und ich genieße es, wie er mich in rhythmischen Bewegungen über seinen Schoß zieht.

Seine Härte reibt unaufhörlich an meiner Mitte und wenn er so weitermacht, komme ich noch, bevor er mich überhaupt berührt hat.

»Zieh deine Hose aus.«, befehle ich ihm und er folgt meiner Aufforderung ohne Zögern. Ich knie mich zwischen seine Beine, lege meine Hand um seinen Schaft und lecke mir über die Lippen. Ich höre noch, wie Paxton scharf die Luft einzieht, als ich meinen Mund um seine Spitze schließe. Meine Hand fährt an ihm auf und ab und mein Mund tut es ihr nach. Immer, wenn ich ihn mit meiner Zunge necke, gibt er knurrende Geräusche von sich oder flucht, was mich zum Lachen bringt.

»Etwas mehr Ernsthaftigkeit, Miss Cole.«, schimpft er mit mir und als ich das dritte Mal lache, packt er mich an der Taille und wirft mich rücklings auf das Bett. Natürlich höre ich auch jetzt nicht auf zu lachen.

Er drängt sich zwischen meine Beine und ich spüre sofort seine Erektion an meinen Schenkeln. Ohne Umschweife öffnet er die oberste Schublade seines Nachttischs, nimmt ein Kondom heraus und streift es sich über. In der Zwischenzeit schlüpfe ich, wie gefordert, aus meiner Hose.

Ein lodernder Blick, seine Lippen auf meinen und dann sind wir eins.

Mein Körper besteht nur noch aus Empfindungen. Tausend Nervenenden, die bis aufs Äußerste unter Strom stehen und nur noch fühlen.

Mit den Beinen umschlinge ich ihn, damit es keinen Raum mehr zwischen uns gibt. Ich vergrabe mein Gesicht in seiner Halsbeuge und knabbere an der gewissen Stelle unter seinem Ohr, die ihn so verrückt macht. Wieder knurrt er und fährt als Revanche mit seinem Daumen über meine empfindlichste Stelle.

Das Stöhnen, das mir entfährt, ist so laut, dass er mir seine andere Hand auf den Mund legt. »Wir sind nicht allein zuhause.«, lacht er und stößt tief in mich.

Wie in Trance hebe ich meine Hände, fahre über seinen Rücken, auf dem mittlerweile ein feuchter Film liegt. Ich kann jeden einzelnen Muskel spüren, wenn er sich auf und in mir bewegt und es fühlt sich verdammt gut und vollkommen richtig an.

Paxton zieht sich ein Stück aus mir zurück, greift nach meinem Knöchel und legt mein Bein über seine Schulter. Dann schiebt er sich wieder in mich und ich versuche, nicht ganz so laut zu keuchen, obwohl er mich dadurch nun vollständig ausfüllt und um den Verstand bringt. Seine Bewegungen werden immer wilder, seine Stöße immer härter.

Seinem glasigen Blick nach zu urteilen, würde ich behaupten, dass er nicht mehr allzu lange braucht, bis er kommt.

Aber mir geht es genauso. Meine Muskeln beginnen sich langsam um ihn anzuspannen, was ihm natürlich nicht entgeht. Wieder legt er seinen Finger auf meine Perle und beginnt an ihr zu reiben. Mit jedem Stoß treibt er mich weiter auf den Orgasmus zu und als ich den Punkt der größten Lust erreicht habe, drücke ich meine Lippen auf seine, um mein Stöhnen zu ersticken.

Paxton grinst, das spüre ich trotz geschlossener Augen ganz deutlich. Dann stößt er sich noch einmal tief in mich, bevor auch sein Körper heftig zittert und kurz darauf auf mich hinabsinkt.

Ich reibe meine Nase an seiner, er legt seine Stirn an meine und wir lächeln uns an.

»Was machst du nur mit mir, Juniper Cole?«

»Vermutlich das Gleiche wie du mit mir, Paxton Lewis.«

Sein Grinsen könnte nicht breiter sein. »Bleibst du heute Nacht bei mir?«

»Und was ist mit Logan?«

»Der hat in aller Herrgottsfrühe einen Termin und du musst, wenn ich richtig weiß, erst um elf zur Uni.«

Ich sehe ihn verwundert an. »Hast du dir meinen Vorlesungsplan gemerkt?«

»Vielleicht.« Er grinst mich schelmisch an.

»Wenn du mir ein Shirt zum Schlafen gibst, dann bleibe ich hier.«, verhandele ich.

Als Antwort springt er aus dem Bett, nackt wie er ist, zieht eine Schublade seiner Kommode auf und greift hinein. Er wirft mir ein schwarzes Shirt entgegen und als ich es auseinanderfalte muss ich lachen. »Und ich dachte ich sei die

Einzige, die hier Nerdshirts trägt. Das Avengers A ist zwar winzig, aber es ist da und outet dich als Obernerd.«

»Gleich und gleich gesellt sich eben gern.«, klugscheißert er, während er sich neben mir auf die Matratze sinken lässt.

»Und was ist mit den guten alten Gegensätzen, die sich anziehen?«, frage ich.

»Ich ziehe dich lieber aus.«, neckt er mich.

»Das hast du heute Abend ausreichend unter Beweis gestellt.«

Paxton legt den Arm um mich und zieht mich an seine Brust. Dann küsst er mich so zärtlich und liebevoll, als hätte er Angst, ich könnte ihm davonlaufen. Ich streiche ihm ein paar Haare aus der Stirn, streichele ihm über den Kopf und er schließt wohlig seufzend die Augen. Seine Gesichtszüge werden immer entspannter und sein Atem geht von Zug zu Zug ruhiger.

»Ich liebe dich auch, Paxton.«, flüstere ich in sein Ohr und er lächelt leise im Halbschlaf.

KAPITEL 32

Die Sonne scheint erbarmungslos durch die Jalousien, als ich meine Augen öffne. Ich rolle mich auf die Seite, will meinen Arm um Paxton schlingen, mich noch ein bisschen ankuscheln, bevor wir aufstehen müssen, aber fasse ins Leere. Seine Betthälfte ist geräumt und schon kalt. Verwirrt richte ich mich auf und blicke mich im Zimmer um. Da verbringen wir die erste Nacht zusammen und er haut am nächsten Morgen einfach ab. Das wird noch ein Nachspiel haben, Freundchen. Rachepläne schmiedend schwinge ich die Beine aus dem Bett und mache mich auf die Suche nach meinen Klamotten. Im Türrahmen ziehe ich den Zipper meiner Weste nach oben, als mich eine Stimme zusammenfahren lässt.

»Na, Schlafmütze? Haben wir uns gestern Abend im Zimmer geirrt?«, grinst Logan in seinen Kaffeebecher hinein.

»W... Was machst du denn hier?«, stammele ich sichtlich überrumpelt. »Hattest du heute Früh nicht schon einen Termin?«

»Verschoben.« Sein Grinsen wird immer breiter.

Meine Wangen haben vermutlich den gleichen Rotton wie Tony Starks Anzug. Um mir die Peinlichkeit zu ersparen, damit auf Lebzeit aufgezogen zu werden, gehe ich schnell an Logan vorbei und öffne den Schrank.

»Dachte ich mir doch, dass ihr das heute Nacht wart, die da so einen Lärm gemacht haben.«

Ich weiß, dass er nur Informationen aus mit herauskitzeln will, aber sein blödes Grinsen ist so ansteckend. »Haben wir gar nicht.«, lache ich. »Außerdem schnarchst du so laut, dass sonstige Geräusche gar keine Chance haben, dagegen anzukommen.«

»Touché.« Wieder lacht er laut auf. »Du weißt aber schon, dass ich mich für euch freue?«

Ich lege meine Arme von hinten um seine Schultern und drücke ihm einen Kuss auf die Wange. »Natürlich, Logan.«

»Ihr beide tut euch ziemlich gut.«

»Danke.« Ich setze mich auf den Stuhl neben ihm. »Und wohin ist Paxton verschwunden? Ich dachte eigentlich, dass er heute die Spätschicht hat?«

Logans Blick wird ernst. »Sein Dad hat heute Morgen angerufen und ihn zu sich bestellt. Um was es geht, hat er nicht gesagt. Aber da er schon gegen acht angerufen hat, wird er ihn wohl nicht zum Smalltalk zu sich kommandiert haben. Wobei man das bei seinem Dad echt nie wissen kann, ich verstehe ihn nicht.«

»Und ich mag ihn nicht.«, brumme ich.

»Da sind wir schon zwei.«

Das Klingeln meines Handys beendet unser Gespräch. Ich springe vom Stuhl und versuche, das Geräusch zu orten. Gestern Abend auf der Couch hatte ich es auf die Lehne gelegt, aber aus unerfindlichen Gründen ist es zwischen die Kissen gerutscht. Uuups…

Das Bimmeln hat mittlerweile aufgehört, aber ein leises Plopp kündigt eine neue Nachricht an. Ich öffne den Messenger. Gabby. Scheinbar hat sie gestern Abend schon eine Nachricht geschickt und ich habe ihr vor lauter Geschmuse einfach nicht geantwortet.

Gabby: June. Morgen 10:00 Uhr. Mädelsfrühstück in der WG. Schwing deinen hübschen Hintern zu uns, es gibt Neuigkeiten.

Gabby: Hello Sunshine. Raus aus den Federn. Wir warten auf dich.

Gabby: Schlafen kannst du auch noch, wenn du tot bist. Looos jetzt!

Gabby: Du lebst doch noch, oder?

Ich muss lachen und tippe schnell eine Antwort, bevor sie noch einen Privatdetektiv oder im Ernstfall einen Leichenbestatter beauftragt. Dann mache ich mich schnell frisch, schlüpfe in unitaugliche Klamotten und mache mich auf den Weg in die Mädels-WG.

Vor ihrer Tür werfe ich noch schnell einen Blick auf mein Handy, aber Paxton hat sich nicht gemeldet.

»Da bist du ja endlich.« Gabby klatscht vor Freude in die Hände. Sie zieht mich zur Begrüßung an sich und sieht mich dann fragend an. »Du riechst nach Sex.«

Mein Augenrollen entgeht ihr nicht. »Ich bin frisch geduscht, ich kann nach nichts anderem als Vanille und Kokos riechen.«

»Meghan schnupper bitte mal an June und sag mir, dass sie nach Sex riecht.«

»Du bist der einzige Sex-Spürhund hier.«, lacht sie und begrüßt mich mit einem Luftkuss.

»Ich bin hier. Wo sind die heißen News?«, frage ich und versuche vom Thema abzulenken.

»Nichts da, erst will ich eine Antwort.« Gabby stellt sich mir in den Weg und stemmt die Arme in die Hüften. »Ja oder nein?«

Mein Grinsen wird breiter und schließlich nicke ich.

»Ich wusste es.« Sie wirft sich mir um den Hals und jubelt. »Das ist mein Mädchen. Und? Wie war es, erzähl mir alles.«

Ich nehme neben Meghan am Tisch Platz und signalisiere dem hyperventilierenden Flummi namens Gabby, sich auch zu uns zu setzen. »Wenn ich ehrlich bin, dann habe ich schon letzte Woche mit Paxton geschlafen. Ich wollte es euch schon vorgestern am Strand erzählen, aber irgendwie waren wir drei nie allein und vor den Jungs wollte ich es nicht einfach so rausposaunen. Aber übers Telefon fand ich dann auch blöd, so was macht man persönlich.«

»Du Luder.«, ruft Gabby grinsend und schnappt sich ein Croissant aus dem Körbchen vor ihr. »Und? Sag schon. Ist er so gut, wie er aussieht? Paxton sieht wirklich nach verboten gutem Sex aus.«

»Er weiß definitiv, was er da tut.«, grinse ich zurück. Im nächsten Moment werde ich ein wenig ernster und erzähle ihnen den Rest der Geschichte, sowohl vom gemeinsamen Besuch am Grab seiner Mom, als auch unserer Liebesbekundung heute Nacht.

»Und da dachte ich, dass ich heute brandheiße News habe.« Meghan schaut verlegen auf ihren Teller, dann wieder zu mir.

»Genau, jetzt rückt endlich mit der Sprache raus. Was gibt es hier Neues?«

»Matthew und ich haben beschlossen, dass das mit uns etwas Festes ist.«

»Lasst mich nur alle allein im Singleland.«, stöhnt Gabby theatralisch.

»Die kleine Gabby möchte ja auch gar nicht aus dem Singleland abgeholt werden.«, korrigiere ich sie.

»Das stimmt, da ist es viel zu lustig.«

Ich nippe an meinem Tee, der immer noch viel zu heiß ist und überlege, ob diese Liebesbekundung gestern wirklich der Startschuss für eine Beziehung mit Paxton war. Aber die geht ja schon gut los, wenn er mir nicht einmal sagt, dass er zu seinem Dad fährt, was ja in dieser verkorksten Familie doch eigentlich etwas zu bedeuten hat. Ja, okay, vielleicht wollte er mich auch einfach nur schlafen lassen, weil er nett sein wollte, aber eine kurze Nachricht, damit ich mir keine Sorgen mache, oder eine Warnung, dass Logan zuhause ist, wären schon im Bereich des Möglichen gewesen.

»Esst schneller, wir müssen bald los. Ihr wisst doch, dass Professor Carter bei Unpünktlichkeit keinen Spaß versteht.«, kommandiert Gabby und schiebt sich genüsslich den letzten Teil ihres Croissants in den Mund. Dann springt sie auf und sieht sich nach ihrer Tasche um.

So war das nicht geplant, aber da ich die Nachrichten erst so spät, bzw. erst heute Morgen gelesen habe, hatten wir gerade mal Zeit, ein Brötchen runterzuschlingen. Weil die beiden heute weder arbeiten müssen noch ein Date mit ihrem neuen Freund haben, beschließen wir, nach der Uni zusammen zu kochen und aus dem geplanten Mädelsfrühstück einfach einen ganzen Mädelstag zu machen. Mit kurzer Unterbrechung durch die Uni versteht sich.

»Dann können wir auch alle zusammenfahren, wenn du später sowieso wieder mit zu uns kommst.«

Ich nicke, schlüpfe in meine Sneakers und halte den beiden die Tür auf. Beide huschen an mir vorbei und diskutieren bis zum Parkplatz, wer mit fahren dran ist und mit welchem Auto wir überhaupt zur Uni fahren.

»Es gibt nur eine Möglichkeit, das zu entscheiden.«, rufe ich.

Die beiden stellen sich mit gegenüber und wir legen unsere rechte Faust auf die linke Handfläche. Schon eh und je treffen wir unsere Entscheidungen mit einer Runde Schere-Stein-Papier.

Als ich direkt in der ersten Runde verliere, seufzt Gabby glücklich auf. »Nichts gegen deinen schwarzen Blitz, aber er ist nicht gerade der Zuverlässigste.« In der zweiten Runde schlägt sie Meghan, also fahren wir heute wohl Cabrio. Meghan klettert gleich auf die Rückbank, ich nehme auf dem Beifahrersitz Platz und Gabby übernimmt das Steuer. Sie startet den Wagen und aus den Lautsprechern dröhnt irgendein Song, den ich nicht kenne, aber die beiden stimmen direkt mit ein. Also wippe ich im Takt mit und werfe noch einmal einen Blick auf mein Handy. Immer noch keine Nachricht von Paxton.

»Wartest du auf eine schnulzige Nachricht, die vor Herzchen nur so trieft?«, fragt Gabby und knufft mich mit ihrem Ellbogen.

»Nein, warte ich nicht.«, sage ich und stecke mein Handy zurück in die Tasche. Es ist ja keine Lüge. Zumindest nicht im klassischen Sinne. Ich warte eigentlich auf eine Erklärung, warum er mich, ohne ein Wort zu sagen, in seinem Bett hat liegen lassen und zu seinem Vater gefahren ist. Das ist völlig untypisch für ihn.

»Und warum starrst du dann den ganzen Morgen schon auf dein Handy?« Meghan hinter mir ist auch keine besonders große Unterstützung.

»Vielleicht schaue ich ja auch einfach nur auf die Uhr, weil ich nicht zu spät kommen will.«, kontere ich.

Gabby lacht laut auf. »June ist bis über beide Ohren verknallt und wartet auf ein Lebenszeichen von Loverboy.«

Stöhnend lasse ich mich in den Sitz sinken. Diese Diskussion werde ich nicht gewinnen können, also gebe ich ihnen die Information, nach der sie lechzen. »Er trifft sich heute Morgen mit seinem Dad. Deshalb checke ich die ganze Zeit meine Nachrichten.«

Gabbys Lachen verstummt. Sie war immerhin live dabei, als im Diner die Fetzen geflogen sind, nachdem Mr. Lewis angerufen hat. »Oh.«

»Genau.«

»Und was meinst du, was er von ihm will?«

»Ich habe keine Ahnung. Er war schon weg als ich wach wurde. Logan hat mir nur von dem Anruf erzählt.«

Die plötzliche Stille, die sich im Wagen ausbreitet, gefällt mir gar nicht. Ich seufze.

»Mach dich nicht verrückt. Du sagtest doch, dass sein Dad immer nur das macht, was ihm gerade in den Kram passt. Vielleicht hat es auch gar nichts zu bedeuten.« Meghan legt beschwichtigend von hinten eine Hand auf meine Schulter.

»Vielleicht aber auch doch.«, flüstert Gabby und stoppt den Wagen am Straßenrand.

Meghan und ich sehen sie fragend an. Dann folgen wir ihrem starren Blick aus der Frontscheibe.

»Ist das da drüben…?«, stammelt Meghan.

»Ja…«

»Und die Frau die sich da an ihn schmiegt?«

»Ja…« Mein Hirn hat das Bilden von Sätzen just in diesem Moment eingestellt. Selbst dieses eine Wort presse ich nur mit größter Mühe heraus, meine Kehle ist wie zugeschnürt. Von wegen sein Dad hat angerufen. Bullshit! Das ist definitiv nicht sein Dad. Es sei denn, er hatte kurzfristig eine Geschlechtsumwandlung und trägt seit neustem gerne Bikinis mit Leopardenmuster. Ich traue meinen Augen nicht. Keine zwanzig Meter von uns entfernt, stehen Paxton und seine Exfreundin. Arm in Arm. Sie schmiegt sich an, klimpert verliebt mit ihren Wimpern und er lässt es verdammt nochmal zu.

»Wie heißt sie nochmal? Clodette?«, fragt Gabby und allein dafür liebe ich sie gerade so sehr. Gabby hat ein astreines Namensgedächtnis, besonders wenn es sich um Leute handelt, die sie nicht mag. Sie will mich gerade nur aufmuntern.

»Colette.« Dicke Tränen laufen meine Wangen hinunter. »So viel zum Thema *ich liebe dich und ich will, dass jeder weiß, dass du mein Mädchen bist.*«

»Hat er das gesagt?« Meghan reißt schockiert die Augen auf.

»Gestern… Bevor ich mit ihm geschlafen habe.«, antworte ich wahrheitsgemäß.

»Männer würden echt alles sagen, um eine Frau ins Bett zu kriegen.« Gabby funkelt wütend zu ihm hinüber, ich für meinen Teil hoffe inständig, dass sie sich beruhigt und endlich wieder in den Verkehr einreiht. Wir sind sowieso schon zu spät dran.

»Willst du nicht aussteigen und ihn in der Luft zerreißen?«, fragt sie irritiert.

Ich will sie gerade daran erinnern, dass sie es eben war, die uns hetzte, um nicht zu spät zu kommen, als Paxton genau in unsere Richtung schaut. Unsere Blicke treffen sich und ich kralle meine Hände in das Sitzpolster. »Fahr los.«, sage ich, ohne den Blick von Paxton zu nehmen.

Gabby sieht mich mit großen Augen an. Sie denkt wohl, dass ich es mir doch noch anders überlegen könnte.

Blanke Panik steigt in mir auf, als ich sehe, wie Paxton auf den Wagen zu rennt. »Fahr los, Gabs!«, schreie ich jetzt.

Sie legt sofort den Gang ein, löst die Handbremse und schießt aus der Parklücke. Ein Mann hupt, weicht aber, den Mittelfinger zeigend, auf die zweite Spur aus.

Nicht mal ein Meter hat mich gerade von Paxton getrennt, er hätte fast den Türgriff zu fassen bekommen, aber diese eine entscheidende Sekunde fehlte ihm. Ich konnte meinen Blick nicht von seinen Augen nehmen. Panik lag in ihnen und ich hoffe inständig, dass er die bittere Enttäuschung, die ich gerade verspüre, in meinen lesen konnte. Angespannt presse ich meine Zähne aufeinander, bis mein Kiefer schmerzt. Mein Herz hämmert erbarmungslos gegen meinen Brustkorb.

Mein Handy klingelt. Natürlich. Jetzt kann er sich melden. Ich drücke ihn weg. Jedes einzelne Mal bis wir die Uni erreichen.

»Wir müssen da auch nicht rein, wenn du nicht willst.« Gabby sieht zu Meghan und sie nicken sich zu.

»Doch, es lenkt mich ab. Ich will jetzt nicht an Paxton denken.«

Meghan legt lächelnd den Arm um meine Schulter und wir machen uns auf zum Lehrsaal.

~

Keine Ahnung, wie ich die beiden Vorlesungen überstanden habe. Ich war sowieso nur körperlich anwesend. Nach Physik hatte Gabby mich mit ins Labor geschleift. Wenn mich jemand fragen würde, welches Thema wir heute behandelt haben und was genau auf den Objektträgern zu sehen war, ich könnte ihm keine Antwort geben. Sonderlich sinnvoll war meine Anwesenheit wissenstechnisch also nicht.

Mein Handy hatte ich vor dem Saal ausgeschaltet und Gabby in die Hand gedrückt. So konnte ich mir wenigstens sicher sein, dass ich nicht auf dumme Ideen kommen würde, wie ihm zu schreiben zum Beispiel. Gabby hatte auch Logan informiert, dass ich heute nicht nach Hause kommen würde, weder am Tag noch in der Nacht. Außerdem cancelte sie meine Schicht im Laden für morgen.

»Ich brauche heute definitiv Soulfood.«, sage ich auf dem Weg zum Auto.

»Das klingt nach Burgern, Fritten und einem großen Stück Pie von Edie. Natürlich Chilifries für mich.« Gabby wackelt vielsagend mit den Augenbrauen.

»Und das klingt nach einem perfekten Plan für mich.«, stimme ich ihr zu. Mein Herzschlag setzt allerdings im nächsten Moment aus, als ich in wenigen Metern Entfernung Paxton an ihrem Wagen stehen sehe.

»Weg von meinem Auto.«, zischt Gabby und zeigt drohend mit ihrem Schlüssel auf ihn.

Er hebt abwehrend die Hände. »Können wir reden, June?«

»Es gibt nichts zu reden.« Ich verschränke die Arme vor der Brust. »Gehst du bitte aus dem Weg, damit ich einsteigen kann?«

»Du hast da was in den völlig falschen Hals bekommen.«

»Ach ja, ist es also jetzt auch noch meine Schuld?«, fauche ich.

»Nein, June. So meinte ich das nicht. Es ist ganz anders, als du denkst.« Seine Augen flehen mich an, ihm zuzuhören, aber das alles erinnert mich so sehr an Ethan und Brooke und der Flashback schürt die Wut in mir. Sie erwacht wie ein Monster aus ihrem Schlaf.

»War das heute Morgen deine Ex?«, frage ich.

»Ja, das war Colette.«

»Und hat sie sich an dich geschmiegt.«

»Ja, June, aber…«

Ich lasse ihm keine Chance eine weitere Ausrede vom Stapel zu lassen. »Kein Aber. Mehr muss ich nicht wissen. Und jetzt geh beiseite.« Meine Stimme ist kalt und emotionslos.

Er macht einen großen Schritt vom Wagen weg und ich öffne die Beifahrertür.

Meghan steigt wieder auf die Rückbank und ich nehme neben Gabby Platz. Dann drehe ich mich noch einmal zu Paxton um. »Weißt du, was das Schlimmste daran ist? Ich hatte dir angeboten, es bei einer rein körperlichen Sache zu belassen. Aber nein, du musst mich ja mit in diese romantische Bucht und sogar mit auf den Friedhof schleppen. Du hast mich so lange eingelullt, bis du dir meiner Gefühle sicher warst, um dann auf meinem Herzen herumtrampeln zu können. Herzlichen Glückwunsch, ich hoffe es hat dir Spaß gemacht.« Dann signalisiere ich Gabby, dass sie losfahren soll und ein zweites Mal für heute, starrt uns ein entsetzter Paxton hinterher.

KAPITEL 33

Die Burger helfen leider so gar nicht gegen das leere Gefühl, in meiner Brust. Nicht einmal das Stück Pecan Pie mitsamt der drei Kugeln Vanilleeis tun ihren Job. Ich fühle mich immer noch wie ein alter Kaugummi, der auf die Straße gespuckt wurde.

Die beiden packen mich in eine flauschige Kuscheldecke und verfrachten mich auf die Couch. Meghan kümmert sich um die Getränke und Gabby klebt an ihrem Handy. Ich sehe es nicht, aber ich höre wie jemand in der Küche Gläser befüllt und auf der anderen Seite des Wohnzimmers Gabbys nervtötenden Feenstaub-Nachrichtenton, der ununterbrochen bimmelt.

»Aber ihr zwingt mich heute nicht wieder auszugehen, oder?«, frage ich, ohne mich umzudrehen.

Gabby kommt zu mir rüber. »Heute ist Schontag. Immerhin wollten wir doch einen Mädelstag machen. Und du weißt, was das heißt. Wir drei. Check. Fettiges Essen. Check. Couch. Check. Fehlen nur noch die Cocktails, schnulzige Filme und noch mehr Knabbereien.«

»Die Cocktails sind auch gleich soweit.«, ruft Meghan.

Wieder legt der Feenstaub-Ton los.

»Überleg dir schon einmal, was du sehen willst, June.«

»Erstmal gibst du mir dein Handy. Wenn ich nicht an meins darf, dann musst du deins jetzt auch weglegen.«, fordere ich und halte die Hand auf. »Heute gibt's kein weiteres Bombardement in Feenstaub verpackt.«

Gabby gibt mir das Gerät ohne Murren und ich lege es in die Schale auf dem Tisch, in der auch schon meins liegt.

»Das ist Logan. Er wollte wissen, ob es bei euch geknallt hat, warum du nicht heimkommst und Paxton sich in seinem Zimmer verkrochen hat. Aber keine Sorge, ich habe ihm nur gesagt, er solle das lieber seinen BFF fragen und, dass du dich morgen bei ihm meldest.«

»Du bist die Beste, Gabs.« Ich kuschele mich zu ihr und drücke sie fest.

Meghan stellt ein Tablett mit sechs vollen Gläsern vor uns ab. »Ich dachte, wenn ich gleich jedem zwei mache, dann müssen wir so schnell nicht mehr aufstehen.«

»Du bist so weise.«, grinst Gabby.

»Meghan die Weise. Darauf trinke ich.«, betitele ich sie, aber außer mir versteht keiner die Anspielung auf *Herr der Ringe*.

»Ihr habt die Wahl zwischen einem Sex on the beach oder einem Mojito.«

»Ich bin für den Mojito. Sex am Strand hat mir nur Ärger eingebracht.« Ich strecke die Hand nach dem Glas aus und ernte fragende Blicke. Also erzähle ich ihnen von dem Abend am Strand, dem Surfen und schließlich auch von der Couch in Sams Hinterzimmer. Ich presse mir ein Kissen aufs Gesicht und stöhne laut auf. »Ich bin so dumm. Ich wollte mich nicht verlieben, aber er hat nicht lockergelassen, war charmant und lustig und einfach liebenswert. Damit hat er sich Stück für Stück in mein Herz geschlichen. Und noch dazu ist er so verdammt heiß.«

»Oh ja, heiß ist er wirklich.«, unterstreicht Gabby meine Aussage.

»Das hilft ihr nicht gerade.« Meghan wirft ihr einen tadelnden Blick zu.

»Und was hat mir das Ganze gebracht? Ein paar heiße Momente und ein gebrochenes Herz, obwohl ich genau *das* vermeiden wollte. Aber habe ich auf mich gehört? Nein, natürlich nicht! Stattdessen liege ich schon wieder verheult auf eurer Couch, fühle mich elend und weiß mal wieder nicht, wohin mit mir.« Ich nehme einen großen Schluck Mojito. Alkohol ist keine Lösung, aber ich hoffe, er betäubt meine Sinne, zumindest für einen kurzen Moment.

»Heute bleibst du erstmal hier und morgen sieht die Welt schon wieder ganz anders aus.«

Ich nicke. »Und wisst ihr, was mich am meisten nervt? Es waren nur ein paar Wochen mit ihm, aber ich habe noch nie so viel für jemanden empfunden wie für Paxton. Nicht einmal für Ethan und mit dem war ich zwei lange Jahre zusammen.«

»Das Herz will nun einmal, was das Herz will. Gefühle lassen sich nicht steuern, egal wie vehement man dagegen ankämpft. Wenn es sich verliebt, dann tut es das ganz ohne das Einverständnis vom Kopf. Das Herz hat leider keinen An- und Ausschalter.« Gabby schenkt mir ein aufmunterndes Lächeln.

»Solch tiefsinnige und romantische Worte aus deinem Mund? Wer bist du und was hast du mit meiner besten Freundin gemacht?«

»Ich meine ja nur.«, lacht sie und hebt ihr Glas achselzuckend in die Höhe. »Das ist der Alkohol, der da aus mir spricht. Der macht mich zu einem Philosophen.«

»Das war ja wirklich schon fast poetisch.«, grinst Meghan.

»Ihr seid doch bescheuert. Ich starte jetzt den Film, dann seid ihr wenigstens still.« Und genau das macht sie auch.

Ich schrecke aus dem Schlaf und presse mir die Hand auf die Brust, um mein hämmerndes Herz zu beruhigen. Es rast. Neben mir regt sich Gabby und erst jetzt realisiere ich, dass ich wohl beim Film eingeschlafen sein muss und sie bei mir liegengeblieben ist, statt rüber in ihr Bett zu gehen.

Leise schleiche ich zur Toilette und als ich mich wieder neben sie lege, hebt sie müde den Kopf. »Schlaf weiter, es ist noch nicht Morgen.«, sage ich und lege meinen Arm um sie.

»Hab dich lieb, June.«, flüstert sie.

»Ich dich auch, Gabs.« Dann schlafen wir beide wieder ein.

Gegen Acht weckt uns Meghan und ich fühle mich mindestens so zerknautscht, wie ich mit Sicherheit nach einer Nacht auf der Couch auch aussehe. Aber ich muss sagen, dass ich trotz der Umstände halbwegs gut geschlafen habe. Außerdem habe ich irgendwann in einer kurzen Wachphase zwischen zwei und drei Uhr beschlossen, dass ich die eine Vorlesung heute sausen lasse und gleich schon ins Wochenende starte. Sie wäre ohnehin genauso sinnlos, wie die beiden Kurse gestern.

Mein Blick gleitet zu der Schale auf dem Tisch vor mir. Mein Handy liegt immer noch darin und ich habe das Gefühl es starrt mich vorwurfsvoll an. Können Handys einen überhaupt anstarren? Seufzend greife ich danach und entsperre das Display. Auf in den Kampf.

Achtundzwanzig verpasste Anrufe, vier Voicemails und keine Ahnung, wie viele ungelesene Nachrichten im Messenger blinken. Mein Kopf dröhnt und das liegt nicht an den zwei Cocktails gestern Abend. Wie zu erwarten, sind die meisten Nachrichten von Paxton. Aber auch Logan hat mir geschrieben und seinen Chat öffne ich zuerst.

Logan: Was ist los, Muffinpie? Paxton wütet hier in der WG und du bist weg. Ruf mich bitte an.

Logan: Ich habe mit Gabby gesprochen. Du weißt, wo du mich findest, wenn du reden willst. XO

Natürlich ist es ihm gegenüber nicht fair, dass ich mich nicht bei ihm gemeldet habe, aber er ist nicht nur mein bester Freund, sondern auch der von Paxton. Und ich will ihn wirklich nicht in eine blöde Situation bringen.

Die Gruppenchats und sonstigen Nachrichten überfliege ich nur. Dann überlege ich, den Chat mit Paxton zu öffnen und es hinter mich zu bringen, aber das ist nichts, was ich um acht Uhr morgens auf nüchternen Magen ertrage. Also lege ich das Telefon wieder beiseite.

»Noch zu früh?«, fragt Gabby, als sie meinen Blick sieht.

Ich nicke.

Sie nimmt meine Hand. »Die Nachrichten laufen dir auch nicht davon.«

Die beiden fahren zur Uni und versprechen, sich danach bei mir zu melden. Ich für meinen Teil fahre nach Hause und hoffe inständig, dass die WG leer ist und ich mich in mein Zimmer schleichen kann. Schlau wie ich bin, parke ich meinen Wagen in der Seitenstraße, damit die beiden nicht sofort sehen, dass ich daheim bin.

Vor der Tür atme ich tief durch. Als ich meinen Schlüssel ins Schloss stecke, stelle ich fest, dass sie nicht abgeschlossen ist. Mist. Ich habe so gehofft, dass niemand daheim ist und ich mich ohne groß Aufsehen zu erregen, in mein Zimmer verziehen und die Tür hinter mir zuschließen kann.

»Bist du das, June?«, tönt Logans Stimme durch die Wohnung.

Ich will gerade meine Schuhe von den Füßen streifen, da steht er schon vor mir und zieht mich in seine Arme. »Ich habe mir verdammt nochmal Sorgen um dich gemacht, Muffinpie. So wie Paxton gestern drauf war, habe ich ihn noch nie erlebt. Mir war klar, dass irgendwas vorgefallen sein muss, aber er hat sich in seinem Zimmer verbunkert und niemanden an sich rangelassen. Und du bist einfach abgehauen. Hätte Gabby mir nicht gesagt, dass du bei ihnen bist, wäre ich hier die Wände hochgegangen.«

»Tut mir Leid, Logan. Ich wollte dir echt keine Angst machen.«

»Schon gut.«, sagt er und lässt mich los.

»Ist… Ist Paxton…?«, flüstere ich, aber er schüttelt schon den Kopf.

»Er ist nicht da. Sein Dad hat angerufen.«

Ich schnaufe genervt. Der Hulk in mir, den ich die letzten Stunden so gut verstaut geglaubt habe, reißt an mir und versucht an die Oberfläche zu brechen. »Und das glaubst du ihm ernsthaft schon wieder?«

Logan sieht mich verwirrt und fragend zugleich an.

»Er war gestern nicht bei seinem Dad. Er hat dich angelogen.«

»Nein, er war bei seinem Dad.«, sagt er voller Überzeugung.

»Logan, glaub mir. Ich habe ihn gesehen. Und es war nicht sein Dad, der sich da an ihn gekuschelt hat.«

Wieder starrt er mich fragend an, aber ich winke nur ab.

»Natürlich hat er dir nichts davon gesagt. Warum wundert mich das überhaupt? Du bist mein Freund und hättest es nicht zugelassen, dass er weiterhin dieses Spiel mit mir spielt.«

»Wovon redest du, June?«

»Ich rede davon, dass er mir sagt, dass er mich liebt, aber hinter meinem Rücken wieder mit seiner Ex anbändelt. Sie war sein wichtiger Termin am frühen Morgen.« Ich rede mich so in Rage, dass ich das Gefühl habe, keine Luft mehr zu bekommen. Ich halte es keine Minute länger hier aus, stürme in mein Zimmer und zerre die Reisetasche unter meinem Bett hervor.

»Wo willst du denn hin?« Logan folgt mir, legt einen Arm um mich und zieht mich wieder an seine Brust.

»Zu Gabby oder zu Mom, ich weiß es nicht. Ich weiß nur, dass ich heute nicht hier sein kann, wenn er nach Hause kommt.« Die Tränen, die ich die ganze Zeit versuche am Fließen zu hindern, laufen mir nun doch über die Wangen. »Ich komme mir so dumm vor. Er hat mir so wehgetan Logan, ich ertrage es nicht, ihn zu sehen.«

Er sagt nichts, hält mich einfach nur im Arm, lässt mich reden und weinen, bis mein Atem wieder ruhiger geht und ich mich von ihm löse.

»Aber schreib mir, damit ich mir keine Sorgen mache, ja?«

»Natürlich, Logan.«

~

Ich verstaue meine Tasche, in die ich wahllos ein paar Kleider und Kosmetikartikel hineingestopft habe, im Kofferraum und lasse mich auf den Fahrersitz sinken. Wenn ich jetzt Mom anrufe, dann macht sie sich nur unnötig Sorgen. Ihr geht es gerade wieder gut und ich habe beim letzten Mal schon gemerkt, dass sie meine Sorgen aufgewühlt haben. Also mache ich das, was ich schon als Teenager getan habe, wenn ich nicht nach Hause konnte oder wollte. Ich fahre zu Edie ins Diner, setze mich in meine Stammnische und arbeite an meinem Computer. Dort warte ich auf Sam, der nach Feierabend immer hier vorbeikommt und wir essen zusammen. Erst jetzt fällt mir auf, wie lange wir das schon nicht mehr getan haben. Eigentlich, seit ich mit Ethan zusammenzog.

»Ist alles in Ordnung bei dir?«, fragt er, nachdem wir uns für einen Berg Chicken Wings und Curly Fries entschieden haben.

»Na klar.«, erwidere ich und versuche ein Lächeln aufzusetzen. Ich werde ihm die traurige Geschichte, in der mir schon wieder ein Kerl das Herz gebrochen hat, ersparen. Vermutlich würde er an meiner Menschenkenntnis oder meinem Geisteszustand zweifeln. Zu meinem Glück ist Sam auch niemand, der unnötige Fragen stellt. Er weiß, dass ich immer zu ihm komme, wenn ich seinen Rat möchte.

»Und an was arbeitest du heute?«

»Unikram. Aber daheim finde ich momentan keine Ruhe dafür.« Das entspricht ja auch der Wahrheit. Aber warum genau das so ist, binde ich ihm nicht auf die Nase. »Kann ich vielleicht später in den Laden und dort weiterarbeiten?«

»Natürlich.«

»Danke Sam, du bist ein Schatz.« Diesmal schenke ich ihm ein ehrliches Lächeln.

»Wenn es zu spät wird und du zu müde zum Fahren bist, dann weißt du ja, wo die Decken liegen.«

»Übermüdet nicht ans Steuer setzen. Verstanden.«, scherze ich. Man muss ihn für seine fürsorgliche Art einfach lieben. So war es schon immer und so wird es auch immer bleiben. Wenn er wüsste, wie sehr er mir mit dem Schlafplatz hilft. Und auch, wenn er nicht wissen kann, dass ich dringend einen brauche, würde es mich auch nicht wundern, wenn er es trotz allem weiß. Er ist eben Sam. Dass allerdings selbst die alte Couch im Hinterzimmer mit meinem Drama zusammenhängt, weiß er mit Sicherheit nicht. Der Gedanke, heute Nacht auf ihr schlafen zu müssen, lässt mich innerlich erschaudern.

Nach dem Essen verabschiede ich mich von ihm und Edie, packe meine Sachen in die Tasche und gehe den Weg zum Pier zu Fuß. Ich schlüpfe aus meinen Schuhen und genieße auf der ganzen Strecke den kühlen Sand zwischen meinen Zehen.

Zum Arbeiten ist mir allerdings so gar nicht mehr zumute. Kaum sehe ich die Couch vor mir, durchfluten tausend Emotionen und Bilder mein Hirn. Paxtons Hände überall auf meinem Körper, seine Küsse auf meinen Lippen, sein Atem, der über meine Haut streicht, sein Mund, der meinen Namen stöhnt und sein Gewicht, das mich in die Kissen drückt. Ich schüttele vehement den Kopf und versuche die Erinnerungen loszuwerden. Vergebens. Fluchend schnappe ich mir ein Handtuch und steuere die Dusche an. Für einen kurzen Moment lenkt sie mich ab, aber zurück im Hinterzimmer kreisen meine Gedanken doch wieder nur um unsere gemeinsame Nacht, die wir hier verbracht haben. Glücklich.

Ich kuschele mich unter die Decke, klappe meinen bis auf den letzten Zentimeter mit Stickern beklebten Laptop auf und verbinde ihn mit dem grausamen Holzklassen-Internet hier im Laden. Aber besser als gar kein Internet und wie heißt es so schön? Home is where your WLAN is. Ich klicke und scrolle mich durch diverse Webseiten, bis ich auf der Richtigen gelandet bin. Und ehe ich mich versehe, krame ich auch schon meine Kreditkarte aus dem Geldbeutel heraus und tippe voller Vorfreude die Nummer in das dafür vorgesehene Feld ein.

Ein paar Minuten später signalisiert mir mein Handy mit einem leisen Ploppen den Eingang einer neuen E-Mail. Ich öffne sie und prüfe, zwanghaft wie ich bin, alle Daten auf ihre Richtigkeit. Es ist alles korrekt, wunderbar. Freudestrahlend klappe ich das Notebook auf meinem Schoß wieder zu und lasse mich mit einem lauten Seufzer nach hinten in die Kissen sinken. Ich habe es wirklich getan. Ich habe mir einen Flug nach Downunder gebucht. Drei Tage nach unserm Abschluss geht es los.

Mich wieder in die Decke eingekuschelt, schicke ich Logan und den Mädels noch ein Lebenszeichen und schneller als erwartet schlafe ich ein. Als ich wieder aufwache, muss es noch mitten in der Nacht sein. Von draußen dringt noch kein Morgenlicht herein. Ich versuche weiterzuschlafen, aber es geht nicht. Sobald ich die Augen schließe, sehe ich Paxtons Gesicht vor mir. Und Colette, die sich eng an seine Brust schmiegt. Ein Blick auf mein Telefon verrät mir zwei Dinge. Erstens, dass ich Recht habe, es ist drei Uhr morgens. Und zweitens, dass schon wieder mehrere Anrufe in Abwesenheit von Paxton auf meinem Handy blinken. Nacht Nummer zwei, die ich nicht in der WG verbringe, natürlich macht ihn das stutzig. Ich raffe mich seufzend auf, nehme die Decke und gehe nach draußen.

Die kühle Nachtluft tut richtig gut. Der Mond hat heute viele kleine Begleiter an seiner Seite, die den Strand in ein helles Licht tauchen. Die Wellen, die ans Ufer gespült werden, streicheln meine Seele, wie sie es immer tun. Ich weiß nicht, was das mit mir, der Nacht und dem Meer ist, aber ich liebe unsere Dreiecksbeziehung.

Und wieder durchfluten die Bilder der gemeinsamen Stunden hier am Strand meinen Kopf. Paxton, wie er auf seinem Brett neben mir auf dem Wasser treibt und mir Geschichten aus seiner und Logans Teenagerzeit erzählt. Wie wir zusammen lachen und die Stille draußen auf dem Meer genießen. Einfach nur er und ich und der Ozean. In diesem Moment hatte mir das völlig genügt und das würde es wohl immer tun.

Ich sehe sein Gesicht vor mir, die Sorge in seinem Blick, weil ich vor Kälte zittere. Seine Augen, die vor Lust fast schwarz sind, als er mich gegen das Glas der Duschkabine presst und natürlich auch die Bilder, wie wir auf der alten Couch, auf der ich ironischerweise schon wieder die Nacht verbringe, miteinander schlafen.

Es war nicht einfach nur Sex, zumindest für mich nicht. Ich habe mich in diesem Moment so sehr mit ihm verbunden gefühlt und alle meine Bedenken über Bord geworfen. Auch wenn ich anfangs strikt gegen eine Beziehung war, so haben wir uns doch nie wirklich wie Freunde verhalten. Ich bin eine kleine Motte und wurde von seinem Licht angezogen, es führte kein Weg daran vorbei. Und selbst wenn ich mir ewig eingeredet habe, dass es nur sein Körper ist, der mich interessiert, muss ich mir eingestehen, dass es für mich nie nur eine rein körperliche Angelegenheit war.

Und er muss ein verdammt guter Schauspieler sein, wenn er mich so täuschen konnte. Warum nur das ganze Theater. Was ist der Sinn dahinter? Oder war es einfach nur aus Spaß an der Freude? So hätte ich Paxton niemals eingeschätzt.

Die Wut bricht in einer Intensität aus mir heraus und ich zittere wieder. Doch dieses Mal nicht, weil mir kalt ist. Ich schreie meine Wut in die Nacht hinaus. Ich schreie so lange, bis mein Hals kratzt und meine Lungen nach einer Pause verlangen. Die Tränen laufen mir die Wangen hinunter und ich breche schluchzend auf der Decke zusammen. Dann spüre ich eine Wärme, die sich um mich legt. Jemand deckt mich zu.

KAPITEL 34

»Wusste ich doch, dass ich dich hier finde.« Paxtons tiefe Stimme lässt mich zusammenfahren. Es ist seine Jacke, die auf meinen Schultern liegt. Sie riecht so unverkennbar nach ihm. Selbst in der dunkelsten Nacht hätte ich ihn an seinem Duft erkannt.

»Bin ich so berechenbar?«, frage ich und muss an den Abend denken, an dem wir dieses Gespräch schon einmal geführt hatten.

»Eigentlich nicht.«, gibt er mir die gleiche Antwort, wie ich sie ihm damals gab und ich muss schmunzeln.

Ich sehe ihn von der Seite aus an. Man erkennt deutlich, wie aufgewühlt er ist, auch wenn seine Stimme ganz ruhig klingt. Mein Atem geht immer noch schwer und ich fühle mich vollkommen ausgelaugt. »Was machst du hier draußen, mitten in der Nacht?«

»Dasselbe könnte ich dich fragen.«

»Ich denke nach.«, murmele ich, den Blick wieder starr auf die Wellen gerichtet.

»Du denkst ganz schön laut nach. Man hat dich bis zum Parkplatz denken hören.«

»Ich habe auch nicht erwartet, dass um diese Zeit jemand am Pier ist und sich daran stören könnte.«, fauche ich in an.

Er hebt abwehrend die Hände. »Sollte kein Vorwurf sein.« Genervt schüttele ich den Kopf, blicke zu ihm hinüber und dann wieder aufs Meer hinaus. Es soll mich beruhigen, wie sonst auch. Der Versuch meinen inneren Hulk zu bändigen, scheitert allerdings kläglich. Ich spüre, wie meine Wut auf ihn in mir hochkocht. »Du solltest lieber wieder gehen.«, presse ich hervor.

»Nicht ohne dich.«, widerspricht er mir. »Komm nach Hause.«

Schnaubend stehe ich auf, streife die Jacke von meinen Schultern und werfe sie ihm entgegen. Obwohl ich die Kälte kaum spüre, fröstelt es mich und ich schlinge die Arme um meinen Oberkörper. Die Kälte, die sich um mein Herz gelegt hat, schmerzt so viel mehr. »Hör bitte einfach auf mit dieser Scharade. Du hast mich doch wirklich genug gedemütigt.«

Im Vorbeigehen packt er mein Handgelenk und zieht mich zu sich hinüber. Ich stolpere auf die Knie und geradewegs in seine Arme. Er schlingt sie fest um mich und drückt seinen Mund auf meinen.

Erneut steigen mir Tränen in die Augen, wütend trommele ich mit meinen Fäusten auf seine Brust ein. »Lass mich sofort los.«, brülle ich ihn an und lande im nächsten Moment mit dem Hintern auf dem Boden. Ich stehe auf, klopfe mir den Sand vom Po und funkele ihn zornig an. »Du hast sie doch nicht mehr alle. Ich bin nicht dein Spielzeug, das du benutzen kannst, wann es dir gerade in den Kram passt.« Ich drehe mich um und gehe.

»Verdammte Scheiße nochmal, ich liebe dich. Warum will das nicht in deinen Dickschädel reingehen?«

»Wenn ich jemanden liebe, dann renne ich nicht zur Ex zurück. Also verzeih mir, dass ich daran zweifele, dass diese Gefühle je mehr als ein Spiel auf meine Kosten waren.«

Seine Stimme wird ruhig. »Das ist nicht wahr und das weißt du, June. Ich habe dein Herz unter meinen Fingern spüren können. Und es hat für mich geschlagen, so wie meins für dich. Und das wird es auch immer. Egal wie oft du mich von dir wegstößt. Du und ich gehören zusammen.«

Seine Worte berühren mein Herz und ich bin froh, dass er meine Tränen nicht sehen kann. Leider machen selbst die schönsten Worte die Enttäuschung nicht wett. »Daran hättest du denken sollen, bevor du dich wieder auf Colette eingelassen hast.« Ich strecke den Rücken durch und mache mich auf den Weg zurück zum Laden.

»Mein Dad wird sterben.« Er brüllt die Worte in die Nacht hinein.

Ich bleibe wie angewurzelt stehen, wage es aber nicht, mich nach ihm umzudrehen. Das war es, was er mir die ganze Zeit erklären wollte? In meinem Kopf rattern die Zahnräder und versuchen, alle Informationen zu einem logischen Konstrukt zusammenzusetzen. Aber ich verstehe die Zusammenhänge wirklich nicht.

»Er ist krank und die Ärzte können nichts mehr für ihn tun.« Seine Schritte wiegen schwer im Sand. Dass er bereits zu mir aufgeschlossen hat, merke ich erst, als er seinen Arm von hinten um mich legt und mich sanft zu sich umdreht. In seinen glänzenden Augen liegt so viel Trauer, dass es mir das Herz bricht. »Setzt du dich bitte zu mir und lässt es mich dir erklären?«

Ich nicke und lasse mich wie auf Autopilot im kühlen Sand nieder. Wieder legt er seine Jacke um meine Schultern und nimmt neben mir Platz.

»Mein Dad hat mich am Morgen nach unserer gemeinsamen Nacht angerufen. Du hast noch so friedlich geschlafen und ich wollte dich nicht wecken.«

Beim Gedanken an diese Nacht krampft sich mein Herz schmerzhaft zusammen. Ich habe mich so wohl bei ihm gefühlt und ich fühlte mich angekommen. Und er gab mir das Gefühl, dass es ihm genauso ginge.

»Er bat mich nach Hause zu kommen, er hätte etwas mit mir zu besprechen. Dass es sich um so ein ernstes Thema handeln würde, hatte ich allerdings nicht gedacht. Zuhause angekommen, warf er mich ohne Umschweife ins kalte Wasser. So ist er eben. Er erzählte mir von seinem Krebsbefund und dass es nicht das erste Mal sei, dass er sich damit auseinandersetzen müsse.«

Ich sehe ihn schockiert an. »Er hatte schon einmal Krebs? Wusstest du davon?«

Paxton schüttelt den Kopf. »Nein, er hat es mir verschwiegen. Und genau deshalb schickte er mich damals zum Studieren nach New York. Ich hatte mit der Krankheit meiner Mom schon so viel durchgemacht und deshalb hielt er es für das Richtige, dass ich nicht auch noch ihm bei seinem Kampf und seinem Leiden zusehen sollte.«

Unbewusst greife ich nach seiner Hand und verschränke unsere Finger miteinander.

»Er lag wochenlang im Krankenhaus und musste eine Behandlung nach der anderen über sich ergehen lassen. Aber er ist ein harter Knochen und hat es überstanden. Doch jetzt ist der Krebs zurück und aggressiver als zuvor. Sein ganzer Körper ist voller Metastasen. Die Ärzte geben ihm nur noch ein paar Wochen, im Bestfall.«

»Oh Paxton, das tut mir so leid.«

Er legt zärtlich den Arm um mich, zieht mich enger zu sich und presst seufzend seine Stirn an meine. Was er jetzt sagen will fällt ihm sichtlich schwer. »Und genau hier kommt Colette ins Spiel.«

Beim Klang ihres Namens zucke ich merklich zusammen, was ihn mich nur noch fester umschlingen lässt.

»Ihre Mom ist Ärztin und auf dem Gebiet der Onkologie in ganz New York bekannt. Ich wusste, dass Colette noch in der Stadt ist, also habe ich sie gebeten im Büro meines Vaters vorbeizukommen. Wir haben ihr die Situation erklärt und dann gemeinsam ihre Mom angerufen. Sie hat sich gleich einen Flug nach San Diego gebucht und einen Behandlungsplan aufgestellt, um ihm mehr als nur einen Monat zu verschaffen. Ich war Colette so dankbar, dass sie den Termin bei ihrer Mom arrangiert hat. Also habe ich sie zum Abschied in den Arm genommen und genau das hast du gesehen. Ich wollte dir zuhause alles erzählen, aber dazu hatte ich keine Gelegenheit mehr. Vermutlich hätte ich das Gleiche gedacht, wenn ich dich mit Ethan in enger Umarmung auf der Straße hätte stehen sehen.«

Ich seufze laut.

Paxton lässt ein wenig von mir ab und sieht mir tief in die Augen. »Du musst mir glauben, June. Ich habe absolut kein Interesse an Colette. Für mich gibt es nur eine einzige Frau und auch, wenn sie mich nur allzu gerne in den Wahnsinn treibt, liebe ich sie mit jeder Faser meines Herzens.«

Ich löse meine Hand aus seiner und lege sie an seine Wange. »Ich liebe dich auch, Pax. Deshalb tat es auch so weh euch zusammen zu sehen.«

»Wirst du mir verzeihen?«, fragt er sanft.

»Das habe ich scheinbar schon längst.«

»Naja. Vor kurzer Zeit hast du hier noch den armen Strand angebrüllt.« Ein Lächeln stiehlt sich auf sein Gesicht und ich kann gar nicht anders, als mitzulächeln. Ich sehe ihn an und präge mir jeden Zentimeter seiner Erscheinung ein. Der Hulk wurde wieder zu Bruce Banner und das ist gut so.

»Ich will mit dir zusammen sein, June. Lass uns einfach jeden Tag einen kleinen Schritt machen. Kleine Schritte bringen einen auch ans Ziel. Lass mich dir jeden Tag beweisen, dass ich dein Vertrauen wert bin.«

»Kleine Schritte.«, murmele ich und lächele.

»Lass uns nach Hause fahren. Wir kuscheln uns noch ein paar Stündchen ins Bett und morgen Früh mache ich dir ein fantastisches Frühstück.«

»Ich habe tatsächlich noch nie im Bett gefrühstückt. Es sei denn Browniekrümel vom nächtlichen Serienmarathon zählen als Frühstück.«

Er steht auf und zieht mich hoch auf die Beine. »Nein, zählen sie nicht. Dann wird es Zeit, dass wir das schleunigst ändern.« Ein strahlendes Lächeln umspielt seine vollen Lippen.

~

Natürlich kuschelten wir uns zuhause nicht einfach nur gemeinsam in sein Bett, auch wenn wir beide müde genug gewesen wären, sofort einzuschlafen. Wir redeten noch lange, genossen die Nähe zueinander, streichelten, küssten und liebten uns ganz sanft. Es war nicht dieses animalische übereinander herfallen voller Begierde. Es war zart und ganz vorsichtig, als hätten wir beide Angst, das zarte Pflänzchen, das unsere Liebe noch war, zu zertrampeln.

Und nun liege ich hier, sehe ihm zu, wie er tiefenentspannt und völlig zufrieden vor sich hin schnarcht und würde gerade um keinen Preis der Welt wo anders sein wollen. Ich werde diesen Moment für mich abspeichern, damit ich ihn an weniger guten Tagen ausgraben und mich daran erfreuen kann. Ein Moment, in dem wir glücklich waren und nichts auf der Welt wichtiger war als das, was wir miteinander hatten. Meine Hand fährt durch sein Haar und er seufzt leise. »Bist du wach?«, frage ich ihn, obwohl ich die Antwort bereits kenne.

Dann schlägt er die Augen auf, die heute Morgen wieder die Farbe von frisch gemähtem Gras haben und ich könnte auf der Stelle in ihnen versinken. Er schenkt mir sein typisch schelmisches Grinsen und schlingt seinen Arm um mich. Dann vergräbt er sein Gesicht in meinen Haaren, küsst meinen Hals und sofort überzieht eine Gänsehaut meinen Körper. »Guten Morgen Sonnenschein.«, flüstert er ganz dicht an meinem Ohr.

»Guten Morgen.«, erwidere ich. »Wenn mich nicht alles täuscht, dann wurde mir ein grandioses Frühstück versprochen.«

»Ein fantastisches.«, korrigiert er mich.

»Gibt es da einen Unterschied?«

»Oooh ja.« Er schmiegt sich noch enger an mich. Es ist ganz deutlich zu spüren, dass er gerade kein Frühstück im Sinn hat.

»Denk nicht mal dran.«, sage ich und schüttele grinsend den Kopf. »Du hast es versprochen.« Wie aufs Stichwort knurrt mein Magen und Paxtons brummendes Lachen vibriert an meinem Hals. »Nachtisch gibt es erst danach. Ich sterbe fast vor Hunger.«

»Das kann ich natürlich nicht zulassen.« Er drückt mir noch einen letzten Kuss auf die Lippen, bevor er aus dem Bett springt, ein T-Shirt vom Boden aufhebt, es überstreift und sich auf den Weg in die Küche macht. Es ist mir ein Rätsel, wie man am frühen Morgen schon so fit sein kann. »Ich bin sofort wieder da. Bleib genau da, wo du bist.«

Ich lehne mich aus dem Bett und hangele nach meiner Tasche, die ich gestern auf den Boden geworfen hatte. Ich wähle Moms Nummer und es klingelt einige Male, bis sie ans Telefon geht. Wie ich sie kenne, sitzt sie beim Frühstück auf der Terrasse und genießt die frische Morgenluft.

»Guten Morgen Schätzchen.«, begrüßt sie mich gut gelaunt und ich höre im Hintergrund die Wellen rauschen und die Möwen krächzen. Die Aussicht von ihrer Terrasse ist einfach wunderschön.

»Hey Mom. Störe ich dich gerade?«, frage ich, auch wenn ich die Antwort eigentlich schon kenne. Es gibt Dinge, die werden sich nie ändern. Und der Tag, an dem meine Mom mich abwimmelt, muss erst erfunden werden.

»Du störst mich nie.«, antwortet sie ganz erwartungsgemäß. »Ich bin nur überrascht. So früh rechne ich normalerweise noch gar nicht mit dir. Ist alles in Ordnung?«

»Ja, es ist mehr als nur in Ordnung. Ich habe gestern eine Entscheidung getroffen und ich will, dass du die Erste bist, die davon erfährt.«

Sie schluckt lautstark, dann höre ich einen Stuhl über den Boden schleifen.

»Mom… Hast du dich jetzt ernsthaft hingesetzt, falls dich meine Nachrichten aus den Latschen hauen?«, lache ich laut auf.

»June, Schatz. Du rufst mich an einem Samstagmorgen noch vor neun Uhr an und willst mir von einer überaus wichtigen Entscheidung in deinem Leben erzählen. Da halte ich es für das Beste, mich proforma schon einmal hinzusetzen. Sicher ist sicher.«

Ich schüttele augenrollend meinen Kopf. Sie ist manchmal eine schlimmere Dramaqueen als Logan. Und das hat wirklich schon etwas zu heißen. »Mal im Ernst. Du musst mir hoch und heilig versprechen, dass du erst darauf reagierst, wenn ich dir alles erzählt habe. Bis zum Ende. Okay?«

»Von mir aus.«

»Versprich es mir.«, fordere ich.

»Ja, ich verspreche es. Und jetzt erzähl mir von deiner bahnbrechenden Entscheidung.«

»Ich war gestern Abend noch bei Edie im Diner.«, beginne ich.

»Das hat sie mir erzählt.«

»Mom. Du hast es versprochen.«, erinnere ich sie.

»Okay, okay. Neuer Versuch. Ich bin jetzt still.« Ihr breites Grinsen höre ich durch die Leitung und ich weiß genau, dass sie sich wie ein kicherndes Schulmädchen die Hand vor den Mund hält.

»Also gut. Ich war bei Edie. Danach bin ich runter zum Laden. Sam wusste Bescheid, keine Sorge. Du wirst sicher auch gehört haben, dass ich mit ihm zu Abend gegessen habe. Ich wollte eigentlich auch über Nacht dortbleiben.«

In der Leitung ist das Rascheln von Papier und das Klicken eines Kugelschreibers zu hören.

»Mom. Echt jetzt? Sag mir bitte, dass du dir keine Notizen machst.«

Keine Antwort.

»Mooom.«

»Ich habe sonst alle Fragen vergessen, bis du am Ende deiner Erzählung angelangt bist.«

»Du bist unmöglich!«, schimpfe ich. »Dann gebe ich dir eben nur die Kurzfassung, wenn dein Hirn das besser verarbeiten kann. Paxton und ich hatten einen üblen Streit, haben uns gestern Abend aber wieder vertragen. Allerdings habe ich vorher noch ein Flugticket nach Australien gebucht. Ich werde für ein Jahr dort hingehen. Auch ohne Gabby.«

Wieder ist es still in der Leitung.

»Jetzt wäre der passende Zeitpunkt für deine Fragen.«, schlage ich ihr vor.

»Ich habe nur eine einzige Frage. Bist du glücklich mit deiner Entscheidung, mein Schatz?«

»Ja, das bin ich.«, antworte ich wahrheitsgemäß.

»Dann bin ich es auch. Obwohl ich dich ganz schrecklich vermissen werde.«

»Oh Mom, ich werde dich auch vermissen. Ich rufe dich ganz oft an. Das Jahr wird wie im Flug vergehen, du wirst sehen. Und dann bin ich auch schon wieder hier.«

»Eine Frage hätte ich dann aber doch noch.«

»Und die wäre?« Jetzt bin ich neugierig.

»Gehe ich recht in der Annahme, dass ich Paxton nun zeitnah kennenlernen und dann auch öfter zu Gesicht bekommen werde?« Und da ist der mütterliche Liebesradar wieder. Amor kann neben meiner Mutter sowas von einpacken.

Mein Grinsen reicht beim Gedanken daran von dem einen bis zum andern Ohr. »Ja, das ist sehr gut möglich.«

Und dann rasselt das Bombardement an Fragen doch noch auf mich nieder. Mom wirkt aber so überglücklich, dass ich sie nicht wie sonst mit ungenauen Aussagen abspeise. Ich versuche ihr jede ihrer gefühlt tausend Fragen so gut wie möglich zu beantworten.

Irgendwann schleicht Paxton, beladen mit lauter köstlich duftenden Tellern und Tassen, in sein Zimmer. Fragend zieht er eine Augenbraue hoch. Seine Neugier lässt mich grinsen und ich forme mit den Lippen ein lautloses *Mom*. Er nickt, stellt das Tablett vor mir ab und krabbelt zu mir unter die Decke. Seine Finger wandern neckend über meinen Bauch.

»Mom, pass auf, ich muss jetzt auflegen. Soll ich morgen vielleicht bei dir vorbeischauen? Dann hast du noch vierundzwanzig Stunden Zeit, um dir noch mehr Fragen zu überlegen, mit denen du mich löchern kannst.«

Umgehend schlägt sie ein gemeinsames Mittagessen vor, gerne auch mit Paxton. Ich stimme ihr zu und wir legen auf.

»Mom hat uns für morgen zum Essen eingeladen.«, wende ich mich an Paxton und hebe entschuldigend die Hände.

»Schön, ich freue mich schon.«, sagt er und kassiert einen skeptischen Blick von mir. »Was?«

»Das ging jetzt irgendwie zu einfach. Ich bin es gewohnt, dass in einem solchen Fall zig Ausreden parat liegen, um nicht mit zu einem Treffen mit den Eltern zu müssen.«

»Du warst bisher eben auch nicht mit einem so tollen Mann wie mir zusammen.« Er streicht mir eine Haarsträhne hinters Ohr. »Ein Mann, der dir ein fantastisches Frühstück zaubert«. Er küsst meine Nasenspitze. »Und es dir ans Bett bringt.« Seine Lippen wandern zu meinen und streifen sie sanft. »Und der dir sagt, wie wunderschön du heute Morgen aussiehst.« Dann küsst er die empfindliche Stelle unter meinem Ohr.

Bevor er weiterreden kann, presse ich meinen Mund auf seinen und ziehe ihn zu mir auf die Matratze. »Ich glaube, ich möchte jetzt doch zuerst den Nachtisch.«

Paxton löst sich von mir und ich stöhne genervt auf. Als er das Tablett beiseitestellt und sich sein T-Shirt über den Kopf zieht, verpufft die Genervtheit allerdings innerhalb von Sekunden. Mit meiner Hand fahre ich über seine nackte Brust, hinunter zu seinen Bauchmuskeln und den feinen dunklen Härchen unter seinem Bauchnabel, die so unverschämt heiß sind. Bevor ich allerdings den Bund seiner Boxershorts erreiche, presst er sich an mich und küsst mich so intensiv, dass ich nach Luft japse. Ein freches Grinsen huscht über sein Gesicht. »Ich liebe dich, June.« Und dann sind da nur noch Gefühle, die gefühlt werden wollen.

EPILOG

5 Monate später

»Die gelb hinterlegten Einträge im Kalender sind die Kundentermine bezüglich Erstgespräch und Auftragsvergabe, grün steht für Abholung, die Roten signalisieren eine Deadline. Die Ordner für das nächste Jahr habe ich schon vorbereitet und wehe ihr macht mir mein schönes Ablagesystem zunichte. Ich steige direkt wieder ins Flugzeug und versohle euch den Hintern.« Ich stehe hier wie eine Mutter, die ihren Sohn bittet, das Haus nicht in Brand zu setzen, während sie verreist ist. Aber Logan ist nun einmal Logan.

»Auch wenn du es nicht glauben kannst oder willst, aber wir haben alles im Griff, June. Gabby hat lange genug unter deinem Ordnungswahn gelitten und du hast sie in den letzten Wochen dermaßen instruiert, dass alles wie am Schnürchen laufen wird. Sie kann jetzt für dich übernehmen. Es wird schon alles schiefgehen, du kennst mich doch.«

»Na, deswegen ja!«, necke ich ihn. Logan und Gabby zusammen im Laden… Wenn das mal nicht im Chaos endet. Aber ich bin so froh, dass sie sich dazu bereiterklärt hat, trotz ihrer Anstellung im Salk Institute, noch ein oder zwei Mal pro Woche bei Logan für Ordnung zu sorgen.

»Schaut ihr nur zu, dass ihr in 365 Tagen wieder da seid. Und kommt mir bloß nicht auf die Idee, den Australientrip noch zu verlängern.«

Paxton tritt wie aufs Stichwort neben mich und legt mir den Arm um die Schultern. »Ich werde unser Mädchen wohlbehalten zurückbringen.«

Der Tod seines Vaters vor vier Wochen hat ihn anfangs in ein tiefes Loch geworfen. Trotz all ihrer Diskrepanzen hat er ihn mehr als alles andere auf der Welt geliebt. Und nachdem er auch wusste, warum er ihn eine so lange Zeit auf Abstand gehalten hatte, wurde die Beziehung zwischen ihnen auch wieder viel inniger und familiärer. Auch bei mir hat er sich für sein grobes Verhalten entschuldigt und mich in der Familie willkommen geheißen. Er drückte Paxton im Krankenhaus sogar noch den Verlobungsring seiner Mutter in die Hand, damit er ihn mir schenken kann. Aber das hat wirklich noch Zeit, über so etwas machen wir uns aktuell absolut noch keine Gedanken. Wir genießen das, was wir miteinander haben, unsere Gefühle füreinander, unsere Liebe.

Eigentlich wollte ich ihm zuliebe meine Reise verschieben und für ihn da sein, solange er mich eben bei sich haben wollte. Immerhin hatte ich mein Biologiestudium mit Bravur abgeschlossen und keinen Job, der mich davon hätte abbringen können, immer an seiner Seite zu sein. Stattdessen hatte er mich aber mal wieder mit seiner Reaktion und seinem Handeln überrascht, als er sich ebenfalls ein Ticket nach Australien buchte. Paxton nimmt sich ein Jahr Auszeit im

Shop und wird mit mir nach Downunder gehen. Er ist einfach total verrückt. Aber genau das liebe ich ja auch so an ihm. Mit ihm wird es niemals langweilig und er macht auf keinen Fall das, was man erwarten würde.

»Habt ihr mal auf die Uhr geschaut? Wenn ihr nicht langsam in Richtung Auto geht, verpasst ihr noch euren Flug.«, schimpft Meghan und zieht mich schniefend in ihre Arme. »Ich vermisse dich jetzt schon.«

»Du wirst mir auch ganz schrecklich fehlen. Und ihr natürlich auch.« Ich lasse sie los und sehe in traurige Gesichter. Alle sind sie gekommen, um uns zu verabschieden, Logan, Gabby, Meghan, Keith, Sydney und Mom. Letztere hat darauf bestanden, uns zum Flughafen zu bringen. Immerhin hätte sie als meine Erschafferin das Recht, mich am längsten bei sich zu haben. Ihre Worte, nicht meine.

Sydney geht noch einmal kurz die Kontaktdaten seiner Freunde mit mir durch, falls etwas schiefgeht und sie nicht am Flughafen auf uns warten. In den letzten Tagen habe ich allerdings so oft mit Hazel und Chris telefoniert, dass ich absolut keine Bedenken habe. Immerhin wohnen wir das kommende Jahr bei ihnen und da wollten wir im Vorfeld den Kontakt pflegen, damit man sich nicht allzu fremd ist.

Als Gabby sich in meine Arme wirft, kann ich meine Tränen auch nicht mehr zurückhalten. »Versprich mir, dass du gut auf unseren Chaoten aufpasst.«

Sie nickt und schluchzt irgendwelche unverständlichen Dinge in meine Haare hinein.

»Und vielleicht ab und zu mal den Kopf waschen, bevor er abhebt, kann auch nicht schaden.«

Jetzt lacht sie und lässt mich los. »Seit wir uns kennen, waren wir noch nie voneinander getrennt, June. Was soll ich das nächste Jahr denn ohne dich machen?«

Logan stützt seinen Ellenbogen auf ihre Schulter. »Ich sorge schon dafür, dass dir nicht langweilig wird.«

»Jippie?«, fragt sie skeptisch und muss dabei selbst lachen.

Als letztes verabschiede ich mich von Logan und weiß gar nicht, wo ich überhaupt anfangen soll. Ich öffne den Mund, schließe ihn dann aber wieder. »Logan...«, stammele ich.

Er schließt mich in seine starken Arme und drückt mich fest an sich. »Ach, Muffinpie.« Sein Körper zittert ganz leicht unter meinen Fingern.

»Weinst du?«, murmele ich an seine Brust gepresst.

»Niemals.«

»Gerade von dir hätte ich mehr erwartet.«

Wieder schüttelt sich sein ganzer Körper unter mir, dieses Mal allerdings vor Lachen.

»Danke, Logan. Für alles. Wirklich. Du hast mir den Arsch gerettet und das werde ich dir niemals vergessen.«

Er räuspert sich. »Kein Ding.« Dann löst er sich von mir und ist wieder ganz der lässige Sunnyboy, den wir alle kennen und lieben.

»Wir müssen jetzt wirklich langsam los.«, merkt meine Mom an. Der Blick auf die Uhr bestätigt es leider. Noch einmal verabschieden wir uns, dann schnappen wir uns die Rucksäcke, steigen in den Wagen und machen uns auf den Weg zum Flughafen.

Paxton hat es sich auf der Rückbank neben seinem Koffer bequem gemacht. Im Kofferraum war nur Platz für einen Schrank. Wir mussten uns beim Packen immerhin auf ein ganzes Jahr einstellen. Er dachte vielleicht, ich hätte es nicht bemerkt, als er heimlich immer wieder ein paar Teile aus meinem Koffer genommen hat. Aber da hat er die Rechnung ohne mich gemacht. Mein fotografisches Gedächtnis sah immer gleich, dass da etwas nicht mehr drin war. Und, nur um ihn zu ärgern, steckte ich es gleich wieder zurück und legte aus Trotz noch ein weiteres mit hinein.

Seufzend drehe ich meinen Kopf nach rechts und werfe einen Blick aus dem Beifahrerfenster. Die Stadt rast an uns vorbei und wird immer kleiner, je näher wir dem Flughafen kommen, bis die Lichter der Stadt völlig verschwunden und von den Strahlern des Highways abgelöst werden. Leise flüsternd verabschiede ich mich von der Stadt und verspreche ihr, schon ganz bald wieder zurück zu sein. Ich war noch nie so wirklich weg, mein ganzes Leben habe ich hier verbracht.

Hier bin ich aufgewachsen.

Hier habe ich meine Freunde kennengelernt.

Hier habe ich mich zum ersten Mal verliebt.

Hier wurde mir zum ersten Mal das Herz gebrochen.

Hier ist meine Familie.

Hier ist mein Zuhause.

Und hier habe ich, trotz all dem Chaos in meinem Leben, die wahre Liebe gefunden.

Manchmal muss man die Vergangenheit hinter sich lassen, um sein Glück zu finden. Manchmal muss man aus seiner Komfortzone herauskommen, um glücklich werden zu können. Alte Wunden werden niemals ganz heilen, es werden immer Narben zurückbleiben. Aber wenn einem die richtigen Menschen zur Seite stehen, werden sie immer mehr verblassen. Man lernt, wieder zu vertrauen und zu lieben, auch, wenn man das nicht geplant hatte oder gar wollte. Die Liebe hält sich an keinen Plan, sie ist einfach da und meist genau dann, wenn man sie am wenigsten erwartet. Und dann kommt es ganz allein auf dich an, was du daraus machst.

Nimmst du die Welle oder nicht?

NACHWORT

Ich kann es (trotz der Tatsache, dass ihr es gerade in den Händen haltet) immer noch nicht fassen, dass ich tatsächlich mein erstes Buch veröffentlicht habe. Wie verrückt ist das bitte? Spoileralarm: SEHR VERRÜCKT! Aber auch sehr toll und etwas, das mich sehr glücklich und auch stolz macht.

Ich würde ja behaupten »Corona made me do it« und irgendwo ist das vermutlich auch richtig, aber es war die Geschichte, die mich einfach nicht mehr losgelassen hat, bis ich damit angefangen habe, die Worte aufs Papier zu bringen. Oder eben auf die Tasten. Aber wer will da kleinlich sein.

Man sagt ja immer, dass die Protagonistin bzw. der Protagonist des ersten Romans immer ein wenig an das eigene Ich anknüpft und June hat definitiv ein paar Eigenschaften von mir übernommen. Sei es das Nerddasein (ganz besonders die Liebe zu Captain America!), die etwas verpeilte, aber dennoch liebenswerte Art oder die Vorliebe für Chili Cheese Burger. Aber ich beneide sie auch für ihren Mut. Ein Jahr von Freunden und Familie getrennt sein? Ich könnte das nicht! Und so sportlich wie sie bin ich leider auch nicht.

Das Lob für LOVE ME, GIRL gebührt allerdings nicht nur mir allein. Auf meinem Weg haben mich ein paar Menschen begleitet, die mir sehr ans Herz gewachsen sind! #weilbookstagramverbindet

Ein ganz großes Dankeschön und eine feste Umarmung gehen an meine liebe Karin Ann Müller. Unser Kennenlernen war irgendwie verrückt, aber es war vermutlich Schicksal. Ich weiß, dass du auch dran glaubst! Aus einer Autoren-Blogger-Beziehung wurde eine wundervolle Freundschaft. Aus den tausend Fragen zum Thema Selfpublishing wurden endlos lange E-Mails über Bücher, unsere Familien und was das Leben sonst für uns bereithält. Ich habe selten einen so optimistischen Menschen wie dich kennengelernt. Danke für alles und bis ganz bald in deinem Garten!

Ich ziehe meinen Hut vor meiner schlechteren Hälfte, meiner Zwillingsschwester Lisa. Sie hat das Buch innerhalb von 24 Stunden gelesen und sagte mir „Es klingt total nach dir, mit einem Hauch Saarland." Ein größeres Kompliment hättest du mir nicht machen können! Liebe, Liebe, Liebe!

Und dann natürlich meine Testleserinnen. Weil ich mich niemals auf eine Reihenfolge festlegen könnte, natürlich in alphabetischer Reihenfolge (und eventuell für meine Zwänge, was June auch von mir übernommen haben könnte…)

Ina, meine Komma-Fetischistin und Seele von Mensch. Auch wenn du mir immer sagst, dass ich dich gerne beschimpfen darf, würde ich das niemals tun. Dafür bist du viel zu toll!

Laura, du liebenswerter Herzmensch. Deine Euphorie ist ansteckend. Egal, weswegen ich zwischenzeitlich am Zweifeln war, du hast mich immer wieder aufgebaut. Danke dafür!

Lou, mein Parabatai. Nach 12 Jahren kannst du jedem meiner wirren Gedankengängen folgen und wunderst dich über absolut nichts mehr.

Nella, mein verrücktes Brötchen, Klugscheißeranto, Banana 1 und Soundgenerator. Ich sage nur die Möwe krächzt! Und wie macht dann eine Schildkröte? Du hast die Geschichte so gefühlt und mein Herz damit zum Klopfen gebracht.

Tatjana, meine Soulsister. Seit über einem Jahr höre ich täglich von dir und das bedeutet mir sehr viel. Du warst auch die Erste, die das Buch gelesen hat und das aus gutem Grund.

Ihr habt mir so oft positiv zugesprochen, mit mir gelacht, geweint, vor Lachen geweint, philosophiert, geklugscheißert oder Szenen mit Soundeffekten versehen, was wiederum zu noch mehr Lachern führte. Aber vor allem habt ihr mit mir ge-aaaw-t.

Ja, das Wort gibt es nicht, aber es passt einfach zu gut!

Jeder von euch hat mir auf seine Weise weitergeholfen. Danke dafür! Ohne euch wäre LOVE ME, GIRL nicht das Buch geworden, das wir heute in der Hand halten dürfen. Ganz viel Liebe geht raus an euch, meine Bonitas!

Zu guter Letzt geht ein ganz großes Dankeschön an dich, liebe*r Leser*in, dafür, dass du June und Paxton ein Zuhause gegeben und mit ihnen mitgefiebert hast. Ich hoffe so sehr, dass dir ihre Geschichte gefallen hat und vielleicht lesen wir uns ja in Band 2 wieder.

Bis dahin, bleibt gesund und denkt immer daran:
Kopf hoch, sonst habt ihr ein Doppelkinn!

Fühlt euch gedrückt,
eure Jules

ÜBER DIE AUTORIN

Julia Hauer wurde 1987 in Saarbrücken geboren und lebt nicht weit entfernt mit ihrer Tochter und ihrer Hündin.

Seit 2018 betreibt sie unter dem Pseudonym »CanisMinorArt« ihren Blog und spricht dort über Bücher, Games und diverse Sammelleidenschaften, die damit einhergehen.

Das Schreiben ist seit jeher ihr Ausgleich zum Brotjob, Alltag und seit neustem auch Mamadasein. Mit ihrer fröhlichen Art steckt sie jeden an und das spürt man auch in ihren Büchern.